HERA LIND

Drei Männer und kein Halleluja

## *Drei Fragen an die Autorin*

1. *»Drei Männer und kein Halleluja« ist keine wahre Geschichte, sondern ein heiterer Frauenroman. Kehren Sie damit zu Ihren Wurzeln zurück?*

Dieser locker-flockige, ja oft übermütige Roman schlummerte schon lang in der Schublade, ich habe ihn vor einigen Jahren geschrieben. Nachdem ich mich in letzter Zeit mehr zu ernsteren Stoffen, den spannenden Tatsachenromanen, hingezogen fühle, passt dieser Roman jetzt sehr schön zur Heiterkeit und Leichtigkeit des Frühlings.

2. *Aber die Sängerin Wanda hat doch auch ein bisschen was von Ihnen, oder? Beispielsweise musste auch sie ihre Karriere an den Nagel hängen, weil sie vor Publikum Lampenfieber bekommt.*

Mein früheres Leben spielte sich tatsächlich im Bereich der klassischen Musik ab, genau wie Wanda war ich viele Jahre lang Mitglied eines Berufschores. Die wunderbaren Konzertreisen, aber auch das spannende Miteinander der Sängerinnen und Sänger waren für mich Anreiz, eine moderne Beziehungskomödie in diesem Umfeld anzusiedeln.

3. *Wanda muss sich gleich zwischen drei Männern entscheiden und wirbelt dabei alles durcheinander. Ist der Mann fürs Leben vielleicht doch nur eine Fantasie von uns Frauen?*

Wanda ist jung und ungebunden und genießt es, umworben und umschwärmt zu werden. Das ist das Vorrecht der Jugend, und beim Lesen erinnern wir uns hoffentlich daran, wie schön es sein kann, sich nicht festlegen zu müssen. Wenn man irgendwann den Mann fürs Leben findet: umso besser!

**Hera Lind** studierte Germanistik, Musik und Theologie und war Sängerin, bevor sie mit ihren zahlreichen Romanen von *Die Champagner-Diät* und *Verwechseljahre* bis *Eine Handvoll Heldinnen* sensationellen Erfolg hatte. Auch mit ihren Tatsachenromanen *Die Frau, die zu sehr liebte*, *Kuckucksnest* und *Die Sehnsuchtsfalle* eroberte sie die *SPIEGEL*-Bestsellerliste. Hera Lind lebt mit ihrer Familie in Salzburg.

HERA LIND

# Drei Männer und kein Halleluja

Roman

DIANA

Von Hera Lind sind im Diana Verlag bisher erschienen:
*Die Champagner-Diät – Schleuderprogramm – Herzgesteuert*
*Die Erfolgsmasche – Der Mann, der wirklich liebte – Himmel und Hölle*
*Der Überraschungsmann – Wenn nur dein Lächeln bleibt*
*Männer sind wie Schuhe – Gefangen in Afrika – Verwechseljahre*
*Drachenkinder – Verwandt in alle Ewigkeit – Tausendundein Tag*
*Eine Handvoll Heldinnen – Die Frau, die zu sehr liebte*
*Kuckucksnest – Die Sehnsuchtsfalle*

MIX
Papier aus verantwortungsvollen Quellen
FSC® C014496

Verlagsgruppe Random House FSC® N001967

Taschenbucherstausgabe 04/2017

Umschlaggestaltung: t.mutzenbach design, München
Umschlagmotive: © Shutterstock Dubova; Marina Kuchenbecker;
Anastasiia Kucherenko; Julia Sudnitskaya
Satz: Christine Roithner Verlagsservice, Breitenaich
Druck und Bindung: GGP Media GmbH, Pößneck
Printed in Germany

ISBN 978-3-453-35890-4

www.diana-verlag.de
Besuchen Sie uns auch auf www.herzenszeilen.de
Dieses Buch ist auch als E-Book lieferbar

# *Kapitel 1*

»Nebenan ist besetzt.« Thomas Rischmüller hörte nicht auf, klangvoll das Klavier zu bearbeiten, während er kurz den kahl geschorenen Kopf in meine Richtung drehte.

»Warum können wir nicht in Raum 314?« Ich schob mich, noch keuchend von den drei Etagen durchs Treppenhaus, durch die Tür, zog die Nase hoch und den Mantel aus. Es roch nach modrigem Holz. »Der Flügel da drin ist doch tausendmal besser als diese alte Kiste hier!«

»Da singen sich drei Soprane ein.« Thomas ließ seine langen, dünnen Finger ungerührt weiter virtuos über die abgegriffene Tastatur des braunen Kleinklaviers flitzen, das Raum 313, unsere muffige Übezelle, zierte. Die spärliche Funzel, die von der Decke hing, spiegelte sich in Rischmüllers Glatze.

Ich drückte mein Ohr lauschend gegen die Wand. Der Gesang von der anderen Seite klang panisch, um nicht zu sagen grauenvoll. Drei Sopranstimmen übertönten einander in schrillem Geschrei.

Eine jammerte, eine wimmerte, und eine rief immer obertonreich »Hibiskusblüte!«, als könne sie damit den grauen Januartag in ein Blumenmeer verwandeln.

»Wofür singen die sich ein?« Hastig kramte ich in meiner Manteltasche nach einem Taschentuch und schnäuzte hinein.

»Vakanzvorsingen bei einem Profi-Ensemble.« Thomas Rischmüller zauberte einen schwierigen Chopin auf die vergilbten Tasten und grinste mich dabei mit genauso vergilbten Zähnen an. Sogar aus dem alten Kasten konnte er wunderschöne, anmutige Töne hervorlocken. Fast tat es mir leid, ihn dabei zu stören.

Wenn er jetzt noch schön gewesen wäre, dann wäre ich ihm für den Rest meines Lebens verfallen. Aber das war er leider nicht. Nicht im mindesten. Er war noch nicht einmal ansehnlich. Oder appetitlich. Oder wohlriechend. Doch was tat das zur Sache, er war ein hochbegabter Pianist an dieser Musikhochschule, und wir hatten jetzt Korrepetition. Meine Lieblingsstunde. Ich durfte singen, was ich wollte, und der geniale Rischmüller begleitete mich willig, kompetent und zuverlässig.

»Hauptsache, du hast Zeit für mich.« Ich lächelte so lieb und herzlich, wie es mir beim Anblick von Thomas Rischmüllers dünner Gestalt, modischen Verirrungen (orangefarbenes, kurzärmeliges Hemd, selbst gestrickter Pullunder und ausgebeulte Cordhosen in Herrenpink), Glatze und dentaler Großbaustelle gelang.

»Für dich hab ich immer Zeit.«

Wir probten. Ich vergaß alles um mich herum. Die übliche Seligkeit ergriff von mir Besitz. Wenn ich singen durfte, geriet mein Gemüt in einen Schwebezustand und flog irgendwo im Nirgendwo mit weit ausgebreiteten Schwingen in eine grenzenlose Seligkeit.

»Und meine Seele spannte weit ihre Flügel aus …«

Ich war eine gute Sängerin. Aber nur ohne Publikum. Ein bisschen wie Dustin Hoffman als autistischer Rain Man, der von sich sagt: Ich bin ein guter Fahrer. Aber nur in der Auffahrt.

Wenn mir jemand zuhörte, erfasste mich ein derart gewaltiges Lampenfieber, dass ich glaubte zu ersticken. Dann übermannte mich die nackte Panik, und ich rang verzweifelt nach Luft wie jemand, der gerade ertrinkt. Wochenlang vor einem öffentlichen Konzert ging es mir miserabel. Ich wachte nachts schweißgebadet auf, und eine Panikattacke nach der anderen rollte über mich hinweg wie riesige Lawinen. Tagsüber begann mein Herz zu rasen, sooft ich an das bevorstehende Konzert dachte, also eigentlich ständig, und drohte mir polternd aus dem Mund zu fallen.

Als Sängerin war ich damit aus dem Rennen. Dies hier waren meine letzten wundervollen privaten Stunden, in denen ich – ohne Publikum – selbstvergessen singen durfte. Vor Rischmüller fürchtete ich mich nicht. Er ließ seine langen Finger in mächtigem Moll über die Tasten gleiten, und ich badete selbstvergessen im Klang meiner dunklen Stimme. Es war eine süßlich-schwere Dvořák-Arie, und sie lag mir im Munde wie ein süßlich-schweres Nougatbonbon. Man hätte meinen können, Dvořák habe sie extra für mich geschrieben – was natürlich unmöglich war, weil Dvořák schon lange tot war. Und ich war bloß eine unscheinbare Musikstudentin aus einer ostwestfälischen Kleinstadt. Die Straßen der Reihenhaussiedlung, in der ich aufwuchs, tragen alle Insektennamen. Ich hatte im Borkenkäferweg gewohnt.

Nein, Dvořák hatte gewiss nur schwermütige böhmische und russische Sängerinnen gekannt, die ihre kalten Hände in Muffs vergruben, bevor sie auf dem Diwan an Tuberkulose starben. In Opern sterben Sängerinnen ja gern an Schwindsucht, während die Tenöre nicht einmal auf die Idee kommen, ihnen ihr durchgeschwitztes Wams überzuwerfen. Lieber singen und schwitzen sie weiter und wundern sich, wenn die Sängerin am Ende tot ist.

Ich selbst war aber schon tot, bevor ich überhaupt öffentlich singen musste – vor Auftrittsangst. Da hatte ich mich bereits vorher selbst verdaut. Drei Wochen vor einem Auftritt zog ich in der Toilette ein und kam nicht mehr heraus. Geschweige denn konnte ich irgendeine Form von Nahrung bei mir behalten.

Tja, da hatte Gott mich mit einer schönen Stimme und einer überdurchschnittlichen Musikalität gesegnet und auch mit einer unglaublichen Begeisterung für klassische Musik – schon mit acht Jahren konnte ich die Bach-Arien und Schubert-Lieder von den Schallplatten meiner Mutter singen –, aber was half's: Ich traute mich nicht, sie solo irgendjemandem vorzusingen!

Außer Thomas Rischmüller.

Und davon kann man letztlich nicht leben.

Einmal war ich in der Aula meiner Schule bei einem Schulkonzert öffentlich gestorben, und fortan wollte ich nie wieder vor ein Publikum treten.

Meine Mutter sagte daraufhin ganz richtig, ich solle lieber in den Schuldienst gehen. Damit könne ich nichts falsch machen. Das Lehrerdiplom hatte ich schon in der Tasche. Und eine Stelle an einer Gesamtschule in Mörsenbroich. Dort würde ich mir über kurz oder lang meine schöne ausgebildete Stimme vor Kindern aus dem Hals schreien, die ihre Aggressionen an Orff'schen Instrumenten und meinem Trommelfell auslassen würden.

Tja. Dahin hatte mein Lampenfieber mich getrieben.

Man kann auch nicht Zirkusartistin werden, wenn man nicht schwindelfrei ist. Oder Bademeister, wenn man sich nicht traut, ins Wasser zu springen.

Aber noch hatte ich mein Stipendium nicht verjubelt – im wahrsten Sinne des Wortes. Noch ein Semester lang durfte ich an meinem Jodeldiplom basteln. Dann hatte ich etwas Eigenes. Das konnte ich mir dann ans Knie nageln.

Kind, werde du Lehrerin, hatte meine Mutter mich immer

auf dem Teppich zu halten versucht. Dann hast du etwas Solides und lernst vielleicht auch mal einen gediegenen Mann kennen. Die ganze Singerei bringt dir gar nichts. Das ist nur was für Traumtänzer und eitle Spinner. Eine brotlose Kunst. Am Ende tingelst du von einem drittklassigen Theater zum anderen und erfrierst schließlich auf einem Diwan. Und bilde dir ja nicht ein, dass du die Carmen singen kannst. Dazu hast du gar nicht die Ausstrahlung, geschweige denn den Sex-Appeal.

Nein. Klar. Wo sollte ich den auch her haben? Aus dem Kirchenchor?

Ich war eine Vorstadtpflanze aus dem Borkenkäferweg. Das würde ich auch immer bleiben.

Also hatte ich ihr versprochen, zu Beginn des nächsten Schuljahres mit dem Traumtanzen aufzuhören und eine gediegene Lehrerin zu werden. Mit Kleinwagen und praktischer Allwetterjacke, mit meinem Kräutertee in der Aktentasche und soliden Schnürschuhen. Ganz deutlich sah ich mich schon jeden Morgen in meine Parklücke auf dem Lehrerparkplatz fahren, bevor ich im Nieselregen hinüber zu dem mit Parolen beschmierten Schulcontainer ging, immer darauf bedacht, den Horden von Jugendlichen nicht provozierend in die Augen zu sehen. Ich würde die vierzig Jahre im Schuldienst schon rumkriegen.

## *Kapitel 2*

Als der letzte Ton meiner Dvořák-Arie verklungen war, hatte ich eine Gänsehaut. Vielleicht war ich ein bisschen gerührt von mir selbst. Vielleicht war ich einfach nur traurig, dass mein mühsam erarbeitetes Repertoire bald schon im Nichts versickern würde. Kein Schwein in Mörsenbroich würde sich je für eine Dvořák-Arie interessieren.

Tagtraum nahe Zukunft: »Na, wie findet ihr den Dvořák?«

Meine Schüler: »Boah ey! Von wem redet die? Von unserm Hausmeister?«

Ich: »Aber so hört doch wenigstens einmal zu, ich singe die Arie persönlich, ganz ohne CD-Player!«

Meine Schüler: »Boah ey, voll krass, die Alte, kann der einer mal den Saft abdrehn?«

Bei meinen zukünftigen Schülern konnte ich schon froh sein, wenn wir *Danke für diesen guten Morgen* zur Gitarre hinkriegen würden. Und wahrscheinlich war diese Erwartung bereits zu hoch. Die Erkenntnis traf mich mit grausamer Deutlichkeit, und eine tiefe Wehmut erfasste mich. Das Rischmüller'sche Nachspiel verhallte. Ich kramte erneut nach meinem Taschentuch. Schade eigentlich, das mit der Gesamtschule.

Aber Kind, da bist du *verbeamtet*!, hörte ich meine Mutter rufen. Bitte bilde dir nicht ein, du könntest als Sängerin dein Geld verdienen! Bleib auf der sicheren Seite! Und denk an den gediegenen Mann! Du willst ja auch mal Kinder haben, das geht doch als Sängerin nicht! Oder willst du die von Kleinstadttheater zu Kleinstadttheater mitzerren? Und wer soll auf die aufpassen? Und wie willst du dich bei Stimme halten, bei dem Stress? Und wie wird dein armer Mann das finden?

Rischmüller starrte mich begeistert an. »Das liegt dir wahnsinnig gut in der Stimme, du!«

Ich schaute angelegentlich auf meine mäßig geputzten Winterstiefel. »Findest du?« Spontan kam mir ein Lied von Hugo Wolf in den Sinn: *Wofür soll ich singen? Ich weiß es nicht …* Ich blinzelte etwas Feuchtes in meinen Augen weg.

Von nebenan ertönten die kläglich-panischen Einsingversuche der drei Damen vom Grill. Es klang eher schrill. »Hibiskusblüte!«, schrie eine von ihnen unverdrossen in den höchsten Tönen. Sie war eine Meiser-Schülerin. Frau Professor Meiser ließ alle ihre Schülerinnen »Hibiskusblüte!« schreien, um den perfekten Nasenbein-Schläfen-Oberton-Stimmsitz zu erreichen.

»Warum schreien die so?«, fragte ich, um zu überspielen, dass ich mit den Tränen kämpfte. »Werden die gleich auf dem Schafott von ihren Qualen befreit und verstummen für immer?«

»Die muss ich gleich beim Vorsingen für das Klassisch-TV-Ensemble begleiten.«

»Du Armer«, sagte ich und vergaß meinen eigenen Kummer. »Die klingen, als hätten sie Presswehen oder Gallenkoliken.«

»Nee, die versuchen, ihre persönliche Bestform zu erreichen«, erwiderte Thomas Rischmüller grinsend und drehte sich auf seinem Klavierhocker vollends zu mir um. »Da geht's schließlich um was. So eine Vakanz ist eine begehrte Stelle!« Er kratzte sich an der Glatze.

Dass andere Sängerinnen auch aufgeregt waren, war Balsam für meine Seele. Trotzdem. Die versuchten es wenigstens. »Klassisch-TV?«, fragte ich ratlos. »Der Fernsehsender?«

»Es gibt ein Fernsehballett, ein Fernsehorchester und einen Fernsehchor bei Klassisch-TV«, erklärte Thomas Rischmüller. »So eine Stelle ist wie ein Sechser im Lotto. Von 300 Bewerbern nehmen die einen.« Er angelte mit der freien Hand nach seiner roten Pudelmütze und setzte sie auf. »Wenn da mal eine Stelle vakant wird, flippt die halbe Hochschule aus. Alle wollen diesen Job. Der ist krisenfest und richtig gut bezahlt. Aber da bist du halt für den Rest deines Lebens im Ensemble.« Er sah mich von schräg unten an. »Das ist ja nichts für dich. Denn du wirst Solistin, bei deiner satten Röhre.« Er musterte mich einen Moment lang wohlwollend und fügte dann hinzu: »Und bei deinem Aussehen.«

Ja, in der Gesamtschule in Mörsenbroich, dachte ich. Es war besser, Rischmüller nichts von meinen Plänen zu erzählen. Denn dann würde er sich nicht mehr so viel Mühe mit mir geben, das war klar. Auch meine verehrte Professorin und ihres Zeichens weltberühmte Königin der Nacht, Kammersängerin Hella Glanz, ahnte nichts von meiner Lehrerstelle in Mörsenbroich, wo ich eher das Aschenputtel des Tages sein würde. Sie wäre gewiss entsetzlich enttäuscht und würde sich ebenfalls nie wieder Mühe mit mir geben. Nein, ich würde noch ein brillantes Konzertexamen ablegen und dann für immer schweigen.

Wir musizierten die Arie noch einmal. Rischmüller gab ein langsameres Tempo vor, und ich versuchte, mich auf das schwermütige Moll zu konzentrieren.

Komisch. Von der Existenz eines solchen Profi-Ensembles hatte ich wirklich noch nie gehört. Neben drittklassigen Kleinstadttheatern und jämmerlichem Beamtendasein in der Gesamtschule hatte es in meinem bescheidenen Borkenkäferleben bisher keine andere Dimension gegeben.

Möglich, dass mein Herz anfing zu klopfen. Möglich, dass

die paar Gehirnzellen, die gerade Dienst hatten, sich mühsam von ihren Holzbänken erhoben und ihre eingerosteten Muskeln lockerten. Wenn dem so war, dann taten sie es im Dunkeln.

Mein Über-Ich herrschte mich an, ich solle mich jetzt konzentrieren. Mein Ich wog ab, man könne doch mal seine Fühler ausstrecken, und mein Es begann wie verrückt auf und ab zu hüpfen, wie ein Kind im Kindergarten.

Draußen verdüsterte sich der Himmel, und dicke schwarzgraue Wolken ballten sich am milchig-trüben Firmament. Der Tag war schrecklich trostlos. Es dämmerte bereits, um kurz vor vier. Wenn man zu den Straßenlaternen schaute, die gerade zu leuchten begannen, sah man winzige Tropfen sprühen. »Gefrorne Tropfen fallen von meinen Wangen ab … ob es mir denn entgangen, dass ich geweinet hab?«

Ach, Schubert, ach, Winterreise! Wer von meinen Schülern wird sich je dafür begeistern?

»Komm doch mit!«, schlug Thomas Rischmüller beiläufig vor, als er nach unserer Übestunde seinen Mantel anzog und sich einen Schal um den Hals knotete. Ich war gerade richtig gut eingesungen und fand es schade, dass wir nun nicht auch noch den schwermütigen Brahms proben konnten. Den hatte ich extra auswendig gelernt. *O Tod, wie bitter bist du.* Ich liebte solche traurigen Lieder. »Wenn an dich gedenket ein Mensch, der gute Tage und genug hat und ohne Sorgen lebet, und dem es wohl geht in allen Dingen und noch wohl essen mag … O Tod, o Tod, wie bitter bist du!«

»Wieso?«, fragte ich. »Findet das Vorsingen nicht hier im Konservatorium statt?« Ich hatte gar keine Lust auf die graue, trübe Dämmerung da draußen. Lieber wollte ich noch ein bisschen allein im Schwebezustand meines Kummers in Moll verharren.

»Nein, aber wir gehen nur rüber ins Fernsehstudio«, versuchte Thomas Rischmüller mir die Sache schmackhaft zu machen. »Das Vorsingen ist mit Kamera. Deshalb sind die Damen da drüben auch so aufgeregt.« Er grinste. »Die müssen ja auch auf die Optik achten. Selbst wenn man im Ensemble im Prinzip nur im Hintergrund steht, sollte man doch halbwegs telegen sein.«

»Ach so, ja klar«, sagte ich. »Gut, dass ich da nicht hin muss.«

»Ist nicht weit. Nur einmal durch den Hauptbahnhof.«

»Und was soll ich da?«, fragte ich unwillig. Eigentlich wollte ich noch mal die *Vier ernsten Gesänge* von Brahms singen. Oder Lieder von Richard Strauss …

Wie ich das liebte! All das würde ich bald nicht mehr haben, denn kein Schüler einer Gesamtschule interessierte sich dafür. Höchstens für *Deutschland sucht den Superstar.* Boah ey voll krass ey. Es war zum Verzagen.

»Kannst ja mal zuhören.« Thomas schnappte sich seine Aktentasche und verließ Raum 313, der inzwischen ein bisschen nach Schweiß und feuchten Wollmänteln roch.

»Meinetwegen«, murmelte ich unentschlossen. »Wenn's nicht zu lange dauert!«

»Sicher nicht«, entgegnete mein Repetitor, der sich offensichtlich Hoffnungen auf einen netten Abend mit mir in einer Kneipe machte. »Von den dreien kommt wahrscheinlich keine in die zweite Runde.«

Du bei mir aber auch nicht, dachte ich, während ich meinen Mantel anzog und den Dvořák zu seinen Kollegen Brahms und Strauss in meinen Rucksack stopfte.

❋

Wenig später taperte ich seufzend hinter den drei aufgedrehten Sopranhühnern her, die mitsamt ihrem pudelbemützten Gockel Thomas Rischmüller die Straße hinaufstöckelten und aufgeregt schnatterten. »Hibiskusblüte!«, schrie die erste in den dunklen Januarhimmel. Trüber Schneeregen war die Antwort.

Die drei trugen Kostümchen, feine Schühchen und Täschchen voller Noten. In dieser Aufmachung flatterten sie durch den Hauptbahnhof und am Kölner Dom vorbei, dessen zwei Türme majestätisch und grauschwarz in den grünlichdämmrigen Himmel ragten. Sie beachteten diesen wunderbaren, leicht gespenstisch anmutenden Anblick jedoch nicht, sondern umrundeten fröstelnd und trippelnd ein paar Rollerblader, die trotz der Minustemperaturen auf der Domplatte ihre Sprünge übten. Dann bogen sie gackernd rechts ab und verschwanden in einem grauschwarzen Gebäude. Eine Drehtür verschluckte sie und spuckte sie auch nicht mehr aus. Das war also der berühmte Sender Klassisch-TV! Meine Mutter guckte den immer. Und ihre Nachbarin Frau Heideprecht.

Während ich noch überlegte, ob ich jetzt nicht unauffällig im U-Bahn-Schacht verschwinden und mich zu meiner warmen, gemütlichen Wohnung begeben sollte, um mir dort ganz allein mit einer wundervollen Strauss-CD meinen Weltschmerz von der Seele zu singen, kam Thomas Rischmüller wieder heraus und rief: »Was ist, kommst du?« Er hatte sich mit der Drehtür einmal um sich selbst gedreht. Im wörtlichen Sinne war er mit der Tür ins Haus gefallen und hatte sich extra wegen mir wieder ins Freie katapultieren lassen.

Was sollte ich machen?

Artig hoppelte ich also hinter Thomas Rischmüller durch

die Drehtür, wobei er mir unabsichtlich auf die Fersen stolperte und »Huch, ist das eng!« kicherte. Die Drehtür wischte mit ihrem grünen Filzbelag Dreck über den Boden.

Drinnen im Foyer war es dämmrig, schummrig-warm und hölzern-heimelig. Ein uralter Paternoster tuckerte stetig vor unseren Augen in die Höhe, man sah gerade noch ein Paar braune Halbschuhe unter artig gebügelten, beigefarbenen Hosen verschwinden. Ich betrachtete sie froh. Das waren sicher die dahinschwebenden Beine eines Nachrichtensprechers oder Wetteransagers. Bestimmt las der gleich die Fünf-Uhr-Nachrichten, und Mutter konnte ihn sehen.

Welch spannende Wendung des Nachmittags!

»Für die Sopranvakanz noch jemand?«, hörte ich eine schneidende Stimme fragen und fuhr herum.

Eine Art Blockwart mit exakt gezogenem Seitenscheitel und gezwirbeltem Schnäuzer im feisten Gesicht blickte sich aus eng stehenden Augen suchend um. Er strahlte Unnahbarkeit und Machtbewusstsein aus, und ich fürchtete mich gar sehr. Er war aus einer Tür gekommen, über der in roter Leuchtschrift »Sendesaal 2 – Achtung Aufnahme, RUHE« stand.

»Sie?«

Er zeigte doch nicht etwa auf mich? Mir rutschte das Herz in die Hose. O Gott, nein, ich meine, wie sehe ich denn aus, ich habe seit heute Morgen in keinen Spiegel mehr geschaut …

»Nein«, flüsterte ich ehrfurchtsvoll. »Ich bin nur so mitgekommen.«

Der Blockwart warf mir einen vernichtenden Blick zu.

»Also, sonst noch jemand?«

»Meine drei Mädels sind noch mal ganz schnell ihre Näschen pudern«, zwitscherte Thomas Rischmüller, doch sein Versuch eines lockeren Scherzes verpuffte.

Die drei Hibiskusblütenhühner waren zum Klo gelaufen, eine Treppe runter, gleich neben der Kantine.

Von wegen Näschen pudern, dachte ich grausam. Jede legt noch schnell ein Ei, und dann kommt der Tod herbei.

Die Erste kam soeben wieder, räusperte sich und schritt dann wild entschlossen mitsamt Blockwart und Thomas Rischmüller in den Saal. Die schalldichte Tür schloss sich, und ich konnte nicht einen Ton vernehmen, so sehr ich auch lauschend mein Ohr an dieselbe drückte.

»Autsch!« Jemand begehrte grob Auslass, und ich bekam die Klinke ins Gesicht.

Hastig trat ich drei Schritte zurück und hielt mir das schmerzende Nasenbein.

Ein korpulenter, bebrillter Mann kam aus Sendesaal 2, streifte mich mit einem desinteressierten Blick und steckte sich bereits im Türzufallenlassen eine Zigarette an. Von wegen »Entschuldigung, junge Frau« oder »Haben Sie sich wehgetan?«

Er ließ sich schlurfenden Schrittes durch die Filzstaub mitschleifende Drehtür ins Freie spülen und verschwand wie selbstverständlich in der gegenüberliegenden Kneipe. Man sah ihm an, dass ihm dieser Weg – raus aus dem Sendesaal, rein in die Drehtür, raus aus der Drehtür, rein in die Kneipe – in Fleisch und Blut übergegangen war, so wie einer Hausfrau das Öffnen und Schließen der Waschmaschine oder einem Tankwart das Abnehmen und Einstecken der Zapfpistole.

Der Bebrillte hatte den Eingang zur Kneipe präzise getroffen.

Blödmann, dachte ich. Bestimmt war das der hauseigene

Klavierspieler, der ja nun wegen des Gastauftritts von Thomas Rischmüller nicht mehr gebraucht wurde. Der ging jetzt einen trinken. Viel Lebensfreude strahlte der Kerl nicht aus. Und irre gespannt auf das Vorsingen der drei möglichen neuen Kolleginnen schien er auch nicht zu sein.

Nachdem die erste Vorsängerin sehr bald wieder herausgekommen war und aus ihrem stark geschminkten Schnabel kein Wort hatte fallen lassen, trippelten auch die beiden anderen nacheinander in den Sendesaal und kehrten nach weniger als drei Minuten zurück. Keine sprach mit mir. Keine rief mehr »Hibiskusblüte«. Alle starrten blutleer und freudlos in ihre Noten, als könnten sie nachträglich ein besseres Ergebnis aus ihnen herausschütteln.

So. Und das sollte alles gewesen sein. Jetzt aber heim in meine gemütliche Wohnung, dachte ich. Noch bin ich gut bei Stimme. Ich brannte darauf, meinen Brahms zu singen. »Denn es gehet dem Menschen wie dem Vieh; wie dies stirbt, so stirbt er auch.« Klasse!

Der amtlich blickende Blockwart erschien erneut. Durch die zufallende Tür sah ich eine bunte Schar von Menschen in vier Reihen hocken und grinsend die Köpfe zusammenstecken. Brot und Spiele, dachte ich. Die haben bestimmt Spaß.

»Und Sie singen für die Altvakanz vor?«, fragte er schneidend.

Mich wunderte, dass er mich nicht anbrüllte. *Hacken zusammen und stillgestanden, wenn ich mit Ihnen rede!*

»Nein«, erwiderte ich bang und griff nach meinen Utensilien. »Wie schon gesagt, ich bin nur so mitgekommen.«

Die eine Sopranistin schnäuzte sich heulend in ein Taschentuch. Oje. Die war wohl durchgefallen.

»Was ist mit der zweiten Runde?«, fragte die zweite, die

schon selbstbewusster war. »Wie gesagt, ich habe noch die Gilda und die Pamina und das Blondchen drauf.«

Das war lustig, denn es passte zu ihrer wasserstoffblond gefärbten Haarpracht. »Ich habe das Blondchen drauf. Ich könnte aber auch mal das Braunchen oder das Schwarzchen aufsetzen, vielleicht klappt es dann!«

Der Blockwart sang indes nicht »Ob blond, ob braun, ich liebe alle Frau'n!«, wie das Johannes Heesters an seiner Stelle getan hätte, sondern schnarrte: »Danke, wir haben einen Eindruck.«

Thomas Rischmüller kam rotfleckigen Gesichtes und schweißgebadet aus der Tür geschossen. »Los, jetzt du!«

»Wie? Ich?« Ich zeigte ratlos auf meine Brust, während ich mich gleichzeitig suchend umsah.

»Ja, Mensch, jetzt mach schon! Sonst bin ich blamiert! Ich hab die drei Mädels schließlich hier angeschleppt«, zischte Thomas, während er mich an den Schultern fasste und in den Sendesaal schob. Auf einem Podium stand ein schwarz glänzender Flügel. Verdattert stolperte ich die drei Stufen hinauf und wandte mich schwach protestierend zu Rischmüller um: »Aber ich …«

Vielleicht erwachten jetzt doch ein paar meiner schlafenden Gehirnzellen und rieben sich erstaunt die Augen. Mag auch sein, dass die eine der anderen zuflüsterte: Was für eine Chance! Hintern zusammenkneifen und durch! Das ist das letzte Mal, dass man dir freiwillig zuhört! Los! Sing! Hibiskusblüte!

Ich hatte noch nicht mal mehr Zeit, nervös zu werden.

Jedenfalls nicht sehr.

Immerhin waren etwa vierzig Personen im Saal anwesend. Die geweihten Klassisch-TV-Ensemblemitglieder! Ich kniff die Augen zusammen. Kannte ich die nicht aus dem

Fernsehen? Hatte ich sie nicht kürzlich bei einem Brahms-Requiem gesehen? Oder war es das Verdi-Requiem oder Beethovens Neunte gewesen?

Doch darüber zu spekulieren blieb keine Zeit. Das Klassisch-TV-Ensemble wollte was hören. Lauernd wie die Geier hockten die Mitglieder da und starrten mich abwartend an. Manche grinsten amüsiert, andere taten betont gelangweilt. Eine Frau mit rostroten Haaren in der ersten Reihe schaute demonstrativ auf die Uhr und murmelte sauer: »Isch muss ja noch den Zuch nach Erkelenz kriegen.« Eine andere mit Pagenschnitt gähnte. Eine Schaufensterpuppe links außen feilte sich die Fingernägel. Ein rotgesichtiger Mann in der letzten Reihe lugte kurz hinter seiner Zeitung hervor, bevor er sie geräuschvoll umblätterte. Zwei halbwegs gut aussehende jüngere Männer in der vorderen Reihe schätzten offenbar ungeniert meine Körbchengröße. Eine Art hyperaktiver Klassenkasper warf ein Radiergummi knapp an meinem Ohr vorbei.

Na toll. So viel freundliches Interesse. Da kann man ja nur sein Bestes geben.

Meine Gehirnzellen standen da, Hand in Hand, und riefen im Chor: Zeig es ihnen! Mach sie alle! Sing den Dvořák!

Kind, tu es nicht, sagte mein Über-Ich mit fester Stimme. Geh an die Gesamtschule Mörsenbroich.

Eine fiese, hinterhältige Panikattacke schlich sich von hinten an und legte mit eisenhartem Klammergriff ihre eiskalten Hände um meinen Hals. Darauf hatte ich nur gewartet. Gleich würde sie mir die Luft abdrücken! Gleich würde ich ohnmächtig werden. Die Gesichter verschwammen vor meinen Augen.

»Das ist jetzt noch die Frau …?«, sagte der Blockwart, der suchend in seinen Unterlagen blätterte.

»Wanda Zapf«, warf Thomas Rischmüller hastig ein. »Sie steht nicht auf der Liste.«

»Warum nicht?«, blökte der Blockwart. Na, der war wirklich schwer von Begriff. Ich hatte ihm doch mehrfach versichert, dass ich gar nicht vorsingen wollte!

»Mein Name ist so weit hinten im Alphabet, dass er meistens von Listen runterpurzelt«, versuchte ich einen Scherz, woraufhin einige Chormitglieder lachten und die Panikattacke sich kurzfristig zurückzog. Thomas fing einfach an zu spielen, und ich fing einfach an zu singen.

Du hast nichts zu verlieren, spornten meine Gehirnzellen mich an. Nur den Container in Mörsenbroich!, rief mein Ich. Und das Es hampelte übermütig vor mir herum und krähte: Stell sie dir alle in Unterhosen vor! Das tat ich, obwohl es mit dem schwermütigen Inhalt meiner Arie schlecht zu vereinbaren war. So versuchte ich möglichst überzeugend, auf einem Diwan zu erfrieren, das funktionierte immer ganz gut. Auch wenn ich vor Aufregung und Angst eher schwitzte. War das etwa eine Kamera, die da so blinkte? War sie etwa auf mich gerichtet? O Gott, sie würde doch nicht bemerken, dass ich … Hatte ich wirklich diese ungeputzten Winterstiefel an? Mit den Schneematschresten? Für ein Vorsingen beim elitären Klassisch-TV-Ensemble? Ich musste doch wohl wahnsinnig sein! Diesen leidenschaftlichen Wahnsinn mischte ich dem Dvořák bei. Thomas am Flügel gab alles. Mit geschlossenen Augen half er mir sehr einfühlsam beim Sterben. Wenn ich überhaupt etwas bemerkte, dann das: Stimme – sitzt. Frisur – sitzt nicht. Panikattacke – drückt sich im Hintergrund herum. Hat sich verflüchtigt. Greift nicht wieder an. Ich schaffe es! Ich halte durch! Ich ersticke nicht! Und wenn, dann gehört das zum Stück!

Aus den Augenwinkeln sah ich einige Leute die Köpfe

zusammenstecken und tuscheln. Kicherten sie etwa? Im besten Falle diskutierten sie über meinen gewöhnungsbedürftigen Namen. Im schlimmsten Falle über mein ganz und gar fernsehuntaugliches Outfit.

Eigentlich war es schon eine Frechheit, so vor ihre Augen – und das Auge der Kamera! – zu treten. Ich nahm mir vor, Rischmüller nachher mal so richtig eine reinzuhauen. Ich hätte mich wenigstens noch schminken können. Und die Schuhe putzen. Und kämmen. Mensch, ich war durch den Schneeregen geschlittert!

Als ich meinen Dvořák zu Ende geröhrt und Thomas noch ein paar Mollkadenzen als Nachspiel hinterhergeschickt hatte, brummte plötzlich eine volltönende Bassstimme von hinten links in die Stille: »Was haben Sie uns noch mitgebracht?«

Ich räusperte mich verlegen. »Also, mitgebracht habe ich eigentlich nur das, was ich im Rucksack habe …« Dabei kam ich mir vor wie Knecht Ruprecht.

»Sie hat noch die *Vier ernsten Gesänge* von Brahms«, sprang Thomas mir hilfreich bei. »Und die *Kindertotenlieder* von Mahler.« Er kratzte sich an der Glatze. »Und die *Vier letzten Lieder* von Richard Strauss.«

Tja, liebe Freunde. Ich war eben irgendwie immer das Letzte. Schon mein Nachname hatte mich als Schulkind stets in die letzte Reihe geschickt. Heiteres hatte ich leider nicht im Gepäck. Weder *Ich bin die Christel von der Post* noch *Ich lade gern mir Gäste ein.* Ich musste immer schwere, reuevolle, dramatische, ernste Gesänge singen. Obwohl ich im Grunde meiner Seele ein heiterer, unbeschwerter Mensch bin, kam mir nie eine Kantate mit einem fröhlichen Halleluja über die Lippen.

»Ich wandte mich und sahe an alle, die Unrecht leiden unter der Sonne«, sagte Thomas Rischmüller aufmunternd. »Das hat sie auswendig drauf.«

»Können Sie etwas Höhe zeigen?«, kam es von der Bassstimme.

Ich fasste mir ratlos an den Hals. »Also, ehrlich gesagt …« Die Panikattacke pirschte sich schon wieder heran. Schadenfroh grinsend legte sie ihre kalten Hände um meinen Hals und begann mich zu würgen.

»Gewiss doch«, dienerte Thomas Rischmüller eiligst und schlug mir das Lied vom Tod auf.

»*O Tod, wie bitter bist du.* Das geht immerhin bis zum hohen Fis.«

Wie gut, dass ich das für unsere heutige Probe auswendig gelernt hatte!

»Wenn an dich gedenket ein Mensch, der gute Tage und genug hat«, sang ich und bemerkte dabei, dass die Frau mit den rostroten Haaren wieder sauer auf die Uhr sah. Den Zug nach Erkelenz konnte sie sich jetzt abschminken. »O Tod, wie wohl tust du dem Dürftigen!«

Als auch dieser traurige Gesang verebbt war, sah ich einige Köpfe im Saal nicken.

»Wir hätten noch die *Kindertotenlieder* von Mahler«, wiederholte Thomas Rischmüller. Bevor ich überhaupt überlegen konnte, wie die noch mal gingen, sang ich schon: »Wenn mein Mütterlein tritt zur Tür herein …« Das ging runter bis zum tiefen G. Ich mischte meinem traurigen Gesang viel Bruststimme bei.

»Die Zapf geht ja ab wie ein Zäpfchen«, brummte jemand mit rabenschwarzem Bass aus der hinteren Reihe, gefolgt von sattem Gelächter. Einige von den jüngeren Männern wurden rot. Eine beflissen blickende Dame aus der ersten Reihe, die einen Teebeutel durch ihren Pappbecher zog wie ein unartiges Kind an den Ohren, zischte Tadelndes nach hinten.

»Immerhin singt sie für den zweiten Alt vor«, warf der

Klassensprecher mit der tiefen Stimme, der hier offenbar das Sagen hatte, ernsthaft ein. »Die Tiefe sitzt ganz profund.«

Ja, bei dir aber auch, mein Lieber, dachte ich.

»Sie singt sauber und hat kein Tremolo«, gab die Frau mit den rostroten Haaren und dem rheinischen Akzent zu bedenken und wandte sich zum Gehen. »Dat hatten wir hier lange nicht mehr. Also, den 18 Uhr 08 nach Erkelenz könnte isch gerade noch kriegen, wenn isch renne ...«

»Setz dich!«, zischte ihre Nachbarin, eine breitschultrige Dame mit Pferdehaaren. »Jetzt haben wir endlich mal brauchbares Material, und du denkst nur an deinen Zug nach Erkelenz!«

»Das ist *Dienst*«, schnarrte der Blockwart von rechts. »Vorsingen ist *Dienst*, und du hast bis 18 Uhr *Dienst*!«

Es war fünf vor sechs.

Oh. Sie stritten doch nicht etwa wegen *mir*?

»Also, von mir aus können Sie gern gehen«, sagte ich schüchtern, »ich will Sie nicht weiter ...«, aber der Blockwart brachte mich mit einer wegwischenden Handbewegung zum Schweigen.

»Können Sie vom Blatt singen?«

Mir gefror das Blut in den Adern. Sie – wollten mich? Ich sollte ... Also war ich jetzt ... Die Panikattacke hob eine Axt, um mir den Schädel zu spalten.

»Also, eigentlich bin ich nur so mitgekommen ...«, murmelte ich mit ersterbender Stimme und schaute bänglich fragend zu Thomas Rischmüller hinüber, der sich mit seinen langen Fingern begeistert über die drei blonden Härchen auf seinem Kinn strich, die er wahrscheinlich für einen Bart hielt und aus denen er nachts bestimmt heimlich einen Zopf flocht.

»Natürlich kann sie vom Blatt singen«, kiekste er nun

aufgeregt. »Sie hat ein Stipendium und ist Meisterschülerin von Frau Professor Hella Glanz. Sie macht Ende des Jahres ihr Konzertexamen.«

Ich überlegte, ob es sinnvoll war, wissend zu nicken und hinzuzufügen, dass ich meiner Mutter versprochen hatte, nach dem Examen sofort eine Lehrerstelle an einer Gesamtschule anzunehmen. Irgendwie spürte ich, dass diese Bemerkung destruktiv wirken könnte, also schluckte ich sie mitsamt meinem Kloß im Hals herunter.

»Wenn Sie bitte draußen warten würden«, sagte der Sonore mit dem wohltönenden Bass freundlich. »Wir haben hier kurz etwas zu besprechen.« Dienstbeflissen sprang der Blockwart herbei, hielt mir auffordernd die Tür auf und schickte mich mit einer ruckartigen Kopfbewegung hinaus.

Der wäre eigentlich viel besser für die Kinder in der Gesamtschule geeignet, dachte ich. Da gäbe es keine langen Diskussionen.

Erschöpft sank ich in die zerschlissene grüne Polsterecke mit Blick auf einen übel riechenden Drehaschenbecher auf einem zerkratzten Glastisch.

Was war denn das jetzt gewesen? Ich hatte für eine Altvakanz vorgesungen? Im Klassisch-TV-Ensemble? Von dessen Existenz ich vor zwei Stunden noch nicht gewusst hatte? Was mochte das bedeuten?

Die Panikattacke hatte sich davongeschlichen, nur mein wummerndes Herzklopfen und eine unbeschreibliche körperliche Erschöpfung waren übrig geblieben. Ich kam mir vor, als hätte ich gerade einen Dreitausender bestiegen.

Meine völlig überforderten Gehirnzellen standen immer noch Hand in Hand in meinem Hinterkopf und nickten. Warte mal ab, Wanda, warte mal ab. Wer weiß, wozu das gut war. Musste Muttern ja nicht sagen.

Aber wir hatten abgemacht, sagte mein rechthaberisches Über-Ich hitzköpfig, dass ich die Beamtenstelle in Mörsenbroich …

Genau in diesem Moment kam der hauseigene Klavierspieler aus der Kneipe getaumelt, fädelte sich mit erstaunlicher Wendigkeit in die Drehtür ein, wischte den Bodenstaub einmal im Kreis herum und glitt auf meiner Seite wieder heraus. Donnerwetter. Das war Millimeterarbeit. Das machte der nicht zum ersten Mal. Ohne mich eines Blickes zu würdigen, drückte er seine Zigarette neben mir im Aschenbecher aus und verschwand in eben jenem Saale, aus dem man mich gerade hinauskomplimentiert hatte. Mit roten Ohren schlüpfte nun Thomas Rischmüller heraus. »Sie wollen dich! Kannst du dir das vorstellen?«

»Nein.«

»Ist das denn zu fassen?« Er hüpfte wie ein Kasper vor mir auf und ab. »Ich habe es doch gewusst!«

»Aber was ist mit den Hibiskusblüten? Ich meine, die wollten doch wirklich …«

»Die sollen es nächstes Jahr noch mal versuchen«, erklärte Thomas Rischmüller und riss sich die Pudelmütze von der Glatze. »Du sollst jetzt noch was vom Blatt singen. Sie suchen gerade ein modernes Stück aus, das du nicht kennen kannst. Ich warte dann in der Kantine auf dich.«

Der kalte Schweiß brach mir aus.

Die Panikattacke schoss erneut aus dem Hinterhalt hervor und umklammerte mit Eisenfingern meine Lungenflügel, die daraufhin zu platzen drohten. Ich starrte Rischmüller mit offenem Mund an.

»Mensch, Wanda!«, sagte er. »Das kannst du doch! Du hörst doch absolut!«

»Nein! Ich höre absolut NICHTS!«

Das stimmte. In meinem Kopf summte und surrte es, meine Gehirnzellen schrien alle durcheinander. Zeig's ihnen! – Jetzt scheiß doch auf dein Lampenfieber! – Du hast sechs Semester lang Solfège gemacht. – Komm, e-Moll hörst du doch auch immer, besonders bei Südwind!

Mein Über-Ich dagegen sagte freundlich, aber bestimmt: Vom Blatt singen ist vergleichbar mit freihändig Fahrrad fahren. Wenn man in der Spur bleibt, kann es gut gehen. Wenn nicht, knallt man kopfüber in den Rinnstein.

Mein Über-Ich konnte wirklich sehr witzig sein.

Die Tür flog auf, und der Blockwart schoss heraus. »Sind Sie so weit?«

»Natürlich«, antwortete Thomas Rischmüller.

»Na dann mal los«, sagte der Blockwart schon eine Spur versöhnlicher. »Sie sind heute die Einzige, die überhaupt infrage kommt. Also enttäuschen Sie uns nicht. Aber beeilen Sie sich. Wir haben nur noch drei Minuten Dienst.«

Aber ich will doch gar nicht in Ihr blödes Ensemble, wollte ich wimmern, ich will ja nach Mörsenbroich, sonst gibt's Ärger mit meiner Mutter, die kennen Sie noch nicht, aber ich kenne sie, und das nicht zu knapp, die sitzt jetzt im Borkenkäferweg am Klavier und unterrichtet die Kleinstadtjugend ... Doch da packte mich der Blockwart buchstäblich am Schlafittchen und schob mich wieder an den Flügel.

Vierzig Augenpaare starrten mich an. Den Zug nach Erkelenz würde niemand mehr erreichen. Ich fühlte mich der rostrothaarigen rheinischen Frohnatur und den anderen gegenüber schuldig. Die Sendesaaluhr zeigte 17:57. Noch drei Minuten. Drei Minuten, die über mein weiteres Leben entscheiden würden. Jetzt bloß nicht darüber nachdenken! Die Panikattacke hockte grausam grinsend hinter den Notenpulten. Oder waren es die Ensemblemitglieder, die so grausam grinsten?

Am Flügel saß, ganz wie ich vermutet hatte, der hauseigene Klavierspieler, der bis eben noch in der Kneipe gewesen war. Er leckte an seinem Finger, blätterte die Noten um und schien auf der Suche nach einer passenden Stelle zu sein.

»Unser Herr Gutknecht wird Ihnen gern das A geben«, brummte der Klassensprecher mit der wohltönenden Sarastro-Stimme gönnerhaft.

Na, da wäre ich mir nicht so sicher, wollte ich sagen. Der wird mir gar nichts geben. Und schon gar nicht gern. Noch nicht mal einen Blick, geschweige denn ein aufmunterndes Lächeln gönnt der mir.

»Sie können sicher verstehen, dass wir für diese letzte Prüfung lieber jemand Neutralen nehmen und nicht Ihren eigenen Begleiter.« Der Klassensprecher lachte jovial und tief, als er mein bestürztes Gesicht sah. »Der würde Ihnen womöglich helfen, und das wollen wir doch nicht!« Er ließ seinen Worten eine profunde Bass-Lache folgen. Hohoho. »Wir haben hier ein Stück für Sie, das wir gerade selbst proben. Eine Auftragskomposition für das Klassisch-TV-Ensemble. *Requiem für eine Zahnbürste.* Ein zeitgenössisches, nicht ganz unschwieriges Werk.«

Jemand drückte mir ein Notenblatt in die Hand. Mit Entsetzen registrierte ich, dass dieses Stück von einem durchgeknallten Selbstverwirklicher im Wahn komponiert worden sein musste. Es sah so aus, als hätte jemand seinen Aschenbecher über dem Notenblatt ausgeleert. Vielleicht hatte er auch einfach nur Tinte oder tote Fliegen darauf gekippt.

Georg Friedrich Hanselmann lautete der Name des Genialen, und sein Werk hieß vollständig: *Requiem für eine Zahnbürste – Sieben Klangräume im Mundraum.*

Der Vorname des Meisters – Georg Friedrich – ließ mich

kurzzeitig noch an das Gute im Menschen glauben, denn der von mir hochverehrte und gern gesungene Händel hat lauter übersichtliche Arien komponiert, die ich sicher irgendwie bewerkstelligt hätte, solange keine Koloraturen darin waren.

Aber bei diesem Machwerk handelte es sich um eine sinnlose Aneinanderreihung von schaumigen Tönen und gurgelnden Geräuschen.

»Also bitte. Können wir?«, sagte der Blockwart ungnädig und schaute auf die Uhr. Er war nicht der Einzige im Raum, der sich dieser liebenswerten Geste befleißigte. Einige packten sogar schon ihre Taschen.

Herr Gutknecht gab mir mit dem Finger, an dem er gerade noch geleckt hatte, ein A. Es hallte kläglich und nackt von den schalldichten Wänden des Sendesaales wider. Die Kamera ging an. Das rote Auge blinkte. O Gott. Die filmten das doch nicht ernsthaft? Ich wollte versinken. Ich fühlte mich wie in Unterwäsche auf dem Laufsteg. Nackt, armselig, dem Gespött der Menschheit preisgegeben.

Kind, so wirst du dich vor deinen Schülern jeden Tag fühlen. Da ist es gut, wenn du schon mal übst, belehrte mich mein Über-Ich. Du darfst es einfach nicht persönlich nehmen.

Mein Blick irrte Hilfe suchend zu Herrn Gutknecht, aber der kritzelte gerade mit einem Bleistiftstummel in sein Kreuzworträtsel.

Wollte er mir etwa keinerlei weitere Anhaltspunkte geben?

Nein. Offensichtlich nicht. Er tat so, als gäbe es mich gar nicht. Als stünde ich nicht vor Angst schlotternd einen Meter von ihm entfernt und flehte ihn mit Blicken um Hilfe an.

Na, dann eben nicht.

Der erste Ton war ein tiefes As. Ich oktavierte also und

setzte noch einen Halbton drunter. Getroffen. Dann kam ein Tritonus nach oben, eine Quart, dann eine Quintole mit fünf völlig zusammenhanglosen Tönen zwischen dem hohen Fis und dem eingestrichenen Es, dann eine Triole, eine überpunktierte Halbe auf Fes (hä?), dann ein lang gezogenes Bbbbrrrrr in Quietschhöhe – hier schien die Zahnbürste zur Hochform aufzulaufen –, und dann »röcheln, keuchen, hinten im Gaumen, wie ein Sterbender«.

Letzteres kam meiner Stimmung sehr entgegen.

Ich schusterte mir diesen Quatsch zusammen und röchelte in verschiedenen Tonhöhen. Wenn die Kamera nicht deutlich sichtbar vor meiner Nase geblinkt hätte, wäre ich mir sicher gewesen, dass es sich nur um einen Scherz mit der versteckten Kamera handeln konnte.

Nachdem ich mich durch das ganze Notenblatt gestöhnt, gebrummt, gequietscht, gezischt und geröchelt hatte und mir die Spucke schon am Kinn hinunterlief, schaute ich schuldbewusst auf. Ein schiefes Grinsen konnte ich mir nicht verkneifen. »Die Zahnbürste ist tot.«

»Na bitte«, sagte zu meiner Überraschung der Blockwart. »So ähnlich klingt das, wenn es fertig ist.«

»Für vom Blatt gesungen janz juht«, bemerkte die Frau, die wegen mir ihren Zug nach Erkelenz verpasst hatte.

»Die Zapf hat's ja voll drauf«, kommentierte eine Männerstimme, gefolgt von bollerigem Gelächter aus mehreren Sängerkehlen. Hohoho!

»Na ja, so ungefähr«, sagte ich verlegen. War das, was da auf dem Notenblatt stand, etwa wirklich so gemeint?

»Haben Sie schon öfter moderne Musik gesungen?«

Nein, wollte ich sagen. Noch nie. Ich spiele auch nicht Golf, falls Sie mir weitere bescheuerte Fragen stellen wollen. Ich schlage nachts meinen Kopf auch nicht auf die Fensterbank, um meine Albträume loszuwerden. Ich stricke auch keine Klopapierersatzrollenmützen für die Hutablage. Eigentlich bin ich ganz normal.

»Oh«, hauchte ich stattdessen, weil die Sache anfing, mir Spaß zu machen. »Moderne Musik ist meine Leidenschaft.«

Stimmte ja auch. Richtig tolle, fetzige Mucke. Jazz und Pop und Rock und so.

»Wie alt sind Sie?«, fragte der Blockwart, der solcherlei Informationen ja nicht in seiner Liste fand.

»Vierundzwanzig«, antwortete ich wahrheitsgemäß.

Offensichtlich waren darob alle erstaunt.

»So jung!«, raunte es anerkennend durch die Reihen. Und dann kann sie schon Noten lesen, freihändig stehen und sich allein die Schuhe zubinden!

»Abstimmung!«, rief jemand, und der sonore Klassensprecher komplimentierte mich erneut zur Tür hinaus. Immerhin war er so freundlich, selbige aufzuhalten und mir zudem ein wirklich nettes Lächeln zu schenken. Oder sollte dieses joviale Augenzwinkern so etwas wie ein ... Flirtversuch sein? Merkte er denn nicht, dass ich vor Adrenalinstößen schier zu zerbröckeln begann?

Wieder sank ich in die grüne Sitzgarnitur, wo ich etwa eine Minute lang reglos verharrte.

Dann wurde ich wieder hereingewunken.

Auch der Blockwart zwinkerte nun verschwörerisch.

»Einstimmig«, verkündete der Klassensprecher und klopfte mir anerkennend auf die Schulter. »Sehr schön. Hohoho.«

»Ja, wie jetzt ...?«

»Sie hören von uns«, fuhr er freundlich fort. »Sind Sie kurzfristig abkömmlich?«

»Nein, ich wandere morgen nach Australien aus und heirate dort einen entfernten Cousin aus Paderborn.«

Zu meiner Überraschung lachten alle.

»Die ist nicht auf den Mund gefallen …«

Ich lächelte unsicher.

»Wäre auch keine gute Voraussetzung für diesen Job …«

Die Kamera blinkte nicht mehr und wurde weggerollt. In der hinteren Studioecke wurde ihr ein Mäntelchen übergeworfen. So, schlaf schön, Kamera.

»Morgen zehn Uhr«, murmelte Herr Gutknecht, der Korrepetitor, wobei er niemanden anblickte. Dann rollte er seine Bild-Zeitung zusammen und watschelte ohne weiteren Gruß aus dem Raum.

Wahrscheinlich bedeutete dies: »Danke für die gute Probe, und euch allen noch einen schönen Abend.«

Irgendwie konnte der Mann sich nicht so äußern, wie er wollte, das war mir schon klar. Wie bei einem wunderlichen Monarchen kannte der Hofstaat aber seine Schrullen und hatte sich professionell darauf eingestellt, denn nun erhoben sich alle schwatzend und scharrend, griffen nach ihren Jacken und Mänteln, schraubten ihre Notenständer höher oder tiefer, warfen Lutschtabletten, Romane, Sudokus, Zeitschriften, Strickzeug und Thermoskannen in ihre Taschen, kramten ihre Handys hervor und suchten das Weite. Manche rannten, auf die Uhr schauend, manche schlenderten, manche schritten erhobenen Hauptes grußlos davon, andere sahen sich bemüßigt, mir einen mittelfreundlichen bis abschätzenden Blick zuzuwerfen, die meisten telefonierten bereits. Nach kurzer Zeit war der Raum leer.

Nur der Notenwart wanderte noch ruhelos zwischen den Pulten umher und sammelte die Noten ein. Er nickte mir flüchtig zu, als ich verlegen grüßend den Saal verließ.

# *Kapitel 3*

In der Kantine harrte, auf einer halben Pobacke hockend, Thomas Rischmüller meiner Wenigkeit. Seine Pudelmütze lag auf dem Stuhl neben ihm. Er riss sie sofort freudig erregt an sich und bedeutete mir, Platz zu nehmen.

»Gratulation!«

»Du hast mich ja ganz schön reingelegt.« Ich hatte das Bedürfnis, ihn zu umarmen und gleichzeitig zu prügeln.

»Mensch, die haben dich genommen!« Rischmüllers Stimme überschlug sich fast.

»Ja, so was in der Art habe ich mir auch schon gedacht.« Geschafft ließ ich mich auf den Stuhl fallen. »Und was bedeutet das?«

Mensch, Wanda! Weißt du eigentlich, dass sich alle nach diesem Job die Finger lecken?«

»Nein.« Ratlos rührte ich in dem Kaffeebecher, den Rischmüller mir hingeschoben hatte.

»Die zahlen dir glatt drei sechs im Monat! Für schlappe drei Stunden Probe am Tag!«

»3600 … Euro? Für *drei* Stunden Probe am Tag?«

»Ja, Mensch! Und vierzehn Monatsgehälter! Wenn du das Probejahr bestehst, bist du lebenslang fest angestellt! Und du machst Reisen um die ganze Welt! Ich hab doch gesagt, das ist wie ein Sechser im Lotto.«

»Du meinst, ich muss nicht die nächsten vierzig Jahre an der Gesamtschule verbringen?« Ich schloss meine eiskalten, klammen Hände um den Kaffeebecher und pustete.

»Nein!« Thomas Rischmüller schien nicht fassen zu können, dass ich es nicht fassen konnte. »Wie kommst du denn auf so einen Quatsch? Solistin kannst du immer noch werden, aber jetzt bist du da erst mal drin.«

»Ich bin da jetzt … drin?«, fragte ich mit garantiert leicht bescheuertem Gesichtsausdruck, wie einst Boris Becker in jenem Werbespot, nachdem er es ins Internet geschafft hatte.

»Ja!« Thomas lachte obertonreich und umarmte mich.

Wie aus dem Boden gewachsen stand plötzlich der Klassensprecher – hohoho – vor mir, der hier wohl der Wortführer war.

»Alles klar«, sagte er mit dieser unglaublich dunklen, wohltönenden Bassstimme, die mich langsam anzutörnen begann. »Ich war schon im Sekretariat und habe alles in die Wege geleitet. Da uns keine Bewerbung vorliegt, müssten Sie die bitte noch nachreichen. Lebenslauf, Zeugnisse, das übliche Programm.« Er lachte wieder seine profunde Bass-Lache und schien sich am Klang seiner sonoren Stimme selbst zu erfreuen.

»Ja, also …« Eigentlich lag meine Bewerbung samt Zeugnissen und Lebenslauf in Mörsenbroich.

»Das eilt aber nicht«, brummte er jovial, nahm plötzlich und unerwartet meine Hand und schüttelte sie lange und fest.

»Ich bin übrigens der Ensemblepräsident. Robert Herold. An mir kommt keiner vorbei.« Er lachte wieder. War der wegen mir so gut drauf? Freute er sich etwa wirklich darüber, dass ich in die hehren Kreise des Klassisch-TV-Ensembles aufgenommen worden war?

»Ich bin Wanda«, erwiderte ich scheu. »Wanda Zapf.« Sagte man in diesen Kreisen Sie oder du? Und warum lachte er immerzu so bollerig? Es wirkte schon fast zwanghaft. So witzig war unser Dialog nun auch wieder nicht.

»Wunderbarer Name«, ließ Robert Herold verlauten. Erneut brachte er seinen Stimmsitz in Stellung und feuerte einen kleinkalibrigen Kalauer in die Kantine: »Wanda, das Wunder!«

Muss ich erwähnen, dass er schallend und sonor über seinen eigenen Witz lachte? Sein samtenes Bassecho hallte durch die ganze Kantine.

Mehrere Mitarbeiter, die an ihren Tischen saßen und aßen oder sich unterhielten, sahen sich kurz kopfschüttelnd nach ihm um, bevor sie sich wieder ihren Beschäftigungen zuwandten. Offensichtlich war man diesen Kollegen samt seiner voluminösen Ivan-Rebroff-Lache hier schon gewohnt.

Bevor unser spritziger Dialog seinen Fortgang nehmen konnte, erschien der Blockwart, mit Formularen und seinem Laptop bewaffnet. Er zwinkerte immer noch oder wieder verschwörerisch, als er meiner gewahr wurde.

»Das ist Rainer Kleinehellefort, unser Schriftführer«, brummte Robert, schickte sicherheitshalber einen rabenschwarzen Lacher hinterher und ließ sich auf den Stuhl neben mir fallen.

Der Schriftführer knallte seinen Laptop auf den Tisch und setzte sich ebenfalls.

»Rainer Kleinehellefort«, schnarrte er so förmlich, dass sein Schnurrbart zitterte. »Vizepräsident des Ensembles.« Das mit dem Schriftführer wollte er so anscheinend nicht stehen lassen. Er war ganz klar erster Tenor. Aber einer von der stechenden Sorte. Vorderer Nasenbein-Stimmsitz.

»Glückwunsch«, bellte er mich an. »Das war ja ganz unverhofft!«

»Unverhofft kommt oft«, bollerte Robert und freute sich sichtlich über seine Pointe. Hohoho.

»Ja, für mich auch …« Ich nickte tapfer und gefasst – wie

man nickt, wenn man gerade erfährt, dass man sich wegen unerwarteter Turbulenzen im Flugzeug anschnallen soll.

»Toll, wirklich, ganz toll«, warf Thomas Rischmüller ein. »Frau Zapf hatte ja gar keine Ahnung, dass es das Klassisch-TV-Ensemble überhaupt gibt.«

»Klappe«, zischte ich ihm zu.

In dem Moment tauchte schon wieder ein Mann an unserem Tisch auf. Er trug einen hellgrauen Anzug und eine dunkelgraue Krawatte zu einem mittelgrauen Hemd, war groß und breitschultrig und das, was meine Mutter auf Anhieb als »gediegen« bezeichnet hätte. Genau so stellte sie sich den Lehrerkollegen vor, den ich ihrer Meinung nach an der Mörsenbroicher Gesamtschule kennenlernen würde. Ihren Schwiegersohn in spe. Eine gut gewählte Mischung aus allen Grautönen dieser Welt.

»Ah, unser Herr Dr. Kalb kommt sogar eigens herunter«, moderierte Robert Herold den neuen Gast an und sprang auf, um dem hohen Dr. Kalb die Hand zu reichen. »Das Wunder von Wanda hat sich bereits bis in die Chefetage herumgesprochen …«

Herr Dr. Kalb schüttelte mir die Hand und sagte mit einer erfrischend normalen, unsängerischen Stimme, dass er der Intendant des Hauses sei. Irgendwie sah er auch aus wie ein Kalb: groß, kräftig und gesund.

»Herr Dr. Kalb hat immer das letzte Wort«, schnarrte Herr Kleinehellefort. »Er hat sich die Aufnahme bereits angesehen und alles abgenickt.«

»Oh.« Ich errötete. »Tut mir leid, dass ich quasi so von der Straße …« O Gott, meine Stiefel!

»Schon gut«, sagte Dr. Kalb. »Ich habe schon gehört, dass Sie gar nicht auf ein Vorsingen eingestellt waren.«

»Nein, war sie nicht, wirklich nicht!«, bestätigte Thomas

Rischmüller mit vollem Mund. Er hatte sich vom Buffet Kuchen geholt. »Sie ist einfach nur so mitgekommen. Wie gut, dass sie schon eingesungen war! Und gar keine Zeit hatte, aufgeregt zu werden … Sie hat sonst immer solches Lampenfieber, dass sie ständig aufs Klo …«

»Musst du nicht noch in eine Probe?«, unterbrach ich seinen Redeschwall und trat ihm unter dem Tisch gegen das Bein.

Dann erfuhr ich aus berufenem Munde, dass ich für ein Jahr zur Probe in das Klassisch-TV-Ensemble aufgenommen sei, bei Gefallen dann auch für immer, dass ich einstimmig gewählt worden sei, was in der Geschichte des Ensembles seit dem Tag der Gründung im Jahre 1964, als man noch in Schwarz-Weiß sendete, noch nie passiert sei, und dass ich ab morgen früh um zehn an den Proben für Georg Friedrich Hanselmanns Requiem teilnehmen und folgerichtig nächste Woche mit nach Amsterdam zum Konzert fahren würde. Auch, dass ich mit sieben Jahren Abstand die Jüngste sei, die jemals Mitglied in diesem Ensemble geworden sei. Und dass man dringend auf der Suche nach Nachwuchs sei, aber die Sänger würden alle entweder erst mal an Opernhäusern verbraten, bis ihre Stimmen für das Klassisch-TV-Ensemble nicht mehr tauglich seien, weil man durch ihr Vibrato dann einen Medizinball werfen könne, oder seien einfach abgrundtief schlecht. Dass jemand in meinem Alter keine Ambitionen in Richtung Opernbühne habe, sondern den Mut und die Vernunft, gleich in das beste Profi-Ensemble Deutschlands zu gehen, sei so selten wie eine Nadel im Heuhaufen.

Der erste berufene Mund erzählte mir dies jovial und sonor lachend, der zweite militärisch schnarrend, der dritte – der mit dem Doktortitel – ruhig und sachlich, wobei ein gewisser zufriedener Stolz in seiner Stimme mitschwang. Thomas Rischmüller krähte bestätigend dazwischen, dass es ja eigentlich seine Idee gewesen sei, dass ich doch allen Ernstes noch nie vom Klassisch-TV-Ensemble gehört hätte (Klappe!) und sogar vorgehabt hätte, in den Schuldienst zu gehen (Klappe!), und war so stolz, als hätte er mich eigenhändig aus Lehm erschaffen. Oder aus seiner eigenen Rippe.

Irgendwann knallte der Sektkorken.

Sogar die Kameraleute, Orchestermitglieder, Nachrichtensprecher und Redakteure an den Nebentischen applaudierten, als die vier Männer an meinem Tisch ein übers andere Mal laut »Prost«, »Herzlichen Glückwunsch!«, »Auf gute Zusammenarbeit!« und »Willkommen bei Klassisch-TV!« riefen. Besonders Robert Herold sang es wie eine Arie. Sonor und wohltönend. Mit heiligem, tiefem Ernst. In diesen heiheiligen Hahallen …

Ich war aufgenommen! Ich hatte eine feste Anstellung! Ich konnte Mörsenbroich vergessen!

# *Kapitel 4*

Am nächsten Morgen stand ich lange vor dem Spiegel. Ein kleiner fieser Kater pochte hinter meinen Schläfen. Der Kantinensekt. Wir hatten ja auch vier Flaschen geleert und schon eine Menge kollegialen Spaß gehabt! Die zweideutigen Bemerkungen der Herren waren an meinem Komikzentrum abgeprallt wie von einem Trampolin, und ich hatte mit noch viel zweideutigeren Bemerkungen zurückgeschossen, sodass sich am Ende sogar Thomas Rischmüller für mich schämte und sich seine Pudelmütze über das Gesicht zog – nach dem Motto »Ich kenne des Menschen nicht«. Na ja, ich war halt völlig durch den Wind vor lauter Glück und am Ende auch richtig betrunken. Dass dieser Kelch an mir vorübergegangen war! Das Mörsenbroicher Ei konnte nun jemand anderem im Halse stecken bleiben!

Was sollte ich denn jetzt anziehen? Ein Outfit nach dem anderen flog nach kurzer Begutachtung auf mein Bett.

Zu bieder, zu brav, zu albern, zu bunt, zu anbiedernd, zu lässig, zu fein. Zu spießig, spießig, spießig!

Lauter Borkenkäfer-Panzer! Alles Lehreroutfits!

Vierzig Augenpaare würden mich heute taxieren!

Eigentlich hatte ich nichts anzuziehen. Nichts.

Auch Thomas Rischmüller konnte mir keinen brauchbaren Ratschlag geben, als ich ihn panisch anrief. »Zieh doch einfach dasselbe an wie gestern«, riet er mir in seiner unnachahmlich kreativen Art. »Das sah doch prima aus.«

Wahrscheinlich hielt er sich selbst an diese goldene Regel, 365 Tage im Jahr.

»Ist das nicht ein Ding? Gestern um diese Zeit wusstest du noch gar nicht … und jetzt bist du … Mensch, Wanda! Die stehen auf dich!«

»Aber nicht mehr lange! Ich hab nur Klamotten für den Mörsenbroicher Container«, jammerte ich, während ich mir mit einer Hand die Schläfen massierte. »Aber danke, dass du mich vor dem gerettet hast. Das werde ich dir nie vergessen.«

Von Thomas Rischmüller war keine modische Beratung zu erwarten. Wie blöd von mir, ihn anzurufen. Auch meine Mutter wollte ich unter keinen Umständen jetzt schon in die kurzfristige Planungsänderung in meinem Leben einweihen. Sie hätte mir außerdem zu einem »gediegenen, bescheidenen Auftreten mit flachen, geputzten Schnürschuhen und wenig Make-up« geraten.

Endlich hatte ich mich für einen schwarzen Rollkragenpullover (Über-Ich), eine schwarze Lederhose (Ich) und meine gewagten schwarzen Lackstiefel (Es) entschieden. Die Lackstiefel waren zwar ganz schlicht, aber hochhackig – sonst hätte ich keinen einzigen Eyecatcher gehabt. Die Stiefel sollten von meiner Problemzone Haupthaar ablenken. Denn natürlich hatte ich keine Zeit gehabt, mir schnellstens neue Strähnchen und einen anständigen Schnitt machen zu lassen. Mein Es hatte übrigens schon einen winzig kleinen Seitenblick auf den bollernden Präsidenten-Robert geworfen, auch wenn mein Über-Ich das schmallippig und mit strengem Blick leugnete.

Die Stiefel waren deutlich besser als die schneerändrigen Treter von gestern. Mein Ich nickte zufrieden. Das Outfit war schlicht und klassisch und betonte meine langen Beine. Was anderes wollte ich nicht betonen, deshalb der Rollkragenpullover. Schließlich wollte ich mir unter meinen neuen Kolleginnen keine Feinde machen.

Dann sang ich mich in meinem winzigen Badezimmer vor

dem Spiegel lange und gründlich ein, wobei ich mir sinnlos den Lockenstab durch die Haare zog und keinerlei Plan hatte, wie meine Frisur für den ersten Probentag aussehen sollte. Nach rechts oder nach links gescheitelt? Nach hinten, streng aus dem Gesicht? Oder nach vorn, mit seitlich fallendem Pony? Wie war meine Frisur eigentlich gestern gewesen? Hatte ich überhaupt eine gehabt?

O Gott, ich würde mit dem Ensemble nach Amsterdam fliegen … Am kommenden Montag schon! In vier Tagen. Wahnsinn! So etwas Verrücktes! Ich war noch nie zuvor in Amsterdam gewesen. Und wie würde wohl die Zimmerverteilung aussehen? Steckten die einen nach Geschlechtern getrennt in Mehrbettzimmer? Wie auf einer Klassenfahrt? Wer schlief oben, wer unten? Und machte der Blockwart, äh, Herr Kleinehellefort um zehn das Licht aus? Würden wir Kissenschlachten veranstalten? Oder wenigstens eine Mitternachtsparty? Bestimmt würden wir abends am Kamin romantische Lieder zur Gitarre singen. Wahnsinn, mit vierzig Sängerinnen und Sängern auf Reisen zu sein! Ich war so aufgeregt, dass meine Hände zitterten. Und meine Stimmbänder auch.

❋

Über meinem unentschlossenen Hin und Her hätte ich fast die U-Bahn verpasst, aber schließlich saß ich drin.

Um Punkt zehn Uhr würde die erste Probe meines Lebens mit dem Klassisch-TV-Ensemble beginnen.

Hatte der Gutknecht doch gesagt – »Morgen, zehn Uhr«.

Ich räusperte mich nervös. War ich zu früh? Das wäre peinlich. Anbiederisch. Streberhaft. Zu spät? Noch viel peinlicher!

Was erwarteten die von mir? Dem jüngsten Neuzugang *ever*? Sie würden mich mit Argusaugen und -ohren …

Wie sollte ich mich benehmen?

Kind, sei natürlich und bescheiden und rede nur, wenn du gefragt wirst.

Also, hallo erst mal, ich weiß nicht, ob Sie es schon wussten, aber mein Name ist Wanda … Wanda Zapf. Auch genannt »die Zapfsäule«. Weil ich so trinkfest bin. Hohoho. Ich hörte den Präsidenten-Robert schon lachen.

Bloß keine Anbiederei! Nein, auf keinen Fall.

Guten Morgen, ich bin die Neue, wo darf ich sitzen?

Im Geiste hörte ich Herrn Kleinehellefort mit zitterndem Schnauzbart schnarren: »Die Neuen sitzen nicht, die stehen. Und zwar mit dem Gesicht zur Wand. Und kriegen alle halbe Stunde mit der Stimmgabel was hinter die Löffel.«

Ich stellte mir die Gesichter von gestern vor, die zwei Reihen mit den Notenpulten. Wo würde ich eingereiht werden? Wer würde mein Nachbar sein? Wann würde ich in das erste Fettnäpfchen tappen? Wann den ersten Einsatz verpatzen? Wann in eine Generalpause hineinblöken? Wann den Ersten mit dem falschen Namen ansprechen?

Mein Blick irrte durch die volle U-Bahn, die sich gerade wieder in eine Kurve warf, sodass alle Fahrgäste durcheinanderpurzelten. Und plötzlich sah ich ihn. Zwischen Jugendlichen mit herunterrutschenden Hosen und Schlägerkäppis, zwei kichernden Mädels, die sich gegenseitig mit dem Handy fotografierten, anderen Passagieren, die stehend an Schlaufen Halt suchten, und älteren Damen, die ängstlich ihre Handtaschen umklammerten, saß er neben einem Rentner, der seinen Zwergschnauzer an sich presste. Eingequetscht wie ein Hering in der Dose.

Ein säuerlicher Hering. Mit heruntergezogenen Mundwinkeln. Ein wirklich deprimierter Bückling.

Verschanzt hinter einer Bild-Zeitung. Eigentlich sah ich

sein Gesicht nur im Spiegel der Glasscheibe. Aber er war es. Der korpulente Korrepetitor von gestern. Herr Gutknecht.

Mein Herz klopfte für einen Moment noch unrhythmischer als ohnehin schon den ganzen Morgen. Mein Es, also der Kindergarten in meinem Gehirn, wollte zu ihm hüpfen, ihn am Jackenärmel zupfen und krähen: Hallo, na so ein Zufall! Da sitzen wir in derselben U-Bahn. Wenn das nicht lustig ist. Vielen Dank übrigens, dass du mir gestern so nett das A gegeben hast. Ohne dich hätte ich das Lied von der toten Zahnbürste nie geschafft. Und jetzt sind wir Kollegen. Juchhe! Wie heißt du denn mit Vornamen? Kommst du auch mit nach Amsterdam? Willst du oben oder unten schlafen?

So abweisend, wie Herr Gutknecht schaute, traute sich mein Ich allerdings nicht, auch nur in dieselbe Richtung zu denken wie mein Es, während mein Über-Ich tadelnd den Kopf schüttelte. Kind, das geht gar nicht. Und wehe, du biederst dich an. Lass den Mann in Ruhe, der hat andere Sorgen.

So sah er auch aus. Nicht gerade zum Jubeln aufgelegt.

Jetzt zog er sein Handy aus seiner zerknitterten Joppe und drückte es sich freudlos ans Ohr. Missgelaunt sprach er hinein, schüttelte den Kopf und klappte es wieder zu. Das sah mir nicht nach einer herzlichen Verabredung aus. Ob Herr Gutknecht eine Frau Gutknecht hatte? In diese und andere wirren Gedanken verstrickt, stieg ich am Dom aus der U-Bahn und trabte hinter dem Korrepetitor her. Sogar sein Gang strahlte schlechte Laune aus. In gebührendem Abstand krabbelte ich hinter ihm ans Tageslicht.

Wow! Was für ein Anblick war das heute am helllichten Tage! Die Wintersonne schien, der dunkelblaue Himmel blendete mich, die schwarz anmutenden Domtürme ragten über mir auf wie riesige Leibwachen. Auf dem Wallrafplatz wimmelte es von Menschen. Das pulsierende Leben! Hier sollte also in Zukunft mein Arbeitsplatz sein, nicht in einem Schulcontainer in Mörsenbroich. Großer Gohott, wir lohoben dich! Die Glocken begannen zu läuten, als wollten sie mich in diesem neuen Leben willkommen heißen. Ich konnte mein Glück kaum fassen. Wie gern hätte ich den Korrepetitor von hinten umarmt! Wie gern wäre ich mit ihm über die Domplatte getanzt! Wie gern hätte ich ein Küsschen auf sein kummerfaltenüberzogenes Gesicht gedrückt!

Der freudlose Herr Gutknecht hingegen schien weder den Dom noch die feierlich läutenden Glocken noch den blauen Himmel, geschweige denn mich durchgedrehte Freudentänzerin wahrzunehmen. Ohne sich auch nur einmal umzudrehen, bog er scharf links ab und verschwand in seiner Lieblingskneipe.

Zum armen Ritter. Als ich daran vorbeikam, fiel gerade die Schwingtür hinter ihm ins Schloss.

❋

Man plazierte mich im zweiten Alt in der zweiten Reihe. Dazu musste ich mich an einer ziemlich beleibten Kollegin vorbeizwängen, die mich abschätzig musterte.

Die erste Reihe schien man sich als Neue erst noch verdienen zu müssen, oder vielleicht wollten auch die drei Damen, die mir die Sicht auf den Flügel versperrten, einfach nicht weichen. Bestimmt waren die Plätze in der ersten Reihe hart erkämpft. Die Frau aus Erkelenz mit den rostroten Haaren stopfte sich gerade ein krümelndes Teilchen in den Mund, während ihre grauhaarige Nachbarin mit spitzen Lippen an einem Pappbecher mit Tee nippte, wobei ihr Lippenstift am Becherrand haften blieb. Dann zog sie den tropfenden roten Teebeutel aus dem Becher, was mich unheilvoll an gewisse Damenhygieneartikel denken ließ. Die dritte im Bunde sprach mit tiefer Stimme auf die Teetrinkerin ein. Wenn sie lachte, klang sie wie ein Mann. Ihre kleinen Öhrchen standen in starkem Kontrast zu ihrem massigen Äußeren und ließen mich unwillkürlich an ein Flusspferd denken. Angesichts ihres borstigen Herrenschnitts war mir klar, dass sie heute Morgen garantiert nicht stundenlang zitternd und zagend mit Föhn und Lockenstab vor dem Spiegel gestanden hatte. Auch im Hinblick auf ihre Kleidung hatte sie vermutlich nicht allzu lange mit sich gerungen. Sie trug etwas undefinierbares Schwarzes, das in grob geschnürte Männerstiefel mündete.

Die Teetrinkerin frisierte ihre Haarsträhnen gerade mithilfe einer Haarnadel zu einer Art lockerem Dutt. Gütig lächelnd hörte sie ihrer Nachbarin zu und sagte dann einen Satz, in dem »ein Stück weit« vorkam.

Alles klar. Frau Teebeutel gehörte zu den Besonnenen. Schräg rechts in meiner Reihe holte eine grauäugige Mittfünfzigerin soeben einen kleinen, flaschenartigen Gegenstand in einer braunen Papiertüte aus ihrer Handtasche und setzte ihn sich kurz unauffällig an die Lippen, bevor sie ihn wieder in der Tasche versenkte. Bestimmt Halswehtropfen. Die ältere Dame neben ihr tat so, als hätte sie nichts bemerkt. Sie strickte an einem langen Schlauch in Bleu. »Dat is für mein Enkelsche«, kölschte sie, als sie meinen fragenden Blick sah.

Auf fast allen Pulten lagen griffbereit Stimmgabeln. Ich beeilte mich, die meine aus der Seitentasche meines Rucksacks zu angeln und auf mein Pult zu legen.

Dort befanden sich auch schon die Noten, beschriftet mit meinem Namen. *Requiem für eine Zahnbürste.* Ich blätterte darin und sah seitenweise wirre Noten und Wortfetzen, hingekleckste Geräusche an Notenhälsen, abenteuerliche

Rhythmen, handgeschrieben, genial dahingepfuscht: »Der Magistrat lässt fragen, ob Ihro Meister Leopold in kränklichem Zustande komponieren werdet (röcheln, schwer atmen, mit den Zähnen knirschen).«

Ich war so aufgeregt! Ob ich das schaffen würde? In vier Tagen kam dieses Werk zur Aufführung!

Rechts außen saßen die Soprane, aufgereiht wie die Hühner auf der Stange. Es waren ein paar jüngere, nett anzusehende dabei, die zwitschernd lachten, plauderten, ihre Handys betrachteten und einander Artikel aus Zeitschriften reichten. Eine von ihnen redete derart angestrengt auf ihre Nachbarinnen ein, dass ihre Halsader hervortrat. Zu mir wehten die Satzfetzen »Gewerkschaft«, »Vollversammlung mit dem Orchester«, »auch noch ein Wörtchen mitzureden« und »mit diesem Schwachsinn meine Stimmbänder ruinieren« herüber.

Ich rutschte gespannt auf meinem Stuhl hin und her.

Neben mir nahm ein dünner Mann Platz, der einen kurzen Blick auf meine Lackstiefel warf, bevor er sich hastig hinter seinem Notenpult verkroch.

Sollte ich ihm jetzt die Hand geben und »Wanda« sagen? Er schien das nicht zu wollen.

Auch die ältere Frau mit den aschblonden Haaren, die auf meiner anderen Seite saß und gerade in ihrer Einkaufstasche wühlte, schien sich nicht weiter mit mir unterhalten zu wollen. Sie zog ihr Handy hervor, schaltete es aus und murmelte mit slawischem Akzent und gutturaler Stimme: »Immer Handy ausschalten vorr därr Prrobe. Immer Handy aus. Sonst klingält mitten in der Prrobe, und dann ist keine professionelle Arbeit möglich.«

Ich fingerte hastig nach meinem Handy, aber es war schon ausgeschaltet.

Robert Herold, der Ensemblepräsident, der in seinem

dunkelblauen Pullover mit dem blau-weiß gestreiften Hemdkragen darunter wirklich ganz gut aussah, klopfte mit der Stimmgabel auf sein Pult, woraufhin das Stimmengewirr verebbte.

»Der Präsident will eine Rede halten!«, rief einer der Tenöre, und der nächste fiel sofort singend ein: »Da müssen wir uns still verhalten!«

Daraufhin sang der ganze Chor: »Denn was der Präsident heut spricht, ist von besonderem Gewicht.«

Es klang toll. Wahnsinn!

Offensichtlich stammte das aus einer Operette.

»Liebe Kolleginnen und Kollegen, nach etlichen Jahren haben wir zum ersten Mal wieder eine neue Kollegin in unser Ensemble aufgenommen, die ich heute ganz offiziell und herzlich begrüßen möchte«, sagte Robert Herold mit gewichtiger Stimme. Daraufhin trommelten alle vierzig Ensemblemitglieder mit ihren Stimmgabeln auf die Notenpulte. Es klirrte und schepperte. Ich wusste nicht wohin mit meinem nervös flatternden Blick, sah nur in lachende, aber auch skeptische Gesichter, in rote, dicke, geschminkte, naturbelassene, freundliche, zerfurchte, schmale, blasse, verbissene oder gleichgültige. »Wir werden unsere neue Kollegin im Laufe des nächsten Jahres auf verschiedene Plätze setzen, und ich bitte euch alle, zu lauschen und zu prüfen, ob sie unseren Ansprüchen auch gewachsen ist. Ihr Vorsingen gestern war beeindruckend und offenbar sehr spontan, aber das Probejahr wird zeigen, ob sie auch nachhaltig zu uns passt.« Er lachte jovial, was ich ja schon gewohnt war. »Natürlich bitte ich euch genauso, ihr hilfreich zur Seite zu stehen, besonders bei diesem schwierigen Hanselmann-Requiem, das wir ja immerhin schon in vier Tagen in Amsterdam zur Uraufführung bringen werden.«

»Ja, schwierig, ganz schwierig«, murmelte die Kollegin neben mir andächtig. »Kann man nicht rumschlampen. Ist intellektuelle Herausforderung für Profi-Ensemble.«

Der Klassenkasper aus dem Tenor hechtete nach vorn zum Flügel, schnappte sich den dort liegenden Anspitzer und spitzte seinen Bleistift an. Ohne den Präsidenten weiter zu beachten, rief er laut »Sonst noch jemand ohne Fahrschein?« und hielt den Spitzer in die Höhe. Dabei warf er mir einen neugierigen Blick zu, wie ein kleiner Junge, der um Aufmerksamkeit buhlt.

Schade. Der Präsident war doch mit seiner schönen Rede noch gar nicht fertig!

»Kollegen, bitte! Ich erwarte von euch faire Behandlung.«

»Hart, aber fair«, brummte ein Bass, und einige lachten.

»Hart, aber fair, das ist gut«, sinnierte meine Nachbarin ernsthaft, »das ist fair, aber hart. Nur gute Kollegin kann bleiben.«

Der Spitzer wanderte nun von Hand zu Hand, und auch meine Nachbarin spitzte ihren Bleistift mit heiliger Andacht.

»Ganz wichtig: Werkzeug«, brabbelte sie, sich selbst belehrend, und pustete das Bleistiftgekräusel in ihre Handtasche. Die anderen verdrehten die Augen.

Der Klassenkasper sprang zu seinem Platz zurück und schaute in die Runde, wohl um festzustellen, ob sein Gehampel auch bei allen Schrecken und Atemlähmung ausgelöst hatte. Leider war dem nicht so. Kein Mensch beachtete den Kerl.

Um zehn nach zehn taumelte Herr Gutknecht in den Saal, knallte seine Bild-Zeitung und seine Zigaretten auf den Flügel und murmelte, ohne den Blick zu heben: »Takt 85, zweiter Bass.«

Vielleicht hatte er am ersten Januar schon einmal »Guten

Morgen« gesagt, und das musste für den Rest des Jahres reichen. Sein Gesichtsausdruck wirkte, als hätte ein ähnlich schlechter Bildhauer, wie Hanselmann ein Komponist war, die miese Laune von mindestens zwanzig Jahren in sein Antlitz gemeißelt.

Die sechs Männer links außen fingen an zu brummen, jeder in einem anderen Rhythmus. Wahrscheinlich hatte sich Georg Friedrich Hanselmann dabei etwas gedacht. Das war also jetzt »Dienst«. Und dafür wurden wir bezahlt. Ich konnte es nicht recht fassen. Warum beschallten diese tollen, ausgebildeten Sänger mit ihren unglaublichen Stimmen den Saal mit derart armseligem, lächerlichem Gekrächze? Ich hatte mich so auf ein sattes Brahms-Requiem oder eine Mahler-Symphonie oder etwas aus *Carmina Burana* gefreut! Natürlich wusste ich, dass das alles noch kommen würde. Und dass man in solchen Situationen ganz konkret um Hilfe rufen könnte: »Bitte, Herr Gutknecht, hören Sie auf, solche grässlichen Geräusche aus den Kollegen zu dirigieren!« Aber Herr Gutknecht hörte nicht auf, genervt mit seiner Rechten zu wedeln, also brummten die zweiten Bässe weiter, während sich alle anderen mit privaten Dingen beschäftigten: Die beiden Tenöre rechts und links neben dem Klassenkasper schlugen Zeitschriften auf, einer schrieb etwas in seinen Terminkalender, der nächste reichte eine Liste nach hinten. Ein paar andere starrten vor sich hin, die Dame hinter mir genehmigte sich noch einen Schluck aus ihrer Papiertüte, und Frau Teebeutel nippte an ihrem Heißgetränk. Alle schienen in den Aufmerksamkeitssparmodus zu gehen. Natürlich spürte ich, dass ich unauffällig auffällig von allen Seiten gemustert wurde. Ich parkte die Lackstiefel diskret unter meinem Stuhl und schaute so bescheiden wie möglich geradeaus. Die Bässe brummten unverdrossen vor sich hin, halb ernsthaft, halb albern kichernd. Die Kamera fuhr blinkend um sie herum. Der Korrepetitor am Flügel dirigierte den ganzen Kram und schlug ab und zu einen Ton am Klavier an, der offensichtlich vom Komponisten gewünscht, von den Bässen jedoch knapp verfehlt worden war.

Die Damen im Sopran fingen an, ihre Lippenstifte zu vergleichen, Kochrezepte zu studieren oder einander Fotos von ihren Kindern zu zeigen. Einige von ihnen tippten in ihre Handys oder kicherten über etwas, was sie ihren SMS-Eingängen entnahmen. Die Übereifrige mit der geschwollenen Halsschlagader wisperte der Reihe hinter ihr aufgeregt etwas zu und wies auf Eintragungen in ihren Noten, auf dass alle anderen sich das abschreiben sollten. Die typische Streberin, dachte ich. Gibt's in jeder Großpackung Menschen und erst recht in jedem Chor.

Ich konzentrierte mich natürlich auf die Probe und studierte hochnotpeinlich bemüht jede einzelne Verlautbarung, die die sechs Brummer im zweiten Bass von sich gaben. Robert Herold war einer von ihnen. Als der Präsident bemerkte, dass ich ihn ansah, gab er extra für mich eine filmreife Vorstellung: brumm, zisch, artikulier, stöhn, seufz, überpunktier, spuck.

Schnell merkte ich, dass hier kaum einer das Hanselmannsche Elaborat ernst nahm. Es war ein Zischen und Konsonantenverspritzen, dass die Speicheltröpfchen nur so durch das Scheinwerferlicht flogen. Obwohl ich neu war, begriff ich schnell, dass es völliger Quatsch war, was dieser Komponist sich da aus den Fingern gesaugt hatte. Selbst wenn wir alle vierzig durcheinanderbrummen, -zischen, -quietschen, -summen und -atmen würden wie eine sterbende Zahnbürste, würde das Publikum doch nur verstört den Kopf schütteln.

Irgendwann waren auch wir im zweiten Alt dran, und ich bemühte mich, so unauffällig wie möglich an dem sinnlosen

Klangbrei teilzunehmen. Bis auf meine Nachbarin, die gutturale Laute ausstieß und sich wahnsinnig um Perfektion bemühte, war niemand schweißgebadet vor Konzentration. Um zehn nach elf murmelte Herr Gutknecht lustlos: »Morgen, zehn Uhr«, verließ mitsamt seiner Bild-Zeitung und seinen Zigaretten den Raum und taumelte wahrscheinlich sofort in seine Kneipe. Das Ensemble zerstreute sich, und binnen einer Minute war der Saal leer.

Das also war mein erster Arbeitstag beim Klassisch-TV-Ensemble gewesen. Ich weinte fast vor Erleichterung. Was sollte ich denn jetzt mit dem angebrochenen Vormittag anfangen? Ich ging hinüber ins Konservatorium und übte drei Stunden lang Brahms, Wagner und Mahler, bis ich das Gefühl hatte, heute wirklich gesungen zu haben.

## *Kapitel 5*

Drei Tage später flogen wir nach Amsterdam. Das »Werk« des begnadeten Georg Friedrich, verhinderter Händel, leider lebender Hanselmann – er war bei unserer letzten Probe leibhaftig zugegen gewesen –, war tatsächlich nicht so schwer zu singen. Nach wenigen Stunden Probe hatte ich begriffen, dass man einfach möglichst ernsthaft zischen, seufzen, spucken, stöhnen und Silben in den Saal katapultieren musste und möglichst sofort verstummte, wenn der Komponist abwinkte.

Das einzig störende Geräusch, das dem Aufnahmeleiter Sorgen machte, war das Klirren einer zu Boden fallenden Stimmgabel, das leider regelmäßig ertönte. Hanselmann der Geniale hatte das nicht vorgesehen und raufte sich die abstehenden weißen Haarbüschel.

Irgendwie schien es unser elitäres Profi-Ensemble nicht zu schaffen, das zeitgenössische Werk einmal durchzuschnauben, ohne dass jemand im Eifer des Gefechts seine Stimmgabel fallen ließ. Danach gab es schadenfrohes Gelächter aus verschiedenen Sängerkehlen, und der Klassenkasper fand es cool, seine Stimmgabel absichtlich auch noch fallen zu lassen. Im vorletzten Durchgang vor unserer Reise hatten fünf oder sechs Kollegen ihre Stimmgabeln aus Übermut spontan hinterhergeworfen, was Herr Gutknecht mit der Bemerkung »Überstudiert, morgen zehn Uhr« quittiert hatte, bevor er in seine Kneipe gewankt war.

Es war wahrlich ein gewöhnungsbedürftiger Haufen, mit dem ich jetzt in der Amsterdamer Hotelhalle stand, um die

Zimmerschlüssel entgegenzunehmen. Während des Fluges hatte ich zwischen zwei älteren, beleibten Bässen gesessen, die kein Wort mit mir gesprochen, sich dafür aber in der Morgenstunde schon ein Bier in ihre Sängerkehlen gekippt hatten. Ich hatte eingequetscht auf dem Mittelsitz gehockt und möglichst senkrecht in meinem Tomatensaft gerührt.

Jetzt waren die massigen Basskollegen müde und wollten vor der Aufnahme heute Abend erst einmal in Ruhe ein Nickerchen machen. Fast alle Männer schienen dies beschlossen zu haben. Was sollte man auf Dienstreisen tagsüber auch sonst tun? Immerhin war es eiskalt, und die Kneipen hatten noch geschlossen. Die Damen hingegen hatten andere Pläne. Einige scharten sich um die Streberin mit der geschwollenen Halsschlagader und berieten laut, ob sie ins Museum oder shoppen gehen sollten. Straßencafé und Bootsfahrt auf den Grachten schieden aufgrund der Minusgrade aus.

Die Zimmerschlüssel wurden in alphabetischer Reihenfolge vergeben, was ich daran bemerkte, dass sich die dampfenden Mäntel mit ihren quietschenden Köfferchen nach und nach in Richtung Aufzug verdrückten, das Stimmengewirr aus Sängerkehlen mehr und mehr verebbte und am Ende nur noch der lästige Klassenkasper, die rostrote rheinische Frohnatur, die ihren Zug nach Erkelenz stets zu erwischen trachtete, die Streberin und meine Wenigkeit in der Hotelhalle standen.

»Vormerz«, das war der Klassenkasper, »Zacharias«, das war die Halsschlagader, »Zapf«, das war ich, und »Zaunknecht«, das war die Frohnatur.

Zu viert standen wir im Aufzug und fuhren in den sechsten Stock. Ich lächelte scheu. Frau Zacharias belehrte Frau Zaunknecht ungefragt, aber dafür umso engagierter und mit fuchtelndem Zeigefinger über die Möglichkeiten, mit öffentlichen Verkehrsmitteln zu einem bestimmten Museum zu gelangen, wobei sie ihr auch schon einen ausgebreiteten Stadtplan unter die Nase hielt. Die rheinische Frohnatur antwortete, dass sie sisch lieber ausruhen würde von ihren vielen Zuchfahrten nach Erkelenz und dat sie alle Museen dieser Wält schon jesehen hätte und dat et eh nix Neues mehr zu sehen jäbe, während der Klassenkasper sein Aufmerksamkeitsdefizitsyndrom auslebte, indem er manisch auf sämtliche Knöpfe im Aufzug drückte.

Mir wurde in diesem Moment klar, dass ich mit diesen drei Individuen nun etwa vierzig Jahre lang als Letzte in einem ächzenden Aufzug stehen würde, um grundsätzlich immer die kleinsten Dachkammern zu beziehen, es sei denn, ich änderte durch Heirat meinen Namen. Robert Herold hingegen hatte – tief und zufrieden lachend – eine geräumige Suite im ersten Stock bezogen. Und auch das Flusspferd war im ersten Stock gelandet. Es hieß übrigens Gabriele Grobe, was mich an den Witz erinnerte, den sich die beiden Bässe im Flugzeug über meinen Kopf hinweg erzählt hatten: »Kommt ein Mann in die Metzgerei. ›Ich hätte gern ein viertel Pfund von der Derben Groben!‹ – ›Tut mir leid, die hat heute frei.‹« Jetzt verstand ich auch, warum die so bollernd gelacht hatten!

Die derbe Grobe teilte sich mit der grauhaarigen Frau Teebeutel ein Doppelzimmer mit Balkon. Nach hinten raus. Die Grobe und die Feine. Die leicht verdorrt wirkende Teetrinkerin trug auch einen Namen, der zu ihr passte: Dörthe Feinstaub. Wenn sie keinen Teebeutel mehr auswringen konnte, dann würde sie wohl vollends vertrocknen.

Nun stand ich also in meinem etwa acht Quadratmeter umfassenden, kläglichen Dachkämmerlein, dessen Fenster man nur durch beharrliches Stemmen öffnen konnte, und genoss die Aussicht auf ein Stück Himmel über Amsterdam.

Meine erste Dienstreise. Und was sollte ich jetzt mit dem langen, einsamen, kalten Tag in der Fremde anfangen?

❋

Um mich niemandem aufzudrängen, wanderte ich in meinen Lackstiefeln allein in Richtung Innenstadt. Bereits in dem großen, wunderschönen Stadtpark bereute ich es, nicht die bequemen, ausgelatschten Schneestiefel mitgenommen zu haben, in denen ich vorgesungen hatte. Die Lackstiefel hatte ich aus praktischen Gründen angezogen: Ich konnte sie auch am Abend auf der Bühne unter dem schwarzen Samtkleid tragen. Überhaupt hatte ich nur ein winziges Köfferchen dabei, das ich als Handgepäck mit mir führte. Mein Über-Ich hatte mich ermahnt: Kind, benimm dich so unauffällig wie möglich, halt bloß nicht den Betrieb auf. Lass die anderen niemals warten, sei pünktlich, bescheiden, sittsam und rein.

Nun drückten und peinigten mich die Lackledernen, und meine armen, eingequetschten Füße waren eiskalt. Um mich herum herrschte geschäftiges Treiben, selbst bei dem Eiseswetter radelten erstaunlich viele Menschen fröhlich eingemummt und vollkommen aufrecht sitzend auf ihren Hollandrädern an mir vorbei. Komisch, dachte ich, dass man in Deutschland immer mit krummem Buckel auf dem Fahrrad hockt. Hier waren die Räder mit riesigen, geschwungenen Lenkern ausgestattet, und sie hatten sowohl vorn als auch hinten geräumige Ladeflächen, sodass Aktentaschen und Kisten, Großeinkäufe, Kinder und Hunde darauf Platz fanden. Die ganze Stadt schien selbstverständlich auf dem Rad unterwegs zu sein. Ein Radler hatte sogar einen kleinen Fernseher auf seinen vorderen Gepäckhalter montiert und schaute unterwegs TV. Als ich staunend und sinnierend weiterstöckelte und mit jedem Schritt meine Dämlichkeit verfluchte, hörte ich plötzlich schnelle Schritte hinter mir. Ein eiliger Holländer auf dem Weg zur Arbeit? Da vernahm ich ein sonores, unverwechselbares Lachen.

»Na, wohin des Weges, schöne Frau?«, intonierte Robert Herold dicht an meinem Ohr. Er musste gerannt sein, um mich einzuholen. »So ganz allein?«, fragte er dann, und in seiner tragenden Stimme schwang Freude mit. Kurz schien er seine Frage mit lautem Lachen unterstreichen zu wollen, ließ dieses aber verebben, bevor es richtig losgegangen war – wie ein Motor, der nicht auf Anhieb anspringt und nur ein bisschen vor sich hinprötzelt, bevor er wieder ausgeht.

Unsicher lächelte ich ihn an. Lieber Gott, dachte ich, lass dieses laute Subjekt einfach weiterrennen, und steckte automatisch die Hände in die Manteltaschen. Handschuhe hatte ich natürlich auch nicht dabei.

»Haben die Kolleginnen Sie nicht mitgenommen?«

»Nein, aber das wollte ich auch gar nicht …«

»Na ja, die sind sowieso alle uninteressant«, informierte mich der Ensemblepräsident. »Alles langweilige Gänse.«

»Oh«, sagte ich peinlich berührt. Für einen Präsidenten war das eine überraschend – persönliche Aussage.

»Und wohin ist unsere neue Kollegin nun so ganz allein unterwegs?« Robert der Herold trabte so dicht neben mir her, dass sich unsere Schultern berührten.

»Ich weiß nicht«, gab ich ehrlich zu. »Ich war noch nie in Amsterdam, und man sagte mir, hinter dem Park sei die Innenstadt … Da soll es einige interessante Museen geben … Ich meine, bei dem Wetter …« Mit Grauen dachte ich an meine armen Füße und daran, dass man in Museen auch nicht sitzen konnte. Aber wenigstens gab es da eine Heizung.

»Also, ich gehe ins Erotikmuseum«, verkündete Robert

Herold, und diesmal ließ er einen derart schallenden Lacher los, dass selbst die Enten, die in den Löchern im Eis verfroren vor sich hindümpelten, erschrocken quakten.

Ich war auch ein bisschen erschrocken. War das jetzt ein … Angebot? Wollte er – mit mir …? Und zu welchem Zweck? Irritiert trippelte ich über den vereisten Parkweg, angestrengt bemüht, in meinem unpassenden Schuhwerk nicht auszurutschen.

»Hoppala!« Schon ergriff der Herold meinen Arm, weil ich glatt ins Straucheln geraten war. »Das sind zwar nicht die passenden Kampfstiefel für den Park, aber für das Erotikmuseum!«

Diese Bemerkung wurde mit so bollerndem Gelächter unterlegt, dass die Enten panisch mit den Flügeln schlugen.

»Ja, es tut mir leid, ich besitze nur zwei Paar Stiefel«, versuchte ich eine lasche Erklärung, »die bequemen, in denen ich vorgesungen habe, und diese, die für die Bühne geeignet sind. Ich hätte sie umgekehrt benutzen sollen …«

»Genau! Was es dann erst für begeisterte Ja-Stimmen gegeben hätte! Hohoho.«

Ähem. Das war jetzt nicht so wahnsinnig originell.

Herolds Lachen verebbte in den festgefrorenen Schneehaufen am Wegesrand.

»Es war blöd von mir, nur diese Stiefel mitzunehmen. Aber die anderen haben so peinliche Schneeränder und sind schon so ausgelatscht …«

Moment mal – wieso entschuldigte ich mich eigentlich bei dem Kerl? Es war doch meine Sache, womit ich mich auf die Nase legte!

»Also, für diese hier brauchen Sie aber einen Waffenschein«, sagte er und schien sich königlich zu amüsieren. »Was ist? Kommen Sie mit?«

»Ins Erotikmuseum?«

»Wir können auch einen Kaffee trinken gehen. Oder wir kaufen Ihnen neue Stiefel! Vom Stiefelkaufen verstehe ich was. Ich habe einen super Geschmack, was Damengarderobe anbelangt.« Lautes, tiefes, selbstgefälliges Gelächter.

Ich betrachtete Robert Herolds rotwangiges, selbstbewusstes Gesicht. Seine Nase lief ein bisschen, aber wessen Nase lief bei dem Wetter nicht?

Trotzdem, irgendetwas hielt mich zurück. Natürlich. Mein Über-Ich. Meine Mutter. Sind eigentlich alle Mütter per Chip in ihre Sprösslinge eingepflanzt und verweigern sich standhaft jedem *Eject*-Versuch? Kind, tu es nicht! Lass diesen Mann seiner Wege gehen, du besuchst *nicht* am helllichten Tag das Erotikmuseum! Schon gar nicht mit dem Ensemblepräsidenten. Und erst recht nicht in den Lackstiefeln, in denen du heute Abend ein Requiem singst!

Mein Es, also der Kindergarten in meinem Gehirn, hatte tatsächlich kurz mit dem albernen Gedanken gespielt: Hurra! Juchhe! Ich treibe mich mit dem Klassensprecher in schlüpfrigen Etablissements herum! Man gönnt sich ja sonst nichts. Da werden die anderen aber schön neidisch gucken. Mein Ich jedoch genierte sich schrecklich: Wohin wird das führen? Der Tag ist leider noch lang! Mein Über-Ich improvisierte schnell und diktierte mir die Antwort.

»Nein, danke, ich habe eine Verabredung. Leider. Mit einer – alten Freundin«, log ich mich um Kopf und Kragen. »Die lebt hier. Ines aus Ulm. Wir haben uns lange nicht gesehen, und es gibt viel zu erzählen …«

Wie anders verpackt man ein »Nee du, zieh deiner Wege, ich gehe lieber die meinen!«, als mit einer bescheuerten, an den Haaren herbeigezogenen Notlüge?

Robert Herold blieb abrupt stehen.

»Na dann«, setzte er unserem Gespräch ein Ende, drehte sich um und stapfte mit hochgezogenen Schultern und großen Schritten in die entgegengesetzte Richtung davon.

Komisch, dachte ich. Wollte er nicht ins Erotikmuseum?

❋

Nach ein paar Stunden spürte ich meine Füße nicht mehr. Ich war planlos herumgeschlendert, hatte Grachten und Häuser, Plätze und Kirchen und in den Auslagen von Schuhgeschäften etliche Stiefel betrachtet und war einfach nur über meiner eigenen Unentschlossenheit ermüdet. Irgendwie fühlte ich mich völlig gelähmt.

Schließlich setzte ich mich in ein gemütliches Café, ließ mir die schwachen Sonnenstrahlen ins Gesicht scheinen und wärmte meine eiskalten Finger an einer Tasse Milchkaffee. Von der benachbarten Kirchturmuhr schlug es gerade drei. Noch fünf Stunden bis zum Konzert! Ja, meldete sich mein integrierter Mutter-Chip, das ist das Los aller Künstler, vor jedem Auftritt liegt ein langer Tag; man muss ihn sinnvoll nutzen, ohne sich daran abzunutzen.

Eigentlich war es Zeit, ins Hotel zurückzugehen und dort ein heißes Bad zu nehmen, aber meine Kammer verfügte ja nicht über eine Badewanne. Und die Dusche war in die Dachschräge eingelassen und wenig einladend. Man konnte dort nur rückwärts einparken. Die Vorstellung, bis zum Konzert in meinem Zimmer zu verharren, lockte mich überhaupt nicht. Auch in die Noten von Georg Friedrich Hanselmann wollte ich mich nicht mehr vertiefen. Schlafen würde ich vor lauter Aufregung sowieso nicht können. Also rappelte ich mich auf, zahlte und verließ das Café. Schrilles Fahrradklingeln riss mich aus den Gedanken. Ein Tandem mit zwei vermummten Radfahrern darauf rammte mich fast. Der Hintermann verfehlte mich um Haaresbreite. Der schien ja noch mit Absicht nach mir zu treten! Ich stolperte zurück und stieß gegen eine Hauswand.

»Platz da, Wanda!«, schrie er, und an der Stimme erkannte ich Herrn Vormerz, den Klassenkasper. »Pass doch auf, wo du hintrittst!«

Sehr witzig! Wieso gurkte der hier auf einem Tandem herum und überfuhr harmlose Fußgänger? So langsam wusste ich nicht mehr, ob ich über ihn lachen oder mich vor ihm fürchten sollte. Er schien besessen davon, um jeden Preis aufzufallen. Unangenehm aufzufallen. Vielleicht waren professionelle Chorsänger einfach alle irgendwie geschädigt. Die wenigsten von ihnen hatten ja wohl ursprünglich in einem Ensemble singen wollen. Vermutlich hatten alle von einer großen Solistenkarriere geträumt. War es da nicht völlig klar, dass sie ihren Frust durch Albernheiten, lautes Lachen, Missmut oder sonstige Marotten abreagierten?

Für mich war das Ensemble die Befreiung vom Schuldienst, für die anderen jedoch vielleicht eher das Ergebnis eines geplatzten Traums.

Mit hochgezogenen Schultern, die Hände tief in die Jackentaschen vergraben, schlenderte ich nachdenklich weiter, bis ich vor einem Gebäude neben einer Gracht, auf der Hausboote lagen, auf eine Menschenschlange traf.

Gab es da etwas umsonst? Neugierig näherte ich mich und las *Anne Frank Huis*.

Oh. Das war dieses junge jüdische Mädchen gewesen, das sich damals vor den Nazis versteckt und ein Tagebuch geschrieben hatte. War dieses hier das besagte Haus, in dem sie jahrelang mit ihren Eltern und ihrer Schwester auf das Ende des Krieges gehofft hatte? Und dann doch noch entdeckt worden war? Eigentlich wollte ich mir so etwas Bedrückendes nicht antun, zumal die Horde der Soprane am Vormittag laut davon gesprochen hatte, mit welcher Straßenbahn dieses Museum zu erreichen sei. So etwas musste man im Stillen ansehen. Allein. Ohne dass jemand mit geschwollener Halsschlagader auf einen einredete.

Aber wie von Geisterhand ließ ich mich doch im Strom der Schlangestehenden in das Museum ziehen. Im Halbdunkel standen überall kleine Gruppen beieinander und starrten auf Monitore, die kurze Videos über Anne Frank, ihre Familie und die Judenverfolgung zeigten. Ich schlich an ihnen vorbei und schließlich eine steile, enge Stiege hinauf. Hier war das Lager der Gewürzfabrik gewesen, die Anne Franks Vater gehört hatte. Im Dämmerlicht hinter den Säcken von Zucker und Geliermitteln und anderen Vorräten, verborgen durch ein Regal, in dem Akten gestanden hatten, ging noch einmal eine steile Stiege hinauf. Dielenbretter knarrten unter den Füßen der schweigenden Besucher. Die Stufen waren so schmal, dass ich in meinen blöden Stiefeln kaum Halt darauf fand.

Da oben waren die kleinen Kammern, in denen sich die Familie Frank jahrelang versteckt gehalten hatte. Mir stockte der Atem. Als sich meine Augen halbwegs an das Dunkel gewöhnt hatten, konnte ich erkennen, dass die Fenster mit schwarzer Pappe zugeklebt waren. So dunkel war es also tagsüber gewesen, tage-, monate-, jahrelang! Im Leben einer Heranwachsenden, die in einem Alter war, in dem man normalerweise anfängt zu schwärmen, laut Musik zu hören, zu tanzen und unentwegt mit Freundinnen zu schnattern! In dem einen winzigen Raum hatten zwei Betten gestanden, man sah noch die Abdrücke der Eisengestelle an den grau verputzten Wänden. Hier hatten die Eltern von Anne Frank geschlafen. Außerdem waren ein vergilbtes Waschbecken und eine rostige Toilette, die tagsüber wegen der Geräusche in der Wasserleitung nicht benutzt werden durfte, zu besichtigen. In diesem Hinterhaus hatten auf drei Etagen insgesamt acht Menschen gekocht, gelebt, geliebt. Die treue Sekretärin von Annes Vater, Miep Gies, versorgte diese Menschen jahrelang mit Lebensmitteln, Kleidung und Zeitungen. Bis im Sommer 1944 jemand das Versteck verriet …

Ich rang nach Atem. Da war das noch kleinere Kämmerchen, in dem Anne Frank gehaust, geträumt und Tagebuch geschrieben hatte. Ein Teenager, mitten in der Pubertät. Aber ohne Fernseher, Soaps, Musik, Smartphone und Computer, mit denen sich die 13- bis 17-Jährigen heutzutage die Zeit vertrieben. Später war auch noch ein mit Annes Eltern befreundeter Zahnarzt in diese Stube gezogen, und das Mädchen musste sich den engen Raum mit einem alten Mann teilen. Mir sank das Herz immer tiefer.

Dort an die karge Wand hatte Anne Frank ein paar aus Zeitschriften ausgeschnittene Fotos von damaligen Filmstars geheftet, von Greta Garbo und Heinz Rühmann. Am allermeisten aber rührten mich die blassen Bleistiftstriche, die Annes Vater alle paar Monate an die Wand gezeichnet hatte, um zu demonstrieren, wie seine Kinder im Laufe der Zeit gewachsen waren. Vielleicht hatte er damit auch dem Schicksal die Stirn bieten wollen: Sie wachsen, also leben sie noch!

Ein breiter Männerrücken in einem grauen Mantel stand lange vor dieser Wand, und ich blickte schweigend an ihm vorbei. Wir waren ganz allein in der Kammer. Ich vergaß Zeit und Raum und alles, was sich in den letzten turbulenten Tagen in meinem Leben abgespielt hatte. Ich vergaß meine schmerzenden Füße und das lächerliche Requiem für eine

Zahnbürste, wegen dem wir mit vierzig Personen und viel Getöse angereist waren. Ich fühlte mich unendlich klein und schäbig und schuldbewusst und überflüssig vor dieser Wand mit den Bleistiftstrichen. Am liebsten hätte ich mich an dem grauen Mantelärmel festgehalten.

Wie aus weiter Ferne vernahm ich ein leises Stöhnen – oder war es ein gequältes Aufseufzen? – und konnte nicht sagen, ob es von dem Mann im Mantel oder von mir selbst stammte. Als er sich umdrehte und zum Gehen wandte, sah ich in sein Gesicht. Und war kein bisschen erstaunt. Ein plötzliches Gefühl von Vertrautheit überkam mich. Es tröstete mich, ihn zu sehen. Ich hätte mich ruhig an dem Männermantel festhalten können. Er gehörte Herrn Gutknecht, dem Korrepetitor.

## *Kapitel 6*

Ich bin heute noch dankbar, dass er nicht »Was machen Sie denn hier?« fragte. Oder in lautes, bollerndes Gelächter ausbrach. Nein, wir begaben uns in einvernehmlichem Schweigen hinunter in die Buchhandlung des Museums, wo wir noch lange, jeder für sich, in Bildbänden und dem Tagebuch der Anne Frank blätterten.

Als wäre es das Selbstverständlichste der Welt, setzten wir uns schließlich zusammen an einen Tisch in der Cafeteria. Wir hatten noch immer kein Wort miteinander gesprochen. Er bestellte einen Kaffee, ich einen Tee.

Schweigend rührten wir in unseren Tassen, unsere Löffel klirrten leise. Es war so wohltuend, mit diesem scheuen Einzelgänger hier zu sitzen. Wir nippten an unseren Getränken, und mir wurde wohlig warm.

Schließlich hob er den Kopf und lächelte mich an. Es war ein trauriges, freudloses Lächeln. Aber es war auch ein kleiner Ansatz von Wärme darin. »Ich habe Sie gar nicht richtig vorsingen gehört«, war das Erste, was er schließlich mit leisem Bedauern in der Stimme zu mir sagte.

»Da haben Sie wahrscheinlich auch nicht viel verpasst«, entgegnete ich verlegen. Mir wurde plötzlich schrecklich heiß in meinem Mantel, also zog ich ihn aus und warf ihn rückwärts über die Stuhllehne.

»Das nennt man *fishing for compliments*«, erklärte mein Gegenüber fein lächelnd.

Ich grinste. »Okay. In Wirklichkeit wollte ich hören, dass ich toll bin.«

»Das sagen jedenfalls die anderen«, erwiderte der Repetitor, und zum ersten Mal leuchteten seine kleinen Augen, die in seinem runden Gesicht und hinter den Brillengläsern fast verschwanden. »Die können ja gar nicht aufhören zu schwärmen. Besonders der Ensemblepräsident. Und der schwärmt so schnell von niemandem, der zu singen versucht.« Er rührte vehement in seiner Tasse, und ich hatte das Gefühl, dass er für Robert Herold keine große Sympathie empfand.

»Normalerweise begleiten Sie immer das Vorsingen?«, begab ich mich auf neutrales Terrain.

»Ja. Aber Sie hatten ja diesen giggelnden Pudelmützen-Heini dabei.«

Nun musste ich lachen. Der Repetitor war bezaubernd in seiner schildkrötigen Art. Wenn er erst einmal vorsichtig den Kopf aus seinem Panzer hervorgeschoben hatte und mit einem sprach, fühlte man sich, als wäre man etwas ganz Besonderes.

»Bestimmt nerven Sie diese vielen Castings schon, weil Sie immer dasselbe spielen müssen, oder?«

»Ich habe neulich mal nachgerechnet: In zweiundzwanzig Dienstjahren habe ich gefühlte zehntausend Mal die Pamina-Arie begleitet.«

»Ach, ich fühl's, es ist entschwunden?«

»Ja.« Er seufzte. »Letzte Woche, am Tag Ihres Vorsingens, sechzehn Mal. Bevor Sie kamen.«

»Also deshalb sind Sie dann auch entschwunden ...« Das Gespräch begann mir Spaß zu machen. »Wirklich? Sechzehn Mal?«

»Eine unerträglicher als die andere«, sagte er und trank seinen Kaffee. »Alle wollen in das Ensemble, kurz bevor sie die Altersgrenze erreichen. Ich meine die, die es an der Oper nicht geschafft haben.« Er wischte sich mit dem Handrücken flüchtig über den Mund, als wollte er seine letzten Worte rückgängig machen. »Und genauso scheußlich singen sie auch.«

»Sind Sie deshalb quasi fluchtartig …« Ich biss mir auf die Lippe. »In die Kneipe getaumelt« konnte ich ja schlecht sagen. »Ähm … ins Freie … ich meine, in das gegenüberliegende Lokal …?«

»Der arme Ritter ist mein zweites Zuhause«, sagte der Korrepetitor, und zu seinen Kummerfalten gesellten sich vorübergehend einige Lachfalten. »Irgendwo muss ich in meiner freien Zeit ja hin.« Er stellte die leere Tasse mit leisem Klirren auf die Untertasse zurück. »Ich kann sie alle nicht mehr sehen.«

Wie hatte der Ensemblepräsident im Park gesagt? »Alles dumme Gänse.« Irgendwie beschlich mich eine Ahnung, dass die Atmosphäre im Ensemble, zwischenmenschlich betrachtet, eher durchwachsen sein könnte. Dabei wollte ich die Mitglieder doch alle kennen und schätzen lernen! Und eine Menge Spaß mit ihnen haben!

»Oh«, stieß ich verlegen hervor. »Das ist nach zweiundzwanzig Dienstjahren vielleicht …« Ich senkte den Blick in meine Tasse und sprach dann weiter: »Ich habe ja noch nicht mal so viele Dienst*stunden*!« Ich lächelte schüchtern.

»Seien Sie froh.«

»Warum denn?«

»Wegen Ihrer Jugend und Freiheit«, sagte der Korrepetitor. »Wieso kommen Sie eigentlich ins Ensemble? Sie sind doch noch so jung.«

»Die Alternative war der Schuldienst. In einer Gesamtschule. In Mörsenbroich«, setzte ich noch einen drauf. »Trostlose Alternative.« Ich weidete mich an seinem Erstaunen.

»Wollen Sie denn nicht Opernsängerin werden?«

»Ich? Nein. Nein! Wo denken Sie hin!«

»Sie erinnern mich an meine Tochter«, sagte er übergangslos. »Die ist sechzehn und genauso starrköpfig wie Sie.«

»Aber ich bin doch nicht starrköpfig.«

»Doch. Sind Sie.«

Das Protestlachen blieb mir im Halse stecken. »Nein! Ich bin total angepasst und brav und tue alles, was meine Mutter sagt …«

»Seien Sie froh, dass Ihre Mutter Ihnen noch was sagt.«

»Wieso?« Ich wurde aus diesem Mann nicht schlau.

»Meine Tochter hat keine mehr.«

»Mutter?«, fragte ich entsetzt.

»Ja.« Er seufzte, nahm seine Brille ab und sah mich aus traurigen Augen an, die im nächsten Moment in Tränen schwammen. »Meine Frau ist an Krebs gestorben. Vor zwei Jahren. Seitdem erziehe ich meine Tochter allein.«

Was sollte ich darauf sagen? Meine Kehle wurde ganz trocken. Jetzt war mir auch klar, warum der Mann so freudlos war. Und warum er so lange vor den Bleistiftstrichen an der Wand gestanden hatte. Er war auch ein Vater. Er hatte bestimmt auch das Wachstum seiner Tochter gemessen. Früher, als seine Frau noch lebte. Als seine Welt noch in Ordnung war.

»Das tut mir leid … Wie geht es Ihrer Tochter denn … in dieser … Situation?«, stotterte ich.

»Sie ist inzwischen auf einer Gesamtschule«, sagte er finster. »Früher, als Eva-Maria noch lebte, ging sie aufs Gymnasium. Meine Frau hat immer mit ihr gelernt. Aber das ist vorbei.« Er setzte sich die Brille wieder auf. »Jetzt scheint Jessica langsam völlig den Halt zu verlieren.«

Ich zog es vor, nichts zu sagen, obwohl mein Es lieb und gefällig sein und rufen wollte: Schicken Sie mir Jessica doch mal vorbei, dann lernen wir ein bisschen! Mein Über-Ich trat mir jedoch gegen das Schienbein. Kind, tu es nicht. Der Mann geht dich gar nichts an. Verbrüdere dich nicht immer sofort mit allen!

Plötzlich sah Herr Gutknecht auf seine Armbanduhr und verkündete: »Wir müssen wohl.«

Es war kurz vor sechs. Um halb sieben fand die heiße Probe statt, um acht die Live-Übertragung.

»Oje«, entfuhr es mir. »Bei meinem ersten Konzert darf ich wohl kaum zu spät kommen.«

»Würde keinen guten Eindruck machen«, knurrte der Korrepetitor und legte einen Geldschein auf den Tisch.

Als ich mich anschickte, in meiner Handtasche nach meiner Geldbörse zu kramen, nahm er entschieden meinen Arm und führte mich zur Tür.

»Schon gut, kaufen Sie sich lieber irgendwann mal anständige Stiefel.«

Ich stöckelte unbeholfen mit ihm zu einem Taxi, ließ mich auf die Rückbank schieben und rutschte hastig zur Seite, als er sich neben mich quetschte. Er war weich und warm und roch nach Rauch.

Nun hatte ich schon zwei Stiefelknechte.

❋

Das Concertgebouw war umwerfend. Eine Wahnsinnsatmosphäre! Wir, das berühmte Klassisch-TV-Ensemble, standen in zwei Reihen auf einem wunderschönen, holzgetäfelten Podium vor einer riesigen Orgel. Vor uns spielte das Amsterdamer Radio-Symphonieorchester. Die etwa 2000 mit rotem Samt bezogenen Sessel im Saal waren bis auf den letzten Platz besetzt. An der gewölbten Brüstung zum ersten Rang waren Gedenktafeln mit den Namen der Komponisten angebracht, deren Werke hier schon aufgeführt worden waren. Ein Glücksgefühl bemächtigte sich meiner kleinen Ensembleseele. Hier durfte ich nun stehen, angestrahlt von Scheinwerfern, und meine sonst so schüchternen Stimmbänder im Lichte der Öffentlichkeit flattern lassen. Lampenfieber musste ich nicht haben. Ich war ja geborgen! Mitten drin in der Menge der Profisänger, die mich stützten und trugen. Schon allein deshalb liebte ich sie alle.

Der Hanselmann war nach zwanzig Minuten erledigt, mit Gezische und Gespucke und übertriebenem Artikulieren von albernen Wortfetzen, die angeblich aus Mozart-Briefen stammten. Die Geschmacklosigkeit eines Möchtegern-Komponisten, der aus Quotengründen im Klassisch-TV zur Aufführung kommen musste. An einer Stelle hieß es »Spitzbub, Knallerballer Witzigmann«!

Die pferdehaarige Kollegin, die neben mir stand, sang eindeutig stattdessen »Spritzbub«, und das »Knallerballer Witzigmann« ging in allgemeinem Gekicher unter. Na ja, nicht alle lachten. Frau Feinstaub fand das offenbar ebenso wenig lustig wie die Dame mit der Perücke, die Mitglied irgendeiner Sekte war. Ich selbst konnte meinen Ohren kaum trauen. Durfte man bei einem Konzert denn derart zweideutige Wortverdrehungen von sich geben? Zeitgenössische Musik war schließlich wichtig! Die musste ernsthaft vorgetragen werden, oder? Aber vielleicht hatte das Publikum die kleine Schweinerei ja gar nicht registriert.

Nach dem letzten Quietscher der Zahnbürste räusperten sich die Zuhörer verlegen und klatschten verhalten. Es klang, als würde es anfangen zu regnen und dann ganz schnell wieder aufhören.

Dann aber brachten wir das einzige und wahre Mozart-Requiem zu Gehör.

Mir lief ein Schauer über den Rücken, als unser mächtiges Ensembletimbre den Saal in samtige Klänge hüllte. Schon oft hatte ich das Mozart-Requiem gesungen, in verschiedenen Chören, aber noch nie, niemals hatte es so wunderbar weich, so volltönend und so umwerfend professionell geklungen. So satt, so sauber, so profund! Unsere stimmgewaltigen Meister im Frack schmetterten das *Confutatis maledictis* mit solcher Macht und Präzision, dass man wirklich das Höllenfeuer lodern sah, und wir Damen sangen so unglaublich klar und rein das *Voca me*, dass ich eine Gänsehaut bekam. Wieder geriet ich in diesen Schwebezustand der puren Seligkeit. Kein Zittern, kein Jaulen, kein Hauchen verunstaltete den wunderschönen Klang. Kein verzweifelter Dirigent, der um sein Leben ruderte, erweckte unser Mitleid. Nicht die Spur einer Intonationsschwäche, einer kleinen Unsauberkeit, trübte das Ohr des Publikums. Als meine Lieblingsstelle, das *Lacrimosa*, kam, kämpfte ich mit den Tränen.

War das denn Wirklichkeit? Kein Traum? Hier durfte ich jetzt also singen, dies war jetzt also mein Beruf, meine Zukunft, mein Leben! Eine Woge von Glück und Dankbarkeit erfasste mich, als mir diese Ungeheuerlichkeit bewusst wurde, diese Schicksalswende, die mein Leben plötzlich genommen hatte, und ich musste die Tränen aus meinen Augenwinkeln fortblinzeln.

Thomas Rischmüller – ich würde ihn immer lieben! Ich würde alle meine Kinder Thomas Rischmüller nennen und ihnen allen Pudelmützen aufsetzen! Der Schulcontainer in Mörsenbroich zerbröckelte vor meinem geistigen Auge in tausend kleine Stücke und wurde von einer weichen Welle aus Wohlklang aus den letzten Hinterhöfen meines Gehirns geschwemmt. Insgeheim hatte ich mich immer davor gefürchtet, so ein grauenvolles, spießiges, trostloses Leben führen zu müssen. Selbst der gediegene Lehrer mit der Thermoskanne im Wanderrucksack, den sich meine Mutter als Schwiegersohn gewünscht hatte, verblasste hinter der Wolke meines stimmlichen Hochgefühls.

Zitternd vor Anspannung und Glück, vor Erschöpfung, aber auch vor Stolz und Fassungslosigkeit stand ich schließlich da und ließ den Beifall von 2000 begeisterten Menschen auf mich – na ja, uns natürlich! – niederprasseln. Ja, ich war nur ein Bruchteil dieses Klangapparates, ohne mich hätte es genauso gut geklungen, und doch durfte ich dabei sein, in der zweiten Reihe, hinten links. Thomas Rischmüller gehörte heiliggesprochen!

Nun erhoben sich die 2000 Menschen im Saal und applaudierten uns stehend. Uns, dem Ensemble! Für die Solisten und das Orchester waren sie nicht aufgestanden, aber für uns!

Schon wieder traten mir Tränen in die Augen, und ich versuchte, sie unauffällig mit dem Ärmel meines schwarzen Samtkleides wegzuwischen. Als ich kurz den Kopf zur Seite drehte, sah ich Herrn Gutknecht, der sich als Einstudierer des Chores verbeugte. Verlegen blickte er zu mir herüber. Er wischte sich den Schweiß von der Stirn und das Beschlagene von der Brille. Er freute sich.

❋

Um Mitternacht traf man sich noch in der Hotelbar. Ich konnte keine Sekunde mehr stehen, war ich doch in meinen Mörderstiefeln sogar noch zu Fuß zum Hotel zurückgewandert, weil sich nach dem Konzert beim besten Willen kein Taxi auftreiben ließ. Hinter einigen Kollegen in Frack und Abendkleid trabte ich in gebührlichem Abstand her, wollte nicht plaudern oder Small Talk machen, wollte eigentlich allein sein in dieser sternenklaren, eiskalten Nacht, in der ein silberner Vollmond fast märchenhaft riesig über den Dächern stand.

Die Kollegen drängelten sich an der Bar, lachten, plauderten, tranken. Ich saß etwas abseits auf einem Barhocker. Das Gelächter aus den Basskehlen war besonders dröhnend. Die Scheiben wackelten jedes Mal, wenn die Kollegen über einen Witz lachten.

Spritzbub, Knallerballer!

Allgemeine Entspannung machte sich breit, und ich konnte von meinem Platz aus beobachten, welche Grüppchen sich gebildet hatten. In einer verrauchten Ecke am Tresen – ja, es waren die alten Zeiten vor dem Rauchverbot – lümmelten die Bässe, in Hosenträgern und nicht mehr ganz blütenweißen Hemden. Sie hatten sich ihrer durchgeschwitzten Fräcke entledigt. Bollernd schossen sie ihre Lachbomben durch die schummrige Bar, als müssten sie ordentlich Dampf ablassen. Zur Energiezufuhr gossen sie sich das Bier literweise hinter die Binde. Der Repetitor hatte sich auch zu ihnen gesellt. Als sich unsere Blicke kurz trafen, zog er so heftig an seiner Zigarette, dass ich fürchtete, er würde gleich in Flammen aufgehen. Auch der Notenwart Dieter Döneken, der extra mitgereist war, um uns vierzig Ensemblesängern die Noten nachzutragen, hatte sich rauchend und jovial lachend unters Volk gemischt. Sein Gesicht war krebsrot, als hätte er den ganzen Tag in der prallen Sonne gelegen. Er trug als Einziger keinen Frack, sondern einen schlecht sitzenden grauen Anzug, und hatte seine Haare auf unappetitliche Weise strähnig-fettig nach hinten gekämmt. Anscheinend erfreute er sich trotzdem großer Beliebtheit. Etliche der Männer führten sich nicht nur Bier, sondern auch Hochprozentiges zu Gemüte und ließen sich von den strafenden Blicken einiger weiblicher Ensemblemitglieder aus der anderen Ecke kein bisschen provozieren. Aber ein paar der Damen, zum Beispiel Frau Kesselbrink, die während der Proben gern ein Schlückchen aus ihrer braunen Papiertüte nahm, oder »Spritzbub«, die pferdehaarige Meisterin im schlüpfrigen Wortverdrehen, saßen ebenfalls lachend und mit beinahe lasziv gerafften Röcken am Tresen. Vielleicht waren das die Ensembleschlampen? Mein Es hoffte heimlich, bald zu ihnen zu gehören.

Dann gab es da die Vernünftigen (mein Über-Ich fand, dass ich viel besser zu denen passte), die nur noch schnell einen Happen essen und sich danach aufs Ohr hauen wollten. Zu ihnen gehörte die aschblonde Slawin, die immer mit sich selbst sprach. Sie löffelte gerade sehr konzentriert ihre Bohnensuppe und pustete sorgsam vor jedem Schluck. Die rheinische Frohnatur Frau Zaunknecht hatte sich eine Portion Bratkartoffeln organisiert und schaufelte sie heißhungrig in sich hinein. Frau Grobe, das Flusspferd mit den kleinen Öhrchen, aß irgendeinen riesigen Fleischlappen. Wo sie um diese Uhrzeit einen halben Elch hergezaubert hatte, war mir unklar. Wahrscheinlich hatte sie ihn bereits am Mittag selbst erlegt. Ihre – wie ich inzwischen wusste – Lebensgefährtin, der beflissen blickende Teebeutel Dörthe Feinstaub, stocherte in einem Salatteller herum. Daneben saß noch die Dame mit der Perücke, die irgendeiner Sekte angehörte und sich mit Fräulein Knäpperchen anreden ließ, obwohl sie gut und gern die 50 überschritten hatte. Sie pellte sich auf einer Papierserviette eine Apfelsine. Der Klassenkasper versuchte gerade, mit dem mir schon bekannten Tandem durch die Hotelhalle zu fahren, um sich noch ein bisschen Beachtung abzuholen. Frettchengleich und mit selbstgefälligem Grinsen hockte er auf dem Sattel, doch der Nachtportier, der von unserem Haufen gewiss schon die Nase voll hatte, schoss hinter der Rezeption hervor und scheuchte ihn mitsamt Tandem hinaus. Sicherheitshalber klatschte sich Herr Vormerz selbst Applaus, während er freihändig von dannen radelte. Herr Kleinehellefort rief mit seiner näselnd-stechenden Stimme »Wenn das jeder machen würde!« hinter ihm her, und die Bässe lachten dröhnend. Dabei sprang einem von ihnen der Knopf vom Hemd. »Sagramend!«, wieherte er fränkelnd und begab sich suchend auf alle viere. Es war zugegebenermaßen ein klein wenig peinlich.

In gebührlichem Abstand saßen im helleren Teil der Bar die Soprane an kleinen Tischchen und rührten in ihren Teetassen. Sie trugen immer noch ihre Abendkleider und hielten ihre Noten züchtig auf dem Schoß. Frau Zacharias, die Streberin mit dem Stadtplan, hatte wieder mal ihre Jüngerinnen um sich geschart. Mit schriller Stimme, jedoch im perfekten Nasenbein-Stimmsitz, analysierte sie den Hanselmann, gab zum Besten, an welchen Stellen ihrer Meinung nach die Quintolen der zweiten Soprane nicht mit dem triolischen Furz der zweiten Tenöre übereingestimmt hatten, tremolierte giftig gewisse Stellen nach, schüttelte missbilligend den Kopf und ließ ihrer geschwollenen Halsschlagader freien Lauf. Diese Frau konnte sich wirklich keine Minute lang entspannen. Ihr Mann, auch Mitglied im Ensemble und ein stets zahnkronig grinsender Bariton, tat mir richtig leid.

Frau Zacharias' Jüngerinnen waren ganz in ihrem Banne. Während sie per Strohhalm Apfelsaft oder noch Langweiligeres schlürften, klebten ihre Blicke an ihrer Meisterin rechter Hand, mit der diese gestenreich noch einmal die entscheidenden Takte nachdirigierte. Ihr gekrümmter Zeigefinger war immerfort belehrend in Bewegung. Als sie Beifall heischend in meine Richtung schaute, ertappte ich mich dabei, wie ich sie mit offenem Mund anstarrte. Warum fand ich diese Frau bloß so ätzend? Ich hätte ihr gern auf die Schulter geklopft und gesagt: »Entspann dich, der Job ist doch gelaufen! Trink ein Bierchen und komm runter!«, aber das stand mir als Neuer im Probejahr natürlich nicht zu. Jedenfalls beschloss ich in diesem Moment, mich niemals ihrer Jüngerinnenschar anzuschließen oder ihr auch nur durch beifälliges Nicken das Gefühl zu vermitteln, ich würde ihr gern zuhören oder gar zustimmen.

Schließlich war Frau Zacharias mit ihrer internen Werkanalyse fertig und fragte lautstark in die gesamte Runde, ob die Damen auch ihrem Rat gefolgt und mit der von ihr empfohlenen Straßenbahn zum Anne-Frank-Museum gefahren seien.

Hier merkte ich auf, und wie in stillem Einverständnis trafen sich Herr Gutknechts und mein Blick. Der Korrepetitor hockte inmitten der weißen Frackhemden in dem Männerpulk, aber obwohl die Sänger um ihn herum über etwas anderes sprachen, steckte er plötzlich den Kopf aus seinem Schildkrötenpanzer und lugte verstohlen zu mir herüber. Es wirkte wie das Flackern einer Kerze, die nicht so recht brennen wollte und sich anschickte, gerade wieder zu verlöschen. War das etwa ein Lächeln, das er mir durch die Rauchschwaden und Schweißwolken schickte? Nein, seine schmalen Lippen hatten sich nur kurz nach oben gebogen, bevor sie an der Zigarette sogen und sein Kopf wieder im Panzer verschwand.

Dem bedauernden Geschnatter war derweil zu entnehmen, dass keine der Sängerinnen im Anne-Frank-Museum gewesen war. Frau Zaunknecht erklärte, dat dat ja nisch nötisch jewesen wär, dat Requiem für die Zahnbürste wär schon traurisch jenuch jewesen, dat man sisch sowat antun müsste und dat auch noch Kunst wär, nääää nääää nääää. Frau Grobe sagte zwischen zwei Schaufeln Elchsteak, sie sei mit ihrer Klasse schon 1995 zur Abiturfahrt dort gewesen, und Frau Feinstaub nickte wissend. Fräulein Knäpperchen gab preis, heute einer Versammlung der »Heiligen zwölf Säulen von Ephesus« beigewohnt zu haben, die es auch in Holland gebe. Eine andere ältere Dame mit aufgetürmten Haaren, die aussahen wie ein Nibelungenhelm, verteilte ungerührt Einladungen zu ihrer Dia-Show über Island, die am Wochenende in ihrer Heimatgemeinde Kürten-Knappsack im Saal des Altenzentrums stattfinden würde. Sie hätte die Einladungen heute in einem Internetcafé entworfen und kopiert. Eine Rothaarige mit aggressiver Igelfrisur aus dem zweiten Sopran berichtete, sie habe sich eine Massage bei einem ägyptischen Meister gegönnt, der einem nach tausend Jahre alter Tradition die schlechte Energie aus den Knochen trommelte. Dabei sei sie eingeschlafen, und das könne sie nur jedem empfehlen.

Als ich noch einmal zu Herrn Gutknecht schaute, meinem heimlichen Verbündeten, wurde dieser gerade von den Bässen verdeckt. Dort, wo ich ihn vermutete, stieg nur eine kleine Rauchsäule in die Höhe.

Plötzlich spürte ich ein Knie an meinem Steiß, und als ich mich erschrocken auf meinem Barhocker herumdrehte, blickte ich in das entwaffnend fröhliche Gesicht von Robert Herold, der mir sein Bierglas unter die Nase hielt.

»Hoch die Tassen, schöne Frau!«

»Ähm, Moment«, sagte ich, angelte rückwärts nach meinem Bierglas und stieß mit ihm an. »Prost.« Hastig sah ich mich um. War das jetzt irgendwie – offiziell? Immerhin war der Mann der Ensemblepräsident. Sollte ich jetzt vielleicht eine Rede halten oder eine Runde ausgeben oder etwas in der Art?

Doch niemand beachtete uns. Jedenfalls nicht offensichtlich.

»Na, wie war's?«, fragte Robert Herold und lachte profund.

Wie war *was*? Was meinte er? Mein Leben? Meinen Tag? Das Gefühl, die Neue zu sein und noch keinen Anschluss gefunden zu haben? Oder etwa die Tatsache, dass ich seine Gesellschaft früher am Tag dankend abgelehnt hatte?

»Das Konzert? Es war großartig«, sagte ich und hustete, weil gerade eine Rauchschwade an mir vorüberzog. »Ich bin überwältigt und einfach nur wahnsinnig glücklich.« Ich wedelte den Rauch mit einer Hand weg, und plötzlich hielt mein Gegenüber sie fest und beugte sich vor.

»Das müssen wir doch feiern«, summte Robert Herold ziemlich dicht an meinem Ohr. In seiner tiefen Stimme schwang plötzlich etwas sehr Privates mit. »Ich habe einen Wahnsinnsgenever in meiner Minibar.«

Überrascht starrte ich ihn an. »Wie ... Wie meinen Sie das?«

Spritzbub, Knallerballer Witzigmann?

Hastig entzog ich ihm meine Hand und setzte mich darauf. Nur zur Sicherheit, damit er sie nicht wieder ergreifen konnte. Der wollte mich doch jetzt nicht ...?

»Wie war Ihr Tag?«, fragte ich schnell. »Wollten Sie nicht auch in ein ...«

»Oh, ich war im Erotikmuseum«, dröhnte Robert Herold los. »Sie haben wirklich was verpasst! Es war wahnsinnig aufregend.« Er lachte tiefschwarz in mein Ohr. »Und erregend. So wie Ihre Lackstiefel. Die hätten Sie da glatt ausstellen können! Natürlich nur zusammen mit Ihren Beinen ...«

Oje. Der Mann hatte eindeutig libidinösen Notstand. »Also, ich geh dann mal …« Verlegen schob ich mich von meinem Barhocker und legte das Geld für mein Bier auf den Tresen. »Es war ein langer Tag. Gute Nacht allerseits.«

Kurz bevor ich den Aufzug betrat, sah ich noch, dass sich Robert Herold bereits einer anderen Sangeskollegin zugewandt hatte. Er prostete ihr gerade zu und ließ ein bollerndes Lachen vom Stapel. Als sich die Aufzugtür schloss, war das Letzte, was ich wahrnahm, der nervöse Blick des Korrepetitors in Richtung meines leeren Barhockers.

## *Kapitel* 7

Die nächsten Wochen vergingen mit täglichen Proben im Sendesaal. Das Klassisch-TV-Ensemble bereitete verschiedene Projekte vor, so auch den *Frühling der Festmusik* mit Camilla Dunst in Salzburg, den die Mitglieder jedoch mit wegwerfenden Handbewegungen abtaten wie einen überfälligen Treppenhausputz. Als Nächstes stand allerdings eine Konzertreise nach Berlin an. Unter der Leitung von Riccardo Muti sollten wir mit den Berliner Philharmonikern das Verdi-Requiem singen. Ich war völlig aus dem Häuschen vor Glück, denn dieses Werk war für mich das höchste der Gefühle.

Natürlich hatte ich heimlich die Solo-Altpartie studiert – einfach eine Traumpartie, in der man, wie meine Professorin Hella Glanz es nannte, »nackt baden« konnte. Verdi sei wie ein guter Rotwein, sagte sie immer, für Sängerkehlen reine Medizin, für die Seele und das Herz Labsal, Trost und Ekstase. »Das ist etwas für Sie, Wanda, das ist Ihre Partie! Das liegt Ihnen in der Stimme wie für Sie gemacht.«

Sie ahnte ja nicht, dass ich viel zu feige dafür war!

Das Verdi-Requiem solistisch zu singen war für mich vergleichbar mit einem Bungee-Jump vom Kölner Fernsehturm, nur ohne Seil. Es würde tödlich enden. Aber im Chor … In einem solchen Profichor war es wie geschlagene Sahne. Ich war schon wieder in meinem Schwebezustand. Ich schwebte jeden Morgen ins Studio zur Probe und konnte es kaum erwarten, den Sendesaal zu betreten, zumal ich immer öfter zufällig mit dem traurigen Schildkrötenmann in der U-Bahn saß.

Manchmal gab er vor, mich nicht zu bemerken, dann ließ ich ihn in seinem Panzer, aber es gab auch Tage, an denen er mich scheu lächelnd begrüßte. Dann wechselten wir ein paar Belanglosigkeiten, und ich wärmte mich an der Tatsache, dass er privat das Wort an mich gerichtet hatte.

An solchen Tagen flog ich aufgeregt wie eine verknallte Hummel zu den Proben, während er noch einen kurzen Einkehrschwung in den armen Ritter machte.

Ich liebte es, wenn Bruno Gutknecht vom Flügel aus die Einsätze gab, wenn er unglaublich leise und einfühlsam den Orchesterpart spielte und wenn die satten Ensembleklänge aus den Sängerkehlen mir wie Stürme an der englischen Steilküste um die Ohren brausten.

Besonders die Klänge der Bässe erinnerten an gut genährte, frei grasende Jungbullen, die immer, wenn sie »Muh« machten, das Schweizer Hochgebirge zum Wackeln brachten. Dieser Vollmilchsound passte so gut zu Verdi! Aber auch die Pianissimi! Die leisen Töne verebbten nie in einem Lufthauch, immer waren da noch Klang und Kern, als würden die Stimmen auf einem hauchdünnen Seil balancieren, und zwar nur mit der großen Zehe. Die Bässe hatten es echt drauf. Begeistert wie ein Hundewelpe himmelte ich die Ensemblekollegen an und wedelte innerlich ununterbrochen mit dem Schwanz. Allzu oft durfte ich allerdings nicht zu ihnen hinüberschauen, denn Robert Herold, der im zweiten Bass in der ersten Reihe saß, fing schon an, meine Bewunderung und Anerkennung auf sich zu beziehen.

Wenn ich die Kollegen anstarrte, um mich an ihrem Klang zu weiden, zwinkerte Herold mir vertraulich zu. Außerdem stand er immer häufiger ganz zufällig an der Tür, wenn ich gerade in die Pause ging, und verwickelte mich in ein Gespräch der Marke »Na? Wie geht's?« oder »Wohin des

Weges?« Wenn ich antwortete, ich ginge jetzt zum Üben oder aufs Klo, hieß es nur: »Na dann!«, was so viel bedeutete wie »Okay, da kann ich nicht mit«.

Ich versuchte immer, eine Antwort zu geben, die sich auf mich ganz allein bezog, damit er nicht auf die Idee kam, sich mir aufzudrängen. Nachdem er mich einige Male bis zum Bahnhof verfolgt hatte, weil er »ganz zufällig« auch in diese Richtung musste (obwohl sein Wagen auf dem Ensemblepräsidenten-Dienstparkplatz in der Tiefgarage unter der Domplatte stand), fielen mir nur noch Ausreden ein wie »Friseur«, »Fußmassage« oder »beste Freundin, mal unter vier Augen quatschen«. Dann sagte er immer abrupt »Na dann« und kehrte um. Genau wie beim ersten Mal in Amsterdam. Wobei er mir am nächsten Tag stets beiläufig erzählte, was er alles Tolles gemacht hatte, als hoffte er, ich würde es ganz schrecklich bereuen, dass ich seine Gesellschaft verschmäht hatte.

Abgesehen von Robert Herold bestand der Bass noch aus dem unglaublich gutmütigen, aber sehr unsicheren, da wahnsinnig dicken Jürgen Klose aus Berzbuir, der viel zu dem satten Lachsound beitrug, einem alten Herrn kurz vor der Pensionierung namens Reinhard Rabatzki, dessen Bass so schwarz war, dass man Teerpappe daraus hätte machen können, einem bergischen Biertrinker namens Klaus Hermann Pröll, der auch dick war und an Gelenkrheuma und Asthma litt, und Bodo König, einem gut aussehenden jungen Mann. Er verfügte über eine samtweiche Baritonstimme und einen hübschen Lockenkopf und hätte an der Oper sicher als Papageno Karriere gemacht, wenn er nicht gestottert hätte.

So wurde mir nach und nach klar, warum jede dieser begnadeten Stimmen im Ensemble gelandet war. Sie alle hatten irgendein Handicap, das sie an einer Solokarriere gehindert hatte. Karl Pleity aus dem Tenor zum Beispiel hatte einen behinderten Sohn, den er jeden Tag vor dem Dienst mit seinem behindertengerechten Auto zur Förderschule fuhr. Heiner Dietmann war ein trockener Alkoholiker, der den Vorsitz einer Gruppe der Anonymen Alkoholiker innehatte. Überall auf seinen Noten, seinem Pult und seiner Tasche klebte das Logo seines Vereins. Wahrscheinlich wollte er sich und die Kollegen ständig daran erinnern, dass er nie wieder Alkohol zu trinken gedachte. Peter Miese war der Ehemann von Brigitte Zacharias, der geschwollenen Halsschlagader aus dem Sopran, was als Erklärung für sein freudloses Dahinsiechen im Ensemble völlig ausreichte. Wenn er zahnkronig lachte, war es immer ein zynisches und die ganze Welt verachtendes Lachen. Ich fand ihn auf schauerliche Weise attraktiv und fürchtete mich gleichzeitig vor ihm.

Die Tenöre hatten insgesamt ein eher stechendes, aber glasklares Timbre, beherrscht von Rainer Kleinehellefort, dem Vizepräsidenten und Schriftführer, den ich heimlich immer noch Blockwart nannte. Auch er hatte einen guten Grund dafür, warum er – bei all seinem Korrektheitsdrang – keine Solokarriere gemacht hatte: Der Mann litt unter krankhaftem Lampenfieber! Ausgerechnet er, der bei anderen nichts durchgehen ließ und ständig tadelnd »Das ist Dienst!« mahnte, hatte etwas mit mir gemein. Man munkelte, dass Kleinehellefort niemals ein Vorsingen geschafft und sich quasi in das Ensemble hineingeklagt hatte. Mithilfe eines Anwalts hatte er seine Dienststunden als Aushilfstenor zusammengerechnet und dem Intendanten bewiesen, dass er nun das Recht auf eine volle Stelle hätte. Andernfalls: Prozess am Hals.

Ein anderer Kollege aus dem Tenor war mit einem derart starken hessischen Akzent geschlagen, dass er keine einzige

Partie bewerkstelligt hätte, ohne dass das Opernpublikum sich vor Lachen auf den Sitzen wälzte. »Gell, mer singe des Wäddi-Reguiem auf Idaliänisch.« Wieder ein anderer mit dem schönen Namen Viktor Tönnchen hatte bei den Weight Watchers an die 50 Kilo abgenommen und schleifte nun seine ausgeleierte Haut mit sich herum. Ein kleiner Glatzköpfiger hatte fünf Kinder von vier Frauen, die ihn alle auf Unterhalt verklagt hatten. Er zog es natürlich vor, verdienstmäßig auf der sicheren Seite zu bleiben.

Der hyperaktive, verhaltensauffällige Klassenkasper hatte ebenfalls keine Chance auf eine Solokarriere. Wenn sich das Ensemble nicht wie eine Art Auffangbecken seiner erbarmt hätte, wäre er sozial vereinsamt und hätte wohl unter einer Brücke schlafen müssen.

Dann gab es da noch den verschrobenen, weltfremden Lutz Rummel, der ständig summend und dirigierend in künstlerische Diskussionen mit sich selbst verstrickt war und den Kopf über alle schüttelte, die stimmlich nicht an ihn herankamen, und einen blassen, dicklichen Beamtentyp, der mit einer Blassen, Dicklichen aus dem Sopran verheiratet und deshalb im Ensemble war. Er hieß Heiner Heide, seine Frau Lotte Heide-Blassweiler. Sie gehörte zu den Zacharias-Jüngerinnen, er hielt sich lieber aus allem heraus. Die beiden wohnten in einem westfälischen Flecken namens Altenbeken und mussten morgens immer dreimal umsteigen. Mehr war zu diesem Ehepaar auch nicht zu sagen.

Im ersten Sopran herrschte das Timbre der übereifrigen Stadtplanausbreiterin Brigitte Zacharias vor, feinstichig tremolierend, flirrend, sehr dominant, oft eine winzige Spur zu hoch, was jedoch durch den zweiten Sopran ausgeglichen wurde, der gern gaumig und zu tief sang, besonders morgens um zehn. Man munkelte ja, dass der gesamte zweite Sopran auf Geheiß von Gudrun Piesnelke-Poppen, der Rothaarigen mit der Igelfrisur, jeden Morgen mit Eigenurin gurgelte. Was ich mir gut vorstellen konnte, denn genau so klang das auch. Während Frau Zacharias bei ihren hohen Tönen gern leidend mit den Augenlidern zuckte, wirkte die Igelfrisur im Kieferbereich voller aufgestauter Wut und verbiss sich in die Töne wie ein Hund in einen Knochen. Das Timbre des ersten Soprans, das ich als nonnengleich, ja gleichsam unterleibslos empfand, bildete zusammen mit dem druckvollen, gaumigen Aroma des zweiten Soprans einen interessanten Klangteppich. Die unterleibslosen ersten Soprane waren eifrige Mitschreiberinnen, die ständig mithilfe der Stimmgabel den Klang ihrer Stimmen kontrollierten und geknickt erröteten, wenn die Oberlehrerin Zacharias den Kopf schüttelte. Sie hielten es offensichtlich auch für eine Frage von Leben oder Tod, in der ersten Reihe zu sitzen. Die zweite Reihe bedeutete für sie so etwas wie Lepra und totale Isolation.

Der Sopran war überhaupt die größte menschliche Baustelle im Ensemble: Alle waren ganz schnell beleidigt und stets den Tränen nahe. Oft sah ich aus heiterem Himmel eine der Damen mit flatternden Augenlidern zum Taschentuch greifen, in Schluchzen ausbrechen oder gar fluchtartig den Raum verlassen. Das waren Momente, in denen der Blockwart schrie: »Das ist Dienst!« und der Klassenkasper eine Stimmgabel oder Bananenschale hinter der Betreffenden herwarf.

Tini Roth, eine mit Akne kämpfende, harmlose Naive, die sich gern im Stil der Fünfzigerjahre kleidete und es allen immer nur recht machen wollte, biederte sich an wie ein kleines Mädchen, indem sie beispielsweise jeder Kollegin ein Schokolädchen (wahlweise als Nikoläuschen oder Ostereichen) aufs Pult legte. Oder ein Muttertagsblümchen. Oder ein Kärtchen mit der Aufschrift »Ich hab dich lieb«. Wie sehr sie damit ihre Trumpfkarten verspielte, schien nur sie selbst nicht zu merken. Sie trällerte pausenlos herum, drehte sich tanzend im Kreis und forderte sogar die anderen oft zu einem Tänzchen auf. »Mit dem Händchen klapp, klapp, klapp, mit den Füßchen trapp, trapp, trapp, einmal hin, einmal her …« Tja, da musste sie sich nicht wundern, wenn wir hinter ihrem Rücken mit dem Fingerchen tick, tick, tick an unsere Stirn tippten.

Im ersten Sopran sang, ebenfalls unterleibslos, aber unglaublich glockenrein, auch Armgard Liebscher. Mir war schleierhaft, wie Eltern ihr armes, unschuldiges Kind Armgard nennen konnten. Meinten sie das im Sinne von »arm« als Gegenteil von »reich« oder »Arm« als Gegenteil von »Bein«? Egal, dachte ich mir, wenn ich die Kollegin mit dem Pottschnitt in naturbelassenem Braun, brav gekleidet in hellblaue Blusen mit Schleifchen über Faltenröcken oder gebügelten Jeans, so andächtig singen hörte. Lieber Arm dran als Arm ab. Die kommt sicher in den Himmel. Manchmal fragte ich mich, ob ich sie darum beneidete, aber wenn der Himmel voller Armgards war, würde ich mich dort bestimmt schrecklich langweilen.

Im zweiten Sopran hatten sich wirklich ein paar sehr spezielle Exemplare der Gattung Sängerin versammelt. Zuallererst natürlich Gudrun Piesnelke-Poppen mit der Igelfrisur, die definitiv jeden Morgen mit Eigenurin gurgelte, bevor sie aus ihrem Natursteinbau im Wald bei Meckenheim kroch, um die Kollegen mit ihrem glühenden Blick und schneidenden Timbre zu beglücken. Sie sang sich unterwegs im Auto ein, was ich einmal zufällig beobachtet hatte, als meine U-Bahn aus dem Schacht gefahren war.

Die kleinwüchsige Jolanthe Kapinski hatte eine wundervolle Stimme, aber ein aufbrausendes Temperament und neigte zu Keifanfällen. Elvira Engels zog aufgrund eines Hüftleidens ein Bein nach. Mit Andrea Fellgiebel, einer strähnigen Blonden mit blassem, ungeschminktem Gesicht, war nicht gut Kirschen essen. Zu meinem Erstaunen war sie sowohl mit Frau Piesnelke-Poppen als auch mit dem Klassenkasper befreundet, und ich beschloss, allen dreien großräumig aus dem Weg zu gehen, so gut es mir in den nächsten vierzig Jahren gelänge. Dann gab es noch ein Modepüppchen mit Größe 36, das aussah, als würde es morgens schnell aus dem Schaufenster von Moden Bianca springen, sich nach der Probe sofort wieder in die Auslage begeben und bewegungslos bis zum nächsten Morgen dort verharren, sowie eine Optikergattin aus Oberwesel, die erstaunlich weite An- und Abreisen auf sich nahm, um nicht in Oberwesel neben ihrem Gatten im Optikergeschäft stehen zu müssen. Schließlich hatte sie etwas Eigenes, nämlich das Jodeldiplom. Wie wir alle.

Die Einzige, die überhaupt nicht in dieses Ensemble zu passen schien, war die auffallend fröhliche Viktoria Landmann, gesegnet mit allem, was der liebe Gott so auszuteilen pflegt, wenn man laut genug »Hier!« schreit: strahlenden Augen, beneidenswert weißen Zähnen und gesundem rosa Zahnfleisch, glänzenden Haaren, die nach tausend Striegeleinheiten pro Tag aussahen, einer perfekten Figur, einer makellosen Sopranstimme und krachend lebensfrohem Auftreten, das aufgrund ihres ständigen fröhlichen Trällerns nicht nur zu sehen, sondern auch zu hören war. Man wusste immer, wenn sie neben einem in der Damentoilette weilte. Wie konnte man nur dauerhaft so froh und gut gelaunt sein? Sie faszinierte mich armen, schmucklosen Borkenkäfer aus der Vorstadtsiedlung durch ihre unglaubliche Ausstrahlung. Ich wünschte nichts sehnlicher, als ihre Freundin zu werden. Viktoria war Reedersgattin aus Düsseldorf, die es zwar finanziell nicht nötig hatte, im Chor zu singen, dies aber aus reiner Lebensfreude und Menschenliebe doch tat. Mit ihr wechselte ich die ersten Blicke, wenn es etwas zu lachen gab, und sie strahlte mich stets freundlich an und stimmte glockenhell in mein schüchternes Kichern ein. Ich beneidete sie um die Reederei, die aus fünf Luxuskreuzfahrtschiffen bestand, um ihr Anwesen in Düsseldorf und jeden weiteren Grund für ihr obertonreiches Lachen. Und davon hatte sie ungefähr tausend. Nicht, dass ich zu Neid neige, aber bei dieser Frau hätte ich mich wie Rumpelstilzchen vor Missgunst selbst in Stücke reißen können. Sie war immer perfekt – was sage ich: unverschämt bezaubernd! – gekleidet, fuhr in einem schnittigen Wagen vor, den sie ungestraft im Halteverbot stehen ließ, und hatte einen Sohn namens Benedikt, der schon Geige spielte, obwohl er erst drei Jahre alt war. Während einer Pause hatte sie mir in der Kantine auf ihrem Handy Fotos von ihrem Tennisplatz, ihren Reitpferden, ihrer netten (!) Schwiegermutter, ihrem sie anbetenden, erfolgreichen, gut aussehenden Gatten, ihren zahlreichen Soloauftritten in traumhaften Abendroben und ihrem entzückenden Sohn gezeigt, der in einen Hochbegabten-Kindergarten ging. Sie sprach nur französisch mit ihm. Und als sei dies alles noch nicht genug, wurde sie auch regelmäßig auf die familieneigenen Kreuzfahrtschiffe eingeladen, um dort aufzutreten, und durfte dann ihre ganze Familie mitnehmen, samt Klavierspieler, hochbegabtem Benedikt und auf letzteren aufpassender Schwiegermutter.

Wenn das mal keine Gründe waren, trotzig aufzustampfen und den lieben Gott einen unfairen Spielverderber zu nennen! Trotzdem fühlte ich mich zu Viktoria Landmann hingezogen. Vielleicht auch deshalb, weil sie direkt in meinem Blickfeld saß und mich eben ständig warmherzig anlächelte.

Im Alt um mich herum waren die Frauen sehr viel unkomplizierter als im Sopran. Das mochte an der Stimmlage liegen – Altistinnen sind meistens von Natur aus robuster.

Im ersten Alt hinten rechts saß Frau Kesselbrink, die sich gern ein Schlückchen aus der braunen Papiertüte gönnte, aber dafür immer gute Laune hatte und sich nicht weiter über Bagatellen aufregte, daneben der Nibelungenhelm aus Kürten-Knappsack mit den unvermeidlichen Dia-Shows von Wasserfällen in Island oder Schmetterlingen im Kurpark von Bad Neuenahr.

Links von mir sang die gebürtige Serbin Swetlana Schmitz-Utusgurowa derart guttural, dass ich manchmal vor Schreck zusammenzuckte. Mittlerweile hatte man mich zwischen sie und die Pferdehaarige gesetzt – wahrscheinlich, damit diese mich besser belauschen konnte. Die Pferdehaarige kam aus Witterschlick und hieß Änne-Christa Brackwede-Kirchhoff. Ich war sicher, dass sie jeweils zwei Vor- und Nachnamen brauchte, damit sich die vielen Haare auf ihren Zähnen und Pfunde auf ihren Rippen besser verteilten – rein symbolisch natürlich. Auch ihre Stimmbänder verfügten über Masse und Vibrato für zwei bzw. vier. Darüber hinaus war sie eine köstliche, bissige Rossnatur und unerschöpflich in ihren Wortverdrehungen, die alle zum Lachen brachten.

Na ja, fast alle. Frau Feinstaub (der Teebeutel) und Fräulein Knäpperchen (die Jüngerin der Heiligen zwölf Säulen von Ephesus) konnten sich nicht darüber erheitern.

Immerhin befand sich nun Herr Vormerz, der Klassenkasper aus dem Tenor, nicht mehr in meiner unmittelbaren

Nähe, was ich begrüßte, denn seine Albernheiten und Pausenclown-Nummern gingen mir nur noch auf die Nerven. Ich fand es einfach bescheuert, dass er während des Verdi-Requiems bei der wunderbaren Piano-Stelle *Rex tremendae majestatis* das Notenpult seines Nachbarn zum Umkippen brachte oder bei *Salva me, fons pietatis* das Anspitzgekräusel seines Bleistifts in die Haare seines Vordermannes pustete. Das waren schlimme Fremdschämmomente.

Bruno Gutknecht am Klavier nahm all diese pubertären Auswüchse mit gequältem Augenzucken hin. Ich fühlte mit ihm. Jedes Mal, wenn Bruno litt, mochte ich ihn ein Stückchen mehr. Merkwürdigerweise schien sich kein anderer Kollege an den Possen des Klassenkaspers zu stören. Nicht mal der Blockwart zischte »Das ist Dienst!« und rief ihn zur Ordnung. Ich fragte mich, ob Herr Vormerz vielleicht ein bösartiger Mensch war und in Wirklichkeit alle Angst vor ihm hatten. Ich konnte sein schlechtes Karma geradezu spüren, und wenn er Hörner, gespaltene Hufe und einen Schwanz – ich meine, einen zusätzlichen – gehabt hätte, hätte es mich nicht weiter verwundert.

Man störte sich in meiner näheren Umgebung jedoch an den gutturalen Bruststimm-Attacken meiner völlig harmlosen, gutmütigen Nachbarin Swetlana. Sie stellte gern jedem zu singenden Konsonanten ein N voran, wahrscheinlich, um den besseren Stimmsitz zu finden. Änne-Christa aus Witterschlick äffte sie jedenfalls immer ganz übertrieben nach.

»Agnus Ndäi Ndona äis Nräquiäm!«

In besonders pietätvollen Momenten tat es mir leid um die schöne Musik. *Nsalvame! Nnnsalvamäää! Nnnsalvamäfonspietatis!* Das musste doch nicht sein! So manches Mal schüttelte es mich, wenn ich auf diese Weise von zwei Seiten gleichzeitig malträtiert wurde. Swetlana sang mit heiligem

Ernst, und Änne-Christa machte sich brutal über sie lustig. Dann verließ auch mich bald der heilige Ernst, und ich musste mitten im Gesang plötzlich losprusten. Das freute Änne-Christa natürlich, aber den Klassenkasper ärgerte es. Er wollte sich den Rang des Ensembleclowns nicht streitig machen lassen und fing alsbald an, orgiastisch zu stöhnen oder mit den Füßen aggressiv gegen den Takt zu trommeln. Es wirkte wie ein trotziges Kind. Hatte ihn seine Mutter vielleicht zu früh vom Topf geholt? Obwohl ich mich über ihn ärgerte, brodelte trotzdem ständig ein albernes Lachen in mir. Wahrscheinlich, weil ich so unendlich selig war, in diesem Ensemble singen zu dürfen. Und weil ich so aufgeregt war und alles richtig machen wollte. Eigentlich war ich ständig berauscht – im Schwebezustand eben. Der Stress, von vierzig Ensemblemitgliedern beäugt und belauscht zu werden, vermischte sich mit der Hoffnung, niemals den Mörsenbroicher Container betreten zu müssen.

Ich kämpfte vor unterdrücktem Lachen regelrecht mit Erstickungsanfällen, wurde rot, täuschte Husten vor oder krabbelte gleich unter mein Pult, um vorgeblich irgendetwas zu suchen, das am Boden lag. Mir war es peinlich, dass auch ich die Proben des Herrn Gutknecht störte, der wie immer jedes Nebengeräusch mit einem nervösen Augenzucken quittierte. Meistens fiel mein Blick früher oder später auf die fröhlich strahlende Viktoria aus dem ersten Sopran, und dann lachten wir beide befreit los. Auch bei den Altistinnen vor mir in der ersten Reihe wurde Gekicher unterdrückt, wenn Änne-Christa mal wieder die arme Swetlana nachäffte. Fünf Paar Schultern zuckten verräterisch. Diese gehörten dem Teebeutel und dem Flusspferd, wie ich Dörthe Feinstaub und ihre Lebensgefährtin Gabriele Grobe insgeheim und zugegebenermaßen nicht sehr nett nannte, des Weiteren

Frau Zaunknecht, die immer ihren Zug nach Erkelenz kriegen wollte und ansonsten kalorienarme Täilschn aus der Kantine aß, Inge Großkötter-Langensiep, die kurz vor der Pensionierung stand und während der Proben stets an einem Schlauch in Bleu für ihr »Enkelsche« strickte, und der Sektenjüngerin Fräulein Knäpperchen mit der Perücke, die unsere Stimmgruppe abrundete.

## *Kapitel 8*

Meine verehrte Lehrerin, Kammersängerin Hella Glanz, ihres Zeichens weltberühmte Königin der Nacht, traute ihren Ohren nicht. »Wie, Sie sind in ein *Ensemble* gegangen? Sind Sie noch bei Trost?«

Wir studierten gerade die Solopartie des Verdi-Requiems, und in meiner Begeisterung hatte ich die Chorpartien in die Solostellen hineingesungen und ihr, als sie fragend die Stirn runzelte, mit leuchtenden Augen die Neuigkeit erzählt.

»Frau Professor, ich bin absolut glücklich dort.«

»Wie können Sie nur so Ihr Talent verschleudern!« Sie stemmte die Hände in die Hüften und wanderte aufgebracht durch unseren Probensaal der Musikhochschule. Ihr pechschwarzer Haarturm zitterte vor Empörung.

»Ich liebe das Ensemblesingen«, versicherte ich ihr mit wie zum Gebet erhobenen Händen, »bitte glauben Sie mir. Ich *liebe* es! Ich bin glücklich!«

»Wanda, Sie könnten an großen Opernhäusern Karriere machen«, brachte sie erschüttert hervor. »Vielleicht noch nicht jetzt, aber in ein paar Jahren.«

»Aber das will ich doch gar nicht! Und ich könnte es auch nicht. Ich würde vor Lampenfieber vergehen!«

So, nun war es heraus, mein wohlbehütetes Geheimnis. Nur Thomas Rischmüller hatte bisher eine Ahnung davon gehabt, und der hatte mich ja auf küssenswerte Weise ausgetrickst.

Ich durfte singen, ohne vor Angst zu sterben. Die einzige Klippe, das Vorsingen, hatte ich als solche ja gar nicht wahrgenommen, es war eher eine Art Sturzgeburt gewesen, wie bei manchen Frauen, die gar nicht merken, dass sie schwanger sind, und plötzlich auf dem Parkplatz oder im Supermarkt niederkommen. Die haben gar keine Zeit, sich vor Wehen zu fürchten oder über den Blasensprung aufzuregen. Mir war diese wunderbare Ensemblestelle wie ein Kind nicht aus dem, sondern in den Schoß gefallen.

Das alles erklärte ich meiner hochverehrten und tief respektierten Frau Professor Hella Glanz, die es aber nicht einmal im Ansatz begreifen konnte. Für sie war Singen unmittelbar mit Selbstdarstellung verbunden.

»Wieso studieren Sie dann Gesang, wenn Sie sich vor Angst in die Hose machen?«

»Weil ... Weil – Singen einfach nur toll ist!«

Frau Professor Glanz lachte. »Mädchen, aus Ihnen soll noch einer schlau werden. Da haben Sie ein Stipendium, studieren seit zehn Semestern Gesang, lernen alle Partien auswendig, ich plane für Sie die Erda und die Eboli, die Prallgunde und die Brüllhilde – und Sie trauen sich nicht zu singen?«

»Nicht allein«, wiegelte ich ab. »Nicht öffentlich. Im Ensemble schon. Besonders, wenn ich hinten stehen darf. Und bei Ihnen natürlich.«

»Ja, diese Badewannensänger, die gehen halt alle ins Ensemble.« Frau Professor schüttelte ungehalten den Kopf. »Nun gut, es ist Ihr Leben. Außerdem ist das letzte Wort noch nicht gesprochen.« Sie sah mich über den Rand ihrer Lesebrille hinweg prüfend an. »Bei diesem Haufen von Neurotikern bleiben Sie nicht lange, das schwöre ich Ihnen.«

»Doch«, begehrte ich ganz leise auf. »Da bleibe ich für den Rest meines Lebens.«

Und dann sangen wir das *Agnus Dei* aus dem Verdi-

Requiem. Die große Solopartie. Im Duett. In Oktavparallelen. Ich fühlte mich wie eine Skifahrerin im unberührten Pulverschnee – einfach nur grenzenlos glücklich. Ich stellte mir vor, jetzt mit Hella Glanz in der Metropolitan Opera zu stehen statt im Probensaal, und mir wurden die Äuglein nass.

❋

Meine Mutter reagierte erwartungsgemäß völlig anders als Hella Glanz, als sie mich schließlich am Handy erwischte. Wir, der Chor, waren inzwischen in Berlin, und ich hatte mich mal wieder in ein Museum geflüchtet. Diesmal allerdings in den warmen Winterstiefeln, denn draußen herrschten zwölf Grad unter null. Wieder einmal waren die Stunden zwischen Probe und Konzert herumzubringen. Ich stand vor den Schließfächern und suchte nach einer Euromünze.

Der Empfang war nicht der allerbeste.

»Kind, wo bist du? Sprich mal lauter, ich versteh dich nicht!«

»In Berlin! Im Mauermuseum. Am Checkpoint Charlie.«

*»Was?«*

»Checkpoint Charlie!«

»Weißt du, was ich jetzt verstanden habe? Checkpoint Charlie!«

»Ich bin neuerdings im Klassisch-TV-Ensemble. Stell dir vor! Wir singen das Verdi-Requiem. Mit den Berliner Philharmonikern.«

»Kind, das ist ja fantastisch!«, schrie sie begeistert. »So eine Überraschung!«

»Ja, es hat sich zufälligerweise ergeben …«

»Dass die dich genommen haben! Das muss ich sofort Frau Heideprecht erzählen! Die wird aber staunen!«

Ja, meine Mutter und Frau Heideprecht sangen im Kirchenchor der Kleinstadt, aus der ich stamme, und dessen Mitglieder konnten mit dem Begriff »Klassisch-TV-Ensemble« etwas anfangen, denn sie schauten nichts anderes als Klassisch-TV. Frau Heideprecht machte sogar immer bei den Rätseln mit, bei denen man eine DVD oder sogar eine Kreuzfahrt auf der MS *Klassika* gewinnen konnte.

»Unser Auftritt wird live übertragen«, versuchte ich so diskret wie möglich in mein Handy zu schreien. »Heute Abend, auf Klassisch-TV.«

»Das werden wir uns aber anschauen, Frau Heideprecht und ich«, jubelte meine Mutter. »Kind, was bin ich stolz! Der Sohn von Frau Heideprecht spielt ja Cello, aber so weit wie du hat er es nicht gebracht.«

Dann erzählte sie mir ziemlich ausführlich vom Sohn von Frau Heideprecht, dem so gar nichts gelingen wollte. Ich hatte das Gefühl, dass Mutter und Frau Heideprecht sich seit meiner Kindergartenzeit ein Kopf-an-Kopf-Rennen lieferten. Schon die von uns Kindern selbst gebastelten Laternen wurden miteinander verglichen, später die Noten in der Schule, die Ergebnisse der Bundesjugendspiele und unsere jämmerlichen Auftritte mit der Blockflöte. Mutter war sicher, dass sie nun als Gewinnerin aus diesem Rennen hervorgegangen war.

Ich freute mich, dass meine Mutter sich so freute, und steckte das Handy mitsamt meinem anderen Gepäck in das Schließfach. Dann stiefelte ich los, um mir das Mauermuseum anzuschauen. Kurz darauf war ich bereits völlig in die Geschichte jener Menschen versunken, die auf alle möglichen erfindungsreichen Arten versucht hatten, die Mauer zu überwinden. Unter anderem waren winzige Leukoplast-Bomber zu besichtigen, in deren Motorraum sich Menschen versteckt hatten. Ich bekam Platzangst und akute Atemnot, als ich die engen Löcher ansah, in denen diese Menschen zusammengeklappt wie Taschenmesser gelegen hatten. Zwei aufeinandergestapelte, ausgehöhlte Surfbretter auf dem Dach eines Trabis hatten einer jungen Frau als Versteck gedient, die von ihrem Freund in den Westen geschmuggelt worden war. Ich stellte mir die panische Angst vor, die sie gehabt haben musste. Eine Familie hatte sich nachts aus dem fünften Stockwerk eines Hauses im Osten abgeseilt und war auf einem Parkplatz im Westen gelandet. Zwei andere Familien waren in einem selbst genähten Heißluftballon geflohen. Neben den gelungenen Fluchtmanövern dokumentierte das Museum aber auch diejenigen, die gescheitert waren. Mit Herzklopfen stand ich vor einer Liste mit den Namen derer, die bei ihrem Fluchtversuch erschossen worden oder auf andere Weise umgekommen waren. Nachbarn hatten einander belauert und bewacht, behindert und verraten. Dass Menschen sich gegenseitig derart drangsaliert hatten! Wozu waren Menschen nur fähig?

Ein Blick aus dem Fenster des Museums, und man sah die Stelle, an der monatelang eine Mutter gestanden und für die Ausreise ihrer Töchter aus der DDR demonstriert hatte. O ja, das hätte ich auch getan. Ich hätte mich auch nicht einsperren lassen in ein Gefängnis aus sinnlosen Regeln und Verboten, die mit Gewalt durchgesetzt wurden! Mein Herz raste. Ich trat einen Schritt zurück und prallte mit jemandem zusammen.

»Oh, Entschuldigung!«

»Nix passiert.«

Eine sanfte, leise Stimme, die mir bekannt vorkam, holte mich zurück ins Hier und Jetzt. Ich fuhr herum. Sein Gesicht war unmittelbar vor mir.

»Oh! Sie sind das?«

Bruno Gutknecht lächelte kaum merklich. Mit fast zärtlicher Stimme sagte er: »Sie sind ja schon wieder nicht bei den anderen.«

»Ähm, nein, ich – bin auch gern mal mit mir allein.«

»Das heißt, Sie sind so gar kein Tutti-Schwein …«

»Ein … Was?«

»Tutti-Schwein. Das sagt man so. Zu den Orchesterleuten und Ensemblesängern. Ist nicht böse gemeint.«

Wir schwiegen und schauten betreten zu Boden. Offenbar war Bruno Gutknecht genauso verlegen wie ich. Als er den Blick wieder hob, sagte er: »Hoffentlich glauben Sie nicht, ich liefe Ihnen nach …«

Ich grinste ihn erleichtert an. »Dasselbe habe ich gerade auch gedacht!«

»Wer sollte mir denn nachlaufen?«, fragte er. »Ich bin ein dicker alter Mann mit spärlichem Haarwuchs.« Er lächelte mich halb verschämt, halb spitzbübisch an.

Seine Selbsteinschätzung gefiel mir. Er war ein meistens etwas traurig wirkender Mann um die 50, der einfach nur wunderbar Klavier spielen konnte. Und der bis zum Ende seines Lebens die Rolle des Einstudierers im Hintergrund innehaben würde. Nie würde er einmal selbst vorn stehen und dirigieren, das hatte ich schon begriffen. Und trotz alledem fühlte ich mich zu ihm hingezogen. Vielleicht gerade, weil er so war, wie er war. So wenig laut. So wenig … gefallen wollend. Gibt es Leute, die Schildkröten streicheln wollen? Ich hatte mich bisher nicht dazu gezählt.

Das Eis war gebrochen. Bruno Gutknecht führte mich am Ellbogen in einen Nebenraum. »Schauen Sie, haben Sie das hier schon gesehen?«

Wir wandelten noch eine Zeit lang durch das Museum, er

zeigte und erklärte mir einige Dinge, und wir standen Schulter an Schulter vor Gedenktafeln, Fotos und Videoeinspielungen. Das Leid, das wir gemeinsam besichtigten, machte uns auf eigentümliche Art und Weise zu Verbündeten. Ich fühlte eine Nähe zu ihm, die mir unheimlich war und die ich gleichzeitig genoss. Schließlich verließen wir das Museum und landeten in einem Café. Draußen vor der Fensterfront drängelten sich dick vermummte Touristen und fotografierten sich gegenseitig neben den Darstellern von Grenzsoldaten des amerikanischen, britischen und französischen Sektors, die sich vor ihrem Wachhäuschen die Füße abfroren.

»Jetzt sitzen wir schon wieder zusammen im Café.« Bruno Gutknecht schob mir mit leicht zitternden Fingern eine große Tasse Milchkaffee hin. »Magst du doch so, mit viel Milch, oder?«

Ich nahm meinen Schal, mit dem ich unseren Platz belegt hatte, von der Bank und rückte bereitwillig ein Stück zur Seite. Er hatte mich geduzt! Aus Versehen? Oder weil ich ihn an seine Tochter erinnerte?

»Wie soll dat nur wigger jon«, zitierte ich die Kölner Karnevalsgruppe Bläck Fööss leise singend. Als ich seine irritierte Miene sah, fügte ich schnell hinzu: »Hat ja keiner mitgekriegt.«

Er schaute mich von der Seite an, und ich bemerkte, dass seine Lippen zuckten. Auch sein nervöses Augenzucken hatte wieder eingesetzt. Offensichtlich brachte ihn unser Treffen wirklich in Verlegenheit. Mit fliegenden Fingern nestelte er sich eine Zigarette aus dem Päckchen und hielt sie mir hin.

»Nein, danke«, sagte ich freundlich.

Bruno steckte sich die Zigarette an und inhalierte begierig.

Ich wärmte meine Hände an der heißen Tasse. »Seit wie viel Jahren machen Sie das schon?«

»Was? Rauchen?« Er pustete den Rauch rücksichtsvoll über seine Schulter hinweg nach hinten.

»Nein. Mit dem Ensemble auf Reisen gehen.«

Er schloss kurz die Augen. »Zu lange«, sagte er schließlich.

»Genießen Sie es nicht?«

»Nein. Ich hasse es.«

»Warum? Für mich ist es das Schönste, was ich mir vorstellen kann! Die wunderbare Musik, die wir machen dürfen, die unterschiedlichen Menschen, mit denen wir zusammenkommen, die tollen Städte, die vielen Eindrücke, die Hotels …«

»Ich bin nie so einsam wie auf diesen grässlichen Ensemblereisen.«

»Haben Sie denn keine Freunde im Ensemble?«

»Nein.« Er nahm einen erneuten, hastigen Zug und bemühte sich, die Zigarette so zu halten, dass sie mir nicht ins Gesicht qualmte.

»Ich hatte im Ensemble noch nie einen Freund, und ich will auch keinen.« Das klang trotzig und verletzt.

»Aber in Amsterdam habe ich Sie bei den Bässen sitzen gesehen … und Sie haben mit ihnen gelacht.« Das war jetzt hoffentlich nicht zu naseweis. Aber wie sollte ich sonst mit dem Mann ein Gespräch in Gang halten?

»Dazu brauche ich viel Alkohol.« Bruno Gutknecht starrte ins Leere, und ich war nicht mehr sicher, ob er überhaupt noch zu mir sprach. »Man müsste die Menschen alle ausblenden können und nur die Musik genießen. Aber leider stehen sie jeden Morgen um zehn wieder auf der Matte.«

»Oh.« Er klang sehr verbittert, wie ein Menschenhasser. Und ich liebte sie doch alle oder hatte es zumindest ganz fest vor! Obwohl – ein Ensemblemitglied war ja auch bei mir schon durch das Sympathie- und Toleranzsieb gefallen: Vormerz, der Klassenkasper. Die penetrante Dummheit dieses Menschen ertrug ich bereits jetzt, nach wenigen Wochen, nicht mehr, zumal er absolut nicht zu den guten Sängern gehörte. War er womöglich aufgrund irgendeiner Quote aufgenommen worden und unkündbar? Welch ein Grauen! Aber sollte ich darüber mit Bruno Gutknecht diskutieren?

Ich hatte plötzlich das Bedürfnis, ganz schnell abzuhauen. Dieser unglückliche Sonderling ist nicht gut für dich, Kind, raunte mein Über-Ich. Mach dich rar. Lass den seiner Wege gehen. Du bist jung und neugierig, lass dir von diesem alten Griesgram nicht deine Lebensfreude nehmen!

Gerade als ich beschlossen hatte, unter einem Vorwand zu verschwinden, bemerkte ich den Tumult vor der Glasfront. Bei den Pseudo-Grenzsoldaten hatte jemand dem russischen Grenzer die Fellmütze vom Kopf gerissen und sich selbst aufgesetzt. Der Grenzer wollte seine Mütze wiederhaben, es gab ein Gerangel, Gelächter und Geschrei. Ich traute meinen Augen kaum, denn es war unser Ensembleclown, der da für Aufruhr sorgte. Er hampelte mit ein paar anderen, mir unbekannten Leuten herum, die einander die Fellmütze nun abwechselnd zuwarfen.

»Schon wieder der!«, entfuhr es mir.

»Der ist einer der Gründe dafür, warum ich diesen Job hasse«, sagte Bruno Gutknecht. Dann zog er den Kopf ein und war nicht mehr zu sprechen.

## *Kapitel 9*

Das Konzert in der Berliner Philharmonie war ein Traum. Ein wundervoller Traum aus samtweichen Tönen, filigranen Klängen und berauschenden Farben. Ich schwebte wie auf Wolken, kämpfte mit den Tränen, weil ich das erleben durfte, dabei sein durfte, mein winziges Scherflein zu diesem grandiosen Abend beitragen durfte. Wie in Trance nahm ich die Kameras wahr, die um uns herumfuhren, auch wenn sie nur selten auf dem Ensemble verweilten. Das Orchester gab mit 150 Musikern optisch einfach wesentlich mehr her. Und erst die vier Solisten!

Die Solisten waren allererste Sahne, und ich staunte sie von meiner zweiten Ensemblereihe aus an. Da konnte Hella Glanz sagen, was sie wollte – diese Stimmen spielten in einer ganz anderen Liga, und ich würde nie dazugehören, nie so fein und klar und obertonreich singen können wie diese Weltklasse-Sängerinnen. Die Stimme der Mezzosopranistin war edel und ausgereift wie teurer Champagner, meine machte sich dagegen aus wie Sprudelwasser. Gerade noch hatte ich diese Partie studiert und sogar heimlich gedacht, ich könnte sie eines Tages beherrschen. Nun beschloss ich, sie niemals öffentlich zu singen. Quid sum miser! Mein Es, also der Kindergarten in meinem Gehirn, hatte ja kein großes Latinum und übersetzte launig: Ich bin ja so mies!

Wieder stellte sich ein Gefühl von Demut und Dankbarkeit ein, weil ich im Ensemble singen durfte, und zwar im besten der Welt. Denn wenn wir nicht das beste Ensemble der Welt gewesen wären, hätten wir wohl kaum mit dem besten Orchester der Welt singen dürfen, oder? Die Berliner Philharmoniker spielten fein und mächtig, zart und filigran, berauschend perfekt und unbeschreiblich wunderbar, sie trugen unsere Stimmen wie auf ausgebreiteten Flügeln, es war ein Schweben und Dahingleiten ohne Mühe. Ich badete in jeder einzelnen Harmonie, in jeder rhythmischen Wendung. Wahrscheinlich fühlte man sich so, wenn man irgendeine Glücksdroge genommen hatte. Oder wenn man mit 39 Sportsfreunden synchron im Tiefschnee Riesenslalom fuhr. Wieder mal war ich in einen Schwebezustand geraten. Die Glückshormone fluteten durch meine Adern, und ich dachte ganz kurz an den Sohn von Frau Heideprecht, dessen Laternen früher im Kindergarten immer die besseren gewesen waren.

Als der letzte Ton verklungen war, geschah etwas Unglaubliches. Das Publikum stand schweigend auf und blieb stehen, gefühlte zwanzig Minuten lang. Keiner wagte zunächst zu klatschen, niemand wollte den Nachhall der Streicher zerstören.

Über 2000 Menschen standen gemeinsam da und kosteten das Gefühl aus, dabei gewesen zu sein. Wir Sänger waren alle schweißgebadet. Ich sah in die Gesichter meiner Ensemblekollegen. Sie wirkten erschöpft, aber glücklich. Plötzlich liebte ich sie mit einer nie gekannten Innigkeit. Nicht nur mir kamen die Tränen, ich bemerkte etliche Hände, die verstohlen an Augenwinkeln herumwischten.

Wie in Trance stolperte ich irgendwann mit den anderen in die Hotelbar, noch voller Töne, die ich innerlich vor mich hinsummte. Eigentlich wollte ich jetzt allein sein, doch andererseits hätte meine ausgedörrte Sängerkehle alles für ein kühles, großes Bier gegeben. So gesellte ich mich zu den anderen »Tutti-Schweinen«. Sie boten dasselbe Bild wie in Amsterdam: Die Lauten standen am Tresen und lachten, die

Pflichtbewussten hatten sich in gepolsterten Sitzgrüppchen versammelt und rührten in ihren Teetassen, einige schaufelten heißhungrig Essbares in sich hinein, als gäbe es kein Morgen, und die Zacharias-Jüngerinnen lauschten ihrer Meisterin. Diese analysierte bereits eifrig das Konzert, wedelte mit gekrümmtem Zeigefinger auf Augenhöhe sämtliche Phrasen nach, ging zwischen den Sopranen herum und erteilte Zensuren für zu spätes oder zu frühes Einsetzen oder Unsauberkeiten. Ihre Halsschlagader war natürlich wieder geschwollen, und ihre Stimme überschlug sich vor besserwisserischem Eifer. Ich dankte Gott, dass ich kein Sopran war. Die Igelfrisur aus dem zweiten Sopran, Gudrun Piesnelke-Poppen, saß säuerlichen Blickes auf ihrem Barhocker und saugte per Strohhalm gierig an einer grünen Flüssigkeit. Aus ihren Augen sprach der nackte Abscheu. Sie hätte Frau Zacharias sicher gern ins All geschossen. Der Klassenkasper schob einen leeren Kofferwagen vor sich her und wirkte wie ein Kind, das man am Flughafen vergessen hat. Als sich meine Augen an das schummrige Licht in der Bar gewöhnt hatten, gewahrte ich auch meinen heimlichen Museumsfreund Bruno Gutknecht, der wieder im Pulk der dröhnend lachenden Bässe vor sich hin litt. Nach dem Konzert hatte er sich scheu und verlegen für das Ensemble verbeugt, was aber niemand richtig zur Kenntnis genommen hatte. Ich hatte mir meine Noten unter den Arm geklemmt und mit den Zeigefingern ein wenig für ihn geklatscht, lautlos und eher symbolisch, aber meine Nachbarin, die Pferdehaarige, hatte gleich gezischt, ich solle das lassen, die Kameras liefen noch, wir seien schließlich Profis. Dabei hatte sie mich derart unsanft in die Rippen gestoßen, dass ich fast vom Podest gekippt wäre.

Meine Güte, dachte ich nun, diesen Haufen muss man

wirklich mit viel Menschenliebe, Gelassenheit und Humor nehmen. Wenn man die nicht hat, hält man es wahrscheinlich nicht lange aus. Trotz oder gerade wegen der wundervollen Musik, die wir zusammen machen.

❋

Auf dem Rückflug saß ich zufällig neben Robert Herold. Oder war das kein Zufall? Normalerweise hätte ich entweder Frau Zaunknecht, die ständig Sahneteilchen aß und dabei Diätzeitschriften las, den Klassenkasper, der mit Pappbechern warf, oder die geschwollene Halsschlagader neben mir gehabt. Ein schweres Los, wie ich fand. Gern hätte ich neben der strahlenden Viktoria Landmann gesessen, die offensichtlich nur Freude am Leben hatte und alle Menschen liebte, aber die war schon von einem Chauffeur abgeholt und im Privatjet nach Hause geflogen worden. Im Hotel hatte ich sie auch vermisst. Wie man munkelte, stieg sie immer auf eigene Kosten in einem Fünf-Sterne-Hotel ab, wo sie mit ihrem hochbegabten Benedikt samt Schwiegermutter stets eine Suite bezog.

»Wie fanden Sie den Bass?« Mit diesen Worten riss Robert Herold mich aus meinen Gedanken.

»Großartig. Sie waren alle großartig.«

»Ich meine den Solobass.« Er stieß mich kumpelhaft-verschwörerisch mit dem Ellbogen an. Ich konnte nicht ausweichen, denn neben mir war das Bullauge.

»Der Solobass war allererste Sahne!« Ich schaute meinen Sitznachbarn von der Seite an. »Oder etwa nicht?«

»Der war grauenvoll. In der Höhe hat er gestemmt und in der Tiefe hat er gehaucht.«

»Ähm … Tatsächlich?«, fragte ich. »Ich versteh nichts vom Singen.«

»Hahaha«, bollerte Robert Herold los, und sein Bass-Timbre brachte fast das Flugzeug zum Wackeln. »Sehr witzig!« Er stieß mich erneut in die Seite. Manno!

»Nein, wirklich«, sagte ich schnell, um jedwedes Missverständnis im Keim zu ersticken. »Ich fand ihn toll, aber Sie als Basskollege hören das sicher viel … ähm … kritischer. Ich meine, Sie haben die Solopartie bestimmt studiert …«

»*Studiert?* Ich habe sie tausendmal öffentlich *gesungen!* In Witterschlick und in Radevormwald und in Pritzwalk an der Dömnitz, um nur einige zu nennen.«

»Oh.« Ich zuckte zusammen. »Das … Das wusste ich nicht.«

»Und zwar besser als der! *Viel* besser. Meine Stimme ist für diese Partie prädestiniert.« Ein erneuter Rippenstoß ließ mich ahnen, dass er bereits den nächsten Gag auf seine Witzschleuder gespannt hatte. »Mir ist der Geist Verdis quasi in die Kehle gefahren.« Er lachte wieder so tief und dröhnend, dass ich darauf wartete, dass das Bitte-anschnallen-Zeichen aufleuchten würde. »Meine Damen und Herren, wir durchfliegen gerade heftige Turbulenzen aus massiver Selbstüberschätzung und Selbstbeweihräucherung …« Erstaunlicherweise nahm niemand Notiz von ihm.

»Aber warum haben *Sie* denn dann nicht solo gesungen?«, wagte ich einzuwenden. »Wenn Sie das so viel besser können …«

Robert Herold fühlte sich offenbar kein bisschen angepikst. »Weil ich als Ensemblepräsident für das Ensemble die Verantwortung trage«, erklärte er mir mit heiligem Ernst. »Ich bin mit sehr wichtigen Verwaltungsaufgaben des Senders betraut.«

»Aha«, sagte ich und saugte möglichst senkrecht an meinem Tomatensaft. Der Ensemblepräsident schien auf eine devote Bemerkung meinerseits zu warten, aber ich beschränkte mich auf abwartendes Schlürfen.

»Die Schwester des Intendanten ist mit mir verlobt«, offenbarte er schließlich. »Ich gehöre also quasi zur Familie von Klassisch-TV.« Dieser Bemerkung schloss er wieder eine Lachsalve an. »Mir gehören demnächst 49 Prozent des Senders.«

»Donnerlüttchen«, sagte ich.

»Deshalb kann ich meine Zeit leider nicht solistischen Aufgaben widmen. Obwohl ich locker dazu befähigt wäre! Locker! Ich singe so was morgens beim Gurgeln.«

»Nee«, sagte ich, »ist klar. Schade.«

»Und obwohl ich viel besser gesungen hätte als dieser Hornochse gestern. Viel besser.«

»Sie sind mit der Schwester von Dr. Kalb verlobt?«, fragte ich sicherheitshalber nach.

»Genau. Kennen Sie Cordula?«

»Nein.«

»Eine tolle Frau. Eine ganz, ganz tolle Frau«, sagte Robert Herold und lachte. »Eine Frau von Welt.«

Implizierte das, dass er mich für eine Frau von Unterwelt hielt?

»Ich habe ihr einen Ring geschenkt. Einen ganz tollen, teuren Ring.«

»Sieh an«, sagte ich und fragte mich verzweifelt, wann er endlich »April April!« rufen und mich erlösen würde. »Mädchen, ich veräppele dich doch bloß! Du fällst aber auch auf jeden Mist rein!« Doch da bohrte sich schon wieder der kumpelhafte Ellbogen in meine Seite.

»Nicht irgendeinen nachgemachten von Swarovski oder so – einen echten, teuren, tollen Ring. Mit sieben Karat. Echte Diamanten.«

»Wow«, stellte ich mich beeindruckt und verbarg peinlich berührt meine rechte Hand, an der mein heiß geliebter Swarovski-Ring prangte.

»Der hat mich ein paar saftige Konzerthonorare gekostet. Solohonorare natürlich.« Robert Herold lachte profund.

Ich quetschte mich so gut ich konnte gegen das Bullauge, um seinem Ellbogen zu entgehen. Wahrscheinlich wollte er mich ja einfach nur irgendwie unterhalten, wo wir doch schon mal nebeneinander saßen.

»Und?«, fragte er plötzlich und warf einen Blick auf meine linke Hand, die den Tomatensaft umklammerte. »Auch schon in festen Händen?«

»Wie? Ich? Nein«, stammelte ich. »Sie haben da übrigens irgendetwas im Haar …« Ich drehte den Kopf und sah, wie der Klassenkasper hämisch kichernd ein Tütchen mit Kaffeeweißer über dem Haupte des Ensemblepräsidenten entleerte.

## *Kapitel 10*

Zu meiner großen Freude wurde ich einige Zeit später von Viktoria, der netten Strahlenden aus dem ersten Sopran, zu einem Hauskonzert eingeladen. Sie residierte noch viel prachtvoller, als ihre Handy-Fotos hatten ahnen lassen. Mit meinem schmuddeligen Kleinwagen fuhr ich ehrfürchtig durch ein Tor, das sich per Lichtschranke – oder Überwachungskamera? – automatisch geöffnet hatte, und glitt über den knirschenden Kies einer breiten Einfahrt, an deren Rändern letzte Schneereste lagen. Als ich die marmornen Stufen zur Villa hochschritt, fühlte ich mich mit meinen lächerlichen Blümchen in der Hand völlig deplatziert. Das Portal war von außen verspiegelt, sodass man gezwungen war, sich selbst zu mustern. Eine Haushälterin mit gestärkter weißer Schürze erlöste mich von meinem eigenen Anblick und nahm mir das Sträußchen ab. Aus dem Inneren des Anwesens tönte bereits der glockenhelle Sopran meiner Gastgeberin samt einfühlsamer Begleitung am Klavier.

Mein Herz klopfte schneller, als ich den Salon betrat. Viktoria Landmann stand in einem Traum von cremefarbenem Cocktailkleid am Flügel, breitete die Arme aus, als wollte sie mich an sich drücken, und schmetterte mir entgegen: »Ich lade gern mir Gäste ein!«

Am Flügel saß, was mich kaum überraschte, Bruno Gutknecht. Hastig ließ ich meinen Blick durch den hell erleuchteten, blumengeschmückten Raum schweifen. Hohe Bücherregale an den Wänden, locker arrangierte Sitzgruppen, auf denen andächtig lauschende Zuhörer versammelt waren und an ihren Mokkatässchen nippten. Ich sah einige bekannte Gesichter aus dem ersten Sopran und ältere Damen in feinen Kostümen und mit kunstvollen Frisuren. Die Dame mit dem kleinen Jungen auf dem Schoß war vermutlich Viktorias Schwiegermutter. Der dreijährige, hochbegabte Benedikt trug ein weißes Oberhemd mit Fliege und einen grauen Anzug mit einem Fliedersträußchen am Revers und hörte seiner Mutter aufmerksam zu, wobei er an einer Milchflasche saugte. Die Haushälterin erschien nun mit einem Silbertablett voller Champagnergläser im Türrahmen, wagte aber offenbar kaum zu atmen, solange ihre Herrin noch nicht zu Ende gesungen hatte, und schwankte ein wenig unter der Last des edlen Getränks. Die Gastgeberin sang nun in den höchsten Tönen: »Moine Lüppen, sie küssen so hooiiiß! Meine Glieder sind schmiegsam und woooiiiiß! Iiin den Stäääнen, da steht es geschrieben, du sollst küssen, du sollst lieben!« Sie strahlte uns alle an, als sei sie in jeden Einzelnen von uns verliebt. Wie hinreißend sie das interpretierte! Man nahm ihr den Text wirklich ab. Ich selbst kämpfte immer mit dem plötzlichen Erstickungstod, wenn ich solo vor Zuschauern singen musste. Wahrscheinlich suchte ich mir deshalb auch nur Sachen aus wie *O Tod, wie bitter bist du*, und in meinem Gesicht standen das pure Entsetzen und die nackte Panik. Hilfe suchend klammerte ich mich dann an den Flügel und mied selbstverständlich jeden Augenkontakt mit den mich angaffenden Menschen, um sie bloß nicht mit meinem Elend anzustecken. Die liebenswerte, von Selbstbewusstsein strotzende Viktoria aber schien die ihr zuteilwerdende Aufmerksamkeit zu genießen. Ich beneidete diese liebreizende, entzückende Person, und meine Bewunderung für sie teilte ich mit sämtlichen anwesenden alten Damen und dem hochbegabten Benedikt, der sich beim letzten hohen Ton, den

Viktoria ins Unermessliche ausdehnte, auf dem Schoße seiner Großmutter krümmte.

Bei den Ensembleproben hätte Bruno Gutknecht diesen langen Ton genutzt, um an seinem Finger zu lecken und seine Bild-Zeitung umzublättern. Hier aber beschränkte er sich auf augenzuckendes Verharren, bevor er in seiner bescheidenen Art den Schlussakkord hinterhertupfte.

Schließlich brachen wir alle in frenetischen Beifall aus. Viktoria stürmte auf mich zu und umarmte mich.

»Schön, dass du da bist! Du siehst toll aus! Kennst du schon meine Mutter, meine Großmutter, meine Schwiegermutter, meine Tante Cilly …«

Sie stellte mir die teuer gekleideten Damen vor, die alle denselben Friseur zu frequentieren schienen, da ihre feinen Haare alle einen leichten Stich ins Lila-Graue hatten. Und dann durfte ich den hochbegabten Benedikt begrüßen, der inzwischen an einem Schnuller saugte.

Die Haushälterin verteilte derweil den Champagner. Aus dem Augenwinkel sah ich, wie Bruno sich unprätentiös auf die Veranda verdrückte, um zu rauchen. Ich begrüßte die Kolleginnen aus dem Ensemble. Zu meiner Erleichterung war weder die geschwollene Halsschlagader noch die Igelfrisur anwesend, dafür die lieb lächelnde Armgard Liebscher mit der unmodischen Schleifchenbluse und die Optikergattin aus Oberwesel. Auch der Teebeutel war zugegen, das Flusspferd glänzte jedoch durch Abwesenheit. Fräulein Knäpperchen knabberte an einem Vollkornkeks, während sich Frau Zaunknecht begeistert ein mächtiges Stück Kuchen genehmigte und sich offenbar keinerlei Sorgen um den letzten Zug nach Erkelenz machte. Die Modepuppe aus dem Schaufenster von Moden Bianca stand bewegungslos in einer Ecke. Der Nibelungenhelm aus Kürten-Knappsack zeigte per Handy gefühlte 200 Fotos von Schneeglöckchen im Kurpark von Bad Neuenahr herum, was die lila-grauen Düsseldorfer Damen trotzdem entzückte. Nachdem wir alle Champagner getrunken und ein wenig geplaudert hatten, nahm das Hauskonzert weiter seinen Lauf. Die liebreizende Gastgeberin sang noch *O mio babbino caro*, wobei sie wieder kokett mit dem Publikum flirtete, und *Spiel auf deiner Geige*, was aber so klang wie »Spül auf deiner Goige, koiner spült so sauber wie du …«

Bruno Gutknecht begleitete sie so einfühlsam und unauffällig, als wäre er gar nicht da. Nur sein Augenzucken verriet, dass er noch unter uns weilte. Bei jedem Applaus glitt er zur Verandatür hinaus, so schnell seine Leibesfülle das zuließ, blies Rauchkringel über den vereisten Tennisplatz und tat so, als hätte er mit diesem Hauskonzert überhaupt nichts zu tun.

Nach einigen Gläsern Champagner fühlte ich mich rundum wohl in dieser herzlichen, freundlichen Atmosphäre. Ich schaute mir sogar ganz entspannt die 200 Schneeglöckchenfotos an. Bis die liebreizende Viktoria mit ausgestreckten Armen auf mich zustürmte und rief: »Und jetzt du, meine Liebe!«

Augenblicklich erstarrte ich zur Salzsäule, der Champagner, der mich gerade noch so wohlig gewärmt hatte, schmeckte auf einmal wie Kalk, und eine Panikattacke drückte mir die Kehle zu. »Nein, bitte nicht!«

»O doch!« Die alten Damen klatschten, dass ihre Armreife klirrten. »Viktoria hat schon so von Ihrem Vorsingen geschwärmt!«

Sogar der hochbegabte Benedikt befahl, indes er seinen Schnuller auf mich richtete: »Los du! Sing was!«

»Musst du mal Pipi, Dicki?«, fragte ihn die Schwiegermutter und schüttelte ihn, um zu prüfen, ob er noch nicht tropfte. »Sach mal! Nich Pipi machen jetzt, woll?«

Viktoria übersetzte für ihren Sohn: *»Ne fais pas pipi maintenant, chéri!«* Alles, was die Schwiegermutter auf Deutsch mit Ruhrpott-Akzent zu Benedikt sagte, wurde sofort auf Französisch wiederholt. *»Tu veux aussi que m'amie chante quelque chose?«*

Mein verzweifelter Blick irrte Hilfe suchend zu Bruno Gutknecht, der völlig unbeteiligt nach einer Zigarette friemelte und sich anschickte, auf die Veranda zu verschwinden.

Also, wenn die Schwiegermutter *mich* gefragt hätte, ob ich mal Pipi muss, wäre ich ihr weinend um den Hals gefallen. Und nicht nur das. Meine Därme verschlangen sich gerade panisch ineinander wie die Arme eines Oktopus in einem Fischernetz und drängelten in Richtung Notausgang, sprich Klo.

»Ich hab gar nichts dabei …«, stammelte ich und hob abwehrend die Hände in die Luft, als wäre eine Waffe auf mich gerichtet. »Ich habe überhaupt keine Noten mit.«

Es klingelte an der Haustür, irgendwo bellte heiser ein Hund, und die Haushälterin dackelte dienstbeflissen durch die Marmorhalle in Richtung Portal. Ich hoffte, der neue Besuch würde die Gastgeberin von ihrem Vorhaben abbringen.

»Wir singen ein Duett!«, zwitscherte Viktoria, schritt anmutig zu einem der Bücherregale und zog einen schmalen Band heraus. »Hier, das kannst du. Das ist ganz leicht.«

Bruno steckte seine Zigaretten weg, leckte an seinem Daumen und schlug die Noten auf. Er fing mit unbewegtem Gesicht an zu spielen. Tam tam tam tam tam tam tam tam … Das war mir bekannt. Hastig stellte ich mich in die Mulde des Flügels und versteckte mich halb hinter Viktoria, die raumgreifend ihre Arme ausbreitete. Während sie schon wieder in unendlicher Menschenliebe mit dem Publikum flirtete, krampften sich meine Finger rückwärts in das Holz des Flügels. Ein plötzlicher Schluckreflex überkam mich – ich hatte viel zu viel Spucke im Mund. Wohin damit? Ich rang verzweifelt nach Atem. Schön locker, entspannen, Kindchen, hörte ich meine Lehrerin sagen. Du schaffst das schon. Mein Es wollte schreien: Ich trau mich nicht! Ich will nach Hause! Mein Über-Ich befahl: Hintern zusammenkneifen und durch! Mein Ich holte tief Luft und machte ergeben den Mund auf. »Schöne Nacht, du Liehiebesnacht, oh, stihille das Verlangen …«

Es klappte. Es ging leicht. Mithilfe der strahlenden Viktoria und des sicheren, sanft stützenden Klavierspiels von Bruno Gutknecht gelang es. Meine Angst schwand mit jedem Ton. Es war tatsächlich, als säßen wir zusammen in einem Kahn, der auf einem ruhig fließenden Fluss dahinschaukelte. Viktorias Stimme trug mich, als hielte sie meine Hand. Der Kahn kenterte nicht, zuverlässig gesteuert von Brunos unaufdringlichem Klavierspiel. Inzwischen war die Haustür wohl geöffnet worden, ich hörte Schritte und Stimmen, heiseres Bellen, ein bassiges Lachen. Täuschte ich mich, oder zuckten Brunos Augen? Die Haushälterin schleppte eine Vase mit einem riesigen Blumenstrauß in den Salon. Ich war dankbar dafür, dass sich alle Blicke zur Tür richteten und so von mir abließen. Dem Blumenstrauß folgten eine schlanke blonde Dame mit Hochsteckfrisur, die ein Kostüm, ein dazu passendes Hermès-Halstuch und eine Designer-Handtasche trug und deren Parfum auf der Stelle alle anderen Duftnoten im Raum überlagerte, Dr. Ralf Kalb, der Intendant, in einem Tweed-Jackett, und …

Natürlich. Robert Herold. Als er uns am Flügel stehen sah, lachte er so laut, dass unsere letzten Töne ungehört verebbten und unser Boot sachte ans Ufer trieb, wo es sich im Gestrüpp verfing.

Der begeisterte Applaus war wie ein warmer Frühlingsregen.

»Ihr beide klingt echt gut zusammen!«, rief die Schwiegermutter. »Das solltet ihr ausbauen. Nicht Pipi machen, Dicki, woll?«

*»Ne pas faire pipi maintenant!«* Viktoria umarmte mich euphorisch. »Das macht total Spaß mit dir!« Dann umarmte sie die drei Neuankömmlinge. »Da seid ihr ja. Willkommen! Habt ihr es gut gefunden? War Stau auf der Autobahn? Gertrude, bringst du bitte den Champagner?«

»Ja, mit dir auch«, antwortete ich, ganz überwältigt von so viel Herzlichkeit.

Plötzlich bemerkte ich, dass ich allein da stand. Im allgemeinen Begrüßungsgewimmel und Stimmengewirr schien ich nicht mehr vorhanden zu sein. Von Bruno Gutknecht sah ich nur noch die hinter ihm zufallende Terrassentür. Unauffällig schlüpfte ich hinter ihm her ins Freie. Draußen roch es zum ersten Mal ganz schwach nach Frühling. Ich schloss die Augen und sog diesen köstlichen Geruch tief ein. Na ja, so köstlich war er auch wieder nicht, da sich der Zigarettenrauch des Korrepetitors hineinmischte. Ich öffnete die Augen wieder. Er lehnte am äußersten Rand des Verandageländers neben einer mit blauer Plane abgedeckten Hollywoodschaukel und drehte mir den Rücken zu. Seine Rauchschwade waberte zu mir herüber, als wollte sie an seiner Stelle Kontakt mit mir aufnehmen. Er selbst schien das nicht für nötig zu halten. Die Rauchschwade krabbelte in meine Nase und sagte Hallo.

Ich sagte auch »Hallo«, und daraufhin drehte sich Bruno Gutknecht um.

»Na?«, brummte er und blies den Rauch hinter sich. Der Rauch wollte aber zu mir ziehen. Er ließ sich nicht wegblasen, sondern kehrte um und schmiegte sich um mein Gesicht. Ich wedelte etwas mit der Hand und kam mir dabei blöd vor. Warum war ich denn bloß so verlegen? Lag es daran, dass Robert Herold seine tolle Verlobte mitgebracht und die Show an sich gerissen hatte? Oder daran, dass der Intendant persönlich erschienen war? Oder war es etwa der sperrige Bruno, der mich so aus der Fassung brachte?

»Ziemlich laut da drinnen«, sagte ich.

»Jetzt habe ich Sie also endlich mal richtig singen gehört«, antwortete Bruno und wedelte den Rauch fort. »Warten Sie. Wir sollten tauschen.«

Er schob mich an das Verandageländer und zwängte sich selbst an mir vorbei zu der Stelle, an der ich gestanden hatte. Jetzt zog der Rauch in die andere Richtung.

Auf einmal musste ich überhaupt nicht mehr Pipi. Werde einer schlau aus mir.

Seine Hände auf meinen Schultern hatten mir einen merkwürdigen Stromstoß versetzt. Jedenfalls fing mein Herz wieder an zu rasen, genau wie vorhin, als ich in der Falle saß und singen musste. In diesem Moment ging die Tür auf, und Robert Herold erschien laut lachend auf der Veranda.

»Ah, da ist unsere viel besungene neue Kollegin also hin entschwunden«, sang er sonor. Aus welcher Operette das wohl stammte? Oder improvisierte er? »Kommen Sie ins Warme! Ich will Ihnen meine Verlobte vorstellen – Cordula, kommst du?«

Ich warf Bruno einen bedauernden, flüchtigen Blick zu,

doch dieser hatte uns bereits wieder den Rücken zugedreht. Sein Rauch zog fast traurig hinter mir her.

Kurz darauf schüttelte ich die kühle, schmale Hand der Verlobten. Tatsächlich. An ihrem perfekt manikürten Ringfinger glänzte ein veritabler Brilli.

»Cordula, das ist unsere neue Kollegin, Wanda Zapf«, dröhnte Robert Herold alle anderen Stimmen im Raum nieder. »Das ist Cordula Kalb, die Schwester des Intendanten.« Dann lachte er, als wäre ihm ein köstlicher Scherz gelungen.

Die Schwiegermutter kam gerade mit dem hochbegabten Benedikt vom Pipimachen zurück und zupfte noch an dessen Hosenlatz.

»Guten Tag, Frau Zapf«, sagte die Blondine leicht von oben herab. Ihre Augen waren blaugrau wie die Nordsee an kühlen, windigen Tagen. Sie hatte allerlei Schmuck um den Hals drapiert und trug zusätzlich ein paar baumelnde Ohrringe. »Ich habe schon viel von Ihnen gehört.« Dabei verdrehte sie die Augen, als wollte sie hinzufügen *Und ich kann es nicht mehr hören!*

»Also, von *mir* nur Gutes«, bollerte der Ensemblepräsident.

»Von mir auch«, ertönte plötzlich die Stimme von Ralf Kalb hinter uns. Er streckte mir die rechte Hand hin und reichte mir mit der linken ein Glas Champagner. »Jetzt können wir endlich noch mal auf unsere Neuerwerbung trinken. Willkommen im Klub, Wanda! Sie haben sich ja schon prächtig integriert. Und Freunde gefunden!« Er lächelte mich sehr offen und herzlich an. Seine Wangen waren gerötet und passten farblich zu seiner lachsfarbenen Krawatte. Alle hoben ihre Gläser und prosteten mir zu, und ich war plötzlich sehr gerührt und erfreut angesichts dieser warmherzigen, freundlichen Atmosphäre. Die kühle Cordula störte mich nicht weiter. Genauso wenig der Nibelungenhelm, der ungerührt immer noch Schneeglöckchenfotos herumzeigte. Nur dass Bruno Gutknecht bockig draußen stand, das störte mich. Warum kam er denn nicht herein und gesellte sich zu uns? Aus irgendeinem Grund wirkte er ständig beleidigt. Oder gingen wir ihm einfach alle schrecklich auf die Nerven? Die Gastgeberin Viktoria war das genaue Gegenteil von kühl und beleidigt: Sie schien die ganze Welt zu lieben und von der ganzen Welt geliebt zu werden. Wie machte sie das nur? Selbst ihre Haare strahlten, vom Licht der Kronleuchter beschienen, mit ihrem Gesicht um die Wette. Inzwischen hatte sie ihren entleerten Sohn auf dem Arm und küsste, französische Liebesschwüre murmelnd, auf ihm herum. Da brachte Gertrude, die Haushälterin, einen winzigen Geigenkasten herbei, und mir schwante Schlimmes.

»Musst du Aa?«, rief die Schwiegermutter.

*»Tu dois faire caca?«,* übersetzte Viktoria.

»Wie fühlen Sie sich denn in dem Haufen?«, fragte Ralf Kalb und zog mich am Arm beiseite, während ich zusah, wie Benedikt eine Art Babygeige an die Backe gedrückt bekam und zur Freude der anwesenden Gäste darauf herumzukratzen begann. Die Babygeige quäkte jämmerlich, wie eine junge Katze, die von einem Dreijährigen mit dem Brotmesser gekämmt wird.

»Aber jetzt nicht Aa machen, woll?«, rief die Schwiegermutter.

*»Ne pas faire caca maintenant, n'est-ce pas?«,* rief Viktoria.

»Wunderbar«, flüsterte ich und legte den Finger auf die Lippen. »Wir sollten zuhören!« Wir drehten uns andächtig in Richtung Benedikt. Es war ein Drei-Ton-Werk, das da zu

Gehör gebracht wurde. Quäk, Quiek und Quak. Hätte von dem begnadeten Hanselmann sein können.

Wie durch Zauberhand saß Bruno Gutknecht plötzlich wieder am Flügel und begleitete den hochbegabten Benedikt mit unbewegtem Gesicht beim Babygeigequälen. Ich stand aufgekratzt neben dem gut duftenden, für seine Stellung überraschend jungen Intendanten und fühlte seine angenehme Wärme neben mir. Bildete ich mir das ein, oder streifte er meinen Rücken mit seiner Hand? Gleichzeitig spürte ich, dass Robert Herold mich fixierte. Die kühle Blonde hingegen scrollte mit ihren manikürten Gel-Fingernägeln emsig auf ihrem iPhone herum.

Wir klatschten heftig und begeistert, als Benedikt mit dem Geige-Zersägen fertig war. Während der letzten Verbeugung des artigen Sprösslings platzte dessen gestresster, aber stolzer Vater, der bekannte Reeder Lothar Landmann, schwitzend herein, riss den Buben samt Geige vom Boden hoch (hoffentlich machte er jetzt nicht Aa!) und schwang ihn in der Luft herum, woraufhin der Beifall und das Klirren der Armreife an ältlichen Damenhandgelenken wieder anschwoll, auf dass ein viel größer Getümmel ward.

Muss ich erwähnen, dass der Korrepetitor wie Karlsson vom Dach schon wieder durchs Fenster hinausgeflogen war, auf der Veranda herumschwirrte und von aller Welt genervt Rauchkringel in die Luft blies?

Dr. Ralf Kalb indessen nutzte die Gunst des Augenblicks und schob mich mit sanftem Druck in ein Nebenzimmer, wo außer einem scheintoten Hund, den ich anfangs für einen Teppich gehalten hatte, niemand zugegen war. »Ich hätte da ein kleines Attentat auf Sie vor.«

O Gott. Was mochte das sein? Alles, nur nicht Vorsingen. Oder wollte er mich rausschmeißen? Vielleicht hatte die

Schule in Mörsenbroich ihn auf Herausgabe ihrer bereits fest zugesagten Lehrkraft verklagt?

»Ja?«, fragte ich bang und versuchte, nicht auf den Hund zu treten, dieweil ich ein paar Schritte rückwärts taumelte, um auf einen weinroten Diwan zwischen viele Seidenkissen zu sinken.

»Mich erreichte … Also, den Sender erreichte ein Schreiben …« Der Intendant wühlte suchend in der Innentasche seines Jacketts herum.

Also doch. Ich fühlte alles Blut aus meinem Gesicht weichen. Die Schulbehörde. Sie wollte meine Zukunft zerstören. Ich würde das wundervolle Ensemble verlassen müssen. Ich würde für den Rest meines Lebens in einem Container *Danke für diesen guten Morgen* zur Gitarre klampfen und dabei von lauter minderbemittelten Klassenkaspern mit Bananenschalen beworfen werden …

»O Gott!«, entfuhr es mir. »Bitte sagen Sie es nicht!«

Der scheintote, pechschwarze Hund hob ein Ohr, öffnete ein Auge und blickte uns trüb an, bevor er seinen riesigen Kopf wieder zwischen die Pfoten legte und das Auge schloss. Das Ohr blieb vorsichtshalber noch ein bisschen auf halbmast, bevor er es auch wieder einklappte.

»Von der Reederei von Herrn Landmann, in dessen Hause wir gerade sind … Ist Ihnen nicht gut?«

»Nein … Ich meine, vielleicht doch …« Mein Herz kam von unterhalb der Kniescheibe zurückgekrochen und nahm wieder seinen angestammten Platz ein.

»Es geht um ein nagelneues Fünf-Sterne-Kreuzfahrtschiff, das im Mai im Mittelmeer seine Jungfernfahrt antreten wird. Sie sind ja ganz blass! Alles in Ordnung?«

»Ja«, hauchte ich. »Ich hatte gefürchtet, es ginge um eine Abmahnung oder so etwas.«

»Aber nein, ganz im Gegenteil!« Herr Dr. Kalb tätschelte meine kalte Hand. »Der Ensemblepräsident und ich haben lange überlegt, wen wir quasi als Aushängeschild des Klassisch-TV-Ensembles auf diese Jungfernfahrt schicken können. Natürlich sind nicht für das ganze Ensemble Kabinen frei, wir dachten daran, aus jeder Stimme ein Mitglied zu nehmen, denn es ist Presse an Bord. Herr Herold und ich sind der Meinung, dass Sie gut in das Quartett passen würden.« Er hüstelte. »Auch optisch. Was meinen Sie?«

»In w… we… welches Quartett?«, stammelte ich fassungslos. Der Hund zuckte mit einem Ohr.

»Ja, wir dachten an Frau Landmann für den Sopran, das ist ja logisch, denn sie als die Reedersgattin …« Er hüstelte erneut und gab es auf, in der Innentasche seines Jacketts zu wühlen. »Auf den Tenor haben wir uns noch nicht geeinigt. Natürlich wird Herr Herold dabei sein, an dem geht kein Weg vorbei.« Hier lachte er, aber nicht dröhnend, sondern fast ein wenig spöttisch. »Und wir dachten eben auch an Sie.«

Ich saß auf dem Diwan und fühlte das Blut in meinen Schläfen hämmern.

»Aber ich bin … Ich meine, ich bin neu, sind da nicht andere eher dran?«

»Nun, das entscheidet das Haus.« Herr Dr. Kalb lächelte mich entwaffnend an. »Und das Haus bin ich.«

»Aber wird das nicht böses Blut geben?«, krächzte ich, während mein Es und mein Ich bereits vor Freude im Dreieck sprangen. Mein Über-Ich hingegen mäkelte mit erhobenem Zeigefinger: Du bist die Neue und solltest dir nicht gleich die Rosinen aus dem Kuchen picken! Schön kleine Brötchen backen, bescheiden im Hintergrund.

Meine Güte, wo hatte mein blödes Über-Ich denn so

einen moralinsauren Mist her? Konnte ich diesen Spaßbremsen-Chip nicht endlich per *Eject* aus meinem Speicher entfernen?

Um die Mundwinkel des Herrn Intendanten zuckte es.

»Das sehe ich ganz anders«, sagte Dr. Kalb, wobei er offensichtlich versuchte, sich das Lachen zu verbeißen. »Sie sind im Probejahr, das heißt, Sie müssen sich bewähren. Ihr musikalisches Können, Ihre Flexibilität und Ihre Kollegialität unter Beweis stellen. Wie könnten Sie das besser als in einem Quartett, das das gesamte Ensemble repräsentiert?«

»Also, meine Kollegialität stelle ich wohl besser unter Beweis, indem ich zu Hause bleibe«, murmelte ich. Der Hund schlug wieder ein Auge auf und sah mich an, als wollte er sagen: Spinnst du? Sag jetzt sofort Ja und Hurra und fall dem Intendanten um den Hals, oder ich knurre!

»Aber natürlich freut es mich sehr, dass Sie an mich gedacht haben, und wenn niemand etwas dagegen hat, bin ich dabei.« Ich sprang auf und drückte dem Intendanten die ausgestreckte Hand. Aus dem begeisterten Händeschütteln wurde eine spontane Umarmung. Der Hund blaffte warnend. Und tatsächlich: Bruno Gutknecht wanderte gerade vor unserem Fenster auf der Veranda herum. Mist. Jetzt hatte er gesehen, wie ich mich dem Intendanten an den Hals warf. Dabei war ich doch einfach nur so – glücklich! Eben im Dauer-Schwebezustand.

»Es werden eine Menge Leute etwas dagegen haben«, sagte der Intendant zufrieden und tätschelte mir den Rücken, bevor ich mich ihm hastig entwand. »Aber bei einem so großen Haufen können Sie es nicht immer allen recht machen. Der Präsident und ich haben uns für Sie entschieden, und offensichtlich passt es menschlich auch zwischen Ihnen und Frau Landmann.«

»Ja«, erwiderte ich begeistert. »Sonst hätte sie mich ja heute nicht zu ihrem Hauskonzert eingeladen.«

»Da haben wir ein bisschen nachgeholfen.« Er lächelte hintergründig. »Herr Gutknecht hatte Sie ja noch nicht richtig singen gehört, und da er mitfährt, um das Quartett zu begleiten, wollten wir schauen, ob auch das passt.«

Uff, durchzuckte es mich. Der Gutknecht fährt mit.

»Aber so, wie Herr Herold von Ihnen geschwärmt hat, konnte eigentlich gar nichts schiefgehen.«

Jetzt war ich aber baff. »Wie, das war alles inszeniert? Das ganze – Hauskonzert und das Duett?«

Der Hund hob ein Ohr, und der Intendant lachte vergnügt vor sich hin.

»Aber nein! Wir wollten Ihnen nur die Vorsing-Situation ersparen, es sollte sich einfach ganz zwanglos ergeben, und da Frau Landmann sowieso regelmäßig Hauskonzerte gibt …« Er strich sich die graubraunen Haare nach hinten. »Sicher ist es kein Geheimnis, dass die Reederei von Herrn Landmann unseren Sender sponsert. Deshalb auch die Werbespots für das Traumschiff MS *Klassika*.«

»Ach«, sagte ich und dachte komischerweise an Frau Heideprecht.

»Frau Landmann wünscht sich eine Duett-Partnerin, die zu ihr passt.«

»Ach«, machte ich wieder. Was hätte ich auch sonst sagen sollen? Viktoria war jung und hübsch und großzügig und fröhlich und strahlte immer und war zu jedem nett. Und sie hatte einen hochbegabten Sohn. Ach ja, und sie war reich. Da konnte sie lange suchen.

Herr Dr. Kalb vergrub die Hände in den Hosentaschen und zuckte mit den Schultern, gerade so, als hätte er meine Gedanken gelesen.

»Es muss menschlich passen, stimmlich, musikalisch und optisch. Nennen Sie mir mal eine Kollegin aus dem Alt, auf die das zutrifft.«

Ich öffnete den Mund. Dann schloss ich ihn wieder.

»Na also«, sagte der Intendant und schob mich zurück in Richtung Salon, aus dem Gelächter und Stimmengewirr drangen.

»Dann hätten wir das auch besprochen.«

## *Kapitel 11*

»Kind, das ist ja Wahnsinn!«, rief meine Mutter, als ich ihr alles brühwarm am Telefon berichtete. »Nun gehst du auch noch auf Kreuzfahrt mit der MS *Klassika*? Frau Heideprecht macht doch immer bei den Fernseh-Rätseln mit, um mal eine Reise zu gewinnen!«

»Ich weiß, Mutter, aber ich fahre nicht mit der MS *Klassika*, sondern mit dem neuen Schiff der Reederei.«

»Frau Heideprechts Sohn hat es ja nun gar nicht weit gebracht«, fuhr meine Mutter zufrieden fort.

»Ja, das sagtest du schon.«

»Und Frau Heideprecht ruft ununterbrochen bei Klassisch-TV an, jede volle Stunde, wegen der Kreuzfahrt. Manchmal rennt sie sogar vom Einkaufen nach Hause oder lässt mich am Gartenzaun stehen, weil sie immer glaubt, die Lösung zu kennen, und ein paar Mal ist sie auch schon durchgekommen, aber dann war die Lösung doch falsch.«

»Ich weiß, Mutter, das hast du mir alles schon oft erzählt.«

»Frau Heideprecht ist total süchtig nach diesen Rätseln!«

»Ja, das hast du mir …«

»Kannst du dir vorstellen, wie hoch ihre Telefonrechnungen sind?«

»Ja.«

»Letztens hat sie ihren Sohn verdächtigt, eine von diesen schmuddeligen Hotlines angerufen zu haben, denn die Nummer auf der Rechnung fing mit 019 an«, ereiferte sich meine Mutter und kam nun vollends vom Thema ab. »Und dann wurde ihr klar, dass sie selbst schuld war, weil sie dauernd bei Klassisch-TV angerufen hat.«

»Ach was!«

»Und sie hat noch nie eine Kreuzfahrt auf der MS *Klassika* gewonnen, und nun fährst du mit!«

»Ja, aber nicht auf der …«

»Kind, wenn ich dir einen guten Rat geben darf, dann erzähl es niemandem. Auch wenn's schwerfällt. Du glaubst immer, alle Welt freut sich mit dir, wenn du Glück und Erfolg hast, aber das ist nicht so.«

»Nein?«

»Im Ernst, die Welt ist voller Neider.«

»Kann ich mir gar nicht vorst…«

»Erzähl bloß niemandem im Ensemble, dass du mitfährst. Hörst du?«

»Ja. Aber sie werden es sowieso erfahren.«

»Nicht von *dir*, Kind. Nicht von dir. Sei du still und bescheiden und bleib in der zweiten Reihe.«

Sie fing an, eine Mendelssohn-Arie zu singen. »Sei stille dem Herrn und warte auf ihn; der wird dir geben, was dein Herz wünscht …«

»Ja. Hat er wirklich gemacht.«

»Die arme Frau Heideprecht. Es ist schon schlimm genug für sie, dass du überhaupt in dieses Ensemble gekommen bist. Vierzehn Monatsgehälter und alle Schulferien durchbezahlt und eine sichere, unkündbare Stellung bis zum Pensionsalter und höchstens drei Stunden Dienst am Tag …«

»Offiziell vier. Aber mit zwei Pausen.«

»Das darf man keinem erzählen.«

»Nein.«

»Erst recht nicht der armen Frau Heideprecht, deren

Sohn inzwischen Hartz IV beantragt hat, weil er es mit seinem Cello nicht mal ins Kurorchester von Bad Oeynhausen geschafft hat.«

»Nein.«

»Und der sich mit Nachhilfestunden und Kellnern über Wasser hält.«

»Ja.«

»Wenn die jetzt erfährt, dass du auch noch auf ihr heiß geliebtes Schiff gehst, dann trifft sie der Schlag.«

»Bestimmt.«

»Und dann redet sie nicht mehr mit mir. Der Neid ist der größte Feind des Menschen. Der Neid ist der kleine Bruder des Hasses, und der Hass ist der kleine Bruder des Krieges.«

»?«

»Deshalb muss man sich immer schön still und bescheiden im Hintergrund halten und sich nicht hervortun.«

»Ja.«

»Das ist mein gut gemeinter Rat als Mutter.«

»Ja.«

»Sonst macht man sich nur Feinde.«

»Ja.«

»Und Frau Heideprecht möchte *ich* nicht als Feindin haben. Es reicht schon, dass sie meine Nachbarin ist.«

»Ich dachte, ihr seid Freundinnen?«

»O Gott, da kommt Frau Heideprecht! Kind, ich muss auflegen, sie soll es am besten von mir erfahren und nicht aus dem Fernsehen … Ich werde es ihr ganz schonend beibringen, und vielleicht kannst du für ihren Sohn ja mal etwas bewirken, jetzt, wo du den Intendanten kennst. Vielleicht kann er mal vorspielen, oder sie suchen noch einen Deck-Steward …«

»Aber …«

»Frau Heideprecht! Warten Sie! Raten Sie mal, wen ich hier am Telefon habe!«

»Ähm, Mutter?«

»Tschüss, Kind, und denk immer daran: schön bescheiden und nicht hervortun und keinen Neid erwecken. Frau Heideprecht! Sie *glauben* nicht, was meine Tochter …«

Klick.

❁

Wir probten die *Carmina Burana* für den *Frühling der Festmusik* mit Camilla Dunst in Salzburg, der weltberühmten Festspielstadt. Ich freute mich auf alles: auf die wunderbare Kantate, die ich über alles liebte, auf Salzburg, diese Traumstadt, auf den Frühling, natürlich auf die Kreuzfahrt im Mai … und auf Camilla Dunst, die erfahrene, aber jung gebliebene Moderatorin aus Thüringen. Diesmal sollte es eine unterhaltsame Fernsehshow werden, kein ernstes Requiem. Diesmal würde das Ensemble nicht schwarz gekleidet im Hintergrund stehen, sondern in passenden Kostümen auftreten, denn es war ja eine Unterhaltungsshow. Für *In taberna*, die Wirtshausszene, wurden ein paar hübsche Damen gebraucht, die als Vertreterinnen des horizontalen Gewerbes in mittelalterlich anmutenden, tief ausgeschnittenen Kleidern und Langhaarperücken agierten.

»Freizügige Freiwillige bitte melden. Hahaha. Also nur Mut, meine Damen!«

Als Robert Herold dies verkündete, blickte ich in der zweiten Reihe ganz still und bescheiden auf meine Halbschuhe, genau wie meine Mutter es mir geraten hatte. Dabei schrie mein Es: Ich! Hier! Hurra! Ich will mitspielen!, und mein Ich brüllte auch: Ich! – Klar, mein Ich kannte ja gar kein anderes Wort.

Nur mein Über-Ich presste verbissen die Lippen aufeinander und tat so, als hätte es nichts gehört.

Ich bin im Probejahr. Ich bin nicht hübsch. Jedenfalls nicht sehr. Außerdem will ich keine tolle Perücke. Und schon gar kein tief ausgeschnittenes, tolles Kleid. Steht mir gar nicht.

Natürlich erhob sich auf der Stelle ein Raunen in den Reihen der Damen. Jede zeigte auf eine andere. »Du! Das ist doch was für dich!«

»*Ich*? Ich hab dat nich nötisch!«

»Da musst du dich gar nicht groß verstellen!«

»Ensembleschlampen vor!«

Bruno am Klavier sah sich dazu veranlasst, grußlos den Raum zu verlassen und in seine Kneipe zu taumeln.

»Das ist Dienst!«, schrie der Blockwart hinter ihm her.

Frau Kesselbrink holte sofort ihre braune Papiertüte aus der Handtasche, um sich schnell einen Beruhigungsschluck zu genehmigen. Das Flusspferd mit dem Herrenschnitt hatte bereits die passende Stelle in der Taschenpartitur gefunden – wie es das ohne Lupe nur schaffte! –, und der Teebeutel klopfte ihm besänftigend auf die Schulter. »Ich glaube, das ist nichts für uns, meine Liebe.« Fräulein Knäpperchen murmelte, dass sie niemals zwei Perücken übereinander tragen würde. Und Frau Zaunknecht wehrte vehement ab, weil die überflüssigen Proben womöglich nur dazu beitragen würden, dass sie ihren Zug nach Erkelenz verpasste.

❋

Im Sopran entstand ein heftiger Tumult.

»Na und, im Mittelalter waren sie auch füllig!«, rief Lotte Heide-Blassweiler, und Jolanthe Kapinski keifte: »Das ist doch nur eine stumme Rolle, da ist mein Stimmtalent gar nicht gefragt!«

Die Modepuppe, die immer so aussah, als würde sie den Rest des Tages im Schaufenster von Moden Bianca stehen, schien ernsthaft mit sich zu ringen, ob sie es mal mit einem mittelalterlichen Outfit versuchen sollte. Tini Roth, die immer allen gefallen wollte, indem sie Schokolädchen und Grußkärtchen auf die Pulte legte, zierte sich auch. Die geschwollene Halsschlagader sagte, dass sie ja, wenn sie Pech hätte, mit ihrem eigenen Mann würde rummachen müssen, was sie ganz und gar nicht vorhätte.

»Kinder, jetzt lasst uns mal zu Potte kommen!«, rief Robert Herold sonor. »Wir brauchen drei junge, hübsche Damen für diese Szene, es gibt zwei Extra-Proben und vierzig Euro für das Recht am eigenen Bild.«

Um mich herum tobte Geschrei, Gelächter und helle Aufregung.

»Die kannst du doch dringend brauchen, wo du immer schwarzfährst!«

»Nein, du! Du parkst ja immer im Halteverbot.«

Schließlich meldete sich die strahlende Viktoria. »Also, wenn sonst keine will …«

»War logisch«, stöhnte der Klassenkasper, als hätte ihn jemand in den Magen geboxt. »Die schon wieder. Steht noch nicht genug im Mittelpunkt.«

Ich drehte mich zu ihm um und dachte: Du ja offensichtlich auch nicht. Aber zu sagen traute ich mich das nicht.

Robert Herold notierte sich Viktorias Namen, als könnte er ihn sich sonst nicht merken. »So. Noch zwei. Bitte, meine Damen. Das geht alles von unserer Zeit ab.«

Aus dem zweiten Sopran meldete sich Frau Piesnelke-Poppen, die Igelfrisur. Ihre Igelhaare waren beim Friseur gewesen – und leider auch geblieben, weshalb man jetzt ihre Kopfhaut durchblitzen sah.

»Wir hatten doch gesagt *hübsch*«, blökte der Klassenkasper, obwohl er mit ihr befreundet war.

Sie durchbohrte ihn mit ihren Blicken. »Ich *bin* hübsch!«

Na ja, dachte ich, wenn sie so guckt, ist das Auslegungssache. Ich beeilte mich, sie nicht länger anzustarren, und blickte wieder nach vorne, woraufhin sich Robert Herolds und meine Blicke trafen. Ach je. Mein Über-Ich hatte doch so darauf geachtet, ihn nicht zu provozieren. Mein Es hüpfte aber schon wie ein Flummi vor ihm herum.

»Wanda?«, fragte Robert Herold mit tiefer Stimme und sah mich mit gezücktem Bleistift an. Dabei tat er so, als wäre ihm die Idee gerade erst gekommen.

»Ich weiß nicht …«

»Ach, jetzt *tuuu* doch nicht so«, nörgelte der Klassenkasper und warf mir seine Noten an den Kopf.

»Der Herold wird dich ganz persönlich unter seine Fittiche nehmen«, brummte es aus dem Bass, gefolgt von sattem Gelächter.

»Der hat auch nur einen Fittich«, gackerte jemand, »genau wie alle anderen!«

»Das ist Dienst!«, schnarrte der Blockwart dazwischen.

»Aber nur noch vier Minuten«, sagte Frau Zaunknecht und packte schon mal ihre Tasche.

»Na dann …« Der Ensemblepräsident notierte meinen Namen, und damit war die Wahl der Freiwilligen abgeschlossen.

Bildete ich mir das ein, oder traf mich der Blick des Flusspferds von der Seite wie ein Dolch? Redete der Teebeutel nun beschwichtigend auf es ein? Und was war mit der pferdehaarigen Änne-Christa? Und mit der Dia-Show auf zwei

Beinen, Frau Kürten-Knappsack? Plötzlich fühlte ich mich von Blicken gesteinigt. Ach was, das kam mir bestimmt nur so vor. Schließlich hatte ich mich nicht freiwillig gemeldet. Und sie sich auch nicht.

Wie von Geisterhand ging die Tür auf, und unser freudloser Korrepetitor wankte wieder herein. Er setzte sich an den Flügel und fing an zu spielen. Noch genau zwei Minuten. Dann war der Dienst beendet.

## *Kapitel 12*

Salzburg im Frühling! Als unsere Maschine auf dem kleinen Flughafen mitten zwischen den noch schneebedeckten Bergen landete, spürte ich in meinem Bauch ein unbeschreibliches Glücksgefühl aufsteigen.

Mein Körper weigerte sich zu landen, ich war wieder im Schwebezustand.

Am liebsten hätte ich laut Beifall geklatscht, als der Pilot sanft aufsetzte, aber das erledigte bereits der Klassenkasper. Dies war nun schon meine dritte Dienstreise, und ich fühlte mich gar nicht mehr wie »die Neue«. Ich konnte mein Glück schon wieder nicht fassen: Das war mein Beruf! Ich durfte singen, ich durfte reisen, die Welt kennenlernen, wundervolle Musik machen, und das mit diesen originellen, witzigen Menschen, die ich (fast) alle mehr oder weniger ins Herz geschlossen hatte. Und sie mich auch, das spürte ich genau.

Inzwischen fühlte ich mich trotz der gelegentlichen Querelen im Klassisch-TV-Ensemble schon richtig zu Hause, duzte die meisten Kollegen und lachte übermütig über ihre derben Witze und Anzüglichkeiten.

Die kleine graue Vorstadtraupe Wanda aus dem Borkenkäferweg begann sich in einen gaukelnden Schmetterling zu verwandeln. Diesmal würde ich mich nicht allein in Museen verkriechen müssen, um Minustemperaturen zu entfliehen! Zwischen blühenden Büschen und knospenden Bäumen fuhr uns der rote Panoramabus in die Innenstadt, vorbei am Festspielhaus, vor dem die Fiaker in der Sonne standen. Es herrschte ausgelassene Stimmung, von den hinteren Sitzreihen dröhnten die Bässe vor Lachen, und vorn wurden eifrig Stadtpläne gewälzt und Pläne geschmiedet.

Frau Zacharias erklärte ihren Jüngerinnen, dass sie schon mal bei den Festspielen im Sommer hier gewesen sei und sich sehr gut an eine Zahnradbahn erinnern könne, die auf die Festung hinauffahre, sie hätte nur vergessen, von welchem Punkt aus, aber das könne man sicher aus dem Stadtplan ersehen. Dazu hatte sie selbigen über die ersten Sitzreihen ausgebreitet und die Jüngerinnen Zachariae dazu verdonnert, die vier Ecken festzuhalten.

Der Blockwart scrollte indessen gelassen an seinem iPhone herum und wusste ganz genau, wo wir uns befanden. Auch andere männliche Kollegen hatten allerlei technische Gerätschaften in den Fingern, mit denen sie einander zu imponieren versuchten. Sie kamen mir ein bisschen vor wie kleine Jungs im Sandkasten, die geschäftig ihre Schaufelbagger herumschieben und aus den Augenwinkeln auf den Nachbarbengel schielen, ob der einen größeren Bagger hat. Gabriele Grobe hatte natürlich längst zu Ende gescrollt, die Lage der Stadt und des gesamten Salzkammerguts bereits abgecheckt und las geschäftig in ihrer Taschenpartitur. Dörthe Feinstaub schaute versonnen aus dem Fenster. Bestimmt zählte sie die Reformhäuser am Straßenrand. Die gutturale Swetlana saß schräg hinter den Lebensgefährtinnen und übte, sehr zum Missfallen des Flusspferds, laut und zischend die lateinischen Konsonanten des Werks. Sie spuckte überdeutlich Silben vor sich hin. »Cytharizat cantico, dulcis Philomena, flore rident vario, prata iam serena …« Die dulcis Philomena auf dem Sitz davor fand das kein bisschen lustig. Ihre Miene drückte die gesammelte schlechte Laune von mehreren Wochen aus.

Der Klassenkasper gab laut quäkend den sterbenden

Schwan, was den armen Busfahrer mehrmals dazu brachte, erschrocken in den Rückspiegel zu schauen.

»Brauch ma a Rettung?«, fragte er den vorn sitzenden Tenor Lutz Rummel, der wie immer verschroben vor sich hin murmelte und sich dabei selbst dirigierte.

»Nee, der ist einfach nur bescheuert«, lautete die Antwort.

Frau Zaunknecht kaute heißhungrig an einem Teilchen, das sie noch in der Flughafenbäckerei erworben hatte, und erklärte jedem, dass sie heute Morgen in Erkelenz nicht gefrühstückt hätte, weil sie sonst ihren Zuch verpasst hätte. »Und den Fraß im Billischflieger würde ich ja net mit der Knäifzange anfassen.«

Fräulein Knäpperchen zupfte an ihrer Perücke, während sie sich laut fragte, wo hier die Versammlungen der Heiligen zwölf Säulen stattfanden, und Frau Kesselbrink genehmigte sich einen Schluck aus der Papiertüte. Tini Roth reichte Gummibärchen herum und zwitscherte dabei »Im Salzkammergut, da kammer gut lustig sein«, dieweil Frau Kürten-Knappsack 500 Fotos von norwegischen Wasserfällen auf ihrem Handy zum Anschauen feilbot. Meine Alt-Kollegin Inge Großkötter-Langensiep war leider inzwischen im wahrsten Sinne des Wortes sang- und klanglos pensioniert worden. Ich hatte sie sehr geschätzt, weil sie eigentlich nie etwas Nervigeres getan hatte, als ziemlich geräuschlos an einem Schlauch in Bleu für ihr »Enkelsche« zu stricken. Dafür war nun eine Aushilfe von der Hochschule mitgekommen, die bei Frau Professor Meiser studierte und deshalb immer unvermittelt »Hibiskusblüte!« rief, um ihren Stimmsitz zu prüfen. Da lobte ich mir die stumme Inge.

Der Notenwart Dieter Döneken hockte hinten bei den Bässen und lachte genauso laut und frivol wie die Sonoren, die mit ihren gut geölten Stimmbändern den Bus zum

Wackeln brachten. Ich ertappte mich dabei, wie ich mich nach Bruno Gutknecht umschaute, und entdeckte ihn in der vorletzten Reihe, in die er sich allein gequetscht hatte. Er schaute mit einem nervösen Augenzucken aus dem Fenster und zählte wahrscheinlich die Sekunden, bis er sich wieder eine Zigarette anzünden konnte.

Endlich hielt der Bus vor einem mehrstöckigen Hotel, das direkt an der Salzach und einer großen Brücke über den Fluss lag.

Frau Zacharias belehrte uns mit gekrümmtem Zeigefinger, dass dieses Hotel über eine Dachterrasse verfüge, von der aus man einen ganz fantastischen Blick über die Stadt und auf die Festung habe, zu der übrigens eine Zahnradbahn hinaufgehe, keine Gondel. Eine Zahnradbahn. Sie sei nämlich vor Jahren schon mal hier gewesen und hätte *genau hier* einen Drink genommen, damals noch mit ihrem ersten Mann, dem Trompeter von Säckingen, über dessen Säckinge und anderen intimen Körperteile der ganze Sopran Bescheid wusste.

»Das interessiert keine Sau«, murmelte der eigenbrötlerische Lutz Rummel, der sich vermutlich seit dreißig Jahren fragte, wieso er nicht als Siegfried in Bayreuth, sondern als erster Tenor im Klassisch-TV-Ensemble gelandet war.

Wir drängelten uns mit unseren Rollkoffern in der Hotelhalle, um die Zimmerschlüssel entgegenzunehmen. Viktoria Landmann war bereits vor uns angereist und trat nun strahlend, den hochbegabten Benedikt auf dem Arm und gefolgt von ihrer Schwiegermutter, aus dem Aufzug.

»Musst du mal Pipi, Dicki?«, rief die Schwiegermutter. »Sach mal! Musst du Pipi?«

»Da seid ihr ja!«, jubelte Viktoria, nachdem sie die Frage ihrer Schwiegermutter auf Französisch übersetzt hatte. Sie umarmte uns alle einzeln, als hätten wir uns seit Jahren nicht gesehen. »Wie *schön*, dass ihr da seid! Benedikt hatte schon Geigenunterricht am Mozarteum! N'est-ce pas, cheri?«

Das freute uns alle sehr. Na gut, fast alle. Es gab auch einige, die böse murmelnd so taten, als würden sie den hochbegabten Benedikt mit seiner Viertelgeige gar nicht sehen. Der Klassenkasper jedenfalls konnte es offenbar nicht ertragen, für eine Sekunde nicht im Mittelpunkt zu stehen, fischte mit bloßen Händen in dem riesigen Aquarium herum, das in der Lobby stand, fing einen Zierfisch und ließ ihn genussvoll an der Schwanzflosse zappeln, bevor ein Page ihn diskret bat, das Tier wieder seinem Element zukommen zu lassen.

Ich hatte das Gedrängel an der Rezeption erst mal abgewartet, da ich davon ausging, dass ich genau wie meine Lieblingskollegen, die mit V und Z anfingen, im obersten Stock untergebracht werden würde. Zu meiner Überraschung bekam ich diesmal jedoch keine Dachkammer, sondern ein sehr ansehnliches Doppelzimmer gleich neben Robert Herold. Wenn das kein Zufall war!

Zusammen mit dem Ensemblepräsidenten und dem nervös zwinkernden Bruno Gutknecht stand ich kurz darauf ein wenig verwirrt im Aufzug und starrte auf meinen goldenen Schlüssel mit der Nummer 219. Klar, Gutknecht und Herold, das lag alphabetisch nah beieinander, aber Zapf?

Schweigend stolperten wir drei mit unseren Rollköfferchen in die Zimmer. Meines lag tatsächlich zwischen denen von Robert und Bruno. Ich wusste nicht, ob ich lachen oder weinen sollte. Ich schlich zur Durchgangstür und drückte millimeterweise die Klinke nieder. Uff. Danke, Gott. Sie war abgeschlossen.

Nachdem ich meine Heizdecke – diese altjüngferliche Heizdecke war mein kleines Geheimnis, das zu lüften ich im wahrsten Sinne des Wortes niemals vorhatte – unter das

Bettlaken gestopft und mich ansonsten in meinem behaglichen Zimmer mit Aussicht auf die Festung eingerichtet hatte, beschloss ich, einen kleinen Spaziergang zu machen. Die Probe in den Messehallen war erst für den frühen Abend angesetzt. In der Hotellobby standen die üblichen Unschlüssigen herum und warteten auf Anweisungen der geschwollenen Halsschlagader, die ihre Jüngerinnen um sich scharte und mit dem Zeigefinger auf Stadtpläne einhackte. Schnell verdrückte ich mich und schlug einen steilen Treppenweg ein, der mich augenblicklich außer Sichtweite brachte. Draußen zwitscherten die Vögel, und der Himmel war tiefblau. Ich keuchte einen Hügel hinauf, vorbei an jeder Menge Heiligenfiguren, und genoss die Aussicht vom Kapuzinerberg. Die Mittagssonne wärmte schon ganz wunderbar. Ich ließ meinen Blick über die Dächer der Salzburger Altstadt schweifen, über den lang gezogenen Fluss, der schäumend Schmelzwasser aus den Bergen mit sich führte, und bestaunte die Festung, den Dom und die vielen anderen Kuppeln. Überall begannen die Kirchenglocken zwölf Uhr zu läuten. Gerade als ich beschloss, in die nahe gelegene Klosterkirche zu gehen, um dem lieben Gott für die Wendung in meinem Leben zu danken und mich dafür zu entschuldigen, dass ich ihn wegen Viktoria einen unfairen Spielverderber genannt hatte, trat Bruno Gutknecht aus dem Gotteshaus, gierig nach einer Zigarette friemelnd. Das war nun schon das dritte Mal, dass wir auf Dienstreisen das gleiche Freizeitprogramm hatten. Er musste ja wirklich langsam denken, ich liefe ihm nach. Oder er dachte, dass ich dachte, er liefe mir nach. Beides peinlich genug.

Wegen des lauten Glockengeläuts konnten wir einander nicht wortreich begrüßen – was ja sowieso nicht seine Art war –, also nickten wir uns nur zu, wobei sein Auge nervös zuckte, und danach ging jeder seiner Wege. Ich ging beten, und er ging rauchen. Nach mehreren Vaterunser, einem halbherzig gemurmelten Rosenkranz und der eingehenden Betrachtung sämtlicher Bilder, Kerzen, Säulen und Orgelpfeifen war ich fertig. Ich fand, dass ich Bruno Gutknecht genug Zeit gegeben hatte, woanders hinzugehen. Doch wenig später sah ich ihn unter der Mozart-Büste auf dem Hügel über der Kirche rauchend in der Sonne sitzen. Sollte ich jetzt einfach weiterschlendern? Mein Es wollte zu ihm laufen und sich ihm an die Brust werfen. Mein Ich wollte ihm wenigstens nett die Hand reichen. Und mein Über-Ich wollte mit erhobener Nase an ihm vorbeiflanieren.

Kind, es schickt sich nicht, ihn anzusprechen. Lass den Mann in Ruhe. Der ist doppelt so alt wie du und außerdem ein Sonderling.

Na und? Das macht ihn ja gerade so spannend.

Nein und nochmals nein! Er hat Probleme, und über die möchte er jetzt in Ruhe nachdenken.

Wir wollen aber mit ihm plaudern!, quengelten das Es und das Ich. So! Bäh, du blödes Über-Ich!

In meiner grenzenlosen Freude und Dankbarkeit für dieses wunderbare Leben sowie frisch gestärkt durch Gebet und Weihwasser schritt ich im Schwebezustand auf ihn zu und setzte mich neben ihn auf die Steinstufe. Er rauchte. Ich schloss die Augen und hielt das Gesicht in die Sonne.

»Na?«, fragte er schließlich und schnippte den Stummel in die Schneereste, die hier oben, ein paar Hundert Meter über dem Meeresspiegel, nur langsam vor sich hinschmolzen.

Ich fand, dass das ein brillanter Anfang für einen pointenreichen Wortwechsel war, und antwortete: »Na?«

Robert Herold hätte jetzt bereits laut und profund gelacht, aber Bruno Gutknecht schaffte es zu schweigen und nicht originell sein zu wollen. Nur das eintönige, aber emsige Gezwitscher einer Amsel war zu hören. Und ein eifriger Specht. Schließlich sagte der Korrepetitor, indem er sein Handy aus der Tasche zog: »Meine Tochter macht mir Sorgen.«

Hoffentlich würde er mir jetzt nicht 200 Fotos von ihr in allen Lebenslagen zeigen.

»Jessica?«, fragte ich.

»Ja.«

»Warum macht sie Ihnen denn Sorgen?«

»Dir«, sagte Bruno Gutknecht.

»Mir?«

»Ich meine, du kannst ruhig du zu mir sagen. Das machen alle Kollegen.« Er gab mir die Hand, nachdem er sie verlegen an seinem Hosenbein abgewischt hatte. »Bruno.«

»Wanda«, sagte ich und merkte, wie sehr ich mich über sein Angebot freute. Ich mochte diesen wortkargen, sperrigen, unangepassten Kerl ganz fürchterlich. Warum, konnte ich meinem Über-Ich nicht erklären. Mein Es und mein Ich aber waren sich einig.

»Jessica ist zu viel allein«, sagte Bruno.

Ja, wenn sie so drauf ist wie ihr Vater, dachte ich, sich immer irgendwo rumdrückt und raucht, nie redet und immer sofort auf die Veranda abschwirrt, sobald es gemütlich wird, dann sehe ich schwarz für das Mädel.

»Hat sie denn keine Freunde?« Dasselbe hatte ich doch schon Bruno gefragt, und er hatte trotzig geantwortet: Nein, und ich will auch keine!

»Doch, aber die falschen.«

Tja. Ich war zwar theoretisch eine ausgebildete Lehrerin, aber auf eine Ferndiagnose wollte ich mich nicht einlassen, deshalb hielt ich den Ball flach.

»Inwiefern?«

Bruno sah mich mit seinen kleinen Augen traurig an. »Sie ist so gutgläubig. Genau wie ihre Mutter.«

Ich hatte schon befürchtet, er würde sagen: »Genau wie du!«, aber woher sollte er wissen, dass ich gutgläubig war? Die Mutter, so erinnerte ich mich, war vor zwei Jahren an Krebs gestorben. Eva-Maria.

»Was machen wir denn jetzt?«, hörte ich mich fragen.

»Wir?«

»Ähm, also Sie. Du. Du als Vater.«

Er schüttelte ratlos den Kopf. »Ich bin mit meinem Latein am Ende.«

»Tja«, sagte ich. Ich mit meinem Latein auch. Nicht, dass mein Latein je in irgendeiner Weise hilfreich gewesen wäre, aber mir tat dieser traurige, einsame Mann einfach nur leid. Und ich mochte ihn, fürwahr. Ich mochte seine verquere Schildkrötenmentalität, sein Kopfeinziehen und Wegkrabbeln, seine Einsilbigkeit und sein geniales Klavierspiel. Wenn er spielte, konnte man den ganzen verschütteten Reichtum seiner Seele sehen. Ein Stück weit, wie Kollegin Teebeutel gesagt hätte. Vorausgesetzt, man machte sich die Mühe, ihm einmal zuzuhören. Verlegen drehte ich an einem schon mehrfach benutzten Papiertaschentuch, das im Sonnenlicht staubte, und er steckte sich zur Auflockerung unseres Gesprächs die nächste Zigarette an.

»Wanda«, sagte er und blies den Rauch aus. Sein Tonfall klang fast erstaunt, so als probierte er, diesen Namen zum ersten Mal laut auszusprechen. Bisher hatte er einfach immer nur »Zapf« gesagt, wenn er mich meinte. »Zapf, zweiter Alt«, »Zapf, zweite Reihe«, »Zapf, morgen elf Uhr dreißig«.

Plötzlich trat wie aus dem Nichts eine junge Frau mit dunklem Teint auf uns zu.

»Möchten Sie mich läsen Ihre Zukunft«, sagte sie mit

ausländischem Akzent und griff nach meiner Hand, die immer noch das Taschentuch zerpflückte.

Erschrocken zuckte ich zusammen. »Nein, danke.« Ich lachte verlegen und schaute Hilfe suchend zu Bruno. In seinem Blick glomm es spöttisch-amüsiert.

»Libben Sie drei Männer. Habben Sie grosse Herz.«

»Moment. Ich liebe drei Männer, oder drei Männer lieben mich?«

»Beides. Sind Sie eine frölliche Mensch mit grosse Säle.«

»Ja«, räumte ich ein. »Fröhlich stimmt. Große Säle – na ja, meine Hotelzimmer und Konzertsäle werden immer größer.« Damit wollte ich Bruno zum Lachen bringen, aber es gelang mir nicht. Sein linkes Auge zuckte nervös. Vielleicht hatte er im Hotel die Nummer mit der Klinke beobachtet und sich genauso davor gefürchtet wie ich, dass die Tür aufgehen könnte.

»Berufflich sind Sie an Anfang von grosse Karriere.«

»Hm«, machte ich und blickte wieder zu Bruno, der schweigend seinen Rauch über die Altstadt von Salzburg blies. »Ich schätze, das ist kaum noch ausbaufähig.«

»Mussen Sie grosse Entscheidung treffen. Habe Sie schwäre Verantwortung.«

»Eigentlich nicht.«

»Träume Sie von Kinder.«

»Ach nein.«

»Und der Mann hat Probleme mit sein Kind. Aber nicht Sie. Andere Kind.«

Ich schluckte. Jetzt hatte die Frau den Nagel auf den Kopf getroffen. »Mussen Sie Ihre Vater helfen mit den andere Kind. Noch eine Kind – wieder gutte Kind – machte Freude alle beide.«

Bruno und ich wechselten einen amüsierten Blick. Sie

hielt uns für Vater und Tochter! Die Tatsache, dass er mir geradewegs in die Augen sah, elektrisierte mich. Ich kam mir vor wie mitten in einer Verschwörung. Da näherte sich von weiter unten am Hügel Stimmengewirr. Laute Stimmen. Ausgebildete Stimmen mit Nasenbein-Stimmsitz. Sie waberten uns mit dem Frühlingswind entgegen.

»Was ist mit mir?«, fragte Bruno plötzlich und kramte außer seinen Zigaretten noch einen Zehneuroschein hervor, den er ihr zu meinem Erstaunen reichte. Wie? Bruno glaubte an so einen Quatsch? Das hatte ich ihm nicht zugetraut.

»Sie ganz traurige Mann, Sie eine Frau verloren, abber Sie libben eine neue Frau. Und bald eine neue Kind. Gutte Kind. Viele Freude. Bald nix mehr traurig.«

Die Gruppe der Kollegen hatte den Hügel erklommen. Wir konnten schon die üblichen Verdächtigen an ihrem Gelächter und ihren Stimmen erkennen. Ein Fluchtreflex überkam mich, und ich sprang auf und trippelte nervös von einem Bein aufs andere. Wie peinlich, wenn die anderen uns hier a) gemeinsam und b) mit einer Wahrsagerin vorfinden würden!

»Danke, es reicht«, sagte Bruno wie nach einem schlechten Vorsingen. Die junge Frau stopfte den Geldschein in ihre Jacke und ging sogleich unseren Kollegen entgegen. Ich vernahm Robert Herolds unverkennbare Lache. Und, was viel schlimmer war, die oberlehrerhafte, schrille Stimme der geschwollenen Halsschlagader.

»Hier ist jetzt das Kapuzinerkloster, und da hat man eine Aussicht auf – ich lese euch das mal vor – Mirabellgarten und die Salzach, und da unten rechts, das ist die Christuskirche, die Staatsbrücke, links der Makartsteg, und gegenüber das Museum der Moderne …«

Bruno legte seinen Arm um mich und schob mich weg, als

gehörten wir schon lange zusammen. Ich wusste nicht, wie ich das finden sollte. Noch konnte ich umdrehen und zu den Kollegen laufen. Ich konnte mich unter das Ensemble mischen und artig dem Zeigefinger von Frau Zacharias mit den Augen folgen und nicken. Wollte ich aber nicht. Ich wollte Bruno in die Einsamkeit folgen.

Schweigend stapften wir weiter den Berg hinauf.

## *Kapitel 13*

*»Veris leta facies mundo propinatur.«* Die Altistinnen und die Bässe sangen unisono, und es klang aus zwanzig Kehlen wie aus einer. Wie aus einem Guss. Als wären wir alle ein Mensch. Als hätte Gott uns alle aus Adams bester Rippe zu einem Klangapparat geformt. Ich liebte Gott dafür. Ich hatte schon wieder eine Gänsehaut. Ich schwebte schon wieder. Im Tiefflug glitt ich mit den anderen dunklen Stimmen über die Passage dahin. *»Hiemalis acies victa iam fugatur.«*

Wir standen auf der Probebühne in der Salzburgarena, um uns herum wurden wie gewohnt Kameras justiert, die mit Rotlicht an uns vorbeifuhren, um einzelne Gesichter beim Singen einzufangen. Bruno wedelte mit schlapper Hand emotionslos die Einsätze. Er selbst würde wie immer nicht im Bild sein, und keiner würde ihn wahrnehmen, weder das Publikum noch der Chor.

Jetzt waren die Soprane und die Tenöre dran. Es klang anders, mal wieder unterleibslos. *»In vestitu vario Flora principatur, nemorum dulcisono que cantu celebrator. Aaaaahhhh!«* Deutlich war das Timbre der geschwollenen Halsschlagader herauszuhören, angereichert mit ein bisschen Piesnelke-Poppen aus dem zweiten Sopran, aber wiederum abgemildert durch die Optikergattin aus Oberwesel und Armgard Liebscher in der Schleifchenbluse. Das Ganze wurde von der fröhlich tremolierenden Viktoria aufgelockert und durch Tini Roths Gummibärchen-Schmelz abgerundet. Ich liebte unsere Soprane. Wenn sie auch nonnengleich und ohne Unterleib sangen, so doch lieblich und rein. Besonders Armgard. Wie die ihren

Unterkiefer locker fallen ließ! Im Gegensatz zur Igelfrisur, die sich ja immer in die Töne verbiss wie ein Hund in seinen Knochen.

Dann waren wieder wir Altistinnen dran, mit reichlich Unterleib. *»Flore fusus gremio, Phebus novo more, risum dat, hoc vario, iam stipate flore.«*

Die Soprane sangen mit Gummibärchen-Schleifchenblusen-Schmelz: *»Zephyrus nectario, spirans in odore. Certatim pro bravio, curramus in amore. Aaaaahhh!«*

Wir machten eine so unglaublich tolle Musik! Mein Zwerchfell barst beinahe vor Glück. Ich schickte dem Mörsenbroicher Container die liebevollsten Gedanken, die ich je irgendwohin gesendet hatte.

*»Cytharizat cantico, dulcis Philomena!«* Mein Herz und meine Stimmbänder verschmolzen miteinander und umarmten alle Menschen dieser Welt. Seid umschlungen, Millionen! Aaaahhh!

Stimme – sitzt. Frisur – sitzt. Figur – sitzt. Es war der perfekte Moment.

Genau hinter mir stand Robert Herold (bestimmt reiner Zufall) und blies mir seine satten, tiefen Töne ins Ohr, sodass sich mir die Nackenhaare aufstellten. Vorn im Nebel dirigierte Bruno schlapphändig und ohne Begeisterung. Gleich würde er wie Karlsson vom Dach an dem Knopf an seinem Nabel drehen und davonfliegen. Das war mir bewusst. Aber nicht zuletzt wegen ihm war ich im Schwebezustand.

Nachdem wir vor den anderen geflüchtet waren, hatten wir einen Frühlingsspaziergang auf dem Kapuzinerberg gemacht und ein sehr persönliches Gespräch geführt. Bruno erzählte mir aus seinem Leben, von Eva-Maria und Jessica und Tommy, dem kleinen Hund, an dem Jessica sehr gehangen hatte, der aber inzwischen tot war. Dann sagte er plötzlich, er möge mich sehr, sehr gern. Wobei er auf die Erde blickte und mit dem Fuß eine Zigarettenkippe verscharrte. Das war für die einsilbige Schildkröte Bruno eine höchst bemerkenswerte verbale Äußerung gewesen, über die ich mich unbändig gefreut hatte.

Die pure Seligkeit stand mir vermutlich ins Gesicht geschrieben, denn eine Kamera, die gerade auf ihren Schienen im staubigen Scheinwerferlicht vorbeifuhr, verharrte ziemlich lange auf meinem rotfleckigen Antlitz, was die Stimmbänder des streng blickenden Flusspferds rechts von mir zum Crescendo trieb. Beruhigend legte ihm der Teebeutel die Hand auf den Arm. Zu meiner linken Seite spuckte Swetlana angestrengt Konsonanten in den Raum.

Alles in allem war dies ein Fest der Sinne – natürlich auch des Unsinns. Ich war die Jüngste, ich war aufgewühlt und übermütig. Ich konnte es immer noch nicht fassen, in welches berufliche Paradies mich das Schicksal hineinkatapultiert hatte. Das Lachen saß mir stets ganz locker in den Stimmbändern, so sehr ich mich auch um eine ernste Arbeitshaltung bemühte. Eigentlich war ich ständig kurz vor dem Schüttelfrost – vor Aufregung, vor Entzücken, vor Lampenfieber und vor Übermut.

Ob die anderen auch so fühlten?

Ob man sich ein ganzes Chorsängerinnenleben lang so fühlen konnte? Oder nur, wenn man neu war und jung und unerfahren und irgendwie verknallt in das eigene Leben?

Ob wohl irgendwann der Lack ab war, wie bei einem alten Ehepaar, das sich schon lange nicht mehr liebt, sondern nur noch aus Gewohnheit erträgt? Und überfüttert und gelangweilt vor dem Fernseher sitzt, um sich nicht mehr anschauen oder zuhören zu müssen?

Frau Kürten-Knappsack blieb offensichtlich völlig unberührt von der Musik oder ihrem Chorsängerinnenleben, denn kaum war unser Stück vorbei, sank sie stöhnend auf ihr provisorisches Bänkchen und aktivierte ihre dreihundert Handy-Fotos der weniger aufregenden isländischen Wasserfälle, die sie eigentlich aussortieren wollte. Frau Kesselbrink genehmigte sich zur Einstimmung auf die Abendstunden ein kühles Fläschchen Gerstensaft aus ihrer Handtasche. Fräulein Knäpperchen blätterte gebeugten Hauptes interessiert in der Broschüre ihrer Glaubensgenossen von den Heiligen zwölf Säulen von Ephesus, die hier im Oberösterreichischen eine Zweigstelle hatten.

Ja, waren die denn alle nicht im Rausch der Seligkeit, so wie ich? Das Flusspferd war schnaufend auf sein Höckerchen gesunken und las starren Blickes die Taschenpartitur. Der stets summende und brummende Lutz Rummel, seines Zeichens verhinderter Siegfried, den ich mit meinem geistigen Auge immer in Brustpanzer und Helm sah, dirigierte heftig ins Leere hinein, wobei er tadelnd den Kopf schüttelte. Der Klassenkasper machte Klimmzüge in den Kulissen, und Frau Zacharias löffelte ein Vollwertmüsli, nicht ohne den Kolleginnen nebenbei mit geschwollener Halsschlagader zu erklären, dass sie die eingeweichten Rosinen und den Vollwertschrot bereits zu Hause in Quadrath-Ichendorf vorbereitet und in der Tupperdose hertransportiert hatte.

Die Igelfrisur pendelte gerade etwas für die Schaufensterpuppe aus, die ja nun statt der Hohen Straße in Köln für einige Tage die überteuerte Getreidegasse frequentieren musste.

Bruno taumelte fort, um irgendwo eine rauchen zu gehen. Einzig Robert, der stimmgewaltige Herold, hielt sich unablässig in meiner Nähe auf und ließ sein Gelächter gegen meine Trommelfelle dröhnen.

Inzwischen war das Baritonsolo dran, irgendwo da vorn probte der Solist, ein Star aus Argentinien, und wurde von den Scheinwerfern ausgeleuchtet und den Kameras sorgfältig eingefangen. Ich hockte auf meinem schmalen Chorbänkchen und versuchte, zwischen Gänsehaut-Attacken halbwegs kontrolliert ein- und auszuatmen, als ich dicht an meinem Ohr Herolds Stimme hörte. »Das kann ich hundertmal besser.«

Der Argentinier war Weltklasse. Man hatte ihn extra eingeflogen und bezahlte ihm eine fünfstellige Gage. Und ein selbstverliebter Chorsänger konnte das besser? Klar, wahrscheinlich waren hier nur alle zu blöd, um das zu erkennen. Sonst hätten sie sich die Flugkosten für den Argentinier ja gespart … *Warum* konnte der Ensemblepräsident nicht einfach den Mund halten und die wunderbar saftigen Töne genießen, die uns umrauschten? Wieso musste er meine Gänsehaut mit seiner plumpen Angeberei plattbügeln? Was focht ihn an, mir auf diese dumme Art imponieren zu wollen? Und wo war eigentlich seine tolle Verlobte?

Fragen über Fragen.

*»Ecce gratum«*, sang der Bariton. *»Ecce gratum et optatum ver reducit gaudia.«*

Mein Es, das ja kein großes Latinum hatte, übersetzte heimlich vor sich hin: Das Angeben und die Übertreibung reduzieren den Spaß.

*»Purpuratum floret pratum.«* Purpurrot blüht die Prahlerei.

*»Sol serenat omnia.«* Löst sämtliche Verstopfungen.

*»Iam iam cedant tristia.«* Mampfen macht traurig.

Ich kicherte müde vor mich hin, was Herold wohl so auslegte, dass ich seine Aussage witzig fand.

»Ich gehöre da vorn hin, und der gehört auf die letzte

Bank«, raunte er mir ins Ohr. »Ich hätte Weltkarriere machen können, *Weltkarriere*! Aber ich bin ja mit der Schwester des Intendanten verlobt, und mein Platz ist im Sender.« Dass er nicht »bei meinen Untertanen« sagte, wunderte mich.

»Ich muss hier meinen Mann stehen«, fügte er vollkommen ernst hinzu. »Und Bericht nach oben erstatten.«

Ein V-Mann also. Ein Doppelagent. Mister Wichtig. Dies war der Moment, in dem ich beschloss, ihn und seine blöden Fittiche, unter die er mich, wie er schon mehrmals gönnerhaft erklärt hatte, nehmen wollte, bei passender Gelegenheit mal ganz klein zu machen. Ich wusste nicht, wie schnell diese Gelegenheit kommen würde.

❁

Die Kostümprobe für unsere Wirtshausszene fand am nächsten Tag statt. Wir drei »Solistinnen«, die bei der Szene allerdings *tacet* – also nichts zu singen – hatten, spielten Verführerinnen aus dem Mittelalter. Also Huren. Da beißt die Maus keinen Faden ab.

Mein Es kugelte sich vor Vorfreude, mein Ich war immerhin neugierig-gespannt, und mein Über-Ich zwang sich, nicht an Mutter und Frau Heideprecht zu denken.

Die Kostümbildnerin führte uns in ein Gewölbe unterhalb der großen Showbühne, wo schon die Maskenbildner unserer harrten. Man steckte mich ehemaligen Borkenkäfer aus der Reihenhaussiedlung in ein knallrotes, tief ausgeschnittenes Samtkleid, unter dem man beim besten Willen keinen BH tragen konnte, schnürte mir die Taille eng ein und drapierte alles, was an aufgestauten Rundungen oben herausquoll, sehr großzügig oberhalb des Schnürverschlusses. Ich bekam fast keine Luft mehr und wurde so rot wie mein Kleid, als ich mich im Spiegel sah. So viel zu »Betrachte, meine Seel, mit ängstlichem Vergnügen …« Das war ja wirklich geradezu unanständig! Was sollte denn Frau Heidepr… Nein, so konnte das nicht bleiben. Hilflos griff ich nach meinem Baumwoll-BH, doch der schwule Maskenbildner nahm ihn mir lachend aus der Hand.

»Schätzchen, nur keine falsche Scham. Zeig doch, was du hast!« Er studierte die Körbchengröße und verkündete dann begeistert: »85 C!« Ich wendete mich halb verlegen, halb kokett vor dem Spiegel hin und her. Viktoria, die liebreizende Reedersgattin, strahlte ebenfalls entzückt ihr Spiegelbild an. Sie und die Igelfrisur hatten zwar nicht so viel Oberweite zu bieten, sahen aber auch beide auf ihre Weise verführerisch und sexy aus: Viktoria in dunkelblauem Samt, mit einer unglaublich schönen Langhaarperücke, die ihre glänzenden Haare fast nicht vermissen ließ, und die nun richtig weiblich wirkende Igelfrisur in giftgrünem Taft. Nachdem man uns die hüftlangen Perücken übergestülpt hatte, kannten wir uns selbst gar nicht mehr wieder. Aufgekratzt kicherten wir unsere Spiegelbilder an und fotografierten uns gegenseitig mit dem Handy.

»Lass das nicht deinen Mann sehen«, neckte die Igelfrisur aus dem Natursteinbau im Wald bei Meckenheim die Reedersgattin aus der Villa in Düsseldorf, und diese gab lachend zurück: »Warum denn nicht? Dann guckt er wenigstens mal wieder hin!« Sie schickte sofort mehrere Bilder an ihren hochbegabten Benedikt, ihre Schwiegermutter und ihren Reeder.

Frau Piesnelke-Poppen hingegen war geschieden und kinderlos und hatte sowieso niemanden, den sie mit ihren freizügigen Kostümfotos beeindrucken konnte. Ich dachte kurz an Mutter und Frau Heideprecht im Borkenkäferweg, war mir aber ziemlich sicher, dass man mich in diesem Aufzug und so übertrieben geschminkt nicht erkennen würde.

Wie auf Eiern stöckelten wir schließlich wieder über die Eisentreppen ans Tageslicht. Da sah ich Bruno rauchend am Geländer stehen. Mein Herz machte einen kleinen Hopser. Die beiden anderen Verführerinnen waren immer noch damit beschäftigt, sich gegenseitig mit dem Handy zu fotografieren. Ich trippelte verlegen auf ihn zu, bemüht, nicht zu tief Luft zu holen, damit meine Ballons nicht platzten. Er beachtete mich nicht.

»Hallo, Bruno«, sagte ich. »Erkennst du mich nicht?«

Bruno ließ fast die Zigarette fallen. »Wanda?«

»Hm.« Ich kicherte albern.

»Mir kommt nur deine Stimme bekannt vor«, sagte Bruno, und dann strich er plötzlich ganz verlegen mit der Hand über meine langen, falschen, roten Hurenhaare. Na klar, dachte ich, der arme Mann steht unter Schock. Immerhin waren wir gestern noch mit Wanderschuhen und Anorak zusammen auf dem Kapuzinerberg. Wir hatten im Innenhof des Franziskischlössls Seite an Seite in Liegestühlen gelegen und die Frühlingssonne genossen. Und uns eine Wolldecke geteilt. Und ein Bier. Er hatte seine Zigarettenkippe mit dem Fuß zur Strecke gebracht und ganz schlicht gesagt: »Ich mag dich sehr sehr.«

Ich hatte nichts Originelleres geantwortet als: »Ich mag dich auch sehr sehr.« Bei Bruno ging mir jede Wortgewandtheit verloren.

»Du siehst – ungewohnt aus«, stammelte Bruno jetzt. Seine Stimme klang merkwürdig weich.

Ungewohnt. Hm. Warum konnte er nicht sagen »Du siehst hammermäßig aus«, wie es die schwulen Maskenbildner ausgedrückt hatten? Mal ein bisschen Begeisterung! Aber nein, nicht bei Bruno.

»Ich fühl mich auch – ungewohnt«, quietschte ich schließlich.

»Kannst du überhaupt atmen?« Er lächelte andeutungsweise. »Nicht, dass du mir platzt.«

»Ich trau mich nicht!«

»Musst ja in der Szene nicht singen.«

»Nein.«

»Nur verführerisch sein.«

»Ja.«

»Na, dann denk mal schön an die Optik«, spöttelte Bruno und bezog sich damit auf die immer wieder gern zitierten Worte des Intendanten Dr. Kalb. »Wir müssen auch an die Optik denken.«

Als hätte man mich allein aus optischen Gründen in das Klassisch-TV-Ensemble aufgenommen!

Bruno drehte sich wieder dem Geländer zu und rauchte weiter.

»Ich werde mein Bestes geben«, sagte ich geziert und stöckelte in Richtung Bühne.

❋

»Heiße Probe und Aufnahme der Wirtshausszene *In taberna*. Bitte die drei Lebedamen und alle Ensembleherren in Kostümen auf die Bühne«, ertönte die Stimme des Regisseurs aus dem Lautsprecher. »Ensembledamen, die nicht in der Szene sind, bitte Ruhe.«

Die Männer lümmelten in Mittelalter-Kostümen auf hölzernen Hockern, aus denen noch die Äste staken, und tranken aus steinernen Krügen echtes Bier, während sie laut ihr Trinklied sangen. Wir drei Lustdamen umgarnten sie. Wir sollten sie mit unseren weiblichen Reizen locken und regelrecht »anmachen«. So lautete zumindest die Regieanweisung, die man uns mit auf den Weg gegeben hatte. Während ich noch darüber nachdachte, wie ich diese Szene künstlerisch anlegen sollte, hatte mich Robert Herold bereits mit breitem Siegerlächeln auf seinen Schoß gezogen. Da saß ich nun. In der neunten Arbeitswoche gleich auf dem Schoß des Präsidenten. Mein Es fand, dass dieser Arbeitsplatz gar nicht so schlecht war. Mein Ich war immerhin kompromissbereit. Wie sagte der Blockwart immer? Das ist Dienst! Also bitte kein Zieren und Rumzicken. Mein Über-Ich zwang sich, nicht an Mutter und Frau Heideprecht zu denken.

In der einen Hand hielt Robert Herold seinen Literkrug Bier, mit der anderen umklammerte er meine Taille, und dann brüllte er mir mit Ritter-Unbesiegbar-Timbre in den Ausschnitt: *»Quidam ludunt, quidam bibunt, quidam indiscrete vivunt.«* Dabei fielen ihm fast die Augen aus dem Kopf.

Ja, indiskret war er wirklich, der Gute. Immerhin würde das hier im Fernsehen gesendet werden. Auf Klassisch-TV. Seine Verlobte würde beeindruckt sein. Aber bitte, das konnte er haben. Ich geriet regelrecht in Stimmung. Ich wollte verdorben sein und mich richtig gehen lassen und dem Präsidenten und seiner Verlobten mit dem blöden Brillantring mal zeigen, was eine Harke ist. Busen hatte ich allemal mehr als sie. Liebreiz auch, wie ich fand. In einem ganz kleinen, unaufgeräumten Hinterstübchen meines Gehirns dachte ich auch an Bruno. Wie hatte er sich vorhin auszudrücken beliebt? Ich sah nicht etwa »umwerfend« oder »atemberaubend« aus, sondern »ungewohnt«. Für ihn war ich wohl nur der weibliche Kumpel mit den Wanderschuhen, dem er von seiner Tochter erzählen konnte. Ich weiß nicht, was mich ritt, wenn nicht der Teufel. Außerdem wollte ich es dem gesamten Borkenkäferweg mal zeigen, inklusive Frau Heideprecht und ihrem Sohn.

Der satte Klang aus zwanzig Männerkehlen wirkte unbeschreiblich anheizend. Es war im wahrsten Sinne des Wortes geile Musik. Robert gab sein Letztes, stimmlich und auch sonst. Wo war sie jetzt, die Frau von Welt mit dem Nordseeblick, während ihr armer, ausgehungerter Angeber hier seine neue Ensemblekollegin befingerte? Die Kameras fuhren um uns herum, und ich geriet immer mehr in Eifer. Hoffentlich würde sie das sehen, die herablassende Hermès-Tüchlein-Tussi!

Was machten denn die anderen beiden Lustdamen? Ich riskierte einen Seitenblick. Oh, die ließen sich auch nicht lumpen. Unauffällig lugte ich hinüber zu Gudrun Piesnelke-Poppen, die ohne ihre aggressive Igelfrisur richtig attraktiv aussah. Sie hatte die langen schwarzen Haare ihrer Perücke über die schweißperlenbenetzte Glatze eines nach Luft schnappenden Tenorkollegen drapiert – es war der trockene Alkoholiker Heiner Dietmann – und presste sein Gesicht in ihren Faltenwurf. Die Augen täten ihm sinken; trank nie einen Tropfen mehr … Auf der anderen Seite gewahrte ich die strahlende Viktoria, die auch nichts anbrennen ließ, sondern mit gar nicht so unschuldigem Augenfunkeln und ob der Schnürung ihres Kleides properem Busenritz den gutmütigen, glubschäugigen Jürgen Klose aus Berzbuir plattmachte, indem sie ihm verführerisch die Kordelschnur ihres Bustiers um den Hals legte.

Okay, Spieltalent. Klar, schließlich waren wir Profis. Endlich durften wir Chormädels, die wir sonst immer nur im Hintergrund und schlecht ausgeleuchtet auf Holzbänken standen, auch mal frei improvisieren.

Die unbeweibten Chorkollegen umklammerten ihre Bierkrüge und beäugten singend das gemischtgeschlechtliche Geschehen, um das die Kameras kreisten. Die anderen Ensembledamen strickten, simsten, löffelten Vollwertbrei und betrachteten Handy-Fotos. Oder gaben jedenfalls vor, das zu tun.

Plötzlich bekam ich richtig Lust darauf, diesen Angeber Robert Herold nach allen Regeln der Kunst in Verlegenheit zu bringen. Ich warf mich eine Spur zu leidenschaftlich an seine Brust und senkte mein Becken etwas zu heftig auf seine Männlichkeit.

*»Primo pro nummata vini, ex hac bibunt libertini!«*, sang er aus Leibeskräften. Die Spucketröpfchen zischten mir nur so um die Ohren.

Mir gefiel die Sache immer besser. Endlich durfte ich mich mal hemmungslos austoben. Sollte der Präsidenten-Großkotz doch später bei seiner Cordula zu Kreuze kriechen müssen. Hoffentlich machte sie ihm eine richtig saftige Eifersuchtsszene!

Das Zwischenspiel mit seinen rhythmischen, scharfen Stakkato-Akkorden trug nicht gerade zur Abkühlung der erhitzten Gemüter bei.

*»Bibit hera, bibit herus, bibit miles, bibit clerus, bibit ille, bibit illa, bibit servus cum ancilla!«*, röhrte Robert Herold. Alle tranken, so viel verstand ich. Sogar der Klerus, und auch Knecht und Magd. Nicht nur ich und der Ensemblepräsident, sondern auch dessen unter meinen Schenkeln erzitternder Fittich gerieten in immer größere Begeisterung.

*»Tam pro papa quam pro rege.«* Natürlich regte sich da was bei Papa. Das war auch so beabsichtigt! Ich fühlte mich dem Angeber auf einmal haushoch überlegen.

*»Bibunt omnes sine lege.«* Alle trinken ohne Gesetz. Genau!

Hurra! Der Fittich wand sich in seinen mittelalterlichen Gewändern, und ich kam mir vor wie eine Schlangenbeschwörerin. Mein Es und mein Ich tanzten schadenfroh um ein Hexenfeuer herum. Mein Über-Ich indes weinte bitterlich, denn es konnte sich schon denken, dass dies Ärger geben würde. Kind, du bist im Probejahr!

Als das wilde Stück endlich vorbei war und der Regisseur »Danke!« rief, umfasste Robert beherzt mit beiden Händen meine Taille und küsste mich sonor lachend mitten auf den Mund. Dann schaute er Beifall heischend in die Runde der Kollegen, als wollte er sagen: »Seht ihr, ich hatte recht, die Kleine fährt auf mich ab«. Sein Fittich zeigte sich schon bescheidener, er verbeugte sich nur einmal und blieb dann in den mittelalterlichen Hosenfalten der Versenkung verschwunden. Ich riss mich los, sprang auf, wischte mir mit dem Handrücken den Mund ab und zupfte verlegen an meinem Korsett. Luft! Nachbarin, euer Fläschchen! O Gott. Da waren sämtliche Borkenkäfer mit mir durchgegangen. Mein dummes Es und mein Ich hatten sich total danebenbenommen. Mein Über-Ich hielt die Augen geschlossen und stellte sich schon mal auf eine schriftliche Abmahnung ein.

Einige Kollegen klatschten, andere lachten, jemand zitierte spöttisch: »Halb zog sie ihn, halb sank er hin.« Der Klassenkasper brüllte: »Sucht euch ein Zimmer!«, und Frau Zaunknecht zirpte spitz: »Dat haben die schon einjetütet, die zwei!«

Ich schämte mich. Mein Blick irrte im langsam erlöschenden Scheinwerferlicht durch den Raum und suchte nach Bruno. Er gab mir doch sonst immer Zeichen, was zu tun sei. Ich kam mir plump und blöd vor. Und ordinär und entgleist. Mein Über-Ich packte mich wie einen jungen Hund und schüttelte mich tadelnd.

Alle verkaterten Borkenkäfer der Vorstadtsiedlung krabbelten beschämt in ihre Behausungen und buddelten sich im Staub ein. Buß' und Reu' knirscht das Sündenherz entzwei.

»Es tut mir leid!«, wollte ich rufen. »Ich konnte nicht anders!« Natürlich blieb ich stumm. Ich hörte nur das Blut in meinen Ohren rauschen und spürte, wie ich einen roten Kopf bekam.

Kind, wie konntest du nur? Mein Über-Ich hieb mit einem Schirm auf mich ein. Ich duckte mich unter den Schlägen und rechtfertigte mich: Aber es war eine szenische Probe! Ich sollte eine Verführerin spielen! Und ich habe alles gegeben!

Die Kolleginnen, die am Rande gesessen und scheinbar desinteressiert gegessen, gestrickt und Fotos von Wasserfällen und Schneeglöckchen begutachtet hatten, wandten sich pikiert ab. Oder bildete ich mir das nur ein? Immer noch erschrocken von meinem eigenen entfesselten Hexenritt, versuchte ich mich möglichst unauffällig unter sie zu mischen. Sie mochten mich doch hoffentlich noch alle?

Nein. Das Flusspferd und der Teebeutel wandten mir sehr deutlich den Rücken zu. Auch die heilige zwölfte Säule von Ephesus wollte mein schüchternes Lächeln nicht erwidern. Sie verteilte stattdessen mit steifer Großzügigkeit Trockenfrüchte an die Kolleginnen, als müsste sie einer kollektiven Ohnmacht vorbeugen. Die Optikergattin aus Oberwesel und Armgard Liebscher senkten den Blick, während sie an mir vorbeigriffen, um ihre Noten aufzuheben. Ich schnappte Satzfetzen auf wie »vollkommen daneben« und »auch noch ein Wörtchen mitzureden«. In vielen Gesichtern spiegelten sich Vorwürfe, Unverständnis und Fremdscham. Na gut, und natürlich Neid. Das hatte ich mir alles selbst zuzuschreiben, ich dumme Nuss.

Sie behandelten mich mit geradezu porzellanener Kühle.

Ich lachte ein wenig verzweifelt in die Runde. Aus dieser peinlichen Situation rettete mich Brunos Stimme, die gequält und wie aus weiter Ferne erklang.

»Danke. Morgen, zehn Uhr.«

Ich suchte seinen Blick, in der Hoffnung, dass wir vielleicht auch heute einen Spaziergang machen könnten. Doch Bruno zog den Kopf in seinen Schildkrötenpanzer, klopfte sich eine Zigarette aus der Schachtel und verschwand im Dunkel des Orchestergrabens.

## *Kapitel 14*

Später am Abend hockte ich ratlos und geknickt auf meinem Hotelbett. Zu den anderen in die Bar hatte ich mich nicht mehr gesellen wollen. Ich schämte mich fürchterlich und hätte weder das Grölen der Bässe noch das Gänsegeschnatter der Soprane (»Habt ihr *das* gesehen? Wie fandet ihr das? War das nicht maßlos übertrieben?«), noch das joviale, selbstzufriedene Gelächter von Robert Herold ertragen können. Auch die dicken Kinder von Landau, die jetzt garantiert heißhungrig ihre Wiener Schnitzel vertilgten, mochte ich nicht sehen. Ganz zu schweigen vom aufmerksamkeitssüchtigen Klassenkasper, der wahrscheinlich gerade in Krachledernen in der Hotelhalle schuhplattelte.

Von unten ertönte Gelächter und Gekreisch.

Alles jauchzet, alles lacht …

Mit Ausnahme von Wanda.

Mutter hatte mir immer das Leben einer gediegenen Lehrerin angepriesen und beteuert, dass ich einen gediegenen Lehrer kennenlernen und mit dem doppelten Beamtengehalt zu einem beachtlichen Bausparvertrag kommen würde. Und zu einer angemessenen Kinderschar. Ob sie das preiswerte Baugrundstück im Schmeißfliegenweg schon mal reservieren solle?

Und jetzt war ich zu einer – Lebedame geworden! Verschmähet und verachtet! Und das war noch milde ausgedrückt.

Oje, ich durfte gar nicht daran denken – das wurde alles im Fernsehen gesendet. Im Borkenkäferweg würde ich mich nie wieder blicken lassen können.

Ich schleppte mich ins Badezimmer. Mein Spiegelbild war mir fremd. Eigentlich schade um das traumhafte Make-up, dachte ich, während ich erbarmungslos mit dem nassen Schwämmchen über meine kunstvoll umrandeten Augen schrubbte. Was die Maskenbildner da aus mir gezaubert hatten! Dieser Schlafzimmerblick, dieser Augenaufschlag! Der gelang mir sonst nie. Aber nein. Weg damit. Weicht, ihr Sünden, bleibt dahinten! Meine Augen tränten. Ob aus Reue oder wegen der Abschminklotion, weiß ich nicht mehr. Ich stand wie ein Häufchen Elend vor dem Spiegel, starrte mich verächtlich an und hasste mich dafür, dass ich wie ein Häufchen Elend vor dem Spiegel stand und mich verächtlich anstarrte. Wohin, wohin, wohin?, keifte mein Über-Ich schrill. Nach Golgatha! Wo du hingehörst! Kreuzige, kreuzige!

Jedenfalls begannen die Tropfen meiner Zähren gerade über meine Wangen zu fließen, als es an der Zimmertür klopfte.

Meine Ohren stellten sich auf wie bei dem pechschwarzen Teppichhund der Düsseldorfer Reedersfamilie. Ich stellte mich jedoch genauso scheintot.

Es klopfte. Eindeutig. Fordernder diesmal.

Mein Es und mein Ich, die beiden schlimmen Sünder, die schon zerknirscht die Köpfe hatten hängen lassen, hoben neugierig ihre verheulten Nasen aus dem Schnupftuch. Ja? Wer da? Rittersmann oder Knapp, ganz egal wer, kommt herein, tröstet das geknickte Fräulein und lasst uns uns wieder vertragen.

Du machst nicht auf!, beschwor mich mein Über-Ich. Bedenke doch, wie du aussiehst. Du wirst alles nur noch schlimmer machen.

Na und?, begehrte das Es auf. Spielverderber! Wer hat dich denn gefragt?

Mein Ich hielt es vor Neugierde nicht mehr aus. Verheult und verquollen, wie ich war, schlich ich zur Tür.

»Ja?«

»Ich bin's!«, sagte leise eine Männerstimme.

Hm. Das klang weder sonor noch selbstgefällig. Ich öffnete die Tür einen Spalt weit und lugte hindurch.

Eigentlich hatten mein Es und mein Ich gehofft, dass es der Ritter von der traurigen Gestalt sein würde, mein Zimmernachbar Bruno der Freudlose. Vielleicht wollte er mir ja gestehen, dass er mich wahnsinnig aufregend fand, und sich für seine Schofeligkeit entschuldigen.

Zu meinem grenzenlosen Entsetzen stand jedoch der Intendant persönlich vor meiner Tür. Dr. Ralf Kalb.

Mir rutschte das Herz in die Hose. Das war die Kündigung. Mit Sicherheit. Er würde jetzt einen Schrieb aus seiner Jacketttasche ziehen, ihn mir unter die Nase halten und sagen: »Ihr Flug geht morgen früh um acht. Sie sind gefeuert.«

»Darf ich hereinkommen?«

Dr. Kalb sah sich nach rechts und links um, aber im Hotelflur war niemand. Von unten aus der Bar tönte Stimmengewirr und Gelächter herauf. Jemand drosch auf das Klavier ein, und die Stimme der Igelfrisur kreischte: »Nur nicht aus Liebe weinen.« Aha. Das galt ganz klar mir. Sie wussten, dass ich mich hier oben grämte. Duld' ich schon hier Spott und Hohn, kann ich auch in Mörsenbroich wohn'.

Ich schluckte. »Ja, bitte.« Nervös wischte ich ein paar Klamotten vom nächsten Sessel. »Nehmen Sie doch Platz.«

Der Intendant, wie immer in feinstes Tuch und gediegenen Zwirn gekleidet, ließ seinen Blick milde lächelnd über das Chaos in meinem Zimmer schweifen: über die wahllos verstreuten Schminkutensilien, den Verdauungsriegel, den peinlichen Liebesroman, der schon auf dem Kopfkissen lag, die Lockenwickler – und das Schlimmste: das Kabel der Heizdecke, die bereits in Betrieb war. O Gott, bitte lass ihn das nicht sehen.

»Entschuldigen Sie, dass ich hier so hereinplatze«, sagte Dr. Kalb und setzte sich nicht auf den Sessel, sondern – genau! – auf das Bett.

Er verzog das Gesicht zu einem seligen Grinsen und ähnelte auf einmal einem Kater, der am Bauch gekrault wird. »Oh! Das ist ja warm!« Er stand wieder auf und rieb sich den Hintern wie ein kleiner Junge. »Eigentlich sehr angenehm«, murmelte er und ließ sich wieder auf das Bett plumpsen.

»Meine Heizdecke«, erklärte ich höflich.

»Ich dachte, nur alte Jungfern hätten eine Heizdecke«, sagte Dr. Kalb, der mir nicht gerade in amtlicher Mission hier zu sein schien. »Die hätte ich eher ein paar von Ihren Kolleginnen zugetraut … Aber pst!, keine Namen.« Er grinste noch breiter. Dann sprang er unvermittelt auf. »Hmm, ich glaube, das verweichlicht dann doch – gewisse Partien.«

Aha, sein Fittich wollte also kein Weichei werden.

»In meinem tiefsten Inneren bin ich eine alte Jungfer«, krächzte ich und hoffte, ihn damit milde zu stimmen.

»Dann haben Sie sich aber gut getarnt«, erwiderte Dr. Kalb, und sein Blick wurde streng.

Am besten gab er mir jetzt schnell die Kündigung, damit wir es hinter uns hatten.

Der Intendant setzte sich auf den Sessel, auf dem noch ein Bein meiner Verführerinnen-Strumpfhose klebte, während sich der Rest meiner Reizwäsche am Boden ringelte.

»Die Sache ist die, Wanda …« Er räusperte sich.

»Ja, ich weiß. Es tut mir leid.«

»Mir auch. Glauben Sie mir.«

Das war es. Aus. Es war aus. Mein Lebenstraum, zerplatzt

wie eine Seifenblase. Und ich war selbst schuld daran. Ich spürte auf einmal meine Zunge nicht mehr. Von wegen Schwebezustand – ich war plötzlich 200 Kilo schwer.

Dr. Kalb hatte offensichtlich Mühe, mir die Kündigung auszusprechen. Er zupfte nervös das Strumpfhosenbein unter seinem Gesäß hervor und zauselte es gedankenverloren in den Händen.

»Ich muss Sie für das unmögliche Verhalten unseres Präsidenten um Entschuldigung bitten.«

»Sie müssen – was?«

»Ich habe mir im Schneideraum gerade noch mal die Aufnahme angesehen … Sie ist großartig. Unser etwas altbackener Sender hat so etwas nicht oft zu bieten, da geht endlich mal die Post ab.«

»Aber?« Mein Gesicht spannte schon, weil ich mich so sehr bemühte, nicht loszuheulen.

»Man sieht deutlich, wie er Sie – nun ja, grob an sich reißt. Wenn man so will, ist das sexuelle Nötigung am Arbeitsplatz. Ehrlich gesagt … Ich muss Ihnen gestehen, dass er offenbar eine Wette mit den Kollegen abgeschlossen hatte.«

Ich starrte ihn fassungslos an. Der Intendant wollte mir gar nicht kündigen?

»Eine Wette?«

»Ja, dass er Sie auf dieser Dienstreise … ähm … Also, das war irgendeine« – er malte mit den Zeigefingern imaginäre Gänsefüßchen in die Luft – »*Frischfleisch-Wette*, ich möchte das eigentlich gar nicht genau wissen.« Er hüstelte verlegen und nestelte an seiner Krawatte. »Ich kann es voll und ganz verstehen, wenn Sie das der Gewerkschaft melden wollen. Sie wissen ja, wer dafür zuständig ist. Unser lieber Freund Kleinehellefort.«

»Der Blockw…?«

»Aber ich bitte Sie inständig, zum jetzigen Zeitpunkt, da wir mit Camilla Dunst und in Kooperation mit dem ZDF und ORF Zuschauerzahlen von zwölf Millionen erwarten ...«

»Ich will das nicht der Gewerkschaft melden!«

»Wir haben gerade mit der Reederei Landmann einen so großartigen, seriösen Sponsor – wir waren in den letzten Jahren nämlich quotenmäßig schon ein paar Mal kurz vor dem Aus ... Sie *wollen* das nicht der Gewerkschaft melden?«

»Nein.« Ich rieb mir die Nase. »Jedenfalls wäre ich von allein nicht auf die Idee gekommen.« Kind, halt den Ball flach. Sei natürlich und bescheiden.

»Dafür bin ich Ihnen wirklich sehr dankbar.« Der Intendant erhob sich und legte die Strumpfhose artig auf den Sessel. »Ich habe mir schon gedacht, dass Sie eine unprätentiöse Kollegin sind, die nicht zickig ist. Auch wenn Sie mit Heizdecke reisen.« Er grinste, und sein Gesicht wurde weich.

»Ich werde bestimmt keinen Ärger machen. Es hat ja auch irgendwie Spaß ...« Halt die Klappe!, rief mein Über-Ich.

»Dann würden Sie diese Szene in den beiden anderen Aufnahmen wieder genauso spielen? Sie wissen, wir haben Anschlussdreh, für die Ausstrahlung wird nachher das Beste zusammengeschnitten.«

»Na ja, vielleicht nicht ganz so doll ...« Der Präsident musste ja nicht jedes Mal einen Ständer kriegen. Sollte ich das dem Intendanten sagen? Nein, das würde gewiss nur die nette Stimmung verderben.

»Ich glaube, mit meinem Schwager in spe sind einfach die Pferde durchgegangen.«

»Wirklich?«

»Er ist der Ensemblepräsident und sollte eigentlich Vorbildfunktion haben, und normalerweise ist er ein hervorragender Repräsentant des Ensembles, das müssen Sie mir glauben.«

»Ja«, erwiderte ich blutleer. »Glaube ich sofort.«

»Aber wenn Sie meinen persönlichen Eindruck hören wollen – nicht, dass das eine Entschuldigung für sein Verhalten wäre, auch meiner Schwester gegenüber, ich sitze da sozusagen zwischen den Stühlen und will gar nicht wissen, was uns zu Hause für ein Ärger erwartet …«

Ja, was denn nun?, dachte ich. Spuck's in die Tüte.

»Er mag Sie. Er mag Sie richtig gern.«

»Ach was«, sagte ich.

»Ja, und das ist ja auch nicht so schwer nachzuvollziehen.« Der Intendant sah mich plötzlich ganz undienstlich an. Zu der Wärme in seinem Gesicht gesellte sich auch noch eine Portion spitzbübischen Übermuts. Oder was war das, was da plötzlich in seinen Augen blitzte?

Ich sank auf meine Heizdecke, und sofort wurde mir warm ums H… Hinterteil. »Ähm … Bitte?«

»Na, Sie sind ein frischer Wind in unserem angestaubten Haufen. Die meisten schleppen sich morgens zum« – er malte wieder Gänsefüßchen in die Luft – »*Dienst*, wie sie das nennen, achten auf die Sekunde genau auf die Pause, schikanieren den lieben Herrn Gutknecht, wenn er mal drei Takte überzieht, und drohen dauernd mit der Gewerkschaft und müssen immer alles in Vollversammlungen ausdiskutieren. Aber Sie … Sie freuen sich so, Sie scheinen richtig zu schweben, Sie lachen immer und verbreiten gute Laune.«

»Tut mir leid«, sagte ich zerknirscht. Wenn die Pferdehaarige auch immer solche zweideutigen Witze machte!

»Nein, das ist ansteckend, Sie tun dem Ensemble gut!«

»Ich? Wirklich?«

»Wissen Sie, es sind so viele« – und noch einmal die imaginären Anführungszeichen – »*gescheiterte Solisten* im Ensemble gelandet, die alle von der großen Opernbühne geträumt haben, und die Verbitterung darüber, dass es aus irgendeinem Grund doch nicht geklappt hat, die spüren Sie an der täglichen Arbeitsatmosphäre. Dabei ist jeder einzelne von ihnen ein toller Sänger. Aber sperren Sie mal vierzig Königstiger zusammen in einen Käfig und lassen sie im Kreis herumlaufen …«

»Aber wir laufen doch nicht im Kreis herum! Wir machen Weltklasse-Chormusik, allererste Sahne, das ist doch wie synchrones Tiefschneefahren oder Dings … äh … Wasserballett …« Mir fehlten die Worte.

»Eben«, sagte Dr. Kalb. »Und genau diese Einstellung, die bringen Sie rüber. Dass es etwas ganz Besonderes ist, was das Ensemble leistet. Dass Sie stolz darauf sind. Dass Sie nie im Leben etwas anderes gewollt haben als das.«

Na ja. Eigentlich hatte ich im Mörsenbroicher Container *Danke für diesen guten Morgen* zur Gitarre singen wollen oder vielmehr sollen. Wenn Thomas Rischmüller nicht eine bessere Idee gehabt hätte.

»Sie sind noch so jung, dass Sie auch andere Möglichkeiten ausprobieren könnten.«

»Das Ensemble ist mein Leben.«

»Ich bin froh, dass wir das besprochen haben.« Dr. Kalb wandte sich zum Gehen. »Und noch etwas …«

»Ja?« Ich rappelte mich von meiner Heizdecke auf, um ihn artig zur Tür zu begleiten. Dabei trat ich aus Versehen gegen die Lockenwicklerbox. Ein einzelner Lockenwickler rollte provokant über den Teppich.

Dr. Kalb bückte sich, hob ihn auf und überreichte ihn mir feierlich. Ich wollte im Boden versinken.

»Lassen Sie sich nie Ihre Lebensfreude nehmen. Von niemandem. Versprochen?« Er stupste mich mit dem Zeigefinger unter das Kinn. »Als Intendant sage ich Ihnen: Bleiben Sie so unverdorben. Als Mann weiß ich allerdings gar nicht, ob ich das wirklich möchte.«

Mein Lachen wurde klirrend von den Doppelglasscheiben der Fenster zurückgeworfen und klang fast ein bisschen hysterisch. Ich war so erleichtert, dass er mich nicht gefeuert hatte, sondern im Gegenteil sogar unterstützte, dass die ersten Borkenkäfer schon wieder mit blanken Äuglein aus dem Staub gekrabbelt kamen.

»Herr Dr. Kalb«, sagte ich mutig, »heute war ich wirklich nicht unverdorben.« Ich stellte mich in Positur und stemmte herausfordernd die Hände in die Hüften. »Ich habe mir so viel Mühe gegeben, einmal im Leben lasterhaft zu sein.« Dazu versuchte ich, frivol mit meinem bereits abgeschminkten Auge zu zwinkern.

Er lachte schallend. »Ja, genau das ist es, was ich mit frischem Wind meine.«

Ich wäre ihm am liebsten um den Hals gefallen.

»Sie glauben gar nicht, wie glücklich ich hier bin, in Ihrem« – nun malte ich Gänsefüßchen in die Luft – »*angestaubten Haufen*.«

»Doch«, sagte er und ließ die Klinke los. »Sie tun einigen von uns sehr gut. Zum Beispiel dem Korrepetitor. Der hat wieder richtig Spaß an der Arbeit.«

»Ja«, sagte ich. »Ich mag ihn auch sehr gern. Er ist ein feiner Kerl.«

Zu meiner Überraschung griff Dr. Kalb plötzlich nach meinen Armen.

»Sie machen aus alten Kotzbrocken feine Kerle. Gucken Sie mich mal an!«

»Aber Sie sind doch kein Kotzbr…« Er zog mich an sich. Wir umarmten uns. Richtig herzlich und fest, wie zwei, die sich schon lange mögen.

Ich weiß im Nachhinein überhaupt nicht mehr, wie es dazu kommen konnte. Na schön, er war appetitlich und gut gekleidet und roch sehr angenehm …

Von unten hörte ich Viktoria singen: »Moine Lüppen, sie küssen so hooiiiß! Meine Glieder sind schmiegsam und woooiiiiß! Iiin den Stäääanen, da steht es geschrieben, du sollst küssen, du sollst lieben!«

Und das ließen wir uns im Folgenden nicht zweimal sagen.

Mein Es und mein Ich hatten gerade ein Heimspiel, während mein Über-Ich auf der Ersatzbank saß. Meine Güte, drei Treffer! Erst Bruno, dann Robert Herold, und jetzt auch noch Ralf Kalb, der Intendant persönlich! Ich mochte diesen Mann, weil er so herrlich normal war. Er war einfach ehrlich und geradeheraus.

»Jetzt spült sie gleich wieder ihre Geige«, sagte er grinsend und untersuchte die Minibar. »Sie könnte diese Gläser hier gleich mitspülen. Wenn sie dabei nur nicht sänge.«

»Aber sie singt doch wunderschön!«, wandte ich ein.

»Sie würde auch noch singen, wenn man ihr eine Knarre an die Schläfe hielte«, entgegnete der Intendant trocken. Er schenkte uns Sekt ein. Wir prosteten einander zu.

»Ich heiße Ralf.«

»Ich heiße Wanda.«

Wir gaben uns ein kleines, feuchtes, übermütiges Sektküsschen. Meine Gedanken wirbelten umher wie in einem Küchenmixer. Was war das denn jetzt? Oder was sollte das werden? Ich runzelte die Stirn und ließ die Luft aus meinen Lungen strömen. Hallo, Über-Ich? Lebst du noch?

Nein. Es schwieg beharrlich. Mein Es hingegen kugelte

bereits vergnügt quietschend auf dem Bett herum und bewarf uns mit Kissen.

Was die genaue Abfolge der Ereignisse im Weiteren anbelangt, daran kann ich mich nur noch schemenhaft erinnern. Ich befand mich wohl in einer Art zerebralem Sparmodus. Die letzten noch aktiven Gehirnzellen lachten jedoch schallend über Ralfs Seitenhiebe auf seinen Schwager, altjüngferliche Teebeutel, rechthaberische Blockwarte, rheinische Frohnaturen, die ihren Zuch nach Erkelenz zu erwischen trachteten, und böse blickende Flusspferde mit Taschenpartituren. Wir hatten denselben Humor, was man dem Intendanten auf den ersten Blick gar nicht ansah. Nachdem er sich seiner lachsfarbenen Krawatte und seines Jacketts entledigt hatte, wurde er immer menschlicher und irgendwie ... greifbarer. Im wahrsten Sinne des Wortes. Huch!

Inzwischen alberten wir ziemlich enthemmt auf dem Bett herum.

»Der Intendant ist jetzt weg«, sagte er. »Ist das klar? Hier ist nur noch Ralf. Rallef im Hummerbecken! Wat machst du da? Rallef! Isch han doch jesaat, du sollz et sein lassen!«, kölschte er das Lied *Sein lassen* der Band L.S.E. und klang dabei genau wie Frau Zaunknecht auf LSD.

Wir lachten uns kaputt.

»Du kommst nicht in den Himmel«, sagte ich tadelnd, und er antwortete: »Im Himmel würde ich mich langweilen. Da kenne ich ja keinen.«

Wir lachten und kicherten, köpften weitere Flaschen aus der Minibar, machten frivole Scherze über die Heizdecke und darüber, was sie mit einem Fittich anrichten kann, und gründeten im amtlichen Tonfall des Blockwarts den »Klub der Schlimmen«. Der hatte nur zwei Mitglieder: den Ehrenpräsidenten und Vorsitzenden Herrn Dr. Kalb und mich, die stellvertretende Vorsitzende Frau Zapf. Frau Magister Zapf. Wir waren schließlich in Österreich, da trägt man gern Titel. Das nur fürs Protokoll. Wir diskutierten so förmlich und biererernst miteinander, wie bei den Ensembleversammlungen immer gesprochen wurde – das ist Dienst! –, und stimmten darüber ab, ob wir nun Sex haben würden oder nicht.

»Enthaltung«, sagte ich.

»Gilt nicht«, sagte Ralf. »Wenn, dann wird hier einstimmig abgestimmt.«

Wir wurden immer alberner und verwegener. Die zweite Abstimmung fand bereits unter der Bettdecke statt.

## *Kapitel 15*

Am nächsten Tag fand eine Stelle der *Carmina Burana* nach der anderen ihren Weg direkt in mein Seligkeitszentrum. Der sterbende Schwan, von einem Spitzentenor köstlich in höchsten Tönen vorgetragen, war eine Delikatesse für Ohr, Herz und Gemüt. Man sah ihn förmlich über dem Feuer braten und langhalsig um sein Leben krähen. Ich konnte gar nicht mehr aufhören zu grinsen, als unsere Ensemblemänner dreimal den Refrain »Miser, miser!« auf den armen Schwan eindröhnten. Überall zuckten die Mundwinkel. Den anderen ging es also auch so – dieser »Dienst« war einfach eine Offenbarung! Warum waren die meisten meiner Kollegen denn dann nicht genauso dauerglücklich wie ich? Man bedenke, wir wurden für diesen Spaß auch noch bezahlt! Warum wirkten sie oft so verbiestert, verbittert, beleidigt, humorlos und sauertöpfisch? Verging einem im Laufe der Jahre das Lachen?

Ich kicherte, kämpfte Freudentränen nieder, fror und schwitzte gleichzeitig, schmeckte noch die Küsse von Ralf Kalb, dem Schlimmen, sah Bruno vor sich hin leiden und hörte Robert Herolds profunde Stimme direkt in meinem Nacken. Wohin würde das alles führen?

So musste sich ein Skispringer fühlen, der eine Riesenschanze hinunterraste, um zu einem wahnwitzigen Sprung ins Ungewisse abzuheben. Zuerst in die Höhe, sagte mein Über-Ich belehrend, und danach unweigerlich in die Tiefe. Dort wird ein Heulen und Zähneknirschen sein.

Mein Ich wollte gerade etwas erwidern, da sang der argentinische Bariton aus Leibeskräften: »Ego, ego!«

Was für eine Röhre! Ich war hingerissen und bekam eine Gänsehaut nach der anderen.

Muss ich erwähnen, dass der Ensemblepräsident brummte: »Das kann ich schon lange«?

Ach, Robert! Warum hast du das nötig? Gönn doch dem Solisten da vorn die Freude, seine Stimmbänder im Winde der Öffentlichkeit flattern zu lassen. Dafür hast du es hier im Ensemble im Kreise der Kollegen schön warm. Du bist kein Solist geworden, weil du nicht das Zeug dafür hattest. Aus keinem anderen Grund! Wie wir alle. Mann, sitz!

Der Chor setzte sich auf die Holzbänkchen. Kurze Pause. Kulissen wurden geschoben, das Ensemble »aus optischen Gründen« umgestellt.

Wer groß ins Bild kam, dem standen vierzig Euro für das Recht am eigenen Bild zu. Blindwütig drängelte sich nun das Weibsvolk in die erste Reihe und ins günstige Licht. Die Damen erinnerten mich an die Seerobben im Zoo, die sich kurz vor der Fütterung laut zeternd auf den Felsen wälzen, um den fettesten Bissen abzukriegen.

Ich ließ mich bereitwillig nach hinten schieben, wo ich mich zwischen Frau Kesselbrink mit der Papiertüte und Frau Kürten-Knappsack mit den 200 Fotos von isländischen Wasserfällen wiederfand.

Der Regisseur klatschte genervt in die Hände. »Bitte noch einmal die Wirtshausszene, die anderen: *danke*!« Offensichtlich suchte er nach einer Gelegenheit, dieses unselige Hin und Her zu beenden.

Die Rampensäue verschwanden in den Kulissen, und wir drei Lebedamen stiegen wieder hinab in den Sündenpfuhl.

Robert Herold war diesmal geradezu liebevoll und zärtlich und sang mit funkelnden Augen seine rabenschwarzen Töne in mein Mieder, während ich ihm gemäß Regieanweisung verzückt in die Haare griff und aus seinem Bierkrug trank, den er mir darbot.

Der Schweiß rann uns aus allen Poren. Ich fühlte meine Beine zittern. Robert drückte mich fest und tröstlich an sich. Der Mann war im Grunde seines Herzens ein harmloser ehemaliger Messdiener aus Löhne oder Bünde, wie mir sein Schwager in spe Ralf gestern mitgeteilt hatte. »Kann denn Löhne Bünde sein?«, hatten wir synchron mit der Igelfrisur gesungen, die sich unten in der Bar als Zarah-Leander-Double versuchte, und uns dabei kaputtgelacht.

Auf einmal war das Leben so völlig verrückt!

Das ist *Dienst*!, schnarrte mein Ich.

Kind, du *sollst* doch nicht ..., keifte mein Über-Ich dazwischen, und vor meinem geistigen Auge sah ich Mutter und Frau Heideprecht mir mit ihren Wischmopps über den Gartenzaun hinweg drohen.

Ich will aber!, quengelte mein Es und stampfte mit dem Fuß auf.

Ich genoss es. Und wie! Ade, Container, willkommen, Lasterleben! Willkommen, Lust und Spaß und süße Sinnesfreuden! Willkommen, Flirt und Übermut! Willkommen, zweideutige Witze und Gelächter, Bier am helllichten Tage und nächtliches Klopfen an meiner Hotelzimmertür!

*»Dulciiisssimeee«*, jubilierte die wundervolle Solosopranistin gerade. Sie war jung und schlank, und ich sah ihr paillettenbesetztes Kleid und ihren Haarschmuck von hinten zittern.

Es war das hohe H, von dem aus sie sich in kunstvollen Triolen auch noch auf das dreigestrichene D schraubte. Wie traumwandlerisch sicher sich ihre exquisite Stimme in diesen schwindelnden Höhen bewegte! Ich hielt den Atem an und spürte eine Welle der Verzückung nach der anderen. Wenn das kein Ohr-gasmus war!

Dennoch hörte ich links und rechts von mir säuerliches Gezische, das sich wie Nattern in meine Gehörgänge wand.

»Grauenvoll!«

»Unsauber, verschleppt!«

»Dat sin doch keine Triolen sin dat! Dat is äin Bräi!«

Ach, haltet doch die Klappe, Zacharias, Piesnelke-Poppen und Zaunknecht! Warum gönnt ihr der Solistin denn nicht einfach ihr Können? Man muss och jönne könne, sagt doch der Kölner. Warum musste fast jeder in diesem Ensemble stets durchblicken lassen, dass er oder sie es besser könnte und nur durch einen dummen Zufall im Chor gelandet war?

Also, ich für meinen Teil war durch einen ungeheuren Glücksfall im Chor gelandet. Danke, Thomas Rischmüller, danke bis ans Ende meines Lebens!

Bruno, der mich bisher keines Blickes gewürdigt hatte, gab dem Ensemble mit lascher Geste das Zeichen zum Aufstehen, und dann dröhnten wir achtstimmig im zweifachen Fortissimo: *»Ave formosissima.«*

Wow! Wahnsinn. Das war ein Sound – mir schossen schon wieder die Tränen in die Augen. Das war »Dienst«! Das durfte ich tun, damit mein Leben verbringen, damit mein Geld verdienen. Eine vorwitzige Glücksträne rollte mir über die Wange und blieb an meinem Kinn hängen. Hoffentlich war das jetzt nicht im Bild. Sonst sah es womöglich noch Frau Heidepr… Nanu? Was hatte das denn zu bedeuten? Im Gestühl des leeren Saales hatte sich jemand erhoben. War das – Ralf Kalb? Was machte der denn hier? Der Intendant legte kurz die Hand auf sein Herz und schaute direkt zu mir. Noch bevor ich begriff, was er da tat, setzte er sich wieder. Seine Gestalt verschmolz mit dem Dunkel. Mir stockte der Atem. Galt das mir? War das seine Art, mir einen persönlichen

Gruß zukommen zu lassen? Ich hatte keine Zeit, darüber nachzudenken. Und meine Seele spannte weit ihre Flügel aus. Sie flog mit vor Lachen, vor Jauchzen offenem Mund – allerdings nicht, wie bei Eichendorff und Schumann, nach Haus, nein! In den Borkenkäferweg? Da wollte sie gar nicht hin. Nie und nimmermehr!

Es war unbeschreiblich. Gesang aus vierzig Kehlen, klangvoll, harmonisch und wie aus einem Guss, trug mich über alle Kleinlichkeiten und Kleinehelleforts des Alltags hinweg in den Himmel der Seligkeit. Hinter mir verstärkte der zugegebenermaßen wahnsinnig antörnende Bass von Robert Herold, der mir in die Nackenhaare blies, diesen inneren Flow auch noch.

Während mich das Glücksgefühl durchströmte, hätte ich am liebsten meine Nachbarin umarmt. Aber das war Gabriele Grobe, das humorfreie Flusspferd, das präzise und perfekt aus der Taschenpartitur sang und dabei ganz entsetzlich nach Knoblauch stank.

So kam ich doch schnell wieder in die Wirklichkeit zurück.

❁

»Die letzte Zahnradbahn auf die Festung geht heute Abend um acht! Ab zehn Personen gibt es einen Gruppentarif«, erklärte die geschwollene Halsschlagader mit erhobenem Zeigefinger.

Willkommen im wahren Leben.

»Mozarts Jeburtshaus interessiert mich nisch! Wir wurden alle mal jeboren, also wat soll dat Jetue?« Frau Zaunknecht wollte lieber »ein Täilschn essen und sisch dann wat zureschtlegen«. Ob die Noten oder sich selbst im Bett, blieb ungeklärt.

»Also, ich gehe shoppen. Für meinen Benedikt. Bei H&M sind die T-Shirts runtergesetzt.«

Es war für mich unfassbar, wie schnell die anderen zur Tagesordnung übergehen konnten. Wen interessierten denn irgendwelche runtergesetzten T-Shirts?

Es war ein herrlich lauer Frühlingstag, und wir hatten bereits etliche Stunden davon in den fensterlosen Katakomben der Messehalle verbracht. Ein süßes Ziehen machte sich in mir breit, als ich in die Helligkeit hinaustrat, die frische Luft einatmete und das emsige Zwitschern der Amseln hörte. Wie schlicht war dieses Geräusch im Gegensatz zu dem pompösen, bombastischen Klangteppich, den wir ausgebreitet hatten.

Da ich das bollernde Gelächter der Selbstgefälligen und das profane Geschnatter der anderen jetzt nicht ertragen wollte, stieg ich nicht in unseren Tour-Bus, sondern wanderte beschwingt an der Salzach entlang, weg von der Messehalle, die wundervolle Altstadt im Nachmittagssonnenschein immer vor Augen. Wie jeder glückliche Chorsänger hatte ich noch eine Melodie auf den Lippen und konnte nicht umhin, sie beseelt vor mich hin zu summen.

Dieser sterbende Schwan war ein köstlicher Ohrwurm. Er hatte sich wohlig in meinem Gehörgang eingekringelt und wollte dort nun einfach nicht wieder hinaus.

Ich freute mich unbändig auf unser Konzert und auf die anschließende Tournee mit Camilla Dunst und dem *Frühling der Festmusik*. Es sollte nach Südtirol gehen, nach Kärnten und nach Graz. Nicht nach Mörsenbroich. Und das mit drei an mir nicht uninteressierten Männern, die – nun ja, keine Langeweile aufkommen ließen. Die dieses neue, ungewohnte Prickeln in meinem Bauch verursacht hatten. Gab es ein schöneres Leben? Gab es eines? Ich hüpfte und pfiff vor mich hin und sang »Stetit puella«, und die Vögel zwitscherten mit mir um die Wette.

Da hörte ich von hinten eilige Schritte. Ein Jogger? Automatisch trat ich zur Seite, um ihn vorbeizulassen. Ich hörte ihn schon keuchen. Du liebe Zeit, dachte ich noch, da trägt jemand die falschen Schuhe. Das klappert ja wie eine ganze Kompanie Störche. Ich drehte mich um. Erst jetzt begriff ich. Es war Robert. Robert Herold, der Stimmgewaltige, der da mit rotem Gesicht hinter mir herlief. Fast hätte ich gesagt: »Ich habe gerade an dich gedacht«, aber das hätte sein Ego endgültig zum Platzen gebracht.

»Mann, du hast ja einen Schritt drauf!«, prustete er, lachte über diese seine Aussage und blieb dann erst einmal stehen.

Ich lachte auch. Es rutschte mir einfach so aus der Kehle, dieses glückliche, lebensfrohe, übermütige Lachen.

Robert freute sich, dass ich lachte, und lachte noch mehr. Tief und sonor. Hohohohoho! Die Radfahrer, die gerade an uns vorbeisausten, blickten sich um.

»Ich wollte dich fragen, was du heute denn noch so machst.«

Aha. Wollte er das. Und deshalb war er so aus der Puste. Zugegeben – ich fühlte mich geschmeichelt. In meiner Kleinstadt im Borkenkäferweg war nie jemand hinter mir hergerannt.

Er sah auch richtig gut aus. Von allen Chorkollegen war er der bestaussehende. Fand ich. Nun ja, so schwer war das nicht … Die Hälfte der Herren war deutlich übergewichtig, was besonders in knapp sitzenden Fräcken gut zur Geltung kam. Knappfrack. Die passende Bezeichnung für die Berufskleidung meiner Kollegen. Darüber hinaus waren fünfzig Prozent der Männer so gut wie glatzköpfig. Dazu hatten vierzig Prozent noch einen Bart. In ihrer Freizeit trugen sechzig Prozent von allen ein kurzärmeliges Hemd. Was soll ich sagen? Unter den gemeinsamen Vielfachen von »grauenhaft« war er das kleinste. Er war sozusagen die Primzahl. Er hatte volles, dunkelblondes Haar, ein nett anzusehendes Gesicht mit graublauen Augen, eine für einen Sänger schlanke Figur, war etwa Ende dreißig und trug halbwegs sportlich-lässige Klamotten. Was ihn wirklich ausmachte, war jedoch seine sonore Stimme, die er einsetzte wie andere Männer ihren Bizeps. Ein akustisches Gorillagetrommel auf die Brust, sozusagen.

Eigentlich war er lächerlich durchschaubar. Und gewissermaßen zum Gernhaben rührend.

»Ich habe heute im Grunde nichts Besonderes mehr vor«, sagte ich schließlich beiläufig. Außer vielleicht, Bruno auf dem Kapuzinerberg zu treffen und ihm beim Rauchen zuzusehen und beim Schweigen zuzuhören. Oder eventuell Ralf Kalb zu fragen, was das eben sollte mit dem Aufstehen und Ans-Herz-Fassen bei *»Ave Formosissima«*. Aber sonst … nee. Eigentlich nix.

»Dann könnten wir ja eventuell was trinken gehen«, sagte Robert Herold mit gar nicht so tiefer, sondern ganz normaler Stimme, und ich bemerkte ein nervöses Zucken um seine Mundwinkel. Er wirkte sehr verlegen und sehr menschlich, und mein Herz tat sich auf.

»Können wir gern machen«, erwiderte ich, und daraufhin lachte er so laut, dass die Ringeltauben und Salzachmöwen am Ufer erschrocken aufflogen. »Wenn deine Verlobte nichts dagegen hat«, fügte ich hinzu, nachdem wir uns in Gang gesetzt hatten.

»Die muss es ja nicht erfahren.«

»Robert«, sagte ich. »Sei nicht albern. Die Buschtrommeln des Klassisch-TV-Ensembles verbreiten Gerüchte in null Komma nichts.«

»Soll sie es doch ruhig erfahren«, trotzte er. »Ich bin ein freier Mann. *Noch* bin ich ein freier Mann.«

»Nanu? Ich dachte, ihr seid verlobt?«

»Sind wir auch.« Er schritt energisch aus. »Sie will es ja unbedingt.« Er steckte die Hände in beide Hosentaschen. Eindeutige Körpersprache. »Ich persönlich brauche das überhaupt nicht. Wer *verlobt* sich denn heute noch?«

Ich wartete auf das Lachen, und da kam es. Mit zwei Sekunden Verspätung blubberte es aus ihm heraus wie bei einer klemmenden Klospülung.

»Das geht mich ja auch eigentlich gar nichts an«, behauptete ich und hatte Mühe, mit ihm mitzuhalten. Offensichtlich stachelte das Thema Verlobte ihn zu Siebenmeilenschritten an. Als wollte er vor ihr weglaufen.

»Sie ist toll«, betonte Robert etwas zu enthusiastisch. »Sie spricht acht Sprachen. Fließend! Sie ist hochintelligent!«

Das kann ja schon mal gar nicht sein, dachte ich. Sonst hätte sie sich nicht mit so einem Angeber wie dir verlobt.

»Sie ist Diplomatin«, informierte er mich. »In Berlin. Sie arbeitet für das Auswärtige Amt.«

»Toll«, sagte ich. »So eine tolle Verlobte hast du also.«

»Cordula will unbedingt Kinder. Von mir natürlich. Wegen der fantastischen Gene. Hahahaha!«

Er sah sich nach mir um, um sicherzugehen, dass ich diese Pointe auch mitgekriegt hatte.

»Aber da muss sie sich noch gedulden«, redete er mit künstlich in die Tiefe geschraubter Bassstimme weiter. »Bis ich so weit bin. Sie drängt schon immer, dass sie ein Kind von mir will. Ich bin nämlich wahnsinnig fruchtbar.«

»Sind das nicht eher die Frauen?«

»Fruchtbringend. Als Erzeuger bin ich gut. Wo mein Samen hinfällt, da wächst kein Gras mehr. Hohohoho.«

Nein. Da wachsen nur Angeber. Cordula Kalb tat mir schon fast leid. Ob sie wusste, worauf sie sich einließ?

»Aber ich habe beruflich noch so viel vor. Mit dem Sender. Dr. Kalb hält große Stücke auf mich – der Intendant, du kennst ihn ja.«

»Mein Großvater ist Kapitän«, log ich, nur um auch mal etwas zu sagen. »Er kann mit Delfinen sprechen. Das tut er aber nicht, da müssen sich die Delfine noch gedulden.«

»Ich bin nämlich politisch ganz vorn dabei«, redete Robert einfach immer weiter. »Meine internationalen Beziehungen und mein diplomatisches Geschick werden Klassisch-TV noch zu einem führenden europäischen Unternehmen machen. Ach, was sage ich. Weltweit. Ich werde mich demnächst mit Bill Gates in Verbindung setzen. Da könnten Milliarden fließen. Eigentlich gehöre *ich* in den diplomatischen Dienst nach Berlin. Und Cordula in diesen hysterischen, verklemmten, überempfindlichen Haufen.« Sein Gelächter echote von den Bergen um uns herum wie ein Steinschlag.

»Ich kenne die Darstellerin von Pippi Langstrumpf«, sagte ich. »Die ist mir mal in Stockholm in der Fußgängerzone begegnet. Du glaubst nicht, wie dick die geworden ist.«

»Meine Verlobte ist zum Glück rank und schlank«, nahm Robert den Faden übergangslos auf. »Wie eine Tanne. Ich mag schlanke Frauen.« Dabei legte er plötzlich den Arm um mich. »Du bist ja auch schlank und biegsam wie eine Feder.« Er zog mich an sich und brachte mich damit aus dem Tritt.

»Ähm …« Ich drehte mich aus seiner Umklammerung.

»Die Wirtshausszene macht mit dir richtig Spaß. Du spielst perfekt das verführerische Wahnsinnsweib!« Er griff erneut nach meinem Arm.

»Ja, aber ich spiele es nur. Wir haben ein bisschen übertrieben, findest du nicht?«

»Wir? Übertrieben?« Robert lachte schallend. »Wir haben das absolut professionell rübergebracht! Wir spielen eine mittelalterliche Bordellszene! Endlich mal eine Kollegin, die nicht zimperlich ist und gleich zur Gewerkschaft rennt.«

Unter diesen Worten und lautem Gelächter seinerseits betraten wir die Terrasse des Café Bazar. Die Strahlen der Nachmittagssonne gaben sich noch einmal alle Mühe, denn bald würden sie hinter dem Mönchsberg verschwinden.

Es waren schon einige Tische frei geworden. Wir ließen uns an einem kleinen Zweiertisch vor der warmen Hausmauer nieder.

»Aaah«, stieß Robert wohlig aus, streckte die Beine von sich und schaute sich um, ob er auch genug Publikum hatte.

Ich griff etwas verlegen zur Getränkekarte, obwohl ich schon wusste, was ich wollte: Bier. In rauen Mengen. Ich würde ihn unter den Tisch trinken! Da legte Robert plötzlich seine angenehm warmen Hände auf meine eiskalten.

»Du bist wirklich ein Wahnsinnsweib, Wanda.« Er freute sich irrsinnig über seine gelungene Alliteration. »Wanda, das Wahnsinnsweib.« Beifall heischend drehte er sich um, doch zum Glück hatte keiner der anderen Gäste diese Verlautbarung gehört. »Jetzt muss sich meine Verlobte noch viel länger gedulden. Wegen unvorhergesehener beruflicher Zwischenfälle! Hahahaha.«

Eigentlich wäre das der richtige Moment gewesen, Robert die Speisekarte um die Ohren zu hauen und davonzurennen. Eine *Dame* hätte das getan. Mein Über-Ich trat mich unter dem Tisch und rief: Los! Und schlugen ihn auf sein Haupt! Und gaben ihm Backenstreiche!

Warum tat ich es denn nicht einfach?

Mein Ich und mein Es waren sich einig: Weil ich keine Dame war. Mein Es wollte nur spielen, und mein Ich hatte anderes mit Robert vor. Subtileres. Gemeineres. Ich konnte seine hochintelligente Verlobte zwar nicht besonders gut leiden, aber so etwas hatte sie wirklich nicht verdient. In mir regte sich weibliche Solidarität. Ich hatte meine weiblichen Waffen. Er stand auf mich. Das Schicksal hatte uns eine erotische Szene zugespielt. Und die Waffen wetzte ich bereits. Wanda, die Waffenwetzerin. Ha! Diese Alliteration würde ihm nie in den Sinn kommen.

Mir gelang ein ziemlich überzeugendes, geschmeichelt klingendes Kichern.

Da wackelte mein Stuhl. Jemand wollte eilig an uns vorbei und war dagegen gestoßen. Ich rückte ein paar Zentimeter zur Seite – und sah einen grauen Männermantel von dannen wanken. Und Zigarettenrauch, der zum wolkenlosen Himmel aufstieg.

## *Kapitel 16*

Als wir bei strahlend blauem Himmel vor der Konzerthalle in Innsbruck aus dem Tour-Bus krabbelten, fühlte ich mich *Wie im Himmel.* In meinem Lieblingsfilm sind es die Mitglieder eins schwedischen Dorfchors, die hier staunend und in bänglicher Vorfreude aus dem Bus steigen. Zuerst eine alte Dame, die noch nie in ihrem Leben woanders war als in ihrem Dorf, und dann ein geistig behinderter junger Mann, der mit Leib und Seele Chorsänger ist. Mit beiden fühlte ich mich in diesem Moment innig verbunden: Was für eine traumhafte Kulisse, was für eine wunderschöne Stadt! Der Frühling hatte mit Macht Einzug gehalten, in den Tälern blühten schon die Blumen und Sträucher, doch das Bergpanorama, das hier noch viel näher und höher schien als in Salzburg, glitzerte geradezu aberwitzig weiß vor dem Blau des Himmels.

»Diese Farben!«, rief Viktoria begeistert und zückte ihre winzige Videokamera. »Hallo, ihr Lieben! Jetzt lacht doch alle mal! Juhuu!«

Sie tat wirklich ihr Bestes, um die teilnahmslosen Knappfräcke und schlaffen Jutebeutel, die sich nun mit steifen Gliedern aus dem Bus schälten, mit ihrer ungebremsten Lebensfreude anzustecken. Vergebens. Nur Tini Roth, die immer allen gefallen wollte, drehte sich, kokett ihr Röckchen schwingend, vor der Linse, rief »Huhuu!« und winkte. Die anderen verdrehten die Augen. Hier ein Kichern, da ein Gähnen, da pulte sich einer in den Zähnen. Wer sich umdreht oder lacht, kriegt den Buckel vollgemacht.

»Das ist Dienst«, hörte ich den Blockwart schnarren. »Wir sind nicht zum Vergnügen hier.« Alter Spielverderber.

Die Stimmung war generell eher gedrückt. Schon während der Fahrt war mir aufgefallen, dass vor allem bei den Sopranen dicke Luft herrschte. Ich wusste nur noch nicht, warum.

Kurz nach unserer Ankunft bildeten sich die üblichen Gruppen. Frau Zacharias und ihre Jüngerinnen wollten mit einem Stadtplan bewaffnet losziehen, um sich das Goldene Dachl anzugucken. Die Bässe, die im Bus Skat gespielt und sich durch ihr Gebrüll dabei total verausgabt hatten, gingen schlafen. Auch der beflissen blickende Teebeutel und das Flusspferd mussten sich dringend von der langen Busfahrt ausruhen. Einige Soprane zogen sich ebenfalls in ihre Hotelzimmer zurück, um in sich zu gehen, ihre Stimmen zu schonen und über die hohen Stellen zu meditieren. Frau Zaunknecht fand, dat dat joldene Dachl auch nur ein Haus wär wie alle anderen und dat sie sisch dat auch schenken könnte. Zur Stärkung würde sie sisch jetzt ein Täilschn aus der nächsten Bäckerei jönnen. Die heilige zwölfte Säule von Ephesus schritt energisch und mit keck wippender Perücke zur Versammlungsstätte ihrer Sekte. Die üblichen Verdächtigen sah man schon bald heißhungrig Wiener Schnitzel und Saure Beuscherl vertilgen.

Ich wäre liebend gern mit der strahlenden Viktoria um die Häuser gezogen, aber sie musste ihren hochbegabten Benedikt zum Babygeigezersägen in die Musikschule bringen. Die Schwiegermutter rannte hinterher und rief: »Mach jetzt aber nicht Pipi, woll?«

So zog ich mir in meinem erfreulich geräumigen Hotelzimmer, das zufälligerweise neben dem von Robert Herold lag, meine Wanderschuhe an und machte mich daran, eine kleine Bergtour zu planen.

Auf dem Nachttisch lag eine nette Broschüre mit Ausflugstipps, und ich entschied mich für eine leichte Wanderung auf dem Zirbenweg, laut der Touristeninformation eine sieben Kilometer kurze, fast ebene Bergpromenade im Landschaftsschutzgebiet Patscherkofel-Zirmberg auf 2000 Meter Seehöhe. Sie versprach ein herrliches Bergpanorama mit Blick auf das Inntal. Merkwürdig, dass niemand von den Kollegen Spaß an körperlicher Betätigung zu haben schien.

In der Hotelhalle an der offenen Verandatür traf ich Bruno, der offensichtlich nichts anderes vorhatte, als dort zu stehen und zu rauchen.

»Na?«

»Na?«

»Was machstn jetzt?«

»Ich geh wandern. Und du?«

Bruno zuckte mit den Schultern. »Pennen. Oder so.«

»Aber Bruno, schlafen kannst du doch noch im Sarg.« Das war so ein Spruch, den meine Mutter gern abließ, und ich bereute ihn augenblicklich. »Bei diesem Traumfrühlingswetter muss man rausgehen! Ich meine, in so einer Gegend …«, hörte ich mich penetrant auf ihn einreden. Ich kam mir vor wie die geschwollene Halsschlagader mit ihrem Stadtplan, während ich mit meinem Wanderführer vor seinen Augen herumfuchtelte.

Bruno schüttelte traurig lächelnd den Kopf. »Was willst du junges Gemüse mir denn über das Leben beibringen?«

»Komm doch mit, Bruno«, drängte ich ganz mutig. »Ist auch nicht steil. Wir fahren mit der Gondel rauf.« Ich redete wie eine Mutti, die sich zum Muttertag von ihren Kindern eine Wanderung wünscht und dabei tausend Abstriche macht, nur damit die faule Brut mitkommt.

Einige derer, die sich unter dem Kommando von Frau

Zacharias zum Betrachten des Goldenen Dachls verabredet hatten, kamen an uns vorbei, offenbar ein wichtiges Problem diskutierend. Ich fühlte mich von tadelnden Blicken gestreift.

»So eine Frechheit!«

Meinten die mich?

»Ich habe ein *Recht* darauf, nicht mehr mit der zu reden!«

»Nein, ich will nicht mehr neben der stehen.«

»Ich habe ein *Recht* darauf, mir die Kollegin auszusuchen, neben der ich stehen will.«

»Die hat sich völlig unkollegial hervorgetan.«

»Das stand der dienstgradmäßig überhaupt nicht zu!«

O Gott. Sie sprachen von *mir*! Ich spürte, wie mir die Knie weich wurden. Eiskalte Panik ergriff mich. Das war der Beginn von vierzig Jahren Mobbing!

Mit frostigen Mienen zogen sie ab.

»Was ist denn mit denen los?«, fragte ich zitternd und zagend Bruno.

»Ach, das.« Er drückte seine Zigarette in den Ascher. »Das ist wegen dem blöden Blumenstrauß.« Bruno war kein Freund des Genitivs.

Uff. Erleichtert atmete ich aus. Ich fühlte mich, als hätte man mir einen Ganzkörpergips abgenommen. Ich war nicht der Stein ihres Anstoßes!

»Was für ein Blumenstrauß?«

»Sei froh, dass du von dem ganzen Mist gar nichts mitkriegst.« Bruno zündete sich die nächste Zigarette an und blies den Rauch in den blühenden Hotelgarten hinaus. »Wenn diese Tussis nix zum Zanken haben, dann machen sie sich was.«

Voller Demut und Dankbarkeit stellte ich fest, dass es offensichtlich noch andere Kollegen gab, über die hergezogen wurde.

Wie Bruno mir in knappen Worten berichtete, war der Zankapfel diesmal der Blumenstrauß, den der Dirigent nach unserem gestrigen Konzert einfach wahllos einer in seiner Nähe stehenden Chordame in die Hand gedrückt hatte. Diese Chordame war, was der Dirigent nicht wissen konnte, ausgerechnet die Aushilfe von der Hochschule, die immer in den höchsten Tönen »Hibiskusblüte!« rief, um ihren Stimmsitz zu prüfen. Eine *Aushilfe*! Sie hätte auch Lepra haben können. Die Hibiskusblüte war blöd genug gewesen, den Blumenstrauß einfach zu behalten, anstatt ihn sofort und vor laufender Kamera devot an eine Festangestellte weiterzureichen, zum Beispiel an die geschwollene Halsschlagader oder Frau Zaunknecht, also alteingesessene, bewährte Dienstleisterinnen. Aber nein, dieser Aushilfstrampel hatte es überhaupt nicht für nötig befunden, den Blumenstrauß abzugeben! Sie hatte ihn stolz und ahnungslos noch bei der Rückkehr ins Hotel – dat muss man sisch mal überlejen, diese Freschhäit! – bei sich getragen, bis der Ensemblepräsident sie jovial lachend darauf hingewiesen hatte, dass es strategisch besser wäre, das Gebinde schnellstens zu entsorgen, und zwar bei einer Kollegin, der es rechtmäßig zustünde.

Bereits in der Hotelhalle hatte die Gewerkschafts-Front geeifert: »Wir haben ein *Recht* auf diesen Strauß!«

Also hatte sich die arme Hibiskusblüte beschämt weinend von dem Blumenstrauß getrennt und ihn – ausgerechnet! – Tini Roth gegeben, der Naiven, die immer allen gefallen wollte. Wahrscheinlich, weil sie vor der am wenigsten Angst hatte. Und Tini hatte ihn sofort in seine Einzelteile zerrupft, jeder Kollegin einen Stängel überreicht und dazu gezwitschert: »Ich hab dich ganz doll lieb« – was wiederum kaum eine komisch gefunden hatte. Andrea Fellgiebel, die blasse Blonde aus dem zweiten Sopran, war mit ihrer ehemals besten Freundin Gudrun Piesnelke-Poppen darüber so in Streit geraten, dass die beiden kein Wort mehr miteinander sprachen.

Aha, deshalb hatte die Igelfrisur heute Morgen beim Einsteigen in den Bus auch zum Blockwart gesagt: »Ich habe ein *Recht* darauf, mir meine Nachbarin im Bus selbst auszusuchen!«

Ja, solche Sorgen hatten die lieben Kolleginnen. Und ich hatte schon Angst gehabt, dass sie von mir gesprochen hatten! Ich seufzte, halb erleichtert, halb fassungslos.

»Also? Gehen wir wandern?«

Bruno schien mit seinem inneren Schweinehund zu ringen. Wandern war nicht so seins. Hätte ich gesagt »Gehen wir eine rauchen?« oder »Gehen wir einen trinken?«, wäre er schon dabei gewesen.

Andererseits mochte er mich. Sehr sehr.

Das hatte er ja genau so gesagt.

»Die Wanderung dauert nur zwei Stunden«, versuchte ich ihm die Sache schmackhaft zu machen. »Es gibt Bänke, da kannst du zwischendurch eine rauchen. Wir nehmen die Patscherkofelbahn oder den Glungezerlift. Es ist überhaupt nicht steil. Steht da. Und ein paar Einkehrschwünge in Hütten können wir sicher auch machen.«

Gerade als Bruno den inneren Schweinehund überwunden hatte und sich seine hängenden Mundwinkel zu einem winzigen Lächeln verzogen, gerade als die Schildkröte ihren Kopf aus dem Panzer reckte, kam Robert Herold in schweren Wanderschuhen polternd die Treppe herunter.

»Ja hallo erst mal! Ich weiß nicht, ob ihr es schon wusstet, aber ich geh jetzt wandern. Hohoho!« Er schwang einen Stock, damit wir sehen konnten, wie gut er ausgerüstet war.

Sofort verkroch sich die Schildkröte wieder in ihren Panzer. Die Tür fiel hinter Brunos breitem Rücken zu, und die nächste Zigarette qualmte im Hotelvorgarten.

»Was ist?«, fragte Robert, der sich offenbar als Sieger wähnte, so laut, dass seine sonore Stimme durch das ganze Hotel und wahrscheinlich bis in die obersten Dachkammern hinauf tönte. »Wanda, du Wahnsinnsweib! Wir sind doch sowieso schon ein eingespieltes Team. Gehen wir?«

❋

Als es in dieser Nacht an meiner Tür klopfte, war ich gerade in einen leichten, traumlosen Schlaf gefallen. Ich setzte mich im Bett auf, lauschte und sagte: »Ja? Hallo?«

Es klopfte erneut. Leise, fast als hätte ich es mir eingebildet. Theoretisch gab es jetzt drei Möglichkeiten: Kandidat eins, Kandidat zwei oder Kandidat drei. Tja, Wanda, nun musst du dich entscheiden …

Mein Über-Ich wollte davon nichts wissen. Unverschämtheit, mitten in der Nacht!

Mein Ich war immerhin neugierig bis geschmeichelt.

Mein Es wollte nur spielen.

In meinem ausgewaschenen T-Shirt und mit Haaren, die zu allen Seiten abstanden, schlich ich zur Tür und öffnete sie einen Spalt weit. »Wer ist da?«

Draußen stand der Ritter von der traurigen Gestalt. In einem schwarz-weiß karierten Frottee-Pyjama. An den Füßen trug er die weißen Hotelbadelatschen. Offensichtlich hatte er etwas getrunken. Er schwankte leicht.

»Kannich reinkommen?«, nuschelte er verzagt.

»Ja, klar. Also … Ich meine – wenn dich mein Anblick nicht stört?«

Das war eine überflüssige Bemerkung. Mich störte sein Anblick ja auch nicht.

Bruno war leichenblass. Seine kleinen Augen blickten nicht mehr besonders klar geradeaus. Er taumelte auf mein Bett zu und ließ sich darauf plumpsen. »Oh! Warm.« Verlegen rieb er an seinem Hinterteil. »Hast du so heiße Träume?«

Wenn diese Bemerkung von Robert gekommen wäre, begleitet von bollerigem Gelächter, hätte ich sie plump gefunden. Aus Brunos Mund fand ich sie bezaubernd.

»Meine Heizdecke«, flüsterte ich. »Heizdecke, das ist Bruno, unser Korrepetitor. Du kennst ihn noch nicht.«

»Hast du was zu trinken?«, krächzte Bruno.

Ich ging zur Minibar und köpfte zwei Bier. Dabei schob ich unauffällig die beiden Weingläser weg. Dass ich bis nach Mitternacht hier mit Robert Herold herumgesumpft und viel zu viel getrunken hatte, musste ich Bruno ja nicht gerade auf die Nase binden. Er sah schon traurig genug aus.

Wir tranken aus der Flasche. Natürlich jeder aus seiner eigenen.

»Was ist los, Bruno?« Er würde mir doch hoffentlich keine Szene machen? Ich meine, wir waren, wenn überhaupt, dann so etwas wie Freunde. Er war doppelt so alt wie ich. Und dreimal so dick und viermal so traurig. Wenn er mir also jetzt wegen Robert irgendetwas an den Kopf werfen wollte … Mich durchzuckte ein hässlicher Gedanke: oder etwa wegen Ralf Kalb? Den hatte er in Salzburg doch wohl hoffentlich nicht in meine Kemenate gehen gesehen? In mir stellten sich schon mal alle auch nicht mehr ganz nüchternen Antennen auf Verteidigung. Bruno hatte keinen, absolut gar keinen Anspruch auf mich.

»Meine Tochter« – gluck, gluck, gluck, ertränkte Bruno

sein Leid in dem vergleichsweise kleinen Fläschchen – »ist schwanger!«

Vor lauter Erleichterung lachte ich kurz auf. »Mensch«, entfuhr es mir, »das ist ja mal eine Überraschung! Gratuliere, Bruno! Du wirst Großvater!« In meiner Freude umarmte ich ihn. Er fühlte sich an wie ein Kuchen. Dann fiel mir siedend heiß etwas ein. »Ist das nicht der Wahnsinn? Die Wahrsagerin hat dir genau das vorhergesagt! Mit dem neuen Kind wirst du viel Freude haben.«

»Jessica ist erst sechzehn!«

»Ach ja. Das hatte ich vergessen.« Hastig setzte ich die Flasche an den Hals und trank einen Schluck. »Von wem ist das Kind denn?«

»Von irgend so einem Kerl aus dem Baucontainer, in dem sie immer ›chillt‹«, erwiderte Bruno betrübt.

Da er ein wenig lispelte, klang das »chillt« wie »tßillt«. Ich musste an einen plusterigen Spatz denken, der sich in ein Hotelzimmer verflogen hat und dort auf dem Bett sitzt und tschilpt. Richtig süß. Ich hatte Bruno auf einmal so schrecklich gern! Und ich fühlte mich ihm gegenüber so mies! »Miser, miser«, dröhnten die Stimmen der Kollegen und die vier Gläser Wein in meinem Innenohr. Als hätte er nicht schon genug Ärger in seinem Leben, war ich kaltherzige Puella auch noch vor seinen kleinen, traurigen Augen mit Robert dem Lauten zum Wandern auf Tiroler Gipfel abgezogen, holladiho! Ich konnte nicht anders: Es kam von Herzen, als ich ihm ganz zart mit dem Handrücken über die Wange streichelte.

»Das kriegen wir hin«, hörte ich mich sagen. »Ich kümmere mich um deine Tochter, wenn wir wieder zu Hause sind.« Hä? Warum sagte ich das? War ich vollkommen übergeschnappt? Was ging mich die Tochter unseres Korrepetitors an?

»Ja? Wirklich? Würdest du mal mit ihr sprechen?«

»Klar. Vom Sprechen wird die Sache allerdings auch nicht besser. Kennst du denn den Kerl aus dem Baucontainer?«

»Nein. Ich weiß nur, dass er schon gesessen hat. Jugendknast. So'n tätowierter Kerl mit Pierßcing in der Zßunge«, lispelte Bruno.

»Ach du Scheiße!« Ich nahm seine Hand und hielt sie ganz fest. »Will sie ... Ich meine – habt ihr schon über Möglichkeiten ...«

»Sie ist schon im fünften Monat.« Bruno schloss kurz die Augen, und eine kleine Träne rollte über seine Schildkrötenwange.

»Ach du Oberscheiße!«

»Ja«, sagte Bruno, »Oberßscheiße.«

»Du bist süß, wenn du lispelst.« Ich lächelte ihn an.

»Du bist süß, wenn du singst.« Er lächelte traurig zurück.

»Wenn ich singe? Aber ich singe doch gar nicht!« Ich dachte kurz an Viktoria, die auch außerhalb des Dienstes fast ununterbrochen trällerte.

»Nicht im Moment«, knarzte Bruno. »Aber du bist auch süß, wenn du ›scheiße‹ sagst.«

Ich wurde rot. Mein Herz schlug plötzlich ziemlich unrhythmisch. Fast scheu setzte ich mich neben ihn auf die Bettkante, obwohl es doch meine eigene war. Ich trank einen Schluck lauwarmes Bier.

»Und du bist überhaupt ziemlich süß«, brachte ich schließlich hervor. »Besonders, wenn du in den Proben ›nicht tun‹ sagst.«

»Nicht tun?«

»Ja. Wenn jemand den Ton überzieht oder tremoliert oder zu tief singt oder wie Swetlana ein N vor jeden Konsonanten schiebt, dann sagst du immer ›nicht tun‹.«

Wir sahen einander ziemlich lange verwundert an.

Sein Gesicht war ganz nahe an meinem, und ich roch Bruno, wie Bruno war. Und ich konnte ihn gut riechen. Sehr gut sogar. Ich hätte ihn inhalieren können. Was war denn nur mit mir los?

Ich nahm seine weichen, warmen Hände, mit denen er so wundervoll Klavier spielen konnte, und streichelte sie.

Und dann gab er mir einen ganz kleinen, zärtlichen Kuss. Ich schmeckte Bier und salzige Tränen und warme weiche Lippen.

»Jessica braucht dringend wieder eine Bezugsperson«, schniefte Bruno. »Du bist so ein fröhlicher und warmherziger Mensch, Wanda …«, quoll es aus ihm heraus.

Oje. Schluck. Jetzt galt es, das Gespräch schnell in andere Bahnen zu lenken.

»Hmm, oder wie wäre es mit einem Tier?«, faselte ich. »Zum Liebhaben. Jessica muss lernen, Verantwortung zu übernehmen.« Ich tat so, als hätte ich solcherlei Weisheiten in meinem Lehramtsstudium gelernt, und guckte dabei dementsprechend wichtig.

Bruno trank den Rest aus seiner Bierflasche. »Das ist gar keine schlechte Idee«, sinnierte er, ohne meine Hand loszulassen. »Ein kleiner Hund. Den hat sie sich immer gewünscht, seit Tommy tot ist.«

»Ja«, sagte ich. »Ein kleiner Hund. Ein Welpe.« Ich war erleichtert, dass er mich als Bezugsperson erst mal wieder ad acta gelegt hatte.

»An dem könnte sie schon mal üben.« Bruno schöpfte sichtlich neue Hoffnung. »Und wenn das Baby dann da ist, weiß sie schon, wie das ist mit so einem kleinen Wesen.« Er streichelte ununterbrochen meine Hand.

»Gute Idee«, stimmte ich zu. »Den solltest du ihr schnellstmöglich besorgen.«

»In Meran gibt es eine Zßwergsßchnauzerzßucht«, sagte Bruno.

Ich war richtig verschossen in ihn, wenn er lispelte.

»Kommst du mit?« Seine Augen leuchteten hoffnungsfroh.

»Aber Bruno, wir fahren doch sowieso übermorgen nach Meran!«

»Ich meine, das Hündchen aussuchen. Für Jessica.« Bruno sah mich flehentlich an. »Bitte! Danach bitte ich dich auch nie wieder um einen Gefallen.«

Mensch, was hatte ich diesen Mann gern.

»Du darfst mich noch um tausend andere Gefallen bitten, Bruno«, sagte ich. »Außer darum, ein Solo zu singen. Das kannst du vergessen. Teile mich bloß nie für ein Solo ein, denn den Gefallen werde ich dir im Leben nicht tun.«

❋

Noch nie zuvor hatte ich Brunos Augen so leuchten gesehen, und nie hatte ein glücklicheres, entspannteres Lächeln auf seinen Lippen gelegen als in dem Moment, in dem wir uns für das kleine schwarze Wollknäuel mit den Knopfaugen entschieden. Wir kauerten beide bei der netten Hundezüchterin auf dem Boden und streichelten den tapsigen Welpen, den wir soeben gemeinsam ins Herz geschlossen hatten. Er war so weich und zart wie ein Vögelchen, mit samtigem, schwarzem, lockigem Flaum, und gab keinen Pieps von sich, obwohl er erfreut mit seinem kringeligen Schwänzchen wedelte. Aus dem pechschwarzen Gesicht schoss ein rotes Zünglein hervor, das uns beiden die Hand leckte. Mit seinem feucht glänzenden, fingerhutgroßen Näslein beschnupperte er uns neugierig und schien uns als Adoptivgroßeltern durchaus zu akzeptieren. Wir streichelten auf dem winzigen

Vieh herum, das gar nicht groß genug für unsere Hände war, und so streichelten wir zufällig auch über unsere Hände.

Die Südtirolerin hielt uns für ein Ehepaar, zumal wir immer davon sprachen, dass wir das Tierchen für die Tochter aussuchten.

»Na, da wird sich das Fräulein Tochter aber freuen!«

Als Bruno aufstand, wirkten seine Bewegungen richtig jugendlich, und er schien auf einmal um dreißig Kilo leichter zu sein. Der Frühling war ihm in die Glieder gefahren wie ein aprilfrisches Waschmittel in den Grauschleier. Plötzlich sah Bruno aus wie in Farbe, nachdem er bisher immer nur schwarz-weiß gewesen war. Er wurde geradezu redselig und plauderte charmant mit der Züchterin, während er mit ihr über den Preis verhandelte. Ich konnte das Gesicht eines strahlenden jungen Mannes in seinen sich glättenden Furchen erkennen, und seine sonst so dröge, unbeteiligte Stimme – »Danke. Morgen, zehn Uhr« – schwang sich zu ungeahnter Modulation auf. Für seine Verhältnisse erstaunlich hurtig erledigte er die Formalitäten – der kleine Hund kostete 600 Euro, weil er »a Weiberl« war, »a Manderl« hätte gut und gern einen Tausender gekostet – und kam dann beschwingten Schrittes zu unserem Leihwagen, in dem ich bereits mit dem leise seufzenden Hündchen auf dem Schoß auf dem Beifahrersitz saß. Auf dem Hinweg war ich selbst gefahren, da ich fürchtete, Bruno könnte so fahren, wie er aussah, aber nun wollte ich das Baby halten. Mein Mutterinstinkt brach sich Bahn. So ein Welpe braucht doch Nestwärme!

Nie werde ich den Blick vergessen, mit dem Bruno während der Fahrt immer wieder zu mir herüberschaute: wie ein frischgebackener glücklicher Vater, der seine Frau und sein Neugeborenes aus der Klinik heimfuhr. Seine rechte Hand hatte er voller Besitzerstolz in meinen Nacken gelegt. Ich überlegte kurz, ob mir dieser Parkplatz für seine Hand behagte, aber es passte. Seine Hand war warm und weich, und immerhin spielte er damit so wunderbar Klavier und gab dem Ensemble die Einsätze. Ich liebte diese Hand. Schon lange.

Der Welpe schlief auf meinem Schoß ein. Ich konnte seinen Herzschlag an meinen Beinen spüren.

Wir glitten auf einer Chaussee mit weiß blühenden Apfelbäumen dahin, draußen sangen die Vögel, und am Himmel zogen wattebäuschchenartige Wölkchen. Selbst wenn Bruno kein verknitterter und vom Leben enttäuschter Mann gewesen wäre, wäre das schon ein Kontrastprogramm zu den anderen 364 Tagen seines Jahres gewesen. So aber musste man gut und gern noch zwanzig Jahre drauflegen, in denen Bruno nicht annähernd so glücklich gewesen war wie jetzt im Augenblick, wie er selbst sagte.

Ein seltsamer Zauber lag über uns: Er war bis über beide Ohren verliebt, und ich war es irgendwie auch.

Mein Leben schien plötzlich ein Drahtseilakt. Ich schwebte, irgendwo hoch oben über allem, und spürte meine Wirkung, die mir wohl magische Kräfte verlieh.

Der Borkenkäfer war zum Schmetterling geworden und flatterte von Blume zu Blume. Und alle Blüten öffneten sich und wandten sich mir zu – weil ich irgendetwas ausstrahlte, das man Glück nennt. Lebensfreude. Mein Traumjob war mir in den Schoß gefallen und hatte meinem Leben eine völlig neue Wendung gegeben. Ich war ständig im Schwebezustand, und das schien ansteckend zu sein. Und weil mir das noch nie zuvor passiert war, genoss ich es, wie man einen schönen Traum genießt. Obwohl ich genau wusste, dass er ein Ende haben würde.

Aber noch nicht jetzt.

Jetzt war Frühling. Der Herbst kam noch früh genug.

Es freute mich über alle Maßen, dass Bruno aus seinem Schneckenhaus gekommen war, dass er seine Menschenverachtung und Verbitterung abgeworfen hatte, dass ich ihm Hoffnung gegeben hatte und ein bisschen Freude am Leben. »Ein Stück weit«, wie sich der Teebeutel ausgedrückt hätte. Hoffentlich begriff er das! Ein Stück weit konnten wir unseren Lebensweg miteinander gehen. Wie zwei Bahngleise, die kurzfristig parallel verlaufen und gemeinsam in der Sonne blinken. Bevor sie in verschiedene Richtungen abbiegen. Vielleicht bleibt eines in der Sonne, und das andere biegt in den Schatten ab. So ist das im Leben. Aber natürlich hütete ich mich, jetzt mit derart zerstörerischem Gerede anzufangen.

Bevor wir in die Innenstadt Merans zurückfuhren, wo wir am Abend unsere Vorstellung geben würden, unternahmen wir in einem hübschen kleinen Kurpark neben einer Dorfkirche den ersten gemeinsamen Spaziergang mit unserem Liebling.

»Musst du Pipi, sach mal?«, fragte ich in derselben Tonlage wie die Oma des hochbegabten Benedikt, bevor ich wie Viktoria auf Französisch hinzufügte: *»Est-ce que tu dois faire pipi? Hein?«*

Bruno lachte richtig süß, als sich das Tierchen sofort hinhockte und ein winziges Bächlein auf den geharkten Weg sprenkelte.

Nach einigen Hoppelschritten und neugierigem Schnuppern an Kurparktulpen und -narzissen machte der Welpe einen runden Rücken, zitterte leicht und legte einen hellbraunen Bleistiftstummel auf den Rasen.

»Das Gras ist verdorret«, sang ich aus dem Brahms-

Requiem und entsorgte das Minigeschäft mit einem Papiertaschentuch.

Bruno lachte und gluckste unentwegt. Es war, als hätte man auf einen Topfkuchen eine Wunderkerze gesteckt.

»Wie willst du sie nennen?«, fragte ich, während das putzige Hündchen verspielt nach einem Stöckchen sprang und wir – zugegebenermaßen Hand in Hand – wie ein verliebtes Elternpaar hinter unserem stubenreinen Kleinkind her schlenderten. Spaziergänger blieben lachend stehen und machten sich gegenseitig auf das Tierchen aufmerksam.

»Na, wie putzig! Wie herzig! Na, liab! Wie alt? A Manderl oder a Weiberl?«

»Drei Monate und a Weiberl«, antworteten wir fachgerecht und stolz wie aus einem Munde.

Große, seibernde Köter zerrten an ihren Leinen, um einmal an unserem Liebling schnuppern zu dürfen.

»Bist du mir böse, wenn ich sie Wanda nenne?« Bruno war stehen geblieben und steckte sich nervös die erste Zigarette des Tages an. Jedenfalls die erste, von der ich etwas mitbekam.

Ich stutzte. »Jetzt im Ernst?«

»Bitte. Ich werde das Vieh immer lieben …« Er sog heftig an seinem Glimmstängel, stieß den Rauch aus und sagte dann mit heiligem Ernst: »Und deshalb passt der Name.«

»Bruno, das ist« – sehr verpflichtend, wollte ich sagen – »doch kein Name für einen Hund. Die anderen Welpen im Welpengarten werden sie ärgern – ›Wanda muss immer wandan – von einem zum andan‹!« So war ich selbst gehänselt worden, und plötzlich wurde mir klar: Offensichtlich war das Orakel meiner Borkenkäfer-Kindergartenfreunde Wirklichkeit geworden. Das war jetzt aber kein gutes Gesprächsthema …

Treuherzig schaute Bruno mich an. »Lass sie mich Wanda nennen.«

»Und was, wenn Jessica den Namen bescheuert findet?«, wagte ich schwach einzuwenden.

Bruno schüttelte heftig den Kopf. »Ich habe ihr schon von dir erzählt.«

»Oh. Oje. Was denn?« Ich malte betreten mit der Schuhspitze ein paar bizarre Muster in den Parkweg.

»Dass du die süßeste und witzigste und netteste Kollegin aus dem ganzen Ensemble bist.«

»Das stimmt doch gar nicht ...« Ich lächelte, halb geschmeichelt, halb bang. »Bruno ...«

»Wanda ...«

Mit welch zärtlicher Stimme er meinen Namen aussprach!

In dem Moment kam das kleine Vieh angeschossen und biss verspielt in Brunos Schuh.

»Siehst du, sie hört schon auf den Namen«, sagte er lachend.

Es war ein so liebes, befreites Lachen, wie ich es noch nie von ihm gehört hatte. Die Wunderkerze auf dem Topfkuchen verwandelte sich in eine Silvesterrakete und wurde zum dezenten Feuerwerk.

»Also gut.« Ich nickte. »Nenn sie Wanda. Aber glaub ja nicht, dass ich dir gehorche, wenn du ›Wanda, sitz!‹ oder ›Wanda, Platz!‹ sagst.«

»Wanda, Schnauze!«, sagte er, und dann zog er mich an sich und gab mir einen Kuss.

## *Kapitel 17*

Nachdem wir – also Robert und ich – am Abend natürlich wieder die Wirtshausszene gespielt und uns sehr pflichtbewusst unseren Rollen hingegeben hatten (Das ist *Dienst*!), war Bruno am nächsten Morgen wie ausgewechselt. Nicht ansprechbar. Ein Eisberg aus Ablehnung. Der Topfkuchen war tiefgefroren. Die Schildkröte hatte sich in ihren Panzer verzogen. Da, wo sonst der Kopf hinausschaute, hing ein Schild: »Wegen schlechter Laune außer Betrieb«.

Die morgendliche Probe wurde zum Desaster. Bruno brachte es fertig, das Ensemble zu dirigieren, ohne es ein einziges Mal anzugucken. Die ganze Bitternis und Betrübnis eines verregneten Volkstrauertages lag in seinem abweisenden Gesicht. Kaum hatte man Luft geholt, um einzusetzen, winkte er mit vor Ekel verzerrtem Gesicht ab und schüttelte den Kopf.

»Bass allein.«

Brumm.

»Zu tief. Falsch. Zweiter Bass allein.«

Erst recht brumm.

»Falsch, zu tief, schlecht und unprofessionell. Gehen Sie nicht in ein Profi-Ensemble, wenn Sie Ihre Stimme nicht im Griff haben.«

»Ja, spinnt der denn?«

»Was hat er denn heute?«, tuschelten die Kollegen. »In letzter Zeit war er so richtig gut drauf, und jetzt?«

»Was ist dem denn über die Leber gelaufen?«

»Wir hätten *ihm* den Blumenstrauß geben müssen«, mutmaßte die naive Tini Roth. »Ich werde ihm ein Gummibärchen auf sein Pult legen. Oder ein Stiefmütterchen.«

Das Stichwort »Stiefmütterchen« griff Frau Kesselbrink, die sich gerade einen Beruhigungsschluck aus ihrer Papiertüte gönnte, gern auf. »Ja, genau das braucht der. Für seine missratene Tochter zu Hause.«

»Nur das nicht«, murmelte ich erschrocken.

»Wanda, was hast du mit ihm gemacht?« Die Pferdehaarige, die sonst ihren Stachel eher in Richtung Swetlana ausfuhr, stieß mich in die Seite. Ich wusste nicht, ob sie mich einfach auf Verdacht provozierte – wie ein Kommissar, der ein Geständnis hervorlocken will – oder ob sie etwas mitbekommen hatte. Blind waren die ja alle nicht. Brunos verliebte Blicke aus Dackelaugen und seine zärtlichen Dirigierbewegungen in Richtung Alt waren in letzter Zeit wohl niemandem entgangen.

»Nichts«, beeilte ich mich zu sagen. »Nichts, wirklich.« Mir schoss die Röte ins Gesicht. Doch. Ich hatte etwas mit ihm gemacht. Etwas, das ihn unter seinem Schildkrötenpanzer ins weiche, tiefste Innere gestochen hatte. Ich schämte mich entsetzlich. Auf was für ein dünnes Drahtseil hatte ich mich begeben? Ja, ich hatte den verletzlichen Bruno wahnsinnig gern, ich liebte seine entpanzerte Version, liebte es, wie der Frühling einen kahlen Baum zum Erblühen zu bringen, und ich bekam Gänsehaut vom Scheitel bis zu den Sohlen, wenn ich an seine verstohlenen Zärtlichkeiten und verliebten Worte dachte.

Ich hatte versprochen, mich um seine Tochter zu kümmern, und er hatte seinen Hund nach mir benannt.

Aber er war doch nicht meine große Liebe! Wir turtelten bloß seit ein paar Tagen ein bisschen herum – wie das halt so ist auf Dienstreisen. Ich war doch erst vierundzwanzig! Und er um die fünfzig. Hatte er denn ein Recht auf mich? Und durfte er nun seine verletzten Gefühle am Ensemble auslassen? Nur, weil ich mit Robert dem Lauten die Wirtshausszene auf der Bühne gespielt hatte?

Na schön, ich war am Abend zuvor auch mit den anderen in der Hotelbar gewesen. Lachend, singend, flirtend. Das Leben genießend. Durfte ich das nicht? Ich war doch gerade erst aus meinem Borkenkäferkokon geschlüpft und bestaunte fassungslos meine bunten, schillernden Flügel, die mir im Mörsenbroicher Container nie gewachsen wären.

Kind, lass die Finger von dem Mann, tadelte mich mein Über-Ich. Spiel nicht mit ihm. Er ist ein kostbarer, höchst verletzlicher Mensch.

Ich spiele nicht mit ihm! Ich mag ihn wirklich, wehrte sich mein Ich. Mein Es wollte natürlich doch spielen, wie das kleine Hündchen. Es wollte ein altes, verkrustetes Herz zerbeißen und zerkauen. Sitz!, befahl ich ihm.

»Bass falsch. Bass, Takt achtzehn. Zweiter Bass allein.«

In der ersten Reihe hörte ich den beflissen blickenden Teebeutel kopfschüttelnd zum Flusspferd sagen: »Wirklich, ein Stück weit rohes Fleisch von Seele.«

»Der Gute kann sich doch nicht allen Ernstes einbilden, er könnte hier unser Frischfleisch angraben«, vernahm ich eine Bassstimme von hinten, und der verhinderte Siegfried, der sich immer selbst dirigierte, sagte neunmalklug: »Schuster, bleib bei deinen Leisten.«

»Wenn der schläschte Laune hat, soll der die nisch an uns auslassen«, knötterte Frau Zaunknecht und biss beleidigt in ihr Teilchen. Frau Kürten-Knappsack war dafür, per geheimer Abstimmung darüber zu entscheiden, ob Bruno für das Ensemble noch zumutbar war. Andernfalls würde sie jetzt sofort nach Schloss Trauttmansdorff fahren und Blüten fotografieren, dann wäre ihre Zeit sinnvoller genutzt.

Der Blockwart zückte bereits sein Handy, um den Intendanten über den Skandal zu informieren, und schrieb ein Protokoll.

»Selbst wenn ich meine Tage habe, zicke ich nicht so herum wie der«, zischte die Igelfrisur giftig und legte ihr Buch *Lebenssaft Urin* kurzfristig zur Seite.

Bodo König, der hübsch gelockte Bariton, brauste plötzlich auf: »Das m-m-müssen wir uns nicht b-b-bieten lassen!«

Bruno hackte unbeirrt weiter auf den angeblichen Intonationsproblemen des Basses herum – völlig unnötig bei diesem sowieso überstudierten Stück, das wir alle auswendig vor- und rückwärts konnten.

»Wer seine Stimme nicht im Griff hat, kann abends nicht an der Bar herumhängen und saufen.«

»Also, dat muss *der* gerade sagen!«

»Ihr Lieben!«, rief Viktoria, die Frieden stiften wollte, und hob die Arme in die Höhe. »Jetzt holen wir am besten mal alle tief Luft und atmen in den Bauch.«

»Aber mach nicht Pipi!«, ätzte Jolanthe Kapinski.

»Hibiskusblüte!«, rief die Aushilfe in höchster Not. Sie hatte den Stress mit dem Blumenstrauß garantiert noch nicht vergessen.

Der Klassenkasper warf mit großem Getöse sein Notenpult um, auf dass ein viel größer Getümmel ward.

Ich hörte Frau Zacharias mit gezücktem Zeigefinger ihrem Jüngerinnenkreis die Anweisung geben, notfalls in Zweierreihen geschlossen und ohne Panik den Saal zu verlassen. Dann wies sie wie eine Flugbegleiterin mit beiden Daumen rückwärts auf die Notausgänge. Armgard Liebscher mit dem lockeren Kiefer hatte die Augen gesenkt und sprach wohl heimlich ein Gebet. Auch die Schaufensterpuppe von Moden

Bianca wusste nicht so recht mit der Situation umzugehen und zupfte hektisch an ihren Blusenärmeln herum.

»Das ist *Dienst*!«, schnarrte der Blockwart vergebens.

Ich wagte einen schüchternen Augenaufschlag in Richtung grollender Bruno, und für den Bruchteil einer Sekunde zuckten unsere Blicke wie verirrte Blitze zusammen.

»Bitte«, wollte ich mit meinem flehentlichen Blick ausdrücken, »lass es nicht am Chor aus. Reiß dich zusammen. Du bist doch schon groß.«

Da sagte Bruno in die plötzliche Stille hinein: »Alt danke. Morgen, zehn Uhr.«

Er warf mich raus! Also uns. Die Stimmgruppe. Offiziell.

Verdattert stolperten wir Altistinnen ins Freie. Das Flusspferd und der Teebeutel zogen Arm in Arm ab, ich hörte nur den Satzfetzen »ein Stück weit überzogen reagiert«.

»Man kann nicht in der Wirtshausszene die Hure spielen und dann bei Bruno die Heilige«, warf die pferdehaarige Änne-Christa messerscharf in meine Richtung. Frau Kesselbrink genehmigte sich schnell einen Schluck aus ihrer Papiertüte, und Fräulein Knäpperchen zog mit wippender Perücke in Richtung Versammlungsstätte ihrer Sekte ab. Frau Kürten-Knappsack machte sich froh auf in Richtung Blütenpracht von Schloss Trauttmansdorff. Wir anderen waren nicht in der Stimmung dafür. Swetlana kaute lateinische Silben vor sich hin: *»Iam liquescit et decrescit grando, nix et cetera.«*

*Nix et cetera,* dachte ich betrübt. Tja, da sagt sie was.

Drinnen probte Bruno mit dem Rest des Ensembles weiter.

❋

An der Rezeption ließ ich mir den Schlüssel zu Brunos Zimmer geben, aus dem jämmerliches Hundefiepen drang.

Ich holte das arme kleine Hündchen heraus, das vor Freude Pipi machte, bevor ich überhaupt auf Deutsch oder Französisch anderslautende Anweisungen geben konnte. Es tappte glückstrunken aus dem vertraut nach Bruno riechenden Zimmer auf mich zu, wobei sein winziger rotierender Propeller von Stummelschwanz es fast selbst überholte.

»Du hast vielleicht ein bescheuertes Herrchen«, sagte ich zu dem an mir hochspringenden und immerhin meine Kniescheiben erreichenden Knäuel Lebensfreude. »Und dass du Wanda heißt, tut mir jetzt schon leid.«

Nun musste ich auch selbst erst einmal an die frische Luft. Wie soll dat nur wigger jon?, fragte ich mich ein weiteres Mal, wie sich die Bläck Fööss das schon seit Jahrzehnten fragten. Mit dem springenden und über seine eigenen kleinen Patschpfoten stolpernden Welpen, der knurrend und das Köpfchen werfend an seiner Leine biss, dass seine Federohren nur so flogen, nahm ich den Tappeinerweg, einen Aussichtspfad über den Dächern von Meran, der laut Wandervogelschild in Richtung Dorf Tirol führte, wo ich seliges Vergessen und keinen einzigen Kollegen zu finden hoffte.

Das milde Frühlingslüftchen wehte meine trüben Gedanken weg und ließ Wandas flauschiges Federfell sich in alle Richtungen aufbauschen. Sie versuchte, mit dem Mäulchen den Wind zu schnappen, und biss sich aus Versehen fast in ihr eigenes Schlappohr. Als sie da so lebensfroh und übermütig auf ihren Hinterbeinchen einhertanzte, sah sie aus wie eine putzige Miniaturausgabe des Schwarzen Schwans aus *Schwanensee*.

Wieder blieben Spaziergänger stehen und entzückten sich an dem possierlichen Hündchen, das wohl auf jedes noch so verbiesterte Gesicht ein Lächeln zaubern konnte. Würde das auch mit Brunos »ein Stück weit rohem Fleisch von Seele«

gelingen? Würde dieses unschuldige kleine Bündel Lebensfreude ihn seine Kümmernisse wenigstens vorübergehend vergessen lassen?

Ich rannte ein bisschen und versuchte, das sich ständig in der Leine verheddernde tobende Knäuel nicht aus Versehen zu treten. Die Amseln sangen sich die Seele aus dem Schnabel, und ich stellte mir vor, das wäre das Klassisch-TV-Ensemble bei einer Probe. Fast glaubte ich, verschiedene Kollegen aus dem Chor der Amseln herauszuhören. Der Klassenkasper tschilpte unverdrossen »Zipfi rein, Zipfi raus!«, und eine Sopranstimme antwortete schrill: »Das lass ich mir nicht biiieten! Das lass ich mir nicht biiieten!«

»Das ist Diiienst! Das ist Diiienst!«, beharrte ein Amselmännchen in etwas weiterer Entfernung.

Ich musste lachen. Ach, wie gar nichts sind alle Menschen, ging es mir Brahms-Requiem-mäßig durch den Kopf. Sie gehen daher wie ein Schemen …

Wanda hatte sich nun endgültig in ihrer Leine verstrickt, obwohl ich mich immer wieder gebückt und eines ihrer Hinter- oder Vorderbeinchen aus der Verhedderung gelöst hatte. Sie hatte mir dabei jedes Mal ganz spielerisch und zärtlich ins Handgelenk gebissen. Ihre winzig kleinen Milchzähne kratzten nur ein wenig. Wanda wollte frei sein! Sie trug doch zu Recht meinen Namen.

Na gut, dachte ich. Hier kann sie ruhig frei laufen. Es gab keine Autos, Fahrräder auch nicht, und die großen, bösen, knurrenden Köter mit den tropfenden Lefzen, die alle mal am Frischfleisch riechen wollten, waren an der Leine. Fast wie im wahren Leben, dachte ich. Dann hüpf du mal, kleine Wanda.

Ich nahm das ungeduldige, vor Bewegungsdrang zitternde Tierchen von der Leine, und es peste mit fliegenden Ohren davon, als wollte es noch den Zug nach Erkelenz kriegen. Ich eilte wie eine besorgte Mutter hinterher. Nach einer Kurve wurde mir allerdings klar: Es war ein schmaler Weg, der an einer steilen Schlucht entlangführte. Es gab zwar einen Zaun, unter dem passte Wanda aber locker durch.

»Wanda!«, rief ich in bänglicher Vorahnung. »Bei Fuß!«

Doch das hatte Wanda noch nicht gelernt. Sie sprang an jedes Baumes Rinde, nagte am Zaun, pinkelte auf den Weg und versuchte, einen Regenwurm zu fressen. Ich bekam das kleine Vieh zu fassen, pulte ihm den sich immer noch windenden Wurm aus dem Mäulchen und sagte: »Pfui!«

Besser, ich leinte sie wieder an. Doch sie war fast nicht zu halten. Ich fummelte noch vergebens an dem Karabinerhaken der Leine herum, als ich hinter mir plötzlich Schritte und ein Keuchen vernahm. Diesmal war ich sicher, dass es Robert war. Ich zog schon die Schultern hoch in Erwartung des sonoren Gelächters, das gleich zu Tale dröhnen und mit tausendfachem Echo von den Felswänden widerhallen würde, und drehte mich in gebückter Haltung um.

Aber diesmal war es wirklich ein Jogger.

Ein fremder, durchtrainiert aussehender, verdammt attraktiver Jogger, der federnden Schrittes und ohne mich eines Blickes zu würdigen mit gestählten Waden an mir vorbeitrabte. Wanda schoss davon wie ein Pfeil und heftete sich an des Joggers Fersen. Dabei kläffte sie nicht, sondern spielte den lautlosen schwarzen Verfolger.

»Hey! Halt! Wir hatten doch gerade besprochen, dass es hier gefährlich ist!« Ich japste hinter Wanda her, die wiederum auf den Hinterbeinen die muskulösen Waden des Joggers umtänzelte.

»Wanda! Was soll denn der Jogger von uns denken! Wanda! Wir hatten das besprochen! Feine Mädchen tun so was nicht!«

Na ja. Das musste *ich* gerade sagen.

Der Jogger lächelte amüsiert und trabte weiter.

Da näherte sich aus der entgegengesetzten Richtung ein kamelartiger Hund, der erfreut an der Leine seines Frauchens zerrte und den Kopf senkte, um die umherspringende Wanda zu beschnüffeln. Von seiner Schnauze seilte sich ein meterlanger Speichelfaden ab, und dann geschah – wie in Zeitlupe, nur leider schneller – Folgendes: Das Kamel stürmte ein paar gierige Schritte nach vorn, um Wanda entweder zu küssen oder zu fressen, Wanda sprang wie ein Knallfrosch erschrocken rückwärts, glitt trotz ihrer Halt suchenden Pfötchen, die wie in einem Hamsterrad rotierten, unter dem Zaun hindurch und verschwand mit einem unbeschreiblichen, panischen Welpenquietschen in der Tiefe. Beim Hinabrutschen leisteten ihr noch ein paar Tannenzapfen und Steine Gesellschaft.

Das Frauchen schrie gegen das Bellen des Kamels an: »Gottfried, sitz!«, die Amsel tschilpte unverdrossen: »Zipfi rein, Zipfi raus«, und ich schrie: »Hiiilfe!«

Der Jogger blieb stehen, schaute suchend an seinen Waden hinab, raufte sich die Haare und kam dann in beachtlichem Tempo zurückgespurtet.

»Da!«, quetschte ich zitternd und zagend hervor und zeigte in die Tiefe, wo das jämmerliche Quietschen in den allerhöchsten Tönen inzwischen das Amselaufgebot von ganz Südtirol übertönte. »Bitte tun Sie etwas! Helfen Sie mir!«

Ohne groß nachzufragen, schwang sich der Jogger einhändig-elegant über den immerhin hüfthohen Zaun und joggte quasi senkrecht in die Tiefe. Er war so schnell, dass seine Füße praktisch Funken schlugen.

O Gott, dachte ich. Jetzt habe ich den auch noch auf dem

Gewissen. Das ist nicht mein Tag. Das ist überhaupt nicht mein Tag.

In diesem Moment hätte ich wirklich lieber im Schulcontainer in Mörsenbroich gesessen.

Die Hundebesitzerin samt ihrem blöde glotzenden, am Zaun schnüffelnden Kamel und andere Spaziergänger standen nun um mich herum und starrten gebannt hinab in die Schlucht, aus der das jämmerliche Fiepen kein Ende nehmen wollte.

»Das ist unverantwortlich«, sagte die Kamelfrau und schüttelte den Kopf. Das Kamel tat so, als hätte es nichts damit zu tun, und schüttelte auch den Kopf, so heftig, dass seine Spuckefäden auf einer Fläche von drei Quadratmetern am Zaun kleben blieben.

Ein älterer Herr mit Hirschhornknopfjoppe legte beruhigend den Arm um mich. »Warten Sie mal ab, junge Frau. Man hört ihn ja noch winseln.«

Na toll, dachte ich. Wen, den Hund oder den Jogger? Ich fing an zu weinen.

Ein deutscher Wandervogel in rot-weiß kariertem Hemd, wadenlangen Bollerhosen und mit Rucksack bot mir sein Handy an. »Wollen Sie Ihren Freund anrufen, ob er sich was getan hat?«

»Nein, danke.« Hä? Erstens war das nicht mein Freund, zweitens hatte der garantiert kein Handy dabei – und wenn, dann wüsste ich seine Nummer nicht – und drittens gab es hier bestimmt keinen Empfang. Ich wollte mich entleiben. Schräg hinter der Kamelfrau hing am Wegesrand ein lebensgroßer I.N.R.I. am Kreuz, und ich hätte mich am liebsten zu ihm gesellt.

Das Kamel bellte heiser, als wollte es melden, dass sich da unten etwas tat.

»Ruhig mal!« Der Herr in der Lodenjoppe, der versuchte, mich am Zittern zu hindern, indem er mich an seine Joppe presste, dass die Hirschhornknöpfe sich in meine Seite bohrten, hob lauschend den Zeigefinger.

Tatsächlich. Wandas ohrenbetäubendes Quietschen war jetzt in ein schluchzendes Winseln übergegangen, als wollte sie sich selbst trösten, und bei genauem Hinhören vernahm man feste Tritte und ein heftiges Keuchen aus männlicher Sportlerbrust. Äste knackten, Steine lösten sich, Wanda fiepte. Wir lauschten gebannt. Selbst die Amseln hatten aufgehört zu tschilpen.

Der halbe Wurm, den ich Wanda vor wenigen Minuten aus dem Schlund gepult hatte, wand sich über den Spazierweg, als wollte er auch mal gucken, was geschehen war. »Hab ich was verpasst?«, schien er in seinen angestrengten Bewegungen zu fragen.

Wir starrten in die Schlucht.

Das Kamel versuchte, den Wurm zu verschlingen, der sich mühsam zu uns vorgerobbt hatte, aber das Frauchen verstand jetzt keinen Spaß mehr.

»Gottfried, sitz!« Sie riss so genervt an der Leine, dass das arme Kamel fast erstickte. Der halbe Wurm kroch ungehindert weiter, bis er in einer Gottfried'schen Spuckelache ertrank.

Der Jogger tauchte schließlich ziemlich lädiert wieder auf. Er blutete recht stark am Knie und hatte auch ein paar Striemen im Gesicht und auf den Armen. Aber er trug das zitternde Bündelchen Wanda bei sich, dessen Knopfaugen bänglich aus dem Gesichtsfell hervorlugten.

»Oh! Gott sei Dank, der Welpe lebt!«, rief die Kamelbesitzerin. »Gottfried, da hast du noch mal Glück gehabt!«

»Oje.« Der Wandervogel pfiff durch die Zähne, als er die

Verletzungen des Retters sah. »Der muss dringend ins Krankenhaus. Das muss genäht werden.«

Mir wurde ganz anders. Verdammt! Dass so etwas aber auch immer mir passierte! Mir sackten beinahe die Beine weg.

Der Jogger hatte sich inzwischen vollends zu uns hochgequält und reichte mir Wanda mit schmerzverzerrtem Gesicht über den Zaun. Sie schien unversehrt zu sein, ruderte sie doch mit den Beinchen in der Luft, als wollte sie gleich durch den Ärmelkanal schwimmen.

»Danke! Oh, danke«, stammelte ich ein übers andere Mal, während ich zitternd die Arme nach meinem Baby ausstreckte. Es war regelrecht paniert mit trockenem Blätterwerk, kleinen Ästen und Staub. Vorsichtig tastete ich an dem weichen Winzling herum. Wanda quietschte ein paar Mal hysterisch, kuschelte sich dann aber schutzsuchend in meine Armbeuge.

»Da hat das Putzerl aber einen Schutzengel gehabt«, sagte die Kamelfrau. »Ist heil geblieben.«

Das Kamel wollte diesen Zustand natürlich sofort ändern und versuchte, an mir hochzuspringen.

»Gottfried, NEIN! Sitz!«

Der Schutzengel konnte nun nicht mehr elegant über den Zaun flanken, sondern hievte sich mit blutenden Händen und zerkratzten Armen ziemlich mühsam darüber.

»O Gott«, stammelte ich. »O lieber Gott, danke. Ich danke Ihnen so sehr!«

»Keine Ursache, und Sie dürfen mich auch gern Ingo nennen«, erwiderte der Jogger grinsend.

Ich atmete erleichtert auf.

Der Wandervogel zückte schon wieder sein Handy. »Rettungshubschrauber?«

»Nein, passt schon«, sagte Ingo. Sein hübsches Gesicht wirkte ziemlich demoliert. Ich registrierte etliche Schürfwunden, braune Schmutzstriemen und eine aufgeplatzte Augenbraue. Mein Gott, was hatte der für mich getan!

Schnell leinte ich Wanda an. Dann kniete ich mich zu Ingos Füßen und hätte ihm am liebsten mein Schweißtuch gereicht oder sein blutendes Knie mit meinen langen Haaren benetzt, zumal uns Jesus vom Kreuz am Wegesrand wohlwollend zuschaute, aber leider verfügte ich weder über das eine noch das andere.

Aus der Wunde am rechten Knie meines Retters rann unaufhörlich weiter das Blut, und der Wandervogel kramte bereitwillig in seinem Rucksack nach einer Mullbinde und einem Desinfektionsmittel. Er schien sich unheimlich darüber zu freuen, dass er den ganzen Kram jetzt doch nicht umsonst mit auf den Wanderweg geschleppt hatte. Gottfrieds Frauchen überhäufte uns mit guten Ratschlägen, und so verarzteten wir gemeinsam den armen Ingo, der am Wegesrand saß und heldenhaft tapfer die Schmerzen erduldete, die unser Getupfe und Gewische mit sich brachte.

»Passt schon, wirklich«, versicherte er uns immer wieder, während die wachsende Zuschauerschar Prognosen wie »Blutvergiftung«, »Tetanus«, »Amputation« und »ein Leben lang im Rollstuhl« abgab. Mir wurde so schlecht, dass ich mich fast übergeben hätte.

Endlich zerstreute sich die gaffende Menge, und nach einer gefühlten Stunde waren Ingo, Wanda und ich auf dem schmalen Weg allein. Ich half ihm auf, und er humpelte und hüpfte, den Arm um meine Schultern gelegt, mit mir den Weg entlang.

»O Gott«, stammelte ich wieder. »O Gott, was kann ich denn nur tun?«

»Sie könnten aufhören, mich Gott zu nennen«, sagte Ingo mit seinem bezaubernden Südtiroler Akzent. »Es sieht wirklich schlimmer aus, als es ist.«

»Aber wenn das wirklich eine Blutvergiftung …«

»Quatsch«, unterbrach mich Ingo. »Was meinen Sie, wie oft ich mich schon beim Sport verletzt habe! Ihr Deutschen macht immer ein Theater … Wie heißt denn das kloane Hundsviech überhaupt?«

»Wanda«, wimmerte ich.

»Und wie heißen Sie?«

»Auch Wanda.«

»Ist das euer gemeinsamer Familienname?«

»Nein, wir heißen beide mit Vornamen Wanda.«

Ingo schaute mich fragend an und humpelte weiter.

»Der Welpe gehört einem … ähm … Freund von mir, wir haben ihn erst gestern für seine … ähm … Tochter gekauft …«

»Heißt die auch Wanda?«

»Nein, die heißt Jessica und ist schwanger, von einem tätowierten Kerl, aber wie der heißt, weiß ich nicht. Und wenn der Hund jetzt tot gewesen wäre, wäre das eine Katastrophe gewesen, denn … ähm … Jessicas Vater ist sowieso schon sauer auf mich.«

Ingo warf mir einen Seitenblick zu. »Dann habe ich Ihnen wohl den Hals gerettet.«

»Ja, das haben Sie.«

Wir schleppten uns an die tausend Treppenstufen hinunter in eine Schlucht, durch die ein reißender Fluss schoss. Es sah plötzlich aus wie im Paradies: überall Palmen, duftende, blühende Büsche, Kakteen, wuchernde Pflanzen, eine verzierte grüne Brücke, und das alles von der Sonne golden bestrahlt. Eine nicht zu beschreibende Farbenpracht. Wir hätten Adam und Eva sein können. Fehlte nur Viktoria mit einer passenden Arie.

»Das ist die Gilf!«, schrie mein Privatpatient gegen das Rauschen des schäumenden Gewässers an.

Ich erkannte den Wasserfall, den Frau Kürten-Knappsack uns heute noch Beifall heischend auf ihrem Handy unter die Nase gehalten hatte.

»Wohin gehen wir?«, schrie ich zurück.

»Mein Hotel ist gleich da vorn!« Ingo humpelte jetzt schon schneller, hatte aber noch immer den Arm um meine Schultern gelegt.

»Sie sollten zum Arzt gehen!«, schrie ich.

»Ich bin Arzt!«, schrie Ingo zurück.

Abrupt blieb ich stehen. »Und das sagen Sie erst jetzt?«

»Sie haben mich ja nicht nach meinem Beruf gefragt«, entgegnete Ingo und grinste schelmisch. »Sie haben mich immer nur Gott genannt.«

Jetzt grinste ich auch. Plötzlich war ich so erleichtert! Der Mann hätte sich schon zu helfen gewusst, wenn sein Knie wirklich ernsthaft verletzt gewesen wäre.

»Und was machen Sie sonst so, wenn Sie nicht gerade kleine Hunde auf unschuldige Jogger loslassen?«

»Ich … äh … singe.«

»Sie *singen?*«

»Ja. Neuerdings. In einem Weltklasse-Ensemble.«

»Singen Sie mal etwas.«

»Nein!«

Und dann erzählte ich Ingo die ganze Geschichte: wie ich aus Versehen für die Vakanz in einem Ensemble vorgesungen hatte, das ich eine Stunde vorher noch gar nicht gekannt hatte, wie glücklich ich seitdem sei und dass sich der Korrepetitor in mich verknallt und seinen Hund nach mir genannt habe. Und dass ich mit dieser Situation noch gar nicht umzugehen wisse, weshalb ich auf den Tappeinerweg geflüchtet sei. Der Korrepetitor quäle die Bässe inzwischen mit Soloproben, aber eigentlich nur deshalb, weil sich einer der Bässe ebenfalls in mich verknallt habe. Oder sich das zumindest einbilde.

»Aha«, murmelte Ingo nur.

Kurz darauf bogen wir in eine bezaubernde Hotelanlage ein, die still in der Sonne lag. Parkhotel Mignon stand im runden Torbogen über der Einfahrt. Ein großer Garten umrahmte die gelb gestrichenen Gebäude, von deren Balkonen sich üppig die Begonien ergossen. Ein blauer Swimmingpool lag verträumt hinter Palmen, umsäumt von gelben Liegestühlen, auf denen niemand zu sehen war. Weiße Outdoor-Sofas mit großen Kissen sahen einladend aus. Auf den Beistelltischen standen leere Gläser.

»Hier logieren Sie?«

»Hier findet ein Ärzte-Seminar statt«, antwortete Ingo, während er seine Hotelkarte in den Aufzugschlitz steckte. »Die sind alle schon wieder im Saal. Kommen Sie mit.«

Ich zögerte. Sollte ich wirklich mit ihm gehen? Hatte ich – auf gut Deutsch gesagt – nicht schon genug Kacke an der Backe?

Außerdem war in wenigen Stunden Konzert.

Der gläserne Aufzug schwebte uns entgegen und öffnete seine Türen.

»Kann sein, dass ich Sie noch brauche«, sagte Ingo. »Vielleicht müssen Sie für mich zur Apotheke.«

»Ja. Klar.«

Natürlich konnte ich jetzt nicht einfach abhauen. Das war ja wohl Ehrensache. Hauptsache, er verklagte mich nicht auf Schmerzensgeld. Seitdem ich die Chorgewerkschaft kannte, wusste ich, wozu Menschen fähig sind.

Wir fuhren mit dem Aufzug hinauf in sein Stockwerk, schlenderten über einen mit weichem Teppich ausgelegten Korridor und standen kurz darauf in Ingos hellem, geräumigem Zimmer.

Das war aber mal eine andere Kategorie Hotel! Hier hätte ich mit unserem Ensemble auch gern verweilt.

Ingo öffnete die Balkontüren.

»Setzen Sie sich. Schöne Aussicht, was?«

Ja, das stimmte. Am imposanten Bergmassiv des Hirzers krabbelte gerade der Schatten hoch, aber die obere Hälfte leuchtete noch in unfassbar sattem Grün, während eine Schneekrone die Spitze vor dem dunkelblauen Himmel zierte.

Viktoria hätte sicher verzückt »Diese *Farben*!« ausgerufen und angefangen zu singen: *»Dulciiissimiii!«*

Ich setzte die erschöpfte Wanda ab, versorgte sie mit Wasser und stand dann schuldbewusst und tatenlos herum.

»Ingo, bitte sagen Sie mir, was ich tun kann. Soll ich Ihnen etwas aus der Apotheke holen?« Unauffällig schaute ich auf meine Uhr.

»Nein, das wird nicht nötig sein.« Ingo stand bereits auf Socken in seinem Bad und reinigte seine Wunden. »Ich habe nur gedacht, Sie könnten noch ein bisschen in meiner Nähe bleiben, falls ich in Ohnmacht falle, weil ich kein Blut sehen kann …« Er zwinkerte mir schelmisch zu.

Aus lauter Verlegenheit hob ich seine dreckverschmierten Laufschuhe auf und trug sie auf den Balkon.

»Sie könnten mir dabei helfen, das Leiberl auszuziehen.«

»Ja. Ähm, natürlich.«

Ich streifte ihm so zart wie möglich das verklebte T-Shirt von den muskulösen Schultern. Meine Güte. So einen tollen, durchtrainierten Männerkörper hatte ich noch nie gesehen.

Und schon gar nicht in letzter Zeit. Ich hatte gar nicht gewusst, dass ein Mann so schön sein konnte. Der war ja wie aus Marmor gemeißelt!

Vorsichtig tupfte ich den Dreck von seiner Haut. Er verzog ein paar Mal das Gesicht.

»Autsch!«

Ich wusste nicht, ob er mich auf den Arm nehmen wollte oder ob er wirklich litt.

»O Gott. Es tut mir so leid! Mein Gott, wie sehen Sie nur aus …« War das Dreck oder Blut?

»Sie sagen ja schon wieder Gott zu mir …«

»Ingo. Lieber Ingo …«

»Na ja, ich bin einmal auf dem trockenen Blätterzeugs ausgerutscht und mit der Schulter auf einen Felsen geknallt und ein paar Meter gerutscht, und da waren ein paar spitze Steine …«

»Nein!« Ich hielt mir die Hände vor das Gesicht und fühlte regelrecht den Phantomschmerz im Rücken. Mir kamen die Tränen. Wie konnte ich das nur wiedergutmachen? Ohne mir darüber im Klaren zu sein, was ich tat, und wahrscheinlich aus purer Hilflosigkeit, weil ich nichts anderes tun konnte, küsste ich ihn ganz sanft auf die Schulter. Die Reedersgattin hätte gesungen »Ach, ich hab ihn ja nur auf die Schulter geküsst«.

Aber das reichte schon. Er drehte sich um, lächelte mich plötzlich unheimlich lieb an und nahm mich in die Arme.

»Du könntest vielleicht doch etwas für mich tun … Nur, damit du dich besser fühlst.«

»Ähm … Ich weiß nicht …«

»Dein Korrepetitor ist kein Dummkopf«, murmelte Ingo an meinem Ohr. »Und dein Sängerknabe auch nicht.«

»Wie meinst du das?«

Ingo hielt mich auf Armeslänge von sich und sah mir prüfend ins Gesicht. »Stehst du eigentlich nur auf Hirtenspieler?«

»*Was?*«

»Oder darf es auch mal ein ganz normaler Trottel sein?«

»Ja, Ingo! Alles, was du willst … Äh, du willst *das*?«

»Du nicht?«

»Aber tut dir das nicht weh?«

»Indianer kennen keinen Schmerz.«

Als wäre ich eine Feder, trug er mich zu seinem Hotelbett.

Wanda das Hündchen lag zusammengerollt auf dem Bettvorleger und schlief.

# *Kapitel 18*

Als ich zwei Stunden später an Brunos Tür klopfte, um die frisch gebadete und geföhnte Wanda wieder abzugeben, kam er mir bleich aus seinem verqualmten Zimmer entgegengeschlurft.

»Wo warst du denn?« Seine Stimme klang so wackelig, als hätte er geweint.

Tja, dachte ich, das wirst du nie erfahren. Nie.

»Mit Wanda spazieren.« Wenn du es wüsstest, dachte ich. Dann würdest du nie mehr auch nur ein Augenzucken an mich verschwenden. »Redest du wieder mit mir?«, fragte ich fast schnippisch.

»Ja, natürlich rede ich mit dir!«

»Dann ist ja gut.« Ich drückte ihm das Hündchen in den Arm und sagte im Weggehen wie eine Scheidungsmutter zum Scheidungsvater beim Übergabetermin: »Hat Pipi und Aa gemacht.« Ich wollte es gerade noch auf Französisch wiederholen, da fragte er fast bänglich: »Kommst du nicht rein?«

»Nein. Ich muss zum Dienst.«

Huch! Da war es ganz selbstverständlich aus meinem Munde geplumpst, dieses hässliche, stumpfe Wort für »traumhaft schöne Musik machen dürfen«. *Dienst.*

»Ja, aber doch erst in einer Stunde …«

»Die brauche ich zum Einsingen. Damit der Korrepetitor den Alt morgen nicht einzeln vorsingen lässt.«

Auf einmal hatte ich Oberwasser. Ohne mein Ingo-Intermezzo wäre ich wahrscheinlich winselnd zu Kreuze gekrochen. »Bitte, lieber Bruno, sei doch wieder gut! Ich will auch nie wieder einen anderen Kollegen anlächeln als dich!«

Aber nun war ich auf einem gigantischen Achttausender gewesen, wo ich sonst auf sanften Hügeln weilte.

»Sehen wir uns später?«, tönte es kläglich hinter mir her.

»Bestimmt.«

Hocherhobenen Hauptes schritt ich in mein benachbartes Zimmer und begann, all meinen Gefühlswirren zum Trotz, Tonleitern zu singen, während ich mir den Lockenstab durch die widerspenstigen Haare zog. Oje. Die Frisur wollte nicht »sitz« machen. Es war einfach nicht mein Tag. Meine Stimme allerdings saß wie eine Eins. Die Hormone trieben meine Stimmbänder zu ungeahnten Höchstleistungen an. Ich hatte noch nie ein derart sattes hohes G gehabt, ohne dass es klirrend zusammengebrochen wäre.

Nach genau drei Tonleitern klopfte es.

»Bruno, ich kann jetzt nicht!« Oder sollte es etwa mein anderer Zimmernachbar Robert Herold …? Unwirsch riss ich die Tür auf.

Es war Ralf Kalb.

»Oh!« Überrascht trat ich einen Schritt zurück.

»Darf ich dich kurz sprechen, Wanda?« Der Intendant war einige Tage nicht mit auf Tournee gewesen, weil er »im Hause« einiges zu regeln gehabt hatte.

»Ähm … Jetzt? Ich meine, wir haben gleich Konzert …«

»Ich brauche mal deine Meinung.«

»Meine Meinung?« Der Intendant brauchte *meine* Meinung?

Ralf Kalb kam in mein Zimmer, lupfte kurz prüfend die Bettdecke, legte seine Hand auf das Laken und setzte sich dann auf das Bett. Die Heizdecke lief noch nicht.

»Im Ensemble hat es ja heute mächtige Turbulenzen gegeben.«

Ich zuckte die Schultern. »Da halt ich mich raus.«

»Was war denn los?«

»Interne Querelen«, sagte ich, als hätte ich nicht das Geringste damit zu tun. Ich schüttelte den Kopf. Genau wie der Kamelhund, der die arme Wanda erschreckt und damit eine ganze Lawine ins Rollen gebracht hatte. Ich tat so, als schnüffelte ich nur am Zaun.

»Der Präsident hat mich auf dem Handy angerufen, mitten in einer wichtigen Sitzung …« Ralf Kalb stand auf, umarmte mich, drückte mir einen Kuss auf die Wange und sagte, gestresst lächelnd: »Hallo erst mal.«

Hallo erst mal, ich weiß nicht, ob Sie es schon wussten, aber ich habe einen Weltklasse-Chor aufgemischt und ins Chaos gestürzt. Und das innerhalb von drei Monaten.

»Bei euch brodelt es ja wie in einem Hexenkessel.«

»Keine Ahnung«, sagte ich. »Ich war spazieren.«

»Aber du musst doch mitgekriegt haben …«

»Das mit dem Blumenstrauß für die Hibiskusblüte?«, versuchte ich Land zu gewinnen.

»Was für ein Blumenstrauß? Was für eine Hibiskusblüte?«

»Nach dem letzten Konzert in Salzburg hat der Dirigent seinen Blumenstrauß der Aushilfe von der Musikhochschule überreicht. Die hat ihn nicht an eine der anderen Damen weitergegeben und ist dafür von den Kolleginnen fast gelyncht worden.«

»Das ist doch Kinderkram!«

Was war in diesem Ensemble *nicht* Kinderkram?

»Aber das meine ich gar nicht«, fuhr Ralf fort und schüttelte den Kopf. »Ich meine den Streik, der heute während der Probe stattgefunden hat. Das Ensemble hat sich geweigert weiterzusingen. Die Damen und Herren haben einfach die Lippen zusammengepresst und nichts mehr von sich gegeben. Wie die dreijährigen Trotzkinder.«

»Also doch Kinderkram.«

»Ja, aber ein Streik, Wanda … das ist in der Geschichte von Klassisch-TV noch nie vorgekommen.«

»Ein Schweigestreik …«, sagte ich und zuckte die Schultern. »Das ist doch mal etwas anderes als ein Hungerstreik oder ein Sitzstreik.« Insgeheim rutschte mir natürlich das Herz in die Hose. O Gott. O Gott! Und dabei musste ich sofort an Ingo denken. Diesen Ausdruck würde ich nun wohl auf ewig mit ihm verbinden. Obwohl er mich mehrmals gemahnt hatte, ihn nicht so zu nennen, waren mir die Worte während der Stunde mit ihm noch ein paar Mal über die Lippen gekommen.

»Aber darüber weiß ich nichts. Der Alt hatte früher Schluss, und ich bin gegangen«, erklärte ich Ralf.

»Ach so.« Er zog mich zu sich auf das Bett und nahm meine Hand. »Aus irgendeinem Grund, den mir keiner sagen kann oder will, hat es zwischen unserem guten Bruno und meinem lieben Schwager in spe fürchterlich geknallt.«

»Wirklich? Aber warum denn?«, fragte ich mit geheuchelter Ahnungslosigkeit. Wanda, du Hexe!, schalt mein Über-Ich. Dafür kommst du in die Hölle!

»Wenn ich nicht wüsste, dass du an diesen beiden Trotteln nicht das Geringste findest, könnte ich glatt auf die Idee kommen, zu glauben, die Sache hätte etwas mit dir zu tun«, sagte der erste Vorsitzende des Klubs der Schlimmen.

»Ich finde an den beiden Trotteln nicht das Geringste«, antwortete die stellvertretende Vorsitzende des Klubs der Schlimmen.

Hölle, Hölle, Hölle, Hölle!

»Was haben die denn nur plötzlich gegeneinander?«

»Keine Ahnung«, katapultierte ich mich auf den nächsten, noch einen Hitzegrad heißeren Rost im Höllenfeuer.

»Also, der Korrepetitor beschimpft in der Probe die Bassgruppe, lässt die Kollegen einzeln vorsingen und bezichtigt sie des nächtlichen Saufens an der Bar.« Ralf fuhr sich mit den Fingern durch die Haare. »Die saufen doch seit zwanzig Jahren jeden Abend an der Bar, und Bruno ist meistens dabei – wieso bringt er das in der Probe zur Sprache?«

Ich zuckte wortlos mit den Schultern und fiel höllemäßig auf den nächsttieferen Rost.

»Robert Herold ist der beste Bass, wirklich professionell, tolle Stimme, das weiß er selbst ...« Der Intendant lockerte seine Krawatte und drehte dabei seinen Hals hin und her. »Aber heute hat er mir gesagt, das lasse er sich nicht mehr gefallen, diese persönliche Schikane, und er hätte Mittel und Wege, den guten Gutknecht zu stürzen. Der gesamte Ensemblevorstand hat den Antrag gestellt, Bruno vorzeitig in Pension zu schicken. Ich soll ihm diese Art von – Kündigung noch heute überreichen, andernfalls will kein Mitglied des Ensembles heute Abend auch nur einen Ton singen.«

Mir gefror das Blut in den Adern. »Aber das können die doch nicht machen!«

Ralf zog sein Jackett aus und warf es von sich. »Ja, das ist wirklich der völlig unpassende Zeitpunkt. Gerade jetzt kann der Sender keinen Skandal gebrauchen, du weißt ja, die Werbespots für das neue Kreuzfahrtschiff laufen, und ohne Werbeeinnahmen ...«

Er zog mich plötzlich an sich.

»Wanda, du musst mir helfen. Kannst du die Wogen nicht ein bisschen glätten?«

»Auf dem Schiff?«

»Nein, eigentlich schon jetzt. Sofort. Wenn das Ensemble heute Abend nicht singt, kann Klassisch-TV den Laden dichtmachen.«

Meine Schuldgefühle waren nicht mehr zu steigern. Dass mich nicht auf der Stelle ein Blitz erschlug, wunderte mich.

»Was soll ich denn machen?«, fragte ich etwas zitterig.

»Du könntest Bruno dazu bringen, sich bei Robert zu entschuldigen.«

Hä? Wie? Bruno sollte sich entschuldigen? Bei Robert? Eher ging ein Kamel durchs Nadelöhr. Eher hängte Fräulein Knäpperchen ihre Perücke an eine der zwölf Säulen von Ephesus. Eher machte Frau Zaunknecht eine Möhrendiät. Eher hörte Viktoria Landmann für immer auf zu singen. Eher setzte sich die geschwollene Halsschlagader im Bus in die letzte Reihe. Eher überfiel Armgard Liebscher eine Bank. Mir fielen noch tausend andere Unwahrscheinlichkeiten ein, aber Ralf wartete auf eine Antwort.

»Das macht der nie«, sagte ich im Brustton der Überzeugung. »*Nie.* Eher beißt er sich den kleinen Finger ab.«

»Das wäre schlecht«, erwiderte Ralf. »Dann könnte er nicht mehr Klavier spielen. – Und Robert? Könntest du ihn dazu bringen, dass er sich bei Bruno entschuldigt?«

Ich sah von einer Zimmerwand zur anderen.

»Der beißt sich eher die Zunge ab.«

Ralf schüttelte ratlos den Kopf. »Genauso schlecht.«

Ich biss mir auf dem Daumennagel herum. In welche Löwengrube sollte ich mich denn nun zuerst begeben? Wahrscheinlich hingen Bruno und Robert sowieso mit ihren Ohren an der Wand. Von der einen Seite hörte ich die kleine Wanda das viergestrichene C jaulen. Mir brach fast das Herz.

»Ralf«, sagte ich, »der Bruno ist auch nur ein Mensch. Er macht diesen Job seit zweiundzwanzig Jahren, und ihm steht es bis hier.« Ich zeigte Ralf, bis wohin es dem Bruno stand: Oberkante Unterlippe. »Der muss die ganze Bande jeden Tag ertragen und kriegt dafür nie einen Dank und nie ein Lob.«

»Ach so, das meintest du mit dem Blumenstrauß?«

»Ja. Nein. Aus Blumen macht er sich nichts.«

Ralf Kalb schaute mich erwartungsvoll an. »Sondern?«

»Stimmt es«, fragte ich, »dass der Bruno in all den Jahren noch kein einziges Konzert dirigiert hat?«

Ralf nickte. »Das steht so in seinem Vertrag. Die Konzerte dirigieren die namhaften Dirigenten. Er studiert den Krempel nur ein. Wie ein Koch, der zwar stundenlang das Essen vorbereitet mit tausend Zutaten und Gewürzen, aber dann nicht mitisst. Der bleibt in der Küche. Genau wie Bruno hinter der Bühne bleibt.«

»Das ist nicht schön«, sagte ich. »Gar nicht schön.«

Ralf stand auf, steckte die Hände in die Hosentaschen und schaute aus dem Fenster. Der majestätische Hirzer war endgültig von den Abendschatten aufgefressen worden. Wie eine schwarze Mauer stand er vor dem Sternenhimmel.

»Du meinst, wir sollten ihn mal ein Konzert ganz allein dirigieren lassen?«

»Das musst du entscheiden. Du bist der Intendant.«

»Und wenn ich dich explizit nach deiner Meinung frage?«

»Der Mann ist musikalisch ein Genie.« Ich war nun auch aufgestanden. »Zumindest ein Stück weit«, schränkte ich ein, da ich eigentlich keine Ahnung hatte, ob Bruno musikalisch ein Genie war. Ich war ja selber keines.

»Ein A-cappella-Konzert vielleicht …« Ralf zuckte die Achseln. »Bei uns im Sendesaal. Wo es außer den Anverwandten keiner hört.«

»Ach komm, sei nicht gemein!«, sprang ich nun endgültig für Bruno in die Bresche. »Lass es ihn beweisen.«

»Unserem Orchester kann ich ihn nicht zumuten. Denk mal an den letzten Chorleiter. Der hat sich doch vor dem Orchester völlig lächerlich gemacht.«

»Da war ich noch nicht da.«

»Ach ja. Na, der war so unfähig, dass die zweite Oboe in der Generalprobe zu ihm gesagt hat: ›Herr Scheinfeld, tun Sie uns einen Gefallen und lassen Sie uns in Ruhe‹.«

Ich lachte laut. »Echt?«

»Ja. Und daraufhin gab es eine Sitzung und ein Protokoll und die Gewerkschaft und eine Abstimmung …« Ralf schritt durch mein Zimmer und knipste die Stehlampe an, weil es inzwischen stockdunkel geworden war. »Na schön. Ich verspreche dir hiermit, dass dein Bruno demnächst ein eigenes Konzert dirigieren wird.«

»Danke«, sagte ich erleichtert. »Allerdings ist er nicht *mein* Bruno.«

»So vehement, wie du dich für ihn einsetzt … Darf ich mal an deine Minibar?«

»Ähm … Klar. Natürlich. Bedien dich.« Mich fröstelte. Sollte ich, die Neue, wirklich auf einmal die Entscheidungen »des Hauses« beeinflussen können? Wie die Kurtisane von Napoleon?

Der Intendant nahm sich ein Wasser und bot mir auch eines an. »Geht auf Kosten des Hauses«, sagte er grinsend.

»Na dann«, erwiderte ich – im gleichen Tonfall wie Robert Herold. Hohoho.

»Pass auf …« Er reichte mir mein Glas und deutete ein symbolisches Prost an. »Der Gutknecht bekommt nach der Kreuzfahrt ein eigenes Konzert. Ohne Orchester. A-cappella-Chöre von Brahms oder so etwas. Kann er sich selbst aussuchen.«

»Das ist sehr lieb von dir«, sagte ich und lächelte ihn über den Rand meines Wasserglases herzlich an.

Er zog mich kurz an sich. »Wenn ich dich nicht hätte, du kleiner Friedensengel ... Du gehst gleich rüber und sagst es ihm, ja?«

O Gott. O Gott!

»Und ... ähm ... dein Schwager?«, fragte ich. »Wie können wir den beruhigen?«

Ralf kniff mich gönnerhaft in die Wange. »Spiel du mal deine Szene gut heute Abend. Robert ist so leicht zu beglücken ...«

»Okay«, sagte ich und nickte wie eine Marionette. »Klar. Das ist Dienst.«

Dabei wollte ich mich mal wieder entleiben.

❁

Nach dem Konzert schleppte ich mich, auf dem letzten Loch pfeifend, in mein Zimmer. Jetzt nur noch Licht aus, die Decke über den Kopf, schlafen. Die Stimmung im Chor war zum Schneiden gewesen. Aber die Damen und Herren hatten gesungen. Gnädigst. Ausnahmsweise. Da hatten sie noch mal alle Augen zugedrückt. Ihre Münder zum Glück nicht. Puh.

Es hatte sich eine barmherzige, wenn auch kleine Bruno-Fraktion gebildet und eine »Das lassen wir uns nicht bieten«-Fraktion. Die Bruno-Fraktion bestand aus verständnisvollen, toleranten, unverheirateten Frauen von Armgard Lockerkiefer Liebscher bis hin zum Teebeutel, die ein Stück weit begreifen konnten, warum der arme Mann am Morgen in der Probe derart ausgerastet war. Die andere, weitaus lautere Fraktion stand der Gewerkschaft nahe und war bestens über ihre »Rechte« informiert. Auf einmal kam zur

Sprache, dass die Proben immer erst um zehn nach zehn anfingen, obwohl im Dienstplan »zehn Uhr« stand. Irgendwann hatte sich das so eingependelt. Soweit ich verstand, lag es an dem Zug aus Erkelenz, der erst um vier nach zehn am Kölner Hauptbahnhof ankam.

Aber natürlich war Bruno jetzt der Sündenbock für alles, was sich je an Unarten eingeschlichen hatte.

»Weil der Gutknecht immer noch seinen Einkehrschwung machen muss!«

»Wir haben ein Gesetz, und nach dem Gesetz soll er um zehn Uhr anfangen!«

»Jawoll! Wo kommen wir denn da hin?«

»Wir bestehen auf unserem Recht, pünktlich anzufangen!«

Kreuzige, kreuzige!

Also schnitt man sich ins eigene Fleisch und verdonnerte den armen Bruno dazu, demnächst um *Punkt* zehn anzufangen.

»Um zehn Uhr fällt die erste Eins!«

Dass sich Frau Zaunknecht mit dieser Forderung selbst ein Bein gestellt hatte, merkte sie erst, als es schon zu spät war. Der nächstfrühere Zuch lief nämlich schon um acht Uhr vier ein. Das war nicht besonders figurfreundlich für die rheinische Frohnatur. Jede Menge mehr Zeit für Täilschn aus der Bäckerei.

Auch Fräulein Knäpperchen, die stets an ihrer Perücke zupfende, ihr Glaubensgut in der Nachbarschaft verbreitende heilige zwölfte Säule von Ephesus, konnte nun nicht mehr auf dem Hinweg zwischen zehn und zehn nach zehn missionieren gehen. Karl Pleity, der seinen Sohn morgens immer zur Behinderteneinrichtung fuhr, stimmte ebenso für den pünktlichen Dienstbeginn wie die Optikergattin aus Oberwesel, die nun in Bad Godesberg noch ein zusätzliches Mal umsteigen musste. Die Igelfrisur würde früher aus ihrem Natursteinbau in Meckenheim kriechen müssen, und das Ehepaar Miese/Zacharias konnte seine Kinder nicht mehr entspannt im Montessori-Kindergarten abliefern, der erst um neun Uhr öffnete. Selbst die Modepuppe wäre nun gezwungen, früher aus dem Schaufenster von Moden Bianca zu steigen und sich aufzurüschen. Ich verstand das alles nicht. Nur, weil man Bruno eins auswischen wollte? So traf der enger geschnallte Gürtel doch letzten Endes die Ensemblemitglieder selbst. Aber wer achtete inmitten der Aufregung und der erhitzten Debatte schon auf so etwas?

Einzig Viktoria, die strahlende Reedersgattin aus Düsseldorf, lachte und rief fröhlich, ihr sei es egal, wann ihr Fahrer sie mit der Firmenlimousine vor dem Sender absetze, Hauptsache, ihr hochbegabter Benedikt käme rechtzeitig zum Babygeigezersägen in die Hochschule, aber das könne ja auch der Fahrer erledigen.

Mir war es im Grunde auch egal, wann der Dienst begann. Hauptsache, er machte noch Spaß.

Ja, diese lächerliche Debatte hatte heute vor dem Konzert stattgefunden und wurde uns als Doppeldienst angerechnet.

Ich war von dem Doppeldienst so erschöpft, dass ich wie tot auf meinem Bett lag. Wobei der Tag vorher samt Wanda, Ingo und dem, was danach passiert war, ja auch nicht ohne gewesen war. Aber das hatte wenigstens Spaß gemacht …

Natürlich klopfte es alsbald an der Tür meiner Kemenate. Hätte mich auch gewundert, wenn nicht. Mein innerer Schweinehund hob ein Ohr und öffnete ein Auge. Nun, liebe Wanda, säuselte er mit der samtweichen Stimme der Herzblatt-Susi, welchen von den dreien hättest du denn jetzt gern? Kandidat eins, den lauten Robert, der sich über seine eigenen Sprüche kaputtlacht, während er sich bei dir Appetit holt, um dann zu Hause zu essen? Oder Kandidat zwei, der wie Karlsson vom Dach immer beleidigt davonbrummt, aber unglaublich bezaubernd sein kann, wenn er seinen Schildkrötenpanzer ablegt und dich ein Stück weit in sein Weichteil von Seele blicken lässt? Oder Kandidat drei, den ersten Vorsitzenden des geheimen Klubs der Schlimmen, mit dem du zwar teuflischen Spaß haben kannst, der aber eigentlich kein Format hat, wenn er als Intendant die Neue im Probejahr angräbt? Tja, liebe Wanda – nun musst du dich entscheiden.

Ich wählte Kandidat zwei. Der lag mir am meisten am Herzen.

Und der war es dann auch.

Karlsson vom Dach brummte also zur Tür herein – wie immer war er nicht mehr ganz nüchtern, wenn er sich endlich zu mir traute – und landete nach kurzem Orientierungsflug auf meinem Bett. Dort stellte er seinen Propeller ab.

»Wie geht es Wanda?«, fragte ich.

»Wir waren gerade noch mal Gassi.«

»Gut. Hat sie Pipi gemacht?«

»Ja. Und groß.«

»Dann ist es ja gut.« Ich schaute ihn so sachlich wie möglich an und hob dann stumm »Sonst noch was?« fragend eine Augenbraue.

»Wanda«, lallte Bruno mit tränenschwerer Stimme. »Ich kann einfach nicht schlafen, wenn wir beide Krach haben.«

»Aber Bruno«, sagte ich freundlich, »wir haben doch keinen Krach!«

»Du warst vorhin auf dem Flur so abweisend.«

Ich reichte ihm ein Bier. »Du warst in der Probe abweisend.«

»Ich weiß. Aber ich kann es einfach nicht ertragen, wenn du mit dem Herold auf der Bühne rummachst.«

»Das ist Dienst«, schnarrte ich im O-Ton Blockwart Kleinehellefort. Dabei kam ich mir entsetzlich mies vor.

Bruno schüttete den Inhalt des Bierfläschchens in seinen Schildkrötenpanzer, als müsste er mal eben tanken.

»Ich kann es nicht ertragen, wie er dich anfasst.«

Ich auch nicht, wollte ich sagen, schluckte es aber runter. Diese Diskussion führte ja zu nichts.

»Bruno, ich setze nur die Regieanweisungen um.« Ich reichte ihm ein zweites Fläschchen und angelte mir auch eines. »Und außerdem hat mich der Intendant auch extra noch mal darum gebeten.« Ich trank schnell einen Schluck Bier. »Das ist also eine Dienstanweisung von höchster offizieller Stelle.« Ohne Alkohol konnte ich derartige Szenen mit Bruno inzwischen nicht mehr ertragen. Halb tat er mir entsetzlich leid, und halb wurde ich langsam bockig.

»Der Kerl soll seine schmierigen Pfoten von dir lassen!«, grollte Bruno wie ein Vulkan.

»Bruno, ich habe ganz vergessen, wann wir uns verlobt haben …«, wagte ich einen Scherz.

Er versuchte, seinen Schmerz – gluck, gluck, gluck – ein Stück weit zu ertränken, aber es gelang ihm nicht. Die Flüssigkeit wollte nicht in ihm bleiben, und hinter der Brille quollen dicke Tränen aus seinen kleinen Augen.

»Ich kann es erst recht nicht ertragen, wie du ihn immer anschaust!«

»Wie schaue ich ihn denn an?«

»Du himmelst ihn an, dass mir ganz schlecht wird.«

»Lieber Bruno, das gehört zum Stück.«

»Das kann man auch viel diskreter machen!«

»Moment – vor einer Fernsehkamera soll ich das diskreter machen? Etwas, das der Regisseur mir ausdrücklich aufgetragen hat? Nur, weil *du* es nicht ertragen kannst? Wie viele

Kamele hast du noch mal für mich bezahlt, damals, als du mich gekauft und sämtliche Rechte an mir erworben hast?«

Auch das Recht am eigenen Bild, setzte ich gewerkschaftsmäßig in Gedanken dazu. Vierzig Euro. Da kann man schon mal in erhitzte Debatten ausbrechen, keine Frage.

Mein Handy klingelte. Ich schaute auf das Display: Robert.

Na klar.

Ich drückte ihn weg.

»Aber du lachst und strahlst und flirtest mit ihm, und der Kerl glaubt am Ende noch, du findest was an ihm!«

Damit hatte Bruno recht. Das war ja auch Teil meines Plans. Ich hatte einen Riesenspaß daran, den selbstherrlichen Robert von seinem hohen Ross zu stoßen. Eingedenk seiner kühlen Verlobten seinen Fittich in die Schranken zu weisen.

»Bruno«, sagte ich. »Lieber Bruno, glaube mir bitte: Ich finde nichts an Robert Herold, zumal er ja nicht müde wird, zu betonen, dass er mit der Schwester des Intendanten verlobt ist.«

»Der liebt die gar nicht«, erklärte Bruno seufzend. »Die braucht der nur, um seine Macht auszubauen. Total verlogen ist der.«

»Ich weiß« lag mir auf der Zunge, aber ich schüttelte trotzdem missbilligend den Kopf. Da brodelte ja eine Menge Hass und Abscheu im Bruno'schen Innenleben. Waren die schon immer da gewesen oder erst entstanden, seit ich jeden Abend – rein dienstlich natürlich – auf Roberts Schoß saß? Die Frage verkniff ich mir. Der gute Bruno war schon eifersüchtig und besitzergreifend genug.

»Bruno«, sagte ich versöhnlich und versuchte wieder auf sicheren Boden zu kommen, »pass einfach nur ein bisschen auf, damit du das Ensemble nicht gegen dich aufbringst. So etwas wie heute Morgen geht gar nicht. Das war einfach uncool.«

Bruno lachte ein bitteres kleines Bier-Schluckauf-Lachen. »*Uncool?* Du redest wie meine Tochter.«

Tja, ich spiele altersmäßig ja auch eher in ihrer Liga als in deiner, dachte ich, doch ich sprach es nicht aus. Schließlich musste ich auf die Wiederaufnahme der diplomatischen Beziehungen zwischen ihm und Robert Herold hinwirken. Das hatte ich Ralf versprochen.

»Du musst über den Dingen stehen«, sagte ich stattdessen tröstend zu ihm wie eine Mutter zu ihrem kleinen Jungen, dem ein blöder Klassenkamerad im Turnunterricht die Brille von der Nase geschlagen hat.

»Ich will aber nicht über den Dingen stehen«, trotzte Bruno. »Der Arßsch soll gefälligst seine Finger von dir lassen und seine große Schßnauze halten!« Wenn Bruno sich echauffierte, fing er immer so süß an zu lispeln.

»Aber Bruno! Du tust ja gerade so, als wären wir verhei…«

Das Handy klingelte erneut. Ich warf einen Blick auf das Display: Robert. Ich drückte ihn weg und legte das Handy zurück auf den Nachttisch.

»Willst du nicht rangehen?«, fragte Bruno plötzlich ganz warmherzig mit seiner nur für mich reservierten Privatstimme und streichelte mich liebevoll mit seiner weichen Riesenbabyhand.

»Nein. Ist nicht wichtig.«

»Ich weiß, dass du mir nicht gehörst …« Bruno beugte sich so elegant zu mir, wie es seine Körperfülle zuließ, und legte seinen Kopf an meine Brust. Oje, war der süß! Ich hatte ihn wirklich von Herzen lieb. Seine Hingabe rührte und beschämte mich. Ich strich ihm über das schüttere Haar, das sich in verschwitzten Löckchen kringelte.

»So etwas Wunderbares wie du wird mir nie gehören«, lallte er in meine C-Körbchen hinein.

»Es muss was Wunderbares sein, von dir geliebt zu werden«, hörte ich im Geiste Johannes Heesters singen und fand, dass Bruno dieses Lied jetzt aber nicht flennen musste.

»Ich liebe dich einfach, wie ich noch nie eine Frau geliebt habe«, offenbarte mir Bruno. »Auch nicht Eva-Maria.«

Das konnte man doch post mortem nicht über seine Frau sagen! Mir wurde das Herz schwer wie Blei. Was hatte ich ihnen allen denn in den Tee getan, dass sie mich so liebten? Das hatte ich doch nicht im mindesten verdient! Ich war doch einfach nur jung und fröhlich und halbwegs ansehnlich, mehr nicht.

Eine SMS kam fiepend herein. Ich ignorierte sie.

»Bruno, ich hab dich auch ganz doll lieb, und ich fühle mich geehrt, deine Freundin und Vertraute zu sein, und ich weiß es zu schätzen, dass du mir so wahnsinnig liebe Dinge sagst, aber ich bin …«

Was sollte ich sagen? Jung? Ungebunden? Übermütig? Auf dem Entdeckungstrip? Im Schwebezustand? Konnte ich ehemaliger Borkenkäfer das zu einem weinenden Schildkröterich sagen? Ich bin ein Schmetterling, lass mich doch von Blüte zu Blüte fliegen, das ist normal in meinem Alter?

Das wäre gemein gewesen. Ihm würden nie mehr Flügel wachsen. Er war über zwanzig Jahre zu alt und genauso viele Kilos zu schwer und wurde demnächst Großvater. Und ich war schon viel zu tief in seine Familienprobleme involviert.

Es klopfte an der Tür.

Mist!

»Bruno, wirklich, ich mag dich irre gern, und wir kümmern uns jetzt erst mal um deine Tochter, aber vergiss nicht, ich könnte selbst deine To…«

Es klopfte lauter.

Der weinende Schildkröterich hob den Kopf: »Es hat geklopft!«

Wir saßen beide wie erstarrt.

»Ich schlafe!«, brüllte ich schließlich gen Tür.

»Hohoho«, kam die Antwort. »Jetzt nicht mehr!«

Wie ein Käfer, der auf den Rücken gefallen war, rappelte Bruno sich auf. »Was will *der* hier?«

»Keine Ahnung«, flüsterte ich und spürte, wie mir alle Farbe aus dem Gesicht wich.

»Kommt der nachts öfter?«

»Wie meinst du das jetzt?«

Robert hätte sich bei dieser Bemerkung laut bollernd abgerollt vor Lachen, Bruno verstand sie nicht.

»Natürlich nicht«, zischte ich. Obwohl dir diese Frage dienstgradmäßig gar nicht zusteht, dachte ich fies in mich hinein. Ich habe ein *Recht* darauf, dass man nachts bei mir klopft.

»Ich habe gleich gewusst, dass dieser Arsch dich absichtlich ins Zimmer neben sich tut …«

Bruno benutzte gern »tun«, wenn ihm auf die Schnelle kein anderes Verb einfiel. »Nicht tun!«, sagte er zum Beispiel oft zu den Sopranen, wenn sie mit messerscharfem Timbre auf sein sensibles Trommelfell eintremolierten. Bei Hindemiths gewöhnungsbedürftiger Version von *Singet dem Herrn ein neues Lied* pflegten die Soprane immer zu kläffen wie ein paar frustrierte Hunde vor dem Supermarkt und wussten gar nicht, wo Hindemith vor lauter Intonationsproblemen, und dann klatschte Bruno – natürlich ohne Pep – in die Hände und rief nur: »Nicht tun!«

Dafür liebte ich ihn. Er war kein Freund großer Worte.

»Der klopft sonst nie«, flüsterte ich beschwörend, »das war bestimmt reiner Zufall.«

»Wanda?« Robert rüttelte an der Türklinke. »Ich weiß, dass du da drin bist!«

Ha, du Schlauer. Das ist ja auch kein Kunststück, schließlich hast du mich hier reingetan.

»Und ich weiß, dass du da draußen bist«, gab ich forsch zurück.

»Na dann!«, erklang es unternehmungsfreudig. »Ich habe auch einen guten Tropfen dabei!«

»Weißt du eigentlich, wie spät es ist?« Meine Gehirnzellen arbeiteten auf Hochtouren. Sollte ich die beiden Herren nach allem, was heute vorgefallen war, zu einem gemütlichen Umtrunk einladen und die Konfliktsituation mediatorisch begleiten? Das wäre sicher ganz im Sinne des Intendanten. Da könnte ich mir ein Fleißkärtchen abholen. Dann hätte ich die Bezeichnung Friedensengel im Nachhinein sogar verdient. Andererseits – Bruno war nicht in der Verfassung, seinem Erzfeind gegenüberzutreten. Also Karlsson vom Dach schnell in meinem Schrank verstecken? Zu eng. Unter das Bett passte er ebenfalls nicht. Und da wir im zweiten Stock waren und mein Zimmer keinen Balkon hatte, konnte er auch nicht einfach davonfliegen wie sonst immer.

»Ach komm, es ist doch erst halb drei«, bettelte Robert und wurde langsam lästig. »Nur noch ein kleiner Absacker.«

»Ich bin schon abgesackt«, raunzte ich. Und rate mal, mit wem, du Weltmeister des Feingefühls.

»Wanda, bitte! Ich steh hier rum wie ein Blödmann.«

Ja, da hatte er recht. Einsicht ist der erste Weg zur Besserung. Immerhin: In der Nacht, vor verschlossener Türe, fiel das Zauberwörtchen »Bitte«. Die Machtverhältnisse hatten sich vorübergehend umgekehrt.

»Dann geh schlafen!«, zischte ich. »Du weckst ja noch alle auf!«

Dieser Befehl zum sofortigen Abschalten seiner akustischen Belästigungen schien zu wirken. Endlich hörte ich ihn wegpoltern. Die Tür nebenan wurde unsanft zugeknallt.

»Beßscheuertes Arschßloch«, sagte Bruno. Dann widmeten wir uns wieder unserem Lieblingsthema: dass er mich für meinen Humor, meine Ehrlichkeit und meine Lebensfreude – Ersteres und Letzteres fand ich berechtigt, Mittleres ließ ich unkommentiert im Raume stehen – liebte und es nicht ertrug, wenn ich irgendeinen anderen Mann anguckte (Soloarie er); dass ich ihn innig lieb hatte, es mich aber ein Stück weit von ihm wegtreiben würde, wenn er weiterhin solche Besitzansprüche an mich stellte (Soloarie ich) und dass das alles letztlich dem Betriebsklima im Ensemble schaden würde, zumal wir ja noch ein paar Jahre friedlich und freundlich zusammenarbeiten wollten (Duett wir beide).

Als wir uns gerade in schönster Harmonie geeinigt hatten, das imaginäre Orchester schon das Nachspiel spielte und das imaginäre Publikum bereits heftig Beifall klatschte und sich Tränen der Rührung aus den Augen wischte, raschelte es an der Tür, und ein Brief schlängelte sich unter ihr durch.

Nein, dachte ich. Mist. Nicht tun!

»Was war das?«, ächzte Bruno.

Mit einer gehörigen Portion Ratlosigkeit starrte ich auf den Boden vor der Tür. Quoll da jetzt noch mehr durch? Nein, zum Glück nicht.

»Nichts, Bruno. Schlaf, Bub! Die Äuglein zu!«, hörte ich mich selbst die Marie im *Wozzeck* keifen. Mein Herz raste, aber ich versuchte, möglichst reglos neben dem Erschöpften zu verharren. Irgendwann, es muss kurz vor dem Morgengrauen gewesen sein, hörte ich den ausgelaugten Bruno leise neben mir schnarchen. Vorsichtig löste ich mich aus seinem

Bärentatzen-Klammergriff, glitt aus dem Bett und schlich lautlos zur Tür.

Kinder, Kinder, dachte ich. Wenn das Mutter wüsste. Oder Frau Heideprecht.

Was machst du nur mit diesen ganzen angefochtnen Seelen? Das gehört doch nicht zu deinen dienstlichen Pflichten. Frag mal Kleinehellefort und geh am besten sofort in die Gewerkschaft, schimpfte das Über-Ich.

Aber nein, Herzen brechen macht ja Spaß, grinste frech das böse Es. Erstens schmeichelt mir das, und zweitens haben die es ja nicht besser verdient.

Du wirst noch sehen, wo das hinführt, sagte das Ich. Haue obendrein.

Im Mondlicht versuchte ich, den Brief zu entziffern.

*Allerliebste Wanda*, stand in Roberts Präsidenten-Schrift dort. Der Präsident will eine Rede halten. Da müssen wir uns still verhalten! Denn was der Präsident heut spricht, ist von besonderem Gewicht …

Ich verhielt mich still. Bruno sowieso. Der gute alte Mond leuchtete.

*Du gewährst mir heute Abend keine Audienz mehr. Dabei wollte ich dir unbedingt sagen, dass bei mir der Blitz eingeschlagen hat.* Es folgte durchgestrichenes Gekritzel, dann: *Ich habe mich lange gegen meine Gefühle gewehrt, denn ich bin, wie du weißt, mit Cordula verlobt, der Schwester des Intendanten, und ich weiß auch noch nicht, wie ich ihr beibringen soll, dass es in meinem Herzen jetzt eine andere gibt. Du hast in mir ein Gefühl zum Leben erweckt, das ich bisher noch nicht kannte. Wanda, du Wahnsinnsweib, oder soll ich sagen: du Teufelsweib* … Wieder durchgestrichenes Gekritzel. *Ich fühle mich zu dir hingezogen mit jeder Faser meines Fittichs* … Ach nein, da stand: … *Herzens, und ich weiß – ich spüre! –, dass du diese Gefühle erwiderst, denn eine solche Erlebnisfähigkeit, wie du sie mir jeden Abend auf meinem Schoß und in meinen Armen zeigst, kann man nicht spielen. Du stehst auf mich, so wie ich auf dich stehe.*

*Wenn wir diese Nacht nicht zusammen verbringen, Wanda, dann wohl hoffentlich die nächste. Und noch viele, viele, viele andere. Bitte lass uns diskret bleiben, denn meine Position als Präsident des Ensembles und Repräsentant des Senders lässt keine intime Beziehung zu einer Kollegin im Probejahr zu. Ich bin leidenschaftlich erhitzt, aber ich bin auch besonnen und klug.*

*In Liebe*

*Dein Robert*

*PS: Ich freue mich wahnsinnig auf die Mittelmeer-Kreuzfahrt! Da kannst du mir nicht mehr entfliehen!*

# *Kapitel 19*

Obwohl inzwischen Mai war, herrschte ein kalter Wind im Ensemble.

Um *Punkt* zehn taumelte Bruno wortlos in den Probensaal, warf sich hinter den Flügel, leckte an seinem Finger, schlug die Noten auf, sagte den Takt an und begann zu spielen. So wunderschön, so innig, so traurig! Wir sangen *Selig sind, die da Leid tragen* aus dem Brahms-Requiem, und ich bekam eine Gänsehaut nach der anderen. Ja, das war wieder meins. Ich liebte solche Stücke. Schon beim dritten Takt geriet ich in meinen Schwebezustand der innigen Traurigkeit, in der ich baden konnte wie in einem Schaumbad. »Denn sie sollen getröstet werden.« Ja, lieber Bruno. Das singe ich nur für dich.

Artig schaute ich zu dem Leid tragenden Bruno hin, der zwischenzeitlich schlapp vom Klavier aus dirigierte.

»Denn sie sollen getröôö…«, gellte das messerscharfe Timbre aus dem zweiten Sopran dem Gebeutelten um die Ohren. Gudrun Piesnelke-Poppen packte das hohe G wieder mit den Zähnen wie ein Hund, der unbedingt sein neuestes Spielzeug zerfetzen will. Die würde das Dschungelcamp locker überleben – ach, was sag ich: gewinnen! Armgard Liebscher plinkerte leidend mit den Augen. Brigitte Zacharias versuchte, den Ton in die Höhe zu treiben, indem sie mit geschwollener Halsschlagader einen Viertelton zu hoch dagegenhielt. Sie war insgeheim meine Spezialkandidatin für *Frauentausch*. Und das war mit Sicherheit das Einzige, worin ihr zahnkronig lachender Gatte und ich uns einig waren.

»Nicht tun«, sagte Bruno mit zuckendem Auge. »Alt allein.« Und dann schaute er so unendlich zärtlich und liebebedürftig zu mir herüber, dass ich schnell den Blick senken musste. »Selig sind, die da Leid tragen«, sang ich fromm, »denn sie sollen getröstet werden.« Der Borkenkäfer konnte kein Wässerchen trüben. In diesem Moment war ich sicher, durch und durch ein guter Mensch zu sein. Ich würde doch in den Himmel kommen. Dort würde ich zwischen Armgard Liebscher und dem beflissen blickenden Teebeutel sitzen und dem Herrn ein neues Lied singen. Danke für meine Arbeitsstelle …

Meine Andacht wurde indes wieder mal von meiner pferdehaarigen Nachbarin Änne-Christa gestört, welche die hinter uns sitzende, inbrünstig mit Bruststimme Töne stemmende Swetlana übertrieben nachäffte.

»Nsälig Nsind, Ndie Nda NLeid Ntragen, Ndenn Nsie Nsollen Ngerrrööstet werden …« Geröstet! Das war wohl eher die Toastbrothymne aller Mallorca-Urlauber vom Ballermann. Um mich herum sah ich Schultern zucken. Die fröhliche Frau Kesselbrink mit der braunen Papiertüte amüsierte sich glucksend, das Flusspferd mit dem Herrenschnitt schwitzte vor Lachen, der Teebeutel verzog immerhin ein Stück weit die Mundwinkel, und Frau Zaunknecht prustete los, dass ihr die Teilchenkrümel aus den Hamsterbacken fielen.

Ich konnte nicht anders, als hilflos mitzugiggeln, obwohl es mir für Bruno leidtat. Er war so sensibel, so verletzlich, er hatte sich mir exklusiv offenbart, seinen Hund nach mir benannt, ich war so sehr in seiner Schuld. Bei »Das Gras ist verdorret und die Blume abgefallen« dachte ich mit erzwungenem Ernst an Brunos verwelkte Jugend, bis Änne-Christa überdeutlich und exaltiert »Bluse« statt »Blume« sang. Da war der ganze heilige Ernst im Eimer, und ich machte mir fast in die Hose vor Lachen.

Das Stück war wunderschön, aber Brahms hatte uns unterforderten Chorknüppeln dermaßen viele Wortverdrehungsmöglichkeiten vor die Stimmbänder geworfen, dass wir nicht umhinkamen, uns wie junge Hunde auf sie zu stürzen. Und schon bereitete die übereifrig artikulierende Swetlana dem nächsten Blödsinn den Weg.

»Nsiehe, ein Ackermann Nwartet auf die Nköstliche NFrucht.«

Es war für die Pferdehaarige ein Leichtes, das N von »ein« zu verlängern und noch ein sattes T zwischen »Ack« und »ermann« zu spucken, woraufhin ich mich ziemlich kindisch schlapplachte. Natürlich war ich nach dem, was ich erlebt hatte, empfänglich für solcherlei verbale Schweinereien.

Bei »denn du hast alle Dinge erschaffen« kam Änne-Christa verbalerotisch zum Höhepunkt ihrer Kreativität, indem sie mir treffsicher ins Ohr artikulierte: »Denn du lässt alte Dicke erschlaffen.«

Das fand Frau Zaunknecht gar nicht komisch, und Fräulein Knäpperchen auch nicht.

Ich gab nur noch ein röchelndes Quietschen von mir, bevor ich hinter meinem Notenpult verschwand. Ich wäre gern ein Maulwurf gewesen und hätte mich unter dem Parkett des Probensaales verkrochen. Ich wollte wegkrabbeln und erst wieder auftauchen, wenn ich die sittliche Reife für dieses elitäre Ensemble besaß.

»Das ist Dienst!«, zischte der Blockwart, und Frau Zacharias schüttelte tadelnd den Kopf.

Brunos leidende Blicke werde ich nie vergessen.

Dann kamen auch wieder ergreifende Stellen, die nicht

kaputt zu kriegen waren und die ich aus reinem Herzen für Bruno sang: »Ihr habt nun Traurigkeit, aber ich will euch wieder sehen und euer Herz soll sich freuen. Ich will euch trösten, wie einen seine Mutter tröstet.«

Das war unsere Situation – ich kleines Mädchen aus dem Borkenkäferweg tröstete einen älteren Mann wie eine Mutter und fühlte mich verantwortlich für das Leid seiner verkehrten Welt.

Und vielleicht war ich es ja auch.

❀

In der Pause stob ich davon, um mit meinem schlechten Gewissen und den aufwühlenden Ohrwürmern in meiner Seele allein zu sein. Die Modepuppe stöckelte eine Weile vor mir her, bevor Moden Bianca sie verschluckte. Bestimmt stand sie auch in der Pause dort im Schaufenster. Das war Dienst. Auch andere Kollegen machten sich diskutierend, einander belehrend, bekehrend oder sich selbst dirigierend auf den Weg, jeder mit seinem speziellen Pausenziel. Frau Zaunknecht stürmte völlig unterzuckert in eine Bäckerei, Frau Kürten-Knappsack mit ihren 300 Handy-Fotos vom Botanischen Garten hinter ihr her, der Teebeutel suchte das neue Reformhaus auf, das Flusspferd überfiel übellaunig einen Metzger, und Bruno taumelte natürlich in seine Kneipe.

Ich ging hart mit mir ins Gericht.

Was hatte ich nur angerichtet?

Im Laufe der traumhaften und zugleich aberwitzigen *Carmina-Burana*-Tournee nach Österreich und Südtirol war ich in die Bredouille geraten. Ich hatte mit dem Feuer gespielt und nicht nur eine Scheune angezündet. Nein, ich hatte ein verheerendes Großfeuer entfacht. Drei Scheunen brannten. Lichterloh. Na ja, zugegeben – der Intendanten-Schober glühte nur ein bisschen vor sich hin. Ralf hatte die Flammen wohl klein halten können. Er war ein cooler Bursche, und von Liebe war keine Rede, nur vom Klub der Schlimmen. Das mochte ich an ihm. Er war unverbindlich, forderte nichts, erwartete nichts, war nie beleidigt, wenn er mich mit jemand anderem reden sah, und hatte es auch nicht nötig, mir dauernd zu sagen, wie toll er war.

Ralf war mir seit dem Ende der Tournee ein paar Mal in den Gängen des Senders begegnet, hatte freundlich gewinkt oder mich schnell umarmt, als hätte er vor der Welt nichts zu verbergen. »Danke, dass du die Wogen geglättet hast«, hatte er mir ins Ohr geflüstert.

Vielleicht umarmte er alle Ensemblemädels, die er nett fand und auf deren Bettkante er schon mal ein Glas Wein getrunken hatte. Und holte nachts in ihren Hotelzimmern ihre Meinung ein.

Häuptling Sensible Schildkröte dagegen nahm alles viel schwerer. Er hatte mich nach der Rückkehr aus Meran kaum eines Blickes gewürdigt, weil er hatte mit ansehen müssen, wie Robert im Flughafen meinen Koffer vom Gepäckband wuchtete, laut lachend »Dem Ingeniör ist nichts zu schwör, hohoho!« rief und damit in Richtung Taxistand ging. Mir war gar nichts anderes übrig geblieben, als hinter ihm her zu hoppeln. Das richtete sich doch nicht gegen Bruno!

Robert hingegen, dessen Brief ich noch nicht beantwortet hatte, war es auch, der jetzt in der Fußgängerzone keuchend hinter mir her hoppelte.

»Wanda! Wir müssen reden!«

»Ich denke nicht …«

»Wanda! Hohoho. Das klingt wie Musik!«

»Nein, isch möschte nischt«, entgegnete ich geziert wie Gisela aus dem Hape-Kerkeling-Sketch und wollte weitergehen.

Robert fasste mich am Jackenzipfel. »Du fühlst es doch auch, Wanda, du wildes Stück!«

»Isch möschte nischt.«

»Wanda! Du spielst mit mir!«

»Nein. Isch möschte das nischt«, wiederholte ich spröde.

Wir landeten schließlich im idyllischen Hofcafé eines Museums, wo Robert mir feierlich einen zweiten Brief überreichte.

»Hier. Den habe ich mit nüchternem Kopf geschrieben.« Wahrscheinlich gratulierte er sich selbst zu seiner Hartnäckigkeit.

In meiner Handtasche fiepte es. Eine SMS.

Mit den Worten »Isch möschte das nicht« wies ich Roberts Geschreibsel zurück. Wie gern hätte ich hingegen mal schnell auf die SMS gelugt. Ahnte ich doch, wer sich in einer Kneipe in der Nähe gerade mit ungeübten Fingern die Mühe gab.

»Hoffentlich nimmst du mir den ersten Brief nicht übel, ich war ja vollkommen zugedröhnt in meinem Frust, weil du mich nicht reingelassen hast … Musste meinen Fittich selbst bei Laune halten, hohohoho. Immer diese Grabenkämpfe mit dem Lümmel, wenn du zwar in der Nähe bist, aber eine Hotelzimmerwand uns trennt.«

Ich spähte in die Handtasche. »Robert, dein Fittich interessiert mich nicht. Du bist verlobt. Bitte lass diese Anspielungen. Außerdem bin ich …« Ich nahm das Handy und las: *Können wir uns nachher irgendwo allein treffen? Ich hab Sehnsucht nach dir.*

»… im Probejahr«, schnaufte ich. »Du schadest mir!« Hastig steckte ich das Handy weg.

»Ich *kann* dir schaden«, sagte Robert plötzlich mit völlig verändertem, kaltem Blick. »Ich bin der Ensemblepräsident. Ein Wort von mir, und du bist raus. Kleinehellefort wäre sofort dabei, wenn es darum geht, dich zu feuern. Und einige andere aus dem Vorstand auch. Ganz zu schweigen von den alten Jungfern, die sich vor Neid schon selbst zerfleischen.«

Das Herz schlug mir bis zum Hals. Einerseits wegen der SMS, andererseits wegen seiner Aussage.

»Was?« Ich starrte ihn fassungslos an.

»Hohoho!«, dröhnte Robert los. »Jetzt ging dir aber die Muffe, was? War doch nur Spaß! Mensch, Wanda, seit wann lässt du dich so leicht veräppeln?«

»Ich weiß nicht …« Ich traute mich, wieder zu atmen.

»Hör mal zu, du. Wir müssen wirklich aufpassen, weil wir mit Argusaugen beobachtet werden«, sagte Robert und begann mit heiligem Ernst meine eiskalten Hände zu kneten, die ich ihm bei nächster Gelegenheit unauffällig zu entziehen trachtete. »Es würde mich nicht wundern, wenn du schon in der Pause verfolgt würdest.«

Ja, von dir, du tollwütiger Hengst! Ständig höre ich hinter mir auf dem Asphalt deine Hufe klappern!

Robert wies mit dem Kopf auf meine Handtasche. »Der alte Trottel am Klavier hat es ja wohl auf dich abgesehen. Wie der dich immer anschmachtet!«

»Robert, das …« Ich räusperte mich. »Das ist meine Privatsache.«

»Privatsache?« Robert lachte höhnisch. »Das ganze Ensemble leidet doch inzwischen unter den Launen dieses Herrn!«

»Er hat sich ja entschuldigt«, behauptete ich.

»Hat er nicht! Diese menschliche Größe besitzt der nicht.«

Aber du, was?, wollte ich sagen, schluckte es jedoch hinunter. »Aber er *wollte* sich entschuldigen.«

»Er *sollte* sich entschuldigen«, schnaubte Robert aufgebracht. »Sonst hat das schwerwiegende Konsequenzen für ihn.«

Ich stellte mir Robert als Hengst vor, dem der Schaum vom Maul tropft und der sich wiehernd auf die Hinterbeine stellt, um einen alten, staubigen Esel einzuschüchtern. Wie viel Irrsinn kann ein Mensch ertragen, bevor er selbst durchdreht?

»Bitte tu ihm nichts«, flehte ich.

»Sag mal, war in Meran eigentlich mein Schwager Ralf in deinem Zimmer?«, wechselte Robert abrupt das Thema. Dieser misstrauische, selbstgerechte Pharisäer verdächtigte auf geradezu pathologische Weise alle Wesen, die in meiner Nähe waren.

»Nein«, log ich dreist. Dabei schoss mir die Röte ins Gesicht.

»Aber ich habe doch deutlich seine Stimme gehört!«

Klar, wenn du im Nebenzimmer mit dem Ohr an der Wand klebst, dachte ich und beschloss gleichzeitig, klein beizugeben. Ich versuchte es mit Realitätsbeschönigung.

»Er hat mich nur gebeten, die Wogen zu glätten«, erklärte ich in einem Anflug von Rechtfertigungsdrang.

»Du weißt aber schon, dass er verheiratet ist, oder?«, petzte Robert und gab dem Gespräch damit eine ganz neue Wendung. Es entwickelte sich langsam zu einer Maximalkatastrophe. Der schnaubende Hengst hatte sein Ass auf den Tisch gelegt. Das tat eine Sekunde lang weh. Ralf Kalb verheiratet. Das hätte er ja der Fairness halber mal erwähnen können!

Ich fing mich. »Nein, über private Dinge haben wir natürlich nicht gesprochen. Apropos«, nun zückte ich auch mal einen Trumpf, »du bist doch verlobt, wie du nicht müde wirst, zu betonen.«

»Im Moment noch«, erwiderte Robert und schraubte seine Stimme eine Oktave tiefer. »Über eventuelle private Veränderungen informiere ich den Intendanten erst, wenn sie spruchreif sind. Ich habe im Haus eine Position inne, die ich nicht aufgeben werde, bevor ich Klarheit habe.« Der Hengst ließ sich wieder auf die Vorderhand fallen, weitete die Nüstern und stupste mich schließlich mit seinem weichen Maul fordernd an. »Und das liegt ganz an dir.«

Mir stellte sich die Frage nach der Vergeblichkeit aller menschlichen Kommunikation, als er mir erneut seinen Brief hinschob.

»Lies ihn in Ruhe. Er wird dein Leben verändern.«

Das möschte isch ja gar nischt, dachte ich im Gisela-Tonfall. Mein Leben soll sich kein bisschen verändern. Von mir aus kann es die nächsten vierzig Jahre so weitergehen.

»Aber du kannst mir doch auch jetzt sagen, was drinsteht«, wandte ich ein und schob den Brief zurück. Dabei wollte ich das eigentlich gar nicht wissen.

Eine neue SMS traf ein. Ich schielte in die Handtasche, dass mir fast die Augen aus dem Kopf fielen, aber ich traute mich nicht, das Handy noch einmal herauszunehmen.

Robert lachte verlegen. »Nein. Es gibt Dinge, die kann ein Mann einer Frau nicht sagen. Nur schreiben. Aber im Schreiben bin ich gut.«

Ach was?, dachte ich. Gibt es irgendetwas, worin du nicht gut bist? Hm – ich wusste da was. Aber ich traute mich nicht, dem Wie-war-ich?-Frager die nackte Wahrheit zu sagen.

Es war ein Mal passiert. In Innsbruck, als wir in meinem

Hotelzimmer Wein getrunken hatten. Und ich buchte es unter »Einmal ist keinmal« ab.

Außerdem war es wirklich nicht erwähnenswert gewesen. Der Hengst hatte einen Ritt hingelegt, sonst nix. Und ich hatte ihn glauben lassen, dass mir das gefallen hätte. Selbst schuld, ich dumme Stute. Aber die Mühe, ihn in richtige Verwöhnkünste einzuweihen, war er einfach nicht wert.

Gehorsam steckte ich den Brief in meine Handtasche. »Okay. Ich lese ihn dann – bei passender Gelegenheit.«

»Ich warte«, sagte Robert, und seine Augen wurden schmal. »Ich warte auf Antwort.«

Mein Handy wimmerte klagend im Inneren der Handtasche. Lass mich raus! Ich bin schon lange gar! Noch eine SMS. Ich hielt dem Handy den Mund zu.

»Du … Was anderes …« Ich versuchte die Gelegenheit beim Schopf zu packen. »Der Bruno. Ich meine, der Gutknecht. Der wird doch nicht vorzeitig in Pension geschickt, oder?«

»Nicht, wenn er sich anständig benimmt.« Robert runzelte die Stirn. »Der soll seine Finger von unserem Frischfleisch lassen.«

Ich zuckte zusammen. Diese Bemerkung war nicht schön gewesen. Gar nicht schön. Automatisch begann ich, den vermeintlich Schwächeren zu verteidigen.

»Bruno hat ein schweres Schicksal. Seine Frau ist tot und seine Tochter schwanger. Er ist einsam und hat beruflich keine Erfolgserlebnisse.«

Robert schien kurz mit sich zu ringen. Dann zog er allerdings das nächste Ass aus dem Ärmel.

»Hat er dir erzählt, seine Frau wäre tot? Ist sie nicht. Sie sitzt in der Klapsmühle.«

*»Was?«* Ich konnte mein Entsetzen nicht überspielen. Mit zitternden Fingern griff ich nach meinem Wasserglas.

»Ach, der gute alte Bruno interessiert dich wohl doch!« In Roberts Augen glomm Wut. »Was hat denn der verklemmte, dicke alte Säufer, was ich nicht habe?«

Tja, dachte ich. Das wirst du nie verstehen. »Ich möchte mich nur ganz offiziell bei dir für ihn einsetzen …« Ich verstummte. Was focht mich an? Ich war im Probejahr. Ich konnte mich gar nicht für Bruno einsetzen. Dienstgradmäßig stand mir das gar nicht zu.

»Wenn *ich* mich nicht ständig bei Ralf Kalb für ihn einsetzen würde, wäre er schon lange weg vom Fenster«, schnaufte Robert. »Schon lange!«

Ich drehte ihm den Rücken zu, tat so, als würde ich in meiner Handtasche ein Taschentuch suchen, und starrte auf das Handy-Display.

*Ich sehne mich nach deinem privaten Lächeln, deiner Stimme, deiner Herzlichkeit und Wärme.*

Mir zog sich der Magen zusammen. Bruno hatte heute Morgen in der U-Bahn so getan, als hätte er mich nicht gesehen. Da hatte ich mich noch so sehr bemühen können, ihn privat anzulächeln!

»Das ist aber nett, dass du dich für Bruno einsetzt«, sagte ich eine Spur zu herzlich. »Etwas anderes hätte ich dir auch nicht zugetraut.«

»Ich kann sehr nett sein, wenn ich will«, sagte Robert und kraulte mir den Nacken. »Ich freue mich schon wahnsinnig auf die Mittelmeerkreuzfahrt.«

»Ich mich auch.« Ich schaute auf die Uhr. »Die Pause ist so gut wie vorbei, wir müssen zurück.«

»Oh! Hohoho, wie die Zeit mit dir vergeht! Langweilen tun wir uns jedenfalls nicht miteinander. Hahaha!«

Wir hasteten zurück zum Sender. Als wir beide in der gleichen Sekunde angerannt kamen und hinter unsere Notenpulte hechteten, gab Bruno gerade die erste Eins.

Sein rechtes Auge zuckte ganz fürchterlich.

❁

Heute war Doppeldienst, denn am Nachmittag fand ein Vakanzvorsingen statt. Hurra! Diesmal durfte ich in den Zuhörerreihen sitzen, während sich die Bewerber da vorn um einen Platz im Haifischbecken rissen.

Bruno war wortlos und ohne auch nur ein Augenzucken in meine Richtung zu verschwenden in den Saal getaumelt und begleitete nun die Anwärter, die sich zitternd und zagend der Meute zum Fraß vorwarfen.

Zuerst hörten wir einen Tenor aus Osaka.

Rainer Kleinehellefort lehnte sich mit vor der Brust verschränkten Armen genießerisch in seinem Stuhl zurück und strich sich über seinen vor Wonne bebenden Schnäuzer. Der Klassenkasper ließ ein mit Wasser gefülltes Kondom in seinen Händen hin und her wabbeln. Und schon bevor der arme asiatische Kandidat überhaupt angefangen hatte, murmelte Lutz Rummel, der verhinderte Siegfried, kopfschüttelnd: »Mozart kriegt er garantiert nicht hin, der Meister aus dem Fernen Osten.«

Frau Zaunknecht biss noch schnell in ein Teilchen, Frau Kesselbrink nahm einen Schluck aus ihrer braunen Tüte, Frau Zacharias wies die hinter ihr sitzenden Kolleginnen wispernd darauf hin, dass sie dem Japaner keine Chance gäbe, weil er kein Muttersprachler sei, die Optikergattin aus Oberwesel flocht ein, dass seine Brille wie ein billiges Kassengestell aussehe, und die Modepuppe fand, dass er unmöglich angezogen war. Robert Herold sagte laut und sonor mit wahnsinnig tiefer Stimme: »Bitte!« und lächelte dabei dermaßen falsch und gönnerhaft in meine Richtung, dass ich ihm eine reinhauen wollte.

Bruno fing augenzuckend an zu spielen, und der Tenor fing inbrünstig an zu singen.

»Dös Building öst bazaubernd schööön, wie noooch Köln Auge jö gesöhn!«

Sang der vom Kölner Dom oder vom Fernsehturm? Oder meinte er das Römisch-Germanische Museum?

»Waaarm und rein – was wörde ich? – Ich wörde sö voll Entzöcken an dösen hoißen Bosen dröcken …«, presste er hervor und fasste sich dabei ans Herz.

»Gleisch hattern Äi jeleescht«, kommentierte Frau Zaunknecht, und Änne-Christa machte bei jedem hohen Ton eine eindeutige Quetschbewegung zwischen Daumen und Zeigefinger.

Der Teebeutel wiederum wollte dem Tenor ein Stück weit eine Chance geben, und Armgard Lockerkiefer Liebscher plinkerte leidend mit den Augen.

Ich hingegen gehörte eher zu den fiesen Charakteren als zur Gutmenschen-Fraktion und musste einfach nur kichern.

Robert zwinkerte grinsend zu mir herüber, räusperte sich und rief: »Danke, wir haben einen Eindruck.«

Bruno hörte sofort auf zu spielen und blätterte seine Bild-Zeitung um.

Frau Zaunknecht zog sich schon mal den Eimer mit den Steinen in Griffnähe. Der Japaner war noch nicht ganz durch die Tür.

»Käin Fäinjefühl«, warf sie den ersten Stein.

Die anderen folgten ihrem Beispiel.

»Kein Stimmsitz.«

»Keine Stütze.«
»Keine tragende Stimme.«
»Keine Atemtechnik.«
»Keine Aussprache.«
»Kein Strahl.«
»Kein Klang.«
»Keine Musikalität.«
»Keine künstlerische Hingabe.«
»Kein Zwerchfell.«
»Kein Nasenbeinklang zwischen den Polypen.«
»Keine Ahnung vom Singen.«
»Kein Tenor.«
»Kein Timbre.«
»Keine Technik.«
Kein Zweifel: Kein Talent.

Der japanische Un-Tenor wurde per wegwischender Geste des ersten Tenors und Schriftführers Kleinehellefort über die einstimmige Entscheidung informiert und konnte wieder in seinen Flieger nach Osaka steigen. All die Mühe mit der deutschen Aussprache hatte er sich umsonst gemacht.

Ich hatte noch kein Stimmrecht. Das kam mir sehr gelegen. Wie sagte Frau Zaunknecht gern? »Isch halt misch da raus.« Was sie allerdings nie tat.

Dann kam eine polnische Sopranistin. Die Modepuppe wandte sich erschüttert ab, als sie deren Kleidung sah: ein pinkfarbenes Gefieder in der oberen Hälfte und ein grün schillerndes Pumphosenbeinkleid in der unteren. Dazu trug sie weiße Söckchen in gelben Sandalen. Von Mode verstand ich zwar nicht viel, aber auch ich litt.

Da begann die Polin, untermalt von Brunos einfühlsamen Klängen, laut und schrill zu sterben. Wenigstens schien es ein schöner Tod zu sein. »Jajajajajaja«, jauchzte und schrie sie in Ekstase. Mehr war nicht zu verstehen.

Nach einer eindeutigen Bemerkung der pferdehaarigen Änne-Christa musste ich schon wieder kichern.

»Danke, wir haben einen Eindruck.«

Als Nächstes sang eine entschärfte Alarmanlage aus München. Das Verdikt lautete: »Erquickendes Gefühl, reizender Gesang!«

Aus den Augenwinkeln sah ich, dass die geschwollene Halsschlagader immer durch Kopfnicken die Einsätze gab, damit die Kandidaten wussten, wann sie anzufangen und aufzuhören hatten.

Als die nächste Bewerberin im Minirock hereinkam, murmelte der asthmatische Klaus Hermann Pröll, der immer »Joachim!« rief, um sich frei zu husten, etwas von »Schulmädchen-Report«, und der Kollege mit dem hessischen Akzent erwiderte: »Das sin doch alles leggä Mädsche!«

»Wat nütz dat, wenn se nich singen können?«, griemelte Frau Zaunknecht dazwischen und stopfte sich dann selbst mithilfe einer Rosinenschnecke das Lästermaul.

Dann sang eine Blondine mit imposanter Oberweite: »Kommt ein schlanker Bursch gegangen … Zwar schlägt man das Aug aufs Mieder … Wird man auch ein wenig rot … ein wehenihig rot … Bald als Bräutigam und Braut …«

Auch sie hatte keine Chance.

»Danke, wir haben einen Eindruck«, krähte es missmutig aus dem Sopran.

»Vilja, oh Vilja, du Waldmägdelein!«, wimmerte die nächste Kandidatin, was Frau Kesselbrink dazu trieb, sich einen kräftigen Schluck aus ihrer braunen Papiertüte zu gönnen.

Eine nach der anderen fiel erbarmungslos durch den Rost.

»Wir müssen auch an die Optik denken«, brummte der zweite Bass Reinhard Rabatzki mit Grabesstimme, während eine krummbeinige Sopranistin mit Hakennase schmetterte: »Ach, ich füüühl's, es iiist entschwunden!«

»Geh doch nach Hause«, murmelte der Klassenkasper und warf ein Eukalyptusbonbon nach ihr.

Heimlich entfaltete ich derweil den Brief von Robert, der schräg zwei Reihen vor mir saß und dessen Profil ich anschauen konnte.

*Meine allerliebste Wanda*, stand da, diesmal in erkennbar nüchternem Zustand geschrieben, *verzeih mir bitte, wenn ich dir zu nahe getreten bin. Es hat mich so sehr erwischt, dass ich nicht mehr weiß, wo mir der Kopf steht. Deine Nähe macht mich glücklich und wahnsinnig zugleich. Es tut mir so leid, dass ich dich mit meinen lauten Sprüchen verschreckt habe! Das ist einfach nur meine plumpe, ungeschickte Art, um dich zu werben. Du hast mir schon ein paar Mal zu verstehen gegeben, dass dich das nervt, und ich fürchte jeden Tag mehr, dass du deine Gefühle an den alten Trottel am Klavier verschwenden könntest. Bitte tu das nicht, Wanda! Er ist ein Laumann, ein Leisetreter, ein Moll-Mann, der zieht dich runter! Ich dagegen bin reines C-Dur! Ohne Vorzeichen! Wir beide passen zusammen. Deine Fröhlichkeit und Frische, deine Jugend und Schönheit, dein Witz und deine Lebensfreude sind für einen Siegertypen wie mich reserviert! Du bist zu schade für einen alten, kaputten Säufer. Lass dir nicht seine Familienprobleme aufhalsen. Seine Frau ist in der Psychiatrie gelandet, und das sollst du nicht eines Tages auch.*

»Fühlst du niiicht der Leber Sehnen«, wimmerte die Hakennase dazwischen, als säße sie in einer Bar am Tresen.

»NLiebe NSehnen heißt das!«, beckmesserte Swetlana. »NLiebe bedeutet ganz anderes als NLebär!« Damit drehte sie sich zu Frau Kesselbrink um. »Prost!«

Bruno begleitete die arme Kandidatin mit unbewegter Miene. Wenn der gewusst hätte, was ich gerade über ihn las! Ich hätte den Brief am liebsten in tausend kleine Fetzen zerrissen.

*Meine süße Wanda, ich werde auf dich aufpassen, damit dir deine herzenswarme Art nicht verloren geht. Doch das werde ich behutsam tun, das verspreche ich. So werde ich in den nächsten Tagen meine Antennen nicht auf Sendung, sondern auf Empfang stellen … Ich freue mich wahnsinnig auf die Schiffsreise, auf der wir uns endlich in Ruhe kennenlernen und viel Zeit für zärtliche Stunden haben werden …*

Ich ließ den Brief sinken.

»So wird Ruh im Tode sein!«, beendete die Hakennase gerade ihren Vortrag.

»Danke, wir haben einen Eindruck«, sagte Robert. Er schaute zu mir herüber, und sein Gesichtsausdruck morste: Und? Brief gelesen?

Ich nickte kaum merklich.

Bruno stand auf und taumelte fort.

# *Kapitel 20*

Es hatte keinen Zweck, Robert davonzulaufen. Nicht auf Dauer. Nicht für die nächsten vierzig Jahre. So schnell und so weit konnte ich gar nicht laufen.

Er holte mich immer ein, egal, wohin ich flüchtete. Ob im Kölner Dom, wo ich vorgab zu beten, oder im Strumpfgeschäft um die Ecke, ob in der Parfümerie, wo ich aus lauter Verlegenheit an sämtlichen Duftwässerchen roch, oder am Bankschalter, wo ich beschäftigt tat und meine Geheimnummer eintippte: Robert stand immer wie aus dem Boden gestampft hinter mir. »Hohoho, was machst du denn hier? So ein Zufall! Ich bete auch gerade/betrachte auch gerade Strümpfe/rieche auch gerade an Wässerchen/wollte auch gerade Geld ziehen!«

Inzwischen hatte ich sogar einen Gratisparkplatz in der Tiefgarage, direkt neben seinem, weshalb ich nicht mehr so oft U-Bahn fuhr. Das ersparte es mir, mich von Bruno ignorieren lassen zu müssen.

Er war so ein raffinierter Bursche, der Robert! An meinem Auto steckten jeden Tag neue Zettel.

*Ich warte auf Antwort!*

*Mein Fittich platzt bald vor Ungeduld!*

*Ich weiß, dass du dich längst für mich entschieden hast!*

*Ich bin heute Nachmittag in deiner Nähe!*

Tatsächlich war er das. Zufällig. Ständig. Obwohl ich in einem nicht sehr hippen Viertel wohnte, waren dort allerlei Herrschaften angesiedelt, mit denen Robert plötzlich ständig zu tun hatte: sein Architekt, sein Steuerberater, sein Zahnarzt, sein Friseur, sein Herrenschneider, sein Urologe (»Der Fittich muss auch mal zum TÜV, hohoho!«), sein Lieblingsbäcker, dessen Brötchen so einmalig waren, dass Robert gern den kleinen Umweg über die Subbelrather Straße heim nach Pesch in Kauf nahm, und natürlich das Konsulat von Peru. Was Robert damit genau zu tun hatte, entzog sich meiner Kenntnis. Aber er klingelte nachmittags regelmäßig an meiner Wohnungstür oder stand *zufällig* auf dem Streifen Rasen unter meinem Fenster, auf dem die Kölner Großstadtköter ihre Haufen ablegten.

Ich hatte regelrecht Verfolgungswahn. Nein, es war kein Wahn, denn ich bildete es mir nicht ein. Robert stalkte mich. Eigentlich war ich außerhalb der Proben nur noch damit beschäftigt, zu rennen, zu flüchten und mich in Ecken zu drücken. Während der Proben traute ich mich nicht, in Roberts Richtung zu schauen, und zu Bruno sah ich lieber auch nicht mehr. Der litt unendliche Pein an seinem Klavier. Aus reiner Selbstquälerei hatte er für sein A-cappella-Konzert unter anderem eine Motette von Brahms mit einem Text aus dem Buch Hiob ausgesucht.

»Warum? Warum? Warum ist das Licht gegeben dem Mühseligen?«, knöterten die Soprane, und bei »Müh« kam wieder das schneidende Timbre aus dem zweiten Sopran durch, bei dem wir inzwischen alle zusammenzuckten.

»Nicht tun!« Bruno klatschte lahm in die Hände. »Alt allein.«

Ich sang mit heiliger Andacht aus tiefster Brust: »Warum ist das Licht gegeben dem Mühseligen und das Leben den betrübten Herzen? Warum, warum? Die des Todes warten und kommt nicht und grüben ihn wohl aus dem Verborgenen …«

Bei »kommt nicht« hatte die Pferdehaarige wieder ein

Heimspiel und knödelte es dermaßen übertrieben, dass ich natürlich wieder lachen musste. Das wiederum quälte Bruno. Das wiederum heizte Robert an, mich weiter zu verfolgen. Das wiederum ließ mich in den Pausen und nach dem Dienst in alle möglichen Geschäfte fliehen, in der Hoffnung, dort einfach nur Zeit mit mir selbst verbringen zu dürfen.

Der einzige Ort, den Robert nicht zu betreten wagte, war der Damenfriseur, der sich zufällig direkt neben Brunos Stammkneipe befand. Zu dem flüchtete ich inzwischen so oft, dass ich schon ganz unnatürlich erblondet war. Wenn ich dort mit gefühlten tausend Stanniolpapierzipfeln auf dem Kopf und nur durch eine Wand vom trübe vor sich hin trinkenden Bruno getrennt saß, konnte ich Roberts weinrote Joppe vor dem Schaufenster auf und ab schleichen sehen. Ich kam mir vor wie eine Maus im Loch, die der Kater nicht aus den Augen lässt. Ich versteckte mich hinter einer Ausgabe der Frau im Spiegel – ach, das war ich ja selbst! Hahaha, dieser Kalauer hätte von Robert sein können.

Diese Art von Freizeitbeschäftigung ging allerdings ganz schön ins Geld. Also gewöhnte ich mir an, in den großen Pausen der sogenannten Doppeldienste (morgens drei Stunden, nachmittags zwei Stunden) am Rhein spazieren zu gehen, das kam auf die Dauer billiger. Außerdem brauchte ich dringend frische Luft und Bewegung angesichts all der Sticheleien und unterschwelligen Aggressionen in unserem elitären Ensemble – die Atmosphäre im Probensaal war immer öfter zum Zerreißen gespannt.

Und wer ging zufällig auch am Rhein spazieren? Robert Herold, unser Präsident. Und zwar immer genau in meinem Tempo und auf derselben Rheinseite und in dieselbe Richtung wie ich.

»Wanda! Du kannst mir nicht entfliehen. Ich habe mich für dich entschieden, und hier bin ich nun.«

»Aber du wolltest deinen Sender doch auf Empfang stellen«, zischte ich ihm über die Schulter hinweg zu. Ich beschleunigte meine Schritte, die Hände in den Jackentaschen vergraben.

»Wie lange soll ich denn warten?«, bollerte Robert hinter mir her. »Wenn du nicht sendest!«

»Robert, ich weiß gar nicht, was ich senden soll.«

»Dass du meine Gefühle erwiderst!« Er legte ganz selbstverständlich den Arm um meine Schultern. »Ich weiß doch, dass du es tust, Mädchen. Zier dich doch nicht so.«

»Also, ich finde dich ja wirklich nett, danke übrigens für den Parkplatz …«

»Nett? Du findest mich nur nett? Wanda Zapf, schon vergessen? Du gehst ab wie ein Zäpfchen, hohoho!« Er amüsierte sich königlich über sein eigenes Wortspiel. »Als du vorhin bei ›Und kommt nicht‹ so gelacht hast, da wusste ich schon, was du brauchst.«

»Daran möchte ich nicht erinnert werden.«

Robert riss mich an sich und flüsterte: »Ich habe noch nie eine solche Leidenschaft bei einer Frau erlebt, Wanda. Noch nie. Eine solche Erlebnisfähigkeit – die kann man doch nicht spielen.«

»Nein?«

»Also, ich habe wirklich Erfahrung mit Frauen. Wenn eine so abgeht wie du, dann spielt die nicht.«

»Nein.«

»Das geht gar nicht.«

»Wahrscheinlich.«

»Cordula ist ein Frigidchen gegen dich.«

»Ein *was*?« Ich kannte nur Frettchen.

»Jetzt sag nicht, es hätte dir keinen Spaß gemacht.«

Er knuffte mich lachend in die Seite, und ich knuffte ihn lachend zurück.

»Sag ich ja auch nicht.«

»Wir sind super aufeinander eingespielt, wir passen ganz toll zusammen, das hab ich dir doch alles schon geschrieben!«

»Ja.« Ein Klavier, ein Klavier!

»Aber wir müssen diskret sein«, sagte Robert plötzlich ganz ernst und unerwartet sanft, während wir wie ein altes Ehepaar im Gleichschritt Arm in Arm dahinmarschierten. »Es gibt so viel Neid im Ensemble. So viel Missgunst. Gerade bei den Damen … hohoho … bei mir wäre schon so manche gern zum Zuge gekommen …« Er nannte ein paar Namen, darob ich mich sehr verwunderte.

»Und deine Verlobte?«

»Na, die hat ein Mann von Welt halt gern in der Hinterhand.« Robert lachte jovial. »Damit sich die Ensemblegänse erst gar keine Hoffnungen machen.«

»Aber bitte mach nicht wegen mir mit ihr Schluss«, flehte ich händeringend. »Nachher tut sie sich was an!«

»Sie weiß es noch nicht«, erwiderte Robert. »Ein Mann von Welt genießt und schweigt. Hohoho. Er wartet den passenden Zeitpunkt ab. Ich bin unglaublich feinfühlig. Aber das weißt du ja.«

Ich blieb stehen und starrte ihn fassungslos an. Robert hielt sich für feinfühlig? Mit offenem Mund verharrte ich wie das Würzburger Giemaul. Dann nickte ich, denn einem Irren gibt man besser recht, damit man seine Ruhe hat.

Wir wendeten und spazierten zurück.

❁

Während der Chorproben begann ich mich unsäglich zu langweilen. Wahrscheinlich wurde ich nun wie die anderen. Die einen lasen Zeitung, die anderen tratschten, wieder andere simsten, zeigten Handy-Fotos herum oder nahmen Schlucke aus der Papiertüte. Daran erkannte man die Profis. Ich war nun auch einer.

Ich beobachtete das Verhalten meiner Kolleginnen und Kollegen in nur einer einzigen Probe und erstellte heimlich eine Liste mit den Unarten von Profi-Chorsängern:

– Laut die eigenen Pausen-Takte zählen, bis man wieder einsetzen darf
– Andere Einzelstimmen beim Proben bewerten (»Na also!«, »Geht doch!«, »Warum nicht gleich so?«)
– Sich ständig am Kopf kratzen, sodass die Schuppen segeln
– Barfuß vor dem Notenpult hocken und den anderen den Anblick ungepflegter, gelblicher Zehennägel zumuten
– Ständig kopfschüttelnd die Nachbarn beraten und mit der Stimmgabel auf deren Noten herumtippen
– Durch den Probensaal latschen, um sich einen Anspitzer oder ähnlich Sinnloses zu holen
– Durch den Probensaal latschen, um zum Klo zu gehen oder sich einen Schal oder eine Jacke zu holen
– Durch den Probensaal latschen, um einen Apfelkitsch oder Kaugummi in den Mülleimer zu werfen
– Leidend »Es zieht!« flüstern und sich ein Tuch um den Kopf binden
– Das Fenster öffnen, das Fenster schließen, die Vorhänge öffnen, die Vorhänge schließen
– Tuscheln, flüstern, kichern, Privatgespräche führen, den Jackenärmel des Vordermannes an seinem Stuhl festbinden
– Fotos herumzeigen

– Eine Thermoskanne auf- und zuschrauben, gluckernd trinken, die Kanne unter den Stuhl stellen und wenig später umstoßen
– »Scht!« rufen, obwohl man selbst dauernd stört
– »Scht!« rufen und zu genießen, dass man damit stört
– Den Ton immer länger halten als die anderen und sich an der eigenen Stimme berauschen
– Wippend mit dem ganzen Körper dirigieren, um den anderen das Tempo vorzugeben
– Den Takt mit den Fingern schnipsen oder sogar mit den Händen klatschen
– Nach der Pause »Bitte einsteigen!« rufen und noch hinzufügen: »Türen schließen selbstständig, bitte Vorsicht bei der Abfahrt!«
– Mundgeruch haben
– Körpergeruch aller Art verströmen
– An den Haarspitzen herumfriemeln, Spliss ausreißen und auf den Boden segeln lassen
– In stockig riechenden Klamotten/Schuhen/Stiefeln erscheinen, sodass sich für die Nachbarn im Laufe des Tagesschweißes eine interessante Geruchskombination ergibt
– Einen Döner auspacken, hinunterschlingen und anschließend ein herzhaftes Bäuerchen machen
– Ein Teilchen aus der knisternden Tüte holen, genussvoll verspeisen und sich anschließend geräuschvoll die Krümel abklopfen bzw. vom Nachbarn abklopfen lassen
– Dem Vordermann den Nacken oder die Schultern massieren
– Auf dem Stuhl hängen, als würde man gleich sterben
– Auf dem Stuhl streberhaft gerade sitzen und niemals mit dem Rücken die Lehne berühren, damit der Nachbar sich wie ein fauler Sack fühlt

– Sich ständig laut und unappetitlich räuspern
– Laut und theatralisch niesen
– Sich unappetitlich und geräuschvoll die Nase putzen und das vollgerotzte Taschentuch auf dem Pult liegen lassen
– Seelenruhig vor sich hin popeln und die Ausbeute der Expedition am Notenpult und/oder Stuhl entsorgen
– Die Handtasche aufräumen und dabei allerlei Mulch zutage fördern
– Die Stimmgabel absichtlich fallen lassen
– Ständig Lutschpastillen herumreichen und dabei friedlich schlummernde Kollegen aufstören: »Willst du?«
– Rufen: »In meinen Noten steht schon die verbesserte Fassung!« und die anderen dazu zwingen, es abzuschreiben
– Streberhafte Fragen stellen, zum Beispiel: »Du, Bruno, auf Seite neunundzwanzig oben, das vierte Achtel in Takt sechzehn, singen wir da ein scharfes oder weiches S?«
– Berichten, wie es in anderen Chören läuft: »In meinem Lobpreis-Chor singen wir das S immer auf der vier *und*!«
– Dazwischenrufen: »Hä? Low-Price-Chor?«
– Wenn Einzelstimme geprobt wird, die eigene Stimme hineinsummen oder gar -plärren
– Wenn Einzelstimme geprobt wird, deren Stimme mitsummen oder plärren
– Absichtlich weitersingen, wenn schon abgewunken wurde
– Verzückt dem Nachhall der eigenen Stimme lauschen und die anderen dazu zwingen, das auch zu tun
– Absichtlich weitersingen, wenn schon abgewunken wurde, und die Töne dann jämmerlich nach unten ziehen wie ein kaputtes Tonbandgerät
– Beim Einstieg in eine Phrase den Anfang eines Taktes singen, obwohl der noch zur letzten Phrase gehört – also sinnlos Endsilben blöken und auch noch ein N davorsetzen

– Sich beim Blattsingen auf einen Wettkampf mit dem Nachbarn einlassen, der sich ebenfalls für den besten Blattsänger hält
– Den Nachbarn in die Rippen stoßen, weil man sich nicht traut, allein einzusetzen
– Dem Nachbarn, wenn er gerade gepennt hat, nicht die Stelle zeigen
– Den eigenen Knödel zum absoluten, einzig richtigen Klang erklären
– Die Töne kokett von unten anpeilen
– Die Bruststimme bis zum zweigestrichenen C raufziehen wie ein Klageweib
– Leidend mit den Augen plinkern
– Es sich mit Wollsocken im Yogasitz auf dem Stuhl gemütlich machen
– Sich während der Probe gegenseitig frisieren
– Zeitung lesen
– Das Handy klingeln lassen
– Sich während der Probe gegenseitig SMS schicken
– Während der Probe einen Roman lesen
– Während der Probe einen Roman schreiben (Für Letzteres entschied ich mich irgendwann, aber das war den Kollegen dann auch wieder nicht recht.)

So weit die kleine Übersicht der ungeahnten Möglichkeiten, den Kollegen und dem Chorleiter gehörig auf den Geist zu gehen. Natürlich können diese Dinge mal vorkommen, es ist ja nicht jeder rücksichtsvoll und feinfühlig veranlagt, und schließlich sind wir alle nur Menschen. Die täglichen Proben eines Profi-Ensembles haben es eben in sich – mal singen, mal stumm bleiben, mal konzentrieren, mal langweilen, und dann auch noch jeden riechen können müssen und immer schön fröhlich bleiben. Nervige Besserwisser ebenso ertragen wie unappetitliche Störer und Totalausfälle. Wer soll da den Überblick behalten? Bruno jedenfalls ertrug dies alles mit schier übermenschlichem Gleichmut. Jahraus, jahrein.

»Takt hundertsechzehn«, sagte Bruno. »Die Geduld Hiob habt ihr gehöret.«

## *Kapitel 21*

»Was ist denn nun, hältst du dein Wort und besuchst meine Tochter?«, fragte Bruno nach einer Probe völlig unvermittelt, nachdem wir zufällig kurz nacheinander aus der Drehtür nach draußen getrudelt waren.

»Redest du wieder mit mir?«, gab ich halb trotzig, halb erleichtert zurück. Diese Frage, so fiel mir auf, stellte ich in letzter Zeit ziemlich oft. Bruno pflegte ja tagelang beleidigt zu schweigen und mich komplett zu ignorieren.

»Ich rede immer mit dir, wenn du nicht in der Nähe von diesem Kotßzbrocken Herold bist.«

Ich blickte mich hastig um. Robert lauerte garantiert irgendwo hinter einer Säule.

»Wir singen im selben Ensemble. Er sitzt fünf Meter Luftlinie von mir entfernt. Ich denke, auf Dauer müssen wir uns da etwas einfallen lassen ...«

»Habe ich schon«, sagte Bruno. »Wir studieren demnächst ein modernes Stück ein, da habe ich dich so eingeteilt, dass du ihm wochenlang nicht begegnest.«

Das war mir in der Tat sehr recht.

Bruno ging in Richtung Kneipe. Wenn ich mit ihm reden wollte, blieb mir nichts anderes übrig, als ihn zu begleiten.

Der Wirt knallte zwei Kölschgläser auf die Theke, und eines davon verschwand bis auf die wiederverwertbaren Rohstoffe innerhalb einer Sekunde in Brunos Schlund. Diesmal brauchte es nur ein einziges Gluck. Kölschgläser sind aber auch vergleichsweise klein ...

»Es gibt drei Chöre, die Lebenden, die Sterbenden und

die Toten«, sagte Bruno und wischte sich eine winzige Bierschaumspur von den Lippen. »Der Präsident ist bei den Toten.« Peng. Damit knallte er das leere Glas auf den Tresen.

Ich nippte an meinem Bier. »Klar. Und ich?«

»Bei den Sterbenden.«

»Nicht bei den Lebenden?«

Bruno seufzte. »Nein. Ich muss dich zu den Sterbenden tun.«

O Gott, das war ja unheimlich. Nicht tun!

Der Wirt knallte ein weiteres Kölschglas auf den Tresen, und Bruno kippte den Inhalt herunter.

»Das ist so. Du lässt mir keine Wahl.«

»Okay«, sagte ich, »das ist deine künstlerische Entscheidung. Wie lange stirbt es sich denn in dem Stück?«

»Hundertzwanzig Minuten«, sagte Bruno grausam. »Und wir werden drei Monate daran proben. Ich werde viele Einzelproben machen.«

Als ich ihn entsetzt anstarrte, huschte plötzlich ein kleines, scheues Schildkrötenlächeln über sein faltiges Gesicht.

»Du bist bestimmt süß, wenn du stirbst.«

»Apropos«, sagte ich schnell, »ist deine Frau tot oder noch unter den Lebenden?«

»Wer hat dir das gesagt?«

»Ist doch egal.«

Klick. Feuerzeug. Hastiges Einsaugen und Ausstoßen der ersten Rauchschwade. »Hat der Präsidentenarsch also seine Schnauze nicht halten können ... Für mich ist sie tot.«

Ich wollte gehen. Ich wollte einfach nur zwei Euro für mein Kölsch auf den Tresen hauen und gehen. In was für eine morbide, kaputte Welt hatte ich mich da nur begeben? Und warum faszinierte mich das so?

Ganz klar: weil in meinem Borkenkäferleben bisher noch

nicht viel los gewesen war. Und weil das hier einfach so kribbelnd spannend war wie ein Thriller. »Thßriller«, wie Bruno gern sagte. Und weil ich – weiß der Teufel, warum – Gefühle für Bruno hatte. Vielleicht waren es selbstzerstörerische Gefühle. Aus Protest gegen die strenge Erziehung zu Hause. Andere ritzten sich, ich mochte eben Bruno.

»Für mich ist sie mausetot«, bekräftigte Bruno jetzt und drehte mir den Rücken zu. Ich sah die nächste Rauchwolke aufsteigen. »Ob sie in der Klinik noch herumläuft oder nicht, das spielt keine Rolle. Sie hat mich und Jessica im Stich gelassen.«

Was *machst* du hier, Wanda?, meldete sich mein Über-Ich aus dem Urlaub zurück. Kind, gib dich nicht mit diesen Männern ab. Weder mit dem einen noch mit dem anderen. Der laute Wichtigtuer ist ebenso wenig ein Umgang für dich wie dieser verzweifelte Mann. Auch der dritte nicht, mit dem du den Klub der Schlimmen gegründet hast. Kaum lässt man dich aus den Augen, stürzt du dich und andere in Verwirrung. Das führt zu nichts. Wie du ja siehst. Und was machst du überhaupt am helllichten Tag in der Kneipe?

Du hast gut reden, sagte ich zu meinem Über-Ich, das natürlich keinen Alkohol trank und mit einem Glas stillem Wasser an der Wand lehnte. Das hätte ich mir vor vier Monaten überlegen sollen.

Kind, ich HAPPES noch gesagt!, rief mein Über-Ich anklagend. Gediegener Container! Reich ihnen nicht den kleinen Finger, sonst nehmen sie die ganze Hand!

Na ja, sagte mein Ich zerknirscht und stieß mein Es in die Rippen. Wir haben nicht nur den sprichwörtlichen kleinen Finger gereicht.

Nein!, zeterte mein Über-Ich und zeigte mit spitzem Finger auf mein Ich und mein Es, die schuldbewusst Hand in

Hand wie Hänsel und Gretel an der Theke standen und sich in ihr Kölschglas schämten. Seid mal ehrlich, ihr zwei. Ihr habt euch mit Schwung in das Ensemble geworfen, mit Haut und Haaren und Herz und kein bisschen Hirn …

Ja, gaben Hänsel und Gretel zähneknirschend zu. Das war ganz schön ungeschickt von uns.

Und jetzt könnt ihr es nicht rückgängig machen, genau wie der Zauberlehrling bei Goethe, konstatierte mein Über-Ich. Das habt ihr nun davon.

Ich sah zu Bruno, der sich auf den Tresen stützte und selbstvergessen in sein Bierglas starrte.

»In die Ecke, Besen! Besen! Seid's gewesen«, flüsterte ich hoffnungsvoll.

Doch Bruno hatte sich bereits wieder in seinen Panzer verzogen.

❋

Brunos Tochter Jessica lümmelte in einem grau-rosa Jogginganzug rauchend auf dem Sofa und schaute sich eine Talkshow an.

Unser kleines schwarzes Hündchen lag zerzaust und wie vom Winde verweht auf dem Teppich und knabberte an einer Bruno-Socke.

»Hallo, Jessica«, sagte ich aufgeräumt. »Ich bin Wanda.«

Wanda, das Hündchen, erkannte meine Stimme und stürmte mit schlackernden Ohren samt Socke im Maul auf mich zu. Sie sprang an mir hoch wie ein Irrwisch und wedelte so begeistert mit dem Schwänzchen, dass ich glaubte, sie würde gleich wegfliegen. Wir rauften ein bisschen um die Socke, und Wanda knurrte spielerisch und warf ihr Köpfchen hin und her, dass die schwarzen Federöhrchen flogen.

»Hey«, begrüßte Bruno seine Tochter – mit derselben

zärtlichen Weichheit in der Stimme, von der ich geglaubt hatte, sie sei nur für mich reserviert. »Du sollst doch nicht mehr rauchen.«

»Du rauchst doch selber, ey!«

»Ich bin ja auch nicht schßwanger.«

»Siehst aber so aus!«

Immerhin rappelte sich das liebe Kind auf und stolperte mir auf Socken entgegen. Jessica war zierlich, blond, durchaus hübsch und hatte auf drollige Art etwas von Brunos Schildkrötengesichtszügen in ihrem blassen Mädchengesicht. Ein kleines Bäuchlein wölbte sich unter dem Gummizug des Jogginganzugs. Sie sah aus wie eine Comic-Miniaturausgabe von Bruno in weiblich, ledig, jung. Sie reichte mir ihre schlappe, kalte Pfote und sagte: »Mein Alter is ja nur von dir am Faseln.«

»Dßessica, bitte …«

Wenn Bruno aufgeregt war, lispelte er so süß! Und jetzt war er aufgeregt, denn ich war zum ersten Mal bei ihm zu Hause zu Besuch.

»Von dir aber auch«, erwiderte ich und schüttelte ihre Hand, die sich anfühlte wie ein toter Fisch. »Was machst du denn für Sachen?« Das war eigentlich ganz freundlich gemeint, aber Jessica nahm es natürlich als Kritik.

»Ey, was soll'n der Scheiß jetzt hier!« Jessica raufte sich genervt mitsamt Zigarette in der Hand die punkigen Haare. »Biste vom Sozialamt oder was?«

»Dßessica!«

»Ach komm, Papa, du bist so peinlich!« Mit diesen Worten schob Jessica ihren Vater zur Tür hinaus. Er ließ sich willig entsorgen.

Ich wusste nicht, ob ich lachen oder weinen sollte. Der arme Bruno hatte ja wirklich ein Packerl zu tragen.

Im Wohnzimmer sah es aus wie bei Hempels unterm Sofa: Überall lagen wahllos verstreut Klamotten herum, mehrere Aschenbecher quollen über, eine halb zugezogene Gardine sollte wohl die Frühlingssonne aussperren. Eine braune Wolldecke hatte sich mit alten Zeitungen zum Meinungsaustausch auf dem Fußboden verabredet, und ein Müslinapf mit angepappten Resten hatte sich auch noch dazu gesellt. Fingerdick lag der Staub wie ein Pelz auf Fensterbänken und Regalen. Mir ging das Brahms-Requiem durch den Kopf: Wie lieblich sind deine Wohnungen, Herr Zebaoth! Weder Bruno noch die gute Jessica schienen haushälterisch tätig zu sein.

»Du, ich wäre fast Lehrerin geworden, aber du glaubst gar nicht, wie froh ich bin, dass es anders gekommen ist«, sagte ich zu Jessica, die sich mit genervtem Blick wieder auf das Sofa fallen ließ. Währenddessen dachte Wanda gar nicht daran, mit dem Hochspringen an meinen Beinen aufzuhören. Ich nahm das warme, weiche, schon leicht verfilzte Bündel hoch und drückte es an mich. Das schwarze Näslein schnüffelte aufgeregt an meinem Gesicht herum. Es war nicht so kalt und feucht, wie es sein sollte. Auch Wandas Fell glänzte nicht mehr.

»Freust du dich über den Hund, Jessica?«

Im Fernsehen schrien sich gerade zwei dicke, gepiercte Frauen an.

»Du hast doch mit dem ge*Piiiep*! Jetzt kannste dat *Piiiep* Blach auch großziehen!«

»Ey, du *Piiiep* Schlampe! Der Kevin war mir immer treu!«

»Dat glaubst auch nur du, du bekloppte *Piiiep*! Dem sein *Piiiep* ist doch so *Piiiep*, dass der den ganzen Tag *Piiiep*! Und da ist dem völlig egal, was für eine billige *Piiiep* dem unter seinen *Piiiep* kommt, Hauptsache, der hat was zum *Piiiep*!«

»Ja, klar«, sagte Jessica. »Voll süß.«

»Sollen wir mit Wanda mal um die Ecke gehen?«, schlug ich vor.

Überraschenderweise rappelte sich Jessica willig auf und griff zur Fernbedienung. Die *Piiieps* verstummten.

Ich schob die Gardine zurück, öffnete das Fenster und hielt Wandas bibberndes, gierig schnupperndes Näschen in den Frühlingswind.

Wir schlenderten um die Häuser, Jessica, Wanda und ich. Das Hündchen sprang unablässig an mir hoch, im Grunde hopste es die ganze Zeit auf zwei Beinen rückwärts vor mir her.

»Kümmerst du dich auch um Wanda?«, fragte ich streng.

»Klar, ey! Was soll'n der Scheiß?«

»Du musst dreimal am Tag mit ihr rausgehen.«

»Mach ich doch!«

»Und sie bürsten und pflegen. Wie dein Baby später auch.«

»Ey, voll der Kontrollbesuch, oder was?«

»Wie geht es dir, Jessica?«, fragte ich einlenkend, als wir aus der verkehrsberuhigten Spielstraße mit den verklinkerten Reihenhäusern in eine ebensolche Straße abbogen. Dabei kam ich mir vor wie eine Tante vom Jugendamt. Ich schwor mir, in dem Gespräch kein einziges Mal »ein Stück weit« zu sagen.

»Gut«, sagte Jessica und trat gegen eine Blechbüchse. Wanda jagte hinterher und kläffte das dreigestrichene C.

»Wanda, aus!«, rief Jessica und riss an der Leine.

»Wie fühlt sich das an, schwanger zu sein?« Ich lugte neugierig auf die kleine Rundung unter dem Jogginganzug. Am liebsten hätte ich meine Hand darauf gelegt, aber ich traute mich nicht.

»Geil«, sagte Jessica und grinste mich richtig spitzbübisch an. So konnte Bruno auch grinsen, wenn er sich etwas Makabres ausgedacht hatte. »Musste echt mal ausprobieren.«

»Ach je, nein, danke, ich hab noch Zeit. – Oh, das war jetzt nicht so taktvoll, Entschuldigung. Bewegt es sich schon?«

»Keine Ahnung. Kann auch sein, dass es nur Blähungen sind.« Jessica lachte. Ein Grübchen erschien auf ihrer Wange, genau wie bei Bruno, wenn er so verschmitzt und ein kleines bisschen unartig lachte.

Ich fand Jessica entzückend. »Und der Vater?«

»Du meinst den Spast von Passkall?«

»Wie? Ist der adelig?«

»Ach komm, vergiss es.«

»Ich meine, zahlt der?«

»Ey, sei doch nicht so spießig, ey! Der Papa zahlt. Der hat als Einziger von uns allen nen Job.«

Wer weiß, wie lange noch, dachte ich. Vielleicht wird er ja frühzeitig in Pension geschickt. Oder schmeißt sich vorher vor einen Zug.

»Okay. Weißt du schon, was es wird?«

»Nee. Aber kann ich rausfinden, wenndewillz.« Sie hatte den gleichen weichen Klang in der Stimme wie Bruno, wenn er sich für etwas begeisterte. Was selten genug vorkam.

Ich lachte. »Schniepeltest?«

»Ja, oder wie?«

»Nein, lass mal gut sein, Jessica. Ich dachte nur, du würdest es selbst gern wissen wollen.«

»Erfahr ich früh genug.« Sie hopste an der Bordsteinkante hoch und runter, dass ihre punkigen Haare flogen. »Ich hab mir überlegt, wenn die Mama rauskommt, zieh ich zu ihr.«

»Wo – rauskommt?«

»Aus der Klapse.« Jessica tat so, als spräche sie vom Supermarkt oder Fitnesscenter. »In einem Monat oder so kommt sie raus.«

Ich schlug einen Tonfall an, als redeten wir über die

Sonderangebote bei H&M. »Und – zieht sie dann wieder zum Papa?«

»Wieso sagst du Papa zu dem?«

»Äh, ich meine – zu deinem Vater?«

»Nee. Die können sich nicht mehr ab. Deswegen war sie ja da drin.« Jessica zog die Nase hoch. »Und da hat sie nen Typen kennengelernt.«

»Einen Arzt?«, fragte ich hoffnungsvoll. Dann hätte ihr Ungeborenes vielleicht wenigstens eine zurechnungsfähige Bezugsperson …

»Nee. Nen Mitpatient.«

»Ach.«

»Auf den fährt die voll ab.«

»Äh … wie schön. Kennst du ihn?« Hm, ich fuhr ja auch irgendwie auf Bruno ab. Da waren Vorurteile nicht angebracht.

Während unseres Gesprächs sprang die kleine Wanda immer wieder an mir hoch und versuchte, meine Kniescheibe anzuknabbern. Mir schien sie das einzige Stückchen Lebensfreude in diesem trostlosen Klinkerbau-Viertel.

»Nee. Hab auch keinen Bock auf den.«

»Und wenn du zur Mama ziehst … ich meine, zur Eva-Maria, geht das dann auch in Ordnung, wenn du dein Baby … also … Ähm, ist der Mitpatient – auch schon informiert?«

»Weiß ich doch nich!«

»Okay. Also, wenn ich dir irgendwie helfen kann, Jessica …«

»Du kannst dich um den Papa kümmern. Der findet dich voll geil.«

»Oh … Ja, natürlich. Ich ihn auch.«

Es dauerte eine Weile, bis Jessica wieder etwas sagte.

»Komm, laber keinen Müll.« Sie hörte mit dem Bordsteinhüpfen auf. »Ist mir auch voll egal, was du an dem findest. Will ich gar nicht wissen. Echt. Sonst muss ich kotzen.«

In gewisser Weise hatte sie recht. Ich fragte mich ja selbst, was ich eigentlich an Bruno fand.

»Jessica, ich mag deinen Vater wirklich auf eine gewisse Weise sehr gern.«

»Wieso?« Jessica blieb plötzlich stehen. »An seiner Schönheit kann es doch nicht liegen!«

»Nein, wirklich, er ist – unheimlich musikalisch und ... nun ja ... sensibel und – irgendwie künstlerisch faszinierend ...«

»Er ist voll das Weichei. Als die Mama abgehauen ist, hat er wochenlang seine Nachkriegsunterhosen vollgeheult.«

Ja, das konnte ich mir bei Bruno gut vorstellen. Grausam, aber ich musste mir ein Lachen verbeißen. »Ach ja? Und warum ist die Mama dann in die Kl... – ich meine, warum hat Eva-Maria dann professionelle Hilfe in Anspruch genommen?«

»Rate mal. Genau deshalb.«

Die rastlose kleine Wanda hörte auf, an mir hochzuspringen, machte einen runden Rücken, zitterte ein wenig und legte einen Bleistiftstummel auf den Bürgersteig. Ich wollte mich gerade mit einem Taschentuch in der Hand danach bücken, als Jessica das Minigeschäft ihres Lieblings mit einem Fußtritt in einen gepflegten Vorgarten katapultierte.

»Weil der Papa nämlich ein Heuler ist. Entweder ist er beleidigt oder er heult. Meistens beides. Da wird man einfach wahnsinnig.« Sie trat noch einmal mit Schmackes gegen die Reste von Wandas hellbraunem Minigeschäft. »Man hat ständig nur Schuldgefühle! Sein ganzes Leben lang!«

Ich starrte Jessica an. Sie hatte den Nagel auf den Kopf

getroffen. *Das* war es, was mich zu Bruno hinzog. Meine katholischen Schuldgefühle!

»Darüber ist die Mama plemplem geworden.«

»Das tut mir echt leid. Und ich kann sie ein Stück weit auch ver…« Huch! Jetzt hatte ich es doch gesagt. Nicht tun!

»Ich weiß zwar nicht, was du an ihm findest«, unterbrach mich Jessica mit gefährlich ruhig klingender Stimme und schaute mir zum ersten Mal direkt in die Augen, »aber er ist immer noch mein Dad. Und wenn du den verarschst, dann kommt der auch irgendwann in die Klapse. Das ist dann deine Schuld. Mehr muss ich ja wohl nicht mehr sagen.«

Mein Gesicht schockgefror. »Nein«, flüsterte ich.

Dann schlenderten wir heim.

Bruno hatte inzwischen Kaffee gekocht.

## *Kapitel 22*

Ich liebte meinen Job, ich liebte mein Leben, ich liebte meine Kollegen. Manche weniger, manche noch weniger.

In einer Ensembleversammlung, der ich nicht entfliehen konnte, noch nicht einmal mit der Ausrede »Ich muss mal aufs Klo«, wurden die ersten schweren Geschütze abgefeuert.

Es fing ganz harmlos an. Die neue Konzertkleidung für die Damen wurde vorgestellt, natürlich von unserem Topmodell aus dem Schaufenster von Moden Bianca. Sie hatte Beziehungen zu einem Damenschneider. Welche, verriet sie nicht. Endlos lang und peinlich waren die Kommentare zu den Schnittvorlagen, die sie persönlich vorführte.

»Darin sehen die meisten unserer Kolleginnen aus wie eine Thüringer Presswurst!«

»Und wenn sie erst anfangen zu singen, dann platzt die Hälfte von den Fetzen!«

»Wir müssen auch an die Optik denken!«

In letzterem Satz steckte viel Bedenkenswertes.

Die Herren lachten sich tot, und die Damen fühlten sich in ihrer weiblichen Würde verletzt. Einige besonders. Ich selbst amüsierte mich prächtig. Noch.

Tja, was der Schaufensterpuppe mit Größe 34 stand, war für die meisten anderen nicht uneingeschränkt vorteilhaft.

Allein über die Tiefe des Ausschnitts wurde eine Stunde lang diskutiert. Die geschwollene Halsschlagader redete zu dem Thema gefühlte zwanzig Minuten lang. Dabei ging es ihr wie immer nicht um die Sache, sondern um das Rechthaben an und für sich. Ich wollte lieber gar keinen Ausschnitt tragen und hätte mein Kleid auch unter dem Kinn zugebunden, nur damit sie endlich aufhörte zu palavern. Schließlich einigte man sich auf die Stelle kurz über dem Busenritz, an der man beim Bekreuzigen sagt »… und des Sohnes«. Sehr katholisch, dagegen konnte keiner etwas haben.

Auch die erlaubte Größe und Beschaffenheit von Broschen und Ketten wurde lang und breit erörtert. Eine Kollegin wurde verbal gesteinigt, weil ihre Brosche zu groß war, eine andere, weil ihre Kette zu echt war. Ich glaube, es war Viktoria, die Reedersgattin. Ich dachte kurz an den Container in Mörsenbroich, wo ich mir mit derlei oberflächlichen Debatten nicht die Zeit hätte stehlen lassen. Man hätte stattdessen auch sehr schön *Danke für diesen guten Morgen* singen können. Aber das war Dienst. Und ich hatte auf meinem Stühlchen hocken zu bleiben, bis der Dienst beendet war.

Dann wurde dem anwesenden Herrn Intendanten ganz offiziell mit geschwollener Halsschlagader und sich überschlagender Stimme das Missverhalten unseres Korrepetitors gepetzt. Ersterer hörte sich gequält diesen ganzen Kinderkram an, Letzterer weilte indessen drüben in der Kneipe. Ich fand es beschämend, dass Bruno, der zweiundzwanzig Jahre lang die Drecksarbeit gemacht und jedem noch so dämlichen Chorknüppel die schweren modernen Stücke eingetrichtert hatte, jetzt draußen auf der Strafbank saß, während man hier über ihn Gericht hielt. Seitdem ich seine privaten Verhältnisse kannte, tat es mir sogar körperlich weh.

Ich hatte mir bei Robert bereits den Mund fusselig geredet, dass man den armen Mann doch einfach nur in Ruhe lassen solle und dass jeder mal einen schlechten Tag haben könne.

Als nun alle auf den Abwesenden einhackten, wagte ich, dasselbe noch mal in großer Runde hervorzubringen.

»Er hat einmal in der Probe die Kontrolle verloren, wir sind doch alle nur Menschen! Da sind den Ensemblemitgliedern schon ganz andere Entgleisungen passiert.« Ich dachte an die ständigen pubertären Störmanöver des Klassenkaspers, die giftigen Bemerkungen mancher Kolleginnen, Änne-Christas absichtliches Textverdrehen und Nachäffen von Swetlana, das laute Lachen der Bässe, das Lesen, Stricken, Simsen, die chronische Unpünktlichkeit einer Kollegin, die zehn Minuten zu Fuß zum Dienst hatte, und das gegenseitige Maßregeln. An den Stimmgabelweitwurf, die Weigerung, eine Sekunde länger zu proben, als auf dem Dienstplan stand, das unablässige Drohen mit der Gewerkschaft, das Rangeln um die erste Reihe, um ein paar Takte Solo. Ach, ich dachte an so vieles, das mir bisher an menschlichen Abgründen begegnet war.

Ich erntete eisige Blicke.

»Was hast du denn dazu beizutragen, du Grünschnabel?«

»Sind Kollegen im Probejahr überhaupt stimmberechtigt?«

»Sind Sie hier neuerdings die Sprecherin, Frau Zapf?«, siezte mich der Klassenkasper plötzlich wieder. In seinen Augen glomm mitnichten der Schalk. Da war nur blanker, kalter Hass. Weil er nicht unter denjenigen war, denen ich mein Herz zu Füßen gelegt hatte? Oder war es Neid? Worauf? Dass mir so viele Herzen zugeflogen waren?

Mir wurde ganz kalt. Die Welt war voller Elend, Hunger und Krieg, und wir, die wir nichts anderes zu tun hatten, als zu singen und zu reisen und Spaß zu haben und damit Geld zu verdienen, was taten wir? Uns gegenseitig verpetzen und herunterputzen. Ein echter Moment zum Fremdschämen. Vielleicht hätte man spaßeshalber mal einen Arbeitstag in einer Fabrik in China verbringen sollen? Oder in einem Steinbruch in Chile? Offensichtlich kamen wir alle gerade erst aus der Höhle gekrochen. Dafür, unseren wunderbaren Arbeitsplatz wertzuschätzen und zu genießen, würden wir wohl noch ein paar Tausend Jahre brauchen.

Ich sank auf meinem Stühlchen zusammen und hielt den Mund.

Da sprang Robert für mich in die Bresche.

»Kommt jetzt, Leute, Wanda ist ein vollwertiges Mitglied des Ensembles, sie macht einen hervorragenden Job …«

»Hört, hört!«, tönte es aus den hinteren Rängen.

»Dat hamwa ja jesehen!«

»Die hat sich so sehr eingebracht, dass einige der männlichen Kollegen ganz wirr im Kopf geworden sind.«

»Und in den Lenden erst!«

»Keine Namen!«

Robert ließ sich nicht die Butter vom Brot nehmen. Aufmerksamkeit fordernd hob er die Hände.

»Der Präsident will eine Rede halten!«, krähte der Klassenkasper. »Da müssen wir uns still verhalten! Denn was der Präsident heut spricht, ist von besonderem Gewicht.«

»Danke«, sagte Robert nonchalant. »Und ich finde auch, wir sollten nicht so auf Bruno herumhacken. Es ist zwar dienstgradmäßig nicht sein Recht, einzelne Ensemblemitglieder allein vorsingen zu lassen, aber es hat mir nichts ausgemacht. Ich bin ja ein gefragter Solist, hohoho!«

Ich fand es toll, dass Robert sich für Bruno einsetzte, obwohl er ihn nicht ausstehen konnte. Und selbst der Betroffene war. Im Grunde. Ein Stück weit.

Huch! Nicht tun! Das ganze altjüngferliche Gemähre färbte schon auf mich ab. Fehlte nur noch, dass ich anfing, meinen blutroten Teebeutel auszuwringen.

»Wir haben ein Gesetz!«, stimmten die der Gewerkschaft nahestehenden Bässe eine Fuge an.

»Genau«, keiften die Soprane den Kontrapunkt, »und nach dem Gesetz soll er keinen einzeln vorsingen lassen und keine Namen nennen.«

Ich dachte nur: Los, Kinder. Nicht reden, singen! Meinetwegen kläfft weiter, ihr Soprane.

»Okay, er hat sich im Ton vergriffen«, sagte Robert.

»Im *Ton* vajriffen? Isch hör wohl nich räscht«, kam es aus dem ersten Alt. »Er soll sisch öffentlisch entschuldigen«, forderte Frau Zaunknecht. »Hier! Vor dem janzen Ongsombel!«

O Gott. Das würde Bruno nie tun. Niemals. Eher würde er in den Rhein springen. Ich warf Ralf einen flehenden Blick zu.

»Also bitte, meine Damen und Herren«, schaltete er sich ein. »Wir wissen alle, wie sensibel unser lieber Herr Gutknecht ist …«

»Isch bin auch sensibel!«, keifte Frau Zaunknecht.

»Dann soll er keine Kollegen einzeln vorsingen lassen«, bollerte der asthmatische bergische Bass.

»Dat is nich sein Räscht!«, bellte Frau Zaunknecht.

Ich konnte mich nicht mehr zurückhalten. »Ist ja gut jetzt. Wir haben alle Gesang studiert und können auch einzeln vorsingen.«

»Das musst *du* gerade sagen, du feiges Stück!«

Die Worte der Pferdehaarigen trafen mich wie Pfeile. Ihr hatte ich in einem privaten Moment gestanden, dass ich niemals ein Solo singen wollte, weil ich vor Lampenfieber sterben würde. Eigentlich hatte ich ihr das nur erzählt, damit sie nicht dachte, ich wollte ihr womöglich eines vor der Nase wegschnappen.

Ja, okay. Eigentor.

Nun setzte ein Geschnatter, Gekeife und Gezeter ein, als würde der gesamte Bestand an Ziegen, Enten und Gänsen aus dem Kölner Streichelzoo vom hochbegabten Benedikt bei lebendigem Leibe zersägt.

»Das wird er auch nicht wieder tun, verlassen Sie sich darauf!«, rief der Intendant dazwischen. »Er wird eine Abmahnung bekommen.«

»Dat is ja wohl dat Mindeste!«, meldete sich der Nibelungenhelm mit nordischer Kälte von seinen 300 isländischen Wasserfällen.

Im Folgenden wurden zu dem Thema noch unendlich viele weitere Wortmeldungen abgegeben. Die Wogen der Erregung schlugen so hoch, dass der ganze Sender darin zu ersaufen drohte, und vielleicht war es nicht sehr geschickt vom Intendanten, als nächsten Tagesordnungspunkt die Besetzungsliste für die Kreuzfahrt vorzulesen.

»Sopran: Landmann. Alt: Zapf. Tenor: Rummel. Bass: Herold. Klavierbegleitung: Gutknecht. Organisation und Reisebegleitung: Dr. Kalb. Noch Fragen?«

»Das darf ja wohl nicht *wahr* sein!« Der Klassenkasper machte Anstalten, sich wie Rumpelstilzchen in der Luft zu zerreißen. »Schon wieder die!«

Mein lieber Herr Gesangverein. Ich duckte mich und hielt den Blick gesenkt. Jetzt gab es kein Halten mehr.

»Was hat *die*, was ich nicht habe?«

»Wieso schon wieder die Zapf?«

»Wanda auf allen Kanälen, ich fass es nicht!«

»Wer ist überhaupt Wanda Zapf?«, rief die kleinwüchsige Jolanthe Kapinski und stampfte mit dem Fuß auf wie Scarlett O'Hara, als die blasse Melanie ihren Ashley bekommt. »Die hat sich bei mir noch nicht vorgestellt!«

»Mit wem muss ich pennen, damit ich auch aufs Schiff darf?«, zischte die Igelfrisur.

Der Teebeutel streichelte dem Flusspferd begütigend über den gramgebeugten Rücken. Die pflichtbewusste Swetlana murmelte, das alles sei strategisch nicht sehr geschickt, und Andrea Fellgiebel sandte mir Dolchblicke. Selbst Armgard Liebscher, die ihren Gesichtsausdruck sonst immer unter Kontrolle hatte, guckte wie ein Pyrmonter Säuerling.

Die Wellen der Wut und Missgunst schlugen meterhoch.

»Nicht dass wir neidisch wären«, log die heilige zwölfte Säule von Ephesus mir ins Gesicht. »Natürlich gönnen wir dir das von Herzen, Wanda. Du bist jung und siehst gut aus, und du wirst den Sender auf dem Schiff bestimmt würdig repräsentieren. Aber in letzter Zeit singst du einfach ein bisschen zu viel solo.«

»Aber ich singe doch gar kein Solo!«

»Das ist ja das Widerliche an dir!«, zeterte die Pferdehaarige. »Zum Solosingen bist du zu feige und räumst hier trotzdem alle Sahnebonbons ab.«

»Die anderen im Ensemble sind auch mal dran!«

»Das war doch gar nicht meine Entsch…«

»Was bist du nur für eine Kollegin!«, herrschte mich die Optikergattin aus Oberwesel an. »Erst immer so freundlich tun und dann hier absahnen.«

»Erst anschleimen und dann die Kerle angraben, die hier die Entscheidungen treffen.«

»Politisch gefickt eingeschädelt!«

Ich zuckte unter den hasserfüllten Bemerkungen zusammen wie unter Messerstichen.

Nun wurde auch Robert laut. »Wanda Zapf wurde vom Haus für diese Dienstreise eingeteilt und damit basta. Sie ist im Probejahr und muss sich bewähren.«

»Auf deinem Schoß hat sie sich ja schon bewährt!«

»Das Haus hat seine Gründe.«

»Ach nee? Die würden wir aber mal gern erfahren. Und wer ist das Haus? Ross und Reiter nennen!«

»Keine Namen«, sagte Robert und schaute auf die Uhr.

Der Intendant verabschiedete sich höflich, er hätte noch eine Besprechung mit der Reederei. Rainer Kleinehellefort rief über Handy den Korrepetitor an, er solle sofort aus der Kneipe zurückkommen. »Das ist Dienst!«

Über meine Handtasche gebeugt tat ich so, als würde ich nach etwas suchen. Ich fühlte mich miserabel. Das sah ja finster aus für mein Probejahr.

Eine Minute später betrat ein sehr blasser und trübe blickender Bruno den Saal. Seine Finger zitterten, als er die Bild-Zeitung auf den Flügel legte.

»Schönberg«, sagte er. »Friede auf Erden. Takt zwölf.«

# *Kapitel 23*

Meine Kabine war klein und hatte ein Bullauge, vor dem ständig schäumend das Wasser tanzte. Ich fühlte mich, als säße ich vor einer Waschmaschine.

Viktoria weilte natürlich mitsamt hochbegabtem Benedikt und Schwiegermutter in der Owner-Suite auf Deck 12 mit Dachterrasse, während sich die Kollegen Herold und Rummel eine Doppelkabine teilten. Ich fürchtete allerdings, dass Robert nicht vorhatte, sehr lange bei Lutz Rummel zu schlafen, und sich schon eine Alternative überlegt hatte. Der arme Bruno hauste sogar in einer Innenkabine. Ganz ohne Bullauge. Wahrscheinlich war das ein Bestandteil seiner Abmahnung. Ralf Kalb wiederum hatte eine Außenkabine mit Balkon.

Ich war erleichtert, dem Ensemble für eine Woche entronnen zu sein. In der Zeit würden sich die Wogen hoffentlich wieder glätten. Ich wollte doch keinem etwas Böses.

Unser Gesangsquartett probte im Restaurant auf einer Art Empore, während die Kellner laut klappernd die Tische eindeckten.

Bruno saß am Klavier, und wir vier hockten im Halbkreis vor ihm wie eine Gruppe Panflötenspieler in der Fußgängerzone.

»He, Zigoooiner, greife in die Saiten ein! Spiel das Lied vom uuungetreuen Mägdelein!«, legte der verhinderte Siegfried voller Inbrunst vor, wobei er sich derart heftig selbst dirigierte, dass er vom Stuhl kippte.

Nicht schön, dachte ich und meinte damit nicht seine

Stimme, denn die war echt klasse, wenn man die Augen schloss, sondern den Text. *Musste* das denn schon wieder sein?

Bruno streichelte wehmütig die Tasten, und wir sangen: »Lass die Saiten weinen, klagen, traurig bange, bis die heiße Träne netzet diese Wange!«

Natürlich war das schon wieder meins. Alles, was traurig und schwermütig war, lag mir in der Kehle wie eine Nougatpraline. Ich badete mit melancholischer Glückseligkeit in den leidenschaftlichen Mollklängen von Brahms. Der war ja auch unglücklich in die Frau eines anderen verliebt gewesen. Der Konkurrent hieß sogar Robert. Robert Schumann. Und das ungetreue Mägdelein hieß Clara. Na bitte. Das kommt also in den besten Familien vor, versuchte mein Ich mein naserümpfendes Über-Ich zu beruhigen.

»Hochgetürmte Rimaflut, wie bist du so trüb; an dem Ufer klag ich laut nach dir, mein Lieb!«

Wie gut, dass Bruno in seiner Innenkabine gar keine Rimaflut sehen konnte. Bestimmt hätte er sich sonst verstört hineingestürzt.

»Wisst ihr, wann mein Kindchen am allerschönsten ist?«, schmetterte der verhinderte Siegfried und tobte auf seinem Stuhl herum.

Nein. Und das wollten wir auch gar nicht wissen.

»Wenn ihr süßes Mündchen scherzt und lacht und küsst.«

Ich wusste nicht, wo ich hinschauen sollte. Vielleicht zu den fleißigen Kellnern?

Plötzlich fühlte ich Roberts Hand in meinem Rücken. Ich zuckte zusammen.

»Schätzelein, du bist mein, inniglich küss ich dich«, röhrte er mir zu. Ich blickte schnell in meine Noten, obwohl ich die *Zigeunerlieder* von Brahms auswendig konnte. Der arme Bruno!

Nun war Viktoria an der Reihe. Mit ausgebreiteten Armen

sang sie so strahlend und bezaubernd, dass die Kellner sofort aufhörten, mit den Tellern zu klappern.

»Lieber Gott, du weißt, wie oft bereut ich hab, dass ich meinem Liebsten einst ein Küsschen gab.«

Das konnten wir alle gar nicht glauben. Wer bereut es denn, einem Luxusreeder einst ein Küsschen gegeben zu haben? Man sah doch, wohin das führte!

Nach einem perlenden Zwischenspiel von Bruno war ich dran.

»Herz gebot, dass ich ihn küssen muss, denk, solang ich leb, an diesen ersten Kuss.« Dabei sah ich Bruno halb dienstlich, halb privat an, der darob errötete, und spürte gleichzeitig Roberts Hand an meinem Rücken.

Himmel noch mal, wer hatte sich denn dieses Programm ausgedacht? Konnten wir nicht *Seemann, lass das Träumen* singen? Oder meinetwegen *Wir lagen vor Madagaskar und hatten die Pest an Bord?* Die hatten wir nämlich an Bord, und ich hatte die Wahl zwischen Pest und Cholera.

»Dass der Bursch zum Mädel gehe, ist kein Verbot!«, dröhnte Robert sonor und streichelte dabei meinen Rücken. »Freunde, sucht euch dort ein Bräutchen aus, freit um ihre Hand und gründet euer Haus …« Dabei blitzten mich seine C-Dur-Augen ganz verliebt und entwaffnend an.

Du hast dir doch schon eins ausgesucht, dachte ich. Und jetzt willst du es nicht mehr. Was willst du denn nun?

Das fragte ich mich selbst inzwischen auch. Was *willst* du eigentlich?

Ich will doch nur hier sitzen!

Aber das ging nicht mehr.

»Kommt dir manchmal in den Sinn, mein süßes Lieb«, tobte Lutz Rummel, »was du einst mit heil'gem Eide mir gelobt?«

Nein. Ich möchte auch gar nicht darüber nachdenken. Ich will einfach nur hier sitzen.

In dieser Sekunde hob Bruno den Blick. Seine traurigen kleinen Augen saugten sich an meinen fest. Er schaute mich an wie damals in Meran, als wir mit dem Welpen im Auto saßen und Bruno für einen Moment geglaubt haben musste, wir gehörten nun zusammen. All seine Zärtlichkeit und Liebe, aber auch alles Leid der Weltmeere lag in seinen Augen. Es gelang mir nicht, meinen Blick auf die Noten zu senken, während ich sang: »Täusch mich nicht, verlass mich nicht, du weißt nicht, wie lieb ich dich hab …« Und dabei grabbelten mir ständig Roberts Finger am Rücken herum.

»Lieb du mich, wie ich dich, dann strömt Gottes Huld auf dich herab!« Das Streicheln wurde zu einem Klammergriff. Und da war es wieder, das katholische Schuldgefühl. Ach was, ein ganzes Containerschiff voller Schuldgefühle dampfte über mich hinweg. Na toll, Wanda. Du kommst so oder so in die Hölle. Und das nicht nur für ein Probejahr.

❁

Dennoch: Die Reise war ein Traum.

Ein Sommernachtstraum, ein Liebestraum, ein Albtraum.

Im Flugzeug nach Neapel hatte ich zwischen Bruno und Robert gesessen (Albtraum). Dann hatte Robert meinen Koffer vom Band gewuchtet (wegen böser Blicke von Bruno Albtraum), und wir waren von einem Kleinbus abgeholt worden, dessen durchgeknallter Fahrer uns nach Sorrent brachte, wobei der hochbegabte Benedikt in den Serpentinen zum Hafen kotzen musste und die Schwiegermutter ihn nicht daran hindern konnte (Albtraum!). Dort wartete im Licht der untergehenden Sonne und sanft auf den Wellen dümpelnd der letzte Tender auf uns (Traum). Wir bestiegen ihn und schipperten hinüber zur MS *Ouvertüre*, während Viktoria sang *Wenn bei Capri die rote Sonne im Meer versinkt* (Traum). Bruno litt derweil schweigend auf der engen Sitzbank und durfte noch nicht mal rauchen (Albtraum). An Bord bezogen wir unsere Kabinen (Albtraum). Viktoria kriegte sich gar nicht mehr ein vor Jubel, sang, umarmte die Matrosen und fotografierte den Sonnenuntergang (Sommernachtstraum). Es gab Champagner (Traum). So ging dieses Wechselbad der Gefühle im Sekundentakt weiter.

Singen ist schon etwas unglaublich Tolles.

Im Mai eine Mittelmeerkreuzfahrt machen auch.

Dabei mit mehreren Männern ein Verhältnis haben – das verleiht der Sache schon das gewisse Etwas.

Sich das Ganze ständig mit Alkohol schöntrinken – tja, dazu steht keine Benimmregel mehr im Knigge.

Warum soll eine Frau kein Verh… hicks …nis haben, kein Ver…

Warum soll ein Borkenkäfer nicht mehrere Ver… hicks …nisse haben, wenn er doch gerade zum Schmetterling mutiert ist und Schmetterlinge bekanntermaßen nicht auf einer Schildkröte sitzen bleiben, sondern von Blume zu Blume flattern?, fragte mein Ich mein Über-Ich eher rhetorisch. Mein Es wollte nur von allen geliebt werden, wie jedes Kindergartenkind.

Ich schlief keine Sekunde. Wie denn auch? Es klopfte ja dauernd. Der Borkenkäfer hatte nun endgültig den festen Boden unter den Füßen verloren. Der Schmetterling war völlig überdreht, überfordert, übermütig. Er tanzte genau wie das Schiff auf den Wogen des Glücks, spürte die prickelnde Gischt des Begehrt- und Geliebtwerdens, taumelte aber im nächsten Augenblick hinab in das Wellental des schlechten Gewissens, der Schuldgefühle und der Selbstverachtung.

Wie sollte das nur weitergehen? Ich wollte doch noch vierzig Jahre im Klassisch-TV-Ensemble bleiben!

Die Stelle im Ensemble war mir in den Schoß gefallen wie eine überreife Frucht. Die große Liebe war jedoch nicht hinterhergeplumpst. Ich hatte da in meiner Begeisterung wohl etwas verwechselt.

Nun hechelte Robert ständig hinter mir her wie ein verliebter Hund und hob überall akustisch sein Bein, um das Schiff mit seinem dröhnenden Lachen zu markieren.

Bruno litt wie ein geprügelter Hund, der in seinem abgedunkelten, bullaugenlosen Zwinger weder Fressen noch Wasser bekam. Ich fürchtete manchmal, er würde sich ins Wasser stürzen und von der Schiffsschraube bis zur Unkenntlichkeit zermetzelt werden.

Ralf Kalb hingegen genoss seine Mitgliedschaft im Klub der Schlimmen, und ich genoss den Spaß, das Lästern, die Wortspiele, das Champagnertrinken, das Walzertanzen und andere Vergnügungen mit ihm, ohne mich ihm gegenüber verpflichtet fühlen zu müssen. Er war mir kein bisschen böse und erfrischend unbeleidigt, wenn ich mal woanders hinschaute oder jemand anderen grüßte oder mit jemand anderem am Frühstückstisch saß.

Vielleicht war er der Einzige, der wirklich erwachsen war.

Immer wenn ich in meine winzige Kabine flüchtete, lag da mindestens ein Brief, der unter der Tür durchgeschoben worden war, oder eine Nachricht, die eine ahnungslose Stewardess mir aufs Bett gelegt hatte. Oder mein Bordtelefon blinkte: Sie haben neue Nachrichten.

Diese Mitteilungen lauteten wahlweise:

*Ich bitte dich, erhöre mich.*

*Scheiße, bist du süß, wenn du singst!*

*Du hast ihn schon wieder angeschaut, ich hab's genau gesehen!*

*Wann treffen wir uns mal zum Spaßhaben?*

*Ich glühe vor Vorfreude.*

*Heute Abend bin ich allein.*

*Ich rede nie wieder ein Wort mit dir!*

*Ich muss immerfort an dich denken.*

*Jetzt ist endgültig Schluss, aber so was von endgültig. Und glaub ja nicht, dass ich jemals wieder ein Wort mit dir wechsle! Auch nicht dienstlich. Du bist nicht mehr bei den Sterbenden, sondern bei den Toten.*

*Mein Fittich platzt bald!*

Vom wunderbar normalen, aber verheirateten Ralf Kalb hingegen bekam ich rote Rosen – ich vermutete, dass Viktoria in ihrer Suite den gleichen Strauß stehen hatte – und eine »Einladung zum Diner« auf feinstem Büttenpapier.

Nach all den nervtötenden Nachrichten vom betrübten Bruno und notgeilen Robert nahm ich nur allzu gern an einer Versammlung des Klubs der Schlimmen teil, um mal wieder einen Menschen um mich zu haben, der weder dauerbeleidigt noch geltungssüchtig war.

Es war ein sehr nettes Diner zu zweit, hinten auf Deck fünf, mit Blick auf *Wenn bei Capri die rote Sonne im Meer versinkt*, was die Reedersgattin auch gerade mit der Band sang. Sie sang eigentlich immer und überall. Es war schwer, sie daran zu hindern. Sie lebte nach dem Motto: »Ich singe, also bin ich.«

Und ihr hochbegabter Benedikt hatte dieses Lebensmotto mit der Muttermilch eingesogen und nur leicht abgewandelt: »Ich säge auf meiner Geige, also bin ich.«

In Ralfs Gegenwart kam ich mir vor wie in einem Werbespot für die Reederei.

»Fehlt nur noch, dass ich mit einem weißen Flatterschal an der Reling stehe und Pralinen in mich hineinstopfe«, sagte ich und strahlte mit der Abendsonne um die Wette.

»Und dann komme ich im Smoking und mit weißem Schal und bitte dich zum Tango«, spann Ralf den Faden weiter. »Das würde genau zum Image unserer Kreuzfahrtschiffe passen. Dass hier in Wirklichkeit fast nur scheintote, inkontinente Senioren herumhängen, die die Toilette nicht mehr finden, muss ja keiner erfahren.«

»Ist das denn so?«

»Ja. Schau dich doch um! Die MS *Ouvertüre* wird genau so ein schwimmendes Altersheim werden wie die MS *Klassika*«, antwortete Ralf ganz sachlich. »Viele Leute geben über Weihnachten oder die Sommerferien ihre uralten Eltern hier ab. Die werden im Rollstuhl in die Kabine geschoben, und dann darf die philippinische Stewardess sich um sie kümmern. Manche Senioren machen die komplette Weltreise auf dem Schiff mit und wissen gar nicht mehr, wie sie heißen.«

»Das ist ja schrecklich!«

»So eine Weltreise kostet gut und gern dreihunderttausend Euro«, erklärte Ralf. »Wir haben ein schwules Paar an Bord – er ist fünfundachtzig und er ist siebenundachtzig –, das hat seinen Schmuck mit einem Kran in die Kabine hieven lassen.«

Ich schüttelte sprachlos den Kopf.

»Wenn die sich abends zum Diner aufmotzen, fällt denen der Kopf in die Suppe, so schwer sind die behangen.«

Ich lachte schallend. Ach, ich liebte Ralfs sarkastischen Humor!

Wir stießen mit Champagner an und aßen Kaviar, und ich fragte mich, was alle Welt an diesen glitschigen Fischeiern fand, die aussahen wie der Durchfall von Wanda, nachdem sie Brunos Socke gefressen hat.

»Ihr müsst ein ganz tolles Konzert geben, Wanda«, sagte Ralf, während er seinen Cracker mit Zwiebeln, saurer Sahne und Wanda-Durchfall belegte. »Ihr müsst den Leuten vermitteln, dass hier nur junge, gut aussehende, verliebte Menschen sind. Es muss vor Erotik krachen.«

»Ich gebe mein Bestes«, murmelte ich und würgte an meinem Kaviarcracker.

»Klassisch-TV schneidet alles mit und sendet die besten Ausschnitte. Zieh bloß ein sexy Kleid an.«

»Also nicht den gewerkschaftlich genehmigten Chorsack?«

»Du hast hoffentlich privat was anderes.« Er schenkte mir Champagner nach. »Und zieh mit dem Robert ruhig eine richtige Show ab. Der steht auf dich!«

»Wirklich?« Ich trank einen Schluck Champagner. »Das ist mir noch gar nicht aufgefallen. Wie ernst ist ihm eigentlich seine Verlobung mit deiner Schwester?«

»Das ist mir so was von egal.« Ralf tupfte sich mit der Leinenserviette den Mund ab. »Mich interessiert, wie wir das Image von Klassisch-TV verjüngen. Dazu ist mir jedes Mittel recht.«

Ich erzählte ihm von Mutter und Frau Heideprecht und davon, wie oft Frau Heideprecht schon beim Sender angerufen hatte, um das Quiz zu gewinnen.

»Das ist doch alles fingiert«, verkündete Ralf. »Kindchen, wie naiv bist du denn? Wir haben natürlich auch einen Vertrag mit der Telefongesellschaft.«

»Was? Heißt das, ihr stellt gar keine Anrufer ins Studio durch?«

»Doch, aber das sind unsere eigenen Mitarbeiter. Die sitzen nebenan, und wir instruieren sie vorher, was sie sagen sollen. Frau Glinke aus der Buchhaltung und Frau Männlein aus dem Sekretariat raten immer knapp daneben. Das heizt die Zuschauer unheimlich an und treibt die Anruferzahlen in die Höhe.«

»Das kann doch nicht wahr sein! Frau Heideprecht hat schon mal ihre halbe Monatsrente verspielt! Sie macht sich solche Hoffnungen auf den Kreuzfahrtgewinn.«

Ralf warf mir über den Rand seines Champagnerglases hinweg einen Klub-der-Schlimmen-Blick zu und sagte: »Da ist sie nicht die Einzige. Gerade ältere Leute, die sonst nicht mehr viel zu tun haben, glotzen den ganzen Tag Klassisch-TV und wählen sich die Finger wund. Die sind richtig süchtig.«

Ich fühlte mich schlecht. Furchtbar schlecht. Die Schuldgefühle verdarben mir den Geschmack an Champagner und Crackern.

»Du bist ein schlechter Mensch, Pater Ralf«, sagte ich tadelnd.

»Das hast du vorher gewusst.« Er grinste mich entwaffnend an. »Wir haben schließlich den Klub der Schlimmen gegründet. Schwächelst du jetzt etwa?«

»Nein, nein … ich möchte nur niemandem schaden«, erwiderte ich und betrachtete den glutroten Ball, der gerade im Meer versank.

»Die Menschen sind schlecht«, sagte Ralf Kalb und schob sich einen letzten Bissen in den Mund. »Sie denken alle bloß an sich. Nur ich denk an mich.«

»Das ist ein Kanon«, sagte ich. »Dreistimmig.«

Ralf nickte. »Wenn die Landmann jetzt hier wäre, würden wir den wohl singen. Aber du bist im Privatleben angenehm still. Das mag ich an dir.« Er prostete mir zu. »Damit hätten wir dieses Thema auch besprochen.«

## *Kapitel 24*

Meine Reisebegleiter waren wie die vier Jahreszeiten.

Am liebsten hatte ich Viktoria Landmann, die einfach nur ein bezaubernder Mensch war. Nicht gemein, nicht geltungssüchtig, nicht beleidigt. Na gut, sie war reich und schön, und eigentlich war das ein Grund, neidisch zu sein, aber ich sah das differenzierter. Okay, sie musste immer singen und alle umarmen und verzückt »Diese *Farben*!«, »Kinder, ist *das* nicht schön?« und »Was *haben* wir es doch gut!« jauchzen, und im schlimmsten Fall sägte der hochbegabte Benedikt auf seiner Babygeige und die Schwiegermutter rief »Mach aber jetzt nicht Pipi!«, aber was tat das schon? Viktoria war der wandelnde Hochsommer mit einer Sonnenscheindauer von mindestens zehn Stunden täglich.

Dagegen war Bruno ein einziges schweres Tiefdruckgebiet im Herbst, das Depressionen verursachte und vor dem die Meteorologen im Fernsehen warnten.

Robert war der Frühling im April, also ziemlich unberechenbar, mit Schauern, vereinzelten Sonnenstrahlen und wechselnden Winden bis heftigen Stürmen aus verschiedenen Richtungen.

Ralf Kalb hatte etwas vom klaren, kalten Winter. Es war verlockend, durch den Pulverschnee zu gleiten und über spiegelblankes Eis zu schlittern. Aber man konnte gewaltig auf die Nase fallen, wenn man sich bei ihm nicht warm anzog.

Lutz Rummel, der sich bei den Proben so enthusiastisch selbst dirigierte, dass er regelmäßig vom Stuhl fiel, und sich auf dem Schiff häufig verlief, weil er mit sich selbst diskutierte, statt auf den Weg zu achten, war die fünfte Jahreszeit. Unkoordinierte Bewegungen, Selbstgespräche und Orientierungslosigkeit gehörten eindeutig zum Karneval. Helau!

Bei passender Gelegenheit wollte ich Viktoria mal fragen, ob sie wirklich so glücklich war, wie sie immer tat, und ob sie ihren Reeder liebte oder nur seine Kohle.

Tagsüber unternahmen wir Landausflüge und genossen die wunderschöne mediterrane Umgebung. Zum Glück blieb Benedikt samt Schwiegermutter in der Owner-Suite, um eifrig Babygeige zu sägen und damit die Fische für immer aus dem Mittelmeer zu vertreiben.

In Hafen von Livorno mieteten Viktoria, Lutz, Robert und ich zwei Motorräder. Viktoria, die sich vor nichts fürchtete, lud den verhinderten Siegfried strahlend auf ihren Sozius und legte sich mit ihm in die Kurven. Dabei ließ sie sich auch von seinen leicht panischen Dirigierbewegungen nicht aus dem Gleichgewicht bringen. Die Frau war ein Wunder!

Ich saß natürlich hinter Robert, und so düsten wir knatternd durch die Toskana.

Ralf hatte kurzfristig mit dem Gedanken gespielt, uns zu begleiten, musste aber wegen beruflicher Termine an Bord bleiben. Es gab offenbar Ärger mit der Reederei. Man munkelte von finanziellen Schwierigkeiten, aber wenn dem so war, ließ sich die Reedersgattin jedenfalls nichts davon anmerken.

Bruno blieb auch auf dem Schiff. Er schloss sich in seiner Kabine ein und frönte dem Unglücklichsein. Na schön, er war auch kein Motorradfan, das musste man zu seiner Verteidigung sagen. Bruno in Lederkleidung und mit Helm auf einem Motorrad, das war so abwegig wie das Flusspferd in Minirock und High Heels auf dem Laufsteg. Der Leihwagen in Meran war das Verwegenste gewesen, was er sich in seinem kurzfristig zurückgewonnenen jugendlichen Leichtsinn zugetraut hatte.

Ich dachte traurig und mit schlechtem Gewissen an ihn und fühlte mich verantwortlich für sein elendes Dahinsiechen in der fensterlosen Koje.

Puccini hätte *Tosca* auch über uns schreiben können: Die heißblütige Sängerin treibt es mit Scarpia, dem fiesen, bigotten, Bass singenden Polizeichef, obwohl ihr heiß geliebter, hochsensibler Cavaradossi nebenan gefoltert wird.

Allerdings: Gefoltert wurde er ja nicht, der gute Bruno.

Höchstens von sich selbst.

Wir legten uns auf den Serpentinenstraßen in die Kurven, ich klammerte mich wohl oder übel an Robert, der darob bassig lachte, und mir wurde ein bisschen schlecht.

Auf einem Parkplatz mit fantastischer Aussicht über die Bucht, in der tief unten unser Schiff im grünblauen Wasser lag, machten wir eine kleine Pause. Während Robert und Lutz über PS, gedrosselte Motoren und dergleichen fachsimpelten, nahm Viktoria mich beiseite, fasste mich an den Schultern und rief: »Diese *Farben*! Warum *jubelst* du nicht?«

»Weil ich Mitleid mit dem armen Bruno habe.«

»Spinnst du? Jeder ist seines eigenen Glückes Schmied.«

»Bei Bruno stimmt das so nicht. *Ich* bin seines Glückes Schmied.«

»Bist du nicht! Ich hau dich gleich! Wenn man ein Kind hat, dann ist man dafür verantwortlich, aber Bruno ist ein erwachsener Mensch.«

»Okay. Du hast recht.«

»Ich sag dir mal was, Wanda: An mich haben sich früher auch immer Loser herangeschmissen, die ich mit meiner guten Laune aus ihrem Gemütsloch ziehen sollte. Und ich habe mich auch für deren Lebensfreude verantwortlich gefühlt.«

»Wirklich?«

»Ja, aber irgendwann habe ich das nicht mehr mitgemacht.«

»Nein?«

»Wenn jemand sich gehen lässt und partout nicht glücklich sein will, dann soll er unglücklich sein. Aber ohne mich.«

»Okay.«

»Glaub mir – der zieht dich nur mit runter.«

»Ja. Du bist nicht die Erste, die mir das sagt.«

»Du bist nicht die Erste«, begann Viktoria sofort das bekannte Lied der Comedian Harmonists zu singen, »du musst schon verzeih'n, aber meine Letzte, die könntest du sein!«

Viktoria war wirklich schwer in Ordnung. Wenn sie nur nicht jede noch so unpassende Gelegenheit ergriffen hätte, laut zu singen. Sie genoss es grundsätzlich, dass sich Passanten dann erschrocken umdrehten oder die Leute im Restaurant aufhörten zu essen. Ein bisschen mittelpunktsüchtig war sie schon. Aber nur ein bisschen. Deshalb mochte ich sie von all den Damen und Herren im Chor am liebsten.

»Ich fühle mich immer so schuldig, wenn es Bruno schlecht geht«, gestand ich zähneknirschend. »Er mag mich sehr. Und ich mag ihn auch. Sehr, sehr.«

Viktoria schüttelte mich. »Wirst du wohl jetzt sofort glückstrunken und übermütig sein, wie sich das für einen jungen, ungebundenen Menschen gehört, der einen Traumjob hat und gerade auf Mittelmeerkreuzfahrt ist?«

»Ja.«

»Ohne Schuldgefühle und schlechtes Gewissen?«

»Ja.«

»Das will ich meinen.«

Wir pesten also glückstrunken und übermütig durch die Toskana. Wer mag es uns verdenken?

In Lucca, Puccinis Geburtsstadt, tranken wir auf der

mittelalterlichen Piazza einen köstlichen Cappuccino mit viel Schaum. Plötzlich drangen von irgendwoher aus den Häuserschluchten Puccini-Klänge an unsere Ohren. Es war eine bekannte Sopranarie. Da gab es für Viktoria kein Halten mehr. Sie stieß fast ihre Kaffeetasse um, rief: »Diese *Stimme*! Diese *Arie*!«, stürmte davon und folgte den Tönen, die aus einem Hauseingang kamen. Tatsächlich – es war das Puccini-Museum, in dem Musik vom CD-Player gespielt wurde. Doch nicht mehr lange, denn Viktoria enterte begeistert singend das Gebäude.

*»O mio babbino caro!«*

Der Museumsangestellte am Postkartenverkauf wunderte sich nicht schlecht, als die CD schlichtweg übertönt wurde. Die strahlende Motorradbraut mit dem Helm unterm Arm schmetterte ja viel lauter als die Callas! Dann umarmte sie den erblassenden Postkartenverkäufer sowie einige perplexe Touristen und sonnte sich in deren verblüfften Gesichtern. Ich überlegte kurz, ob ich mich fremdschämen sollte, aber dazu gab es überhaupt keine Veranlassung. Alle Mienen hellten sich auf, es war so ähnlich, wie wenn ich mit der kleinen Wanda Gassi ging und sie an jedermanns Hosenbeinen hochsprang: Endlich hatte mal einer den Mut, seine Lebensfreude ungebremst im Licht der Öffentlichkeit zu zeigen!

Als die Arie verklungen war, klatschten die Leute begeistert, und noch bevor der Museumsmitarbeiter die CD wechseln konnte, begann Viktoria schon mit dem nächsten Stück. Sie hatte eine Menge Puccini-Arien im Repertoire.

Es war nicht weiter verwunderlich, dass bald auch Robert seine Bassstimme erschallen ließ, und Lutz Rummel wollte es sich schon gar nicht nehmen lassen, *Wie eiskalt ist dies Händchen* zu schmettern.

Es war ein witziger Anblick. Der verhinderte Siegfried in

seiner etwas zu engen Leihlederkluft ähnelte ein bisschen einer groben Mettwurst. Aber so sahen die beleibten Tenöre in der Oper ja auch aus. Sogar der Helm passte irgendwie dazu.

Ich war natürlich wieder mal die Einzige, die nichts zu bieten hatte. Erstens gab es für meine Stimmlage nichts von Puccini, zweitens hätte ich mich eher entleibt, als solo und unaufgefordert in einem Museum zu singen. Stattdessen lehnte ich mich gegen die nächste Wand und dachte an Bruno. Meine Seele verlanget und sehnet – diese Stelle aus dem Brahms-Requiem kam mir in den Sinn. Dabei blickte er mich immer so nervenzerfetzend zärtlich über den Rand seiner Noten hinweg an.

»Woran denkst du?«, fragte Viktoria, als sie endlich mit dem Singen fertig war.

»An … jemanden.«

»Nicht tun!« Sie drohte mir lachend mit dem Finger. »Du bist frei!«

»Ja, ich weiß. Aber wieso fühle ich mich nicht so?«

»Weil du selbst schuld bist. Lass ihn sich doch ins Wasser stürzen, wenn ihm danach ist! *Juchhe*, diese Farben!«

Als wir weiterfuhren, waren wir alle vier in Hochstimmung. Ich kam mir trotzdem vor wie eine miese Verräterin, als ich meine Arme um Roberts Mitte schlang, um mich festzuhalten.

»Diese *Kurven*!«, jauchzte er, aber ich fürchtete, er meinte meine und nicht die Serpentinen.

Der Schiefe Turm von Pisa wurde in üblicher Touristenmanier fotografiert: Wir hielten unsere Hände in die Luft und taten so, als wollten wir ihn am Umstürzen hindern. Dabei sang Viktoria unentwegt in den höchsten Tönen *Meine Lippen, sie küssen so heiß.*

Die Urlauber aus aller Herren Länder starrten sie an,

einige Japaner filmten sie sogar, aber das machte ihr nichts aus, im Gegenteil. Ich wäre an ihrer Stelle spontan implodiert oder hätte mich in eine Salzsäule verwandelt.

Robert ließ währenddessen nichts unversucht, um seinen Arm um mich zu legen oder auf andere Weise seinen Besitzerstolz zu demonstrieren.

»Diese *Kurven*!«, wiederholte er regelmäßig, wenn er auf dem Motorrad hinter sich griff, um zu prüfen, ob ich auch noch da war. Wäre er ein Hund gewesen, hätte er mir wohl ununterbrochen ans Bein gepinkelt.

Wenn du es wüsstest, ging mir Richard Strauss durch den Kopf. Dass ich dich nur vorführe, weil es irgendeiner tun muss, als Strafe für deine grenzenlose Selbstherrlichkeit.

Robert hatte mir doch allen Ernstes stolz erzählt, dass er und seine kühle Cordula an einer Wallfahrt teilgenommen hatten, vom Kölner Dom nach Bad Neuenahr, mit Gebet und Gesang, und dass er sogar das Kreuz getragen hatte, 35 Kilometer weit, und dabei mit seiner sonoren Stimme noch den ganzen Rosenkranz über Lautsprecher vorgebetet hatte. Das hatte er mir als eine seiner Heldentaten berichtet – ganz ernsthaft, ohne vor Scham über seine Bigotterie im Boden zu versinken. Und mir dabei die Wade gekrault.

Während ich Bruno gegenüber wirklich ein schlechtes Gewissen hatte und mich schämte, mit seinen Gefühlen zu spielen, fand ich, Robert hätte es nicht anders verdient.

In Siena schlenderten Robert und ich Hand in Hand durch die Altstadt. Ein mildes Lüftchen streichelte unsere Gesichter, Viktoria jubelte: »Diese *Farben*!«, »Diese *Häuser*!«, »Diese *Italiener*!«, und der verhinderte Siegfried stapfte, Puccini summend und sich selbst dirigierend, hinter uns her. Wie selbst ich inzwischen gemerkt hatte, war er schwul, der Gute. Deshalb verfiel er auch der singenden und jubelnden

Viktoria nicht. Ich hatte mich schon gewundert, denn *alle* verfielen Viktoria. Alle, bis auf Bruno und Robert. Die verfielen seltsamerweise mir.

Im Gegensatz zu Lutz war Robert derart heterosexuell, dass es schon lästig wurde. Immer wieder drückte er mich in Hauseingänge, um mich zu küssen und »Wanda, du Wahnsinnsweib, du machst mich verrückt!« auszustoßen. Und ich Bekloppte dachte dabei an – Bruno! Im Geiste sah ich ihn ständig vor mir, wie er verzweifelt in seiner Innenkabine hockte und über die verschiedenen Möglichkeiten des Suizids nachdachte.

Das sollte aber beileibe nicht mein einziges Problem bleiben.

❋

Bei unserer Rückkehr auf das Schiff empfing uns Ralf Kalb mit einem druckfrischen Exemplar unserer Konzertankündigung. Das Plakat würde in allen Schiffsaufzügen ausgehängt werden.

»Vier Mitglieder des berühmten Klassisch-TV-Ensembles bieten nicht nur Harmonie und Einklang in mitreißenden Brahms-Quartetten, sondern beweisen auch, dass sie alle hervorragende Solisten sind.«

»Wie … Was?«, stammelte ich leichenblass. »Aber doch nicht ich!«

»Doch, du auch, liebe Wanda«, bollerte Robert lachend. »Das gehört alles zu deinen Pflichten im Probejahr. Nicht nur der Hexenritt auf meinem Schoß, hohoho! Wir werden es den lieben Kollegen zu Hause mal so richtig zeigen!«

»Aber ich … Ich trau mich nicht«, röchelte ich matt.

»Aber Liebes! Das ist doch das Beste! Da stehst du ganz allein vorn am Bühnenrand und ziehst das Publikum in deinen Bann«, zwitscherte Viktoria. Sie konnte sich natürlich nicht vorstellen, dass manche Menschen genau daran keinen Spaß haben. Es soll ja auch Menschen geben, die nicht gern mit einem Kannibalen im Urwald Federball spielen oder in einen Krokodiltümpel springen, um mit den Krokodilen zu schwimmen.

»Ich möchte eigentlich nur im Quartett singen …«

»Nichts da!«, kanzelte mich Lutz Rummel ab. »Du kannst dich nicht einfach drücken. Dann hätte eher jemand anderes aus dem Ensemble mitfahren sollen.«

»Das geht nicht, Wanda«, sagte auch Ralf. »Das wäre nicht fair.« Leise fügte er hinzu: »Ich habe so viele Windmühlenflügel umgesäbelt, damit du dabei sein kannst!«

»Und was soll ich singen? Ich meine, außer *O Tod, wie bitter bist du*? Etwas anderes habe ich doch gar nicht drauf!« Ich wurde plötzlich unendlich müde.

»Das musst du mit dem Korrepetitor besprechen. Wozu ist der Mann denn da?«

Also schlich ich mit hängenden Schultern und entsetzlichem Herzklopfen zu Brunos Kabine. Was sollte ich nur allein singen? Vielleicht gab es ja irgendetwas, das hauptsächlich aus Vor-, Zwischen- und Nachspielen bestand? Und bei dem der Solist einfach schwieg?

Ich klopfte so zaghaft an seine Tür wie ein Kind, das eine Fünf geschrieben hat. Ich schämte mich. Da stand ich nun, eine arme Sünderin, und hoffte auf Absolution.

»Bruno?«, rief ich mit zitternder Stimme. »Bitte, Bruno, ich bin dienstlich hier. Du müsstest ausnahmsweise mal mit mir reden. Anordnung vom Intendanten.«

Ein reichlich zerknautschter Bruno öffnete mir. Er sah wirklich erbarmungswürdig aus – als hätte er die ganze Nacht geweint.

»Ich hab schon gehört, dass du auch solo singen musst«, sagte er mit weicher Stimme und sah mich zärtlich und voller Mitleid an.

Seit Innsbruck, wo ich ihm in einer schwachen Stunde alles gebeichtet hatte, wusste Bruno von meinem Handicap. Ich hatte es ihm allein schon deshalb offenbart, damit er sich nicht immer so auf der Verliererseite fühlte. Und natürlich auch, damit er nie auf die Idee kam, mich für ein Solo einzuteilen.

»Kannst du mir helfen?«, flehte ich jämmerlich.

»Ja. Komm rein.«

In Brunos Kabine roch es nach tausend beleidigten Bären im Winterschlaf. Ich konnte nicht mal ein Fenster aufreißen, es gab ja keines.

Bruno schaute mich aus seinen kleinen, wässrigen Bullaugen liebevoll an und fragte: »War's schön heute?«

»Ähm ... Ja. Aber nicht toll. Nur mittelschön. Redest du wieder mit mir? Ich meine, privat?«

»Natürlich! Wanda, ich habe so viel über dich nachgedacht ... Ich weiß gar nicht, wie ich dich anreden soll ... liebe Wanda, geliebte Wanda, beliebte Wanda ...«

»Du sollst eigentlich nur mit mir üben ...«

»*Wanda* – ich liebe diesen Namen, wie ich dich liebe.«

»Bruno, äh ... Ich liebe deinen Namen auch ... Können wir jetzt zur Sache kommen?«

Robert hätte bei meinem letzten Satz dröhnend gelacht und sich das nicht zweimal sagen lassen. Bruno hingegen war mit seiner Rede noch nicht fertig.

»Ich möchte dich nicht mit Liebesschwüren oder Vorwürfen belasten ...« Er zog mich auf sein zerwühltes Bett, direkt neben die Vorkriegsmodell-Pyjamahose, »aber auch nicht entlasten, indem ich dir verzeihe ...«

*Moment.* Was würde Viktoria jetzt sagen? »Er hat gar kein Recht, dir Vorwürfe zu machen! Sag ihm das! Es gibt nichts zu verzeihen, das Wort ist hier völlig fehl am Platz!«

Ich will doch nur hier sitzen, dachte ich.

»Das soll sich nicht anhören wie das Gejammer eines Verstoßenen und auch nicht wie ein Versuch, dich noch einmal herumzukriegen.«

»Bruno, welches Solostück könnte ich …«

»Mein Gott, sahst du lieb aus, als du bei der Brahms-Probe gesungen hast ›Herz gebot, dass ich ihn küssen muss, denk, solang ich leb, an diesen ersten Kuss‹!«

Mir wurde heiß, und ich spürte genau, dass ich einen roten Kopf bekam.

Bruno strich mir zärtlich über die Wangen. »Das war ganz wahrhaftig, das war die pure, reine Wanda …« Er zog mich heftig an sich. »Ich weiß, dass der Scheißkerl dich gleichzeitig begrabscht hat, aber in deinen Augen, da warst du ganz du selbst – Wanda, die ich über alles liebe und die man mir nicht wegnehmen kann.«

Ich starrte ihn sprachlos an. Er hatte ja wirklich nachgedacht! Was für eine Überwindung ihn diese Ansprache kosten musste! Ich umarmte ihn spontan und schmiegte meine Wange an seine.

»Ach, lieber Bruno, ich hab dich doch auch so lieb. Ich wollte dir nie wehtun, nie!« Ich kam mir auf einmal unglaublich schlecht vor. Verrucht, gemein, berechnend, grausam. Eine Träne kullerte mir über die Wange, dann noch eine, und plötzlich folgte ein ganzer Tränenstrom, der sich in Brunos Halsbeuge sammelte, wo er einen kleinen, salzigen See bildete. Was hatte ich dem armen Mann nur angetan!

»Du hast meiner Trauer Würde verliehen«, murmelte er.

»Was?«, schluchzte ich in seine Halsbeuge hinein.

»Du hast meinem Leben Innigkeit, Zärtlichkeit, eine erwiderte Liebe, eine Tiefe gegeben, wie … Ich kann es nicht in Worten ausdrücken, ich meine, ich war vierundzwanzig Jahre lang verheiratet …«

So alt war ich ja gerade mal!

Bruno fasste mich bei den Schultern, blickte in mein verheultes Gesicht und sagte: »Dir kann ich in die Augen schauen, Wanda, und du weißt: nur dir.«

»Ja«, schniefte ich, »weiß ich.« Ich wischte mir mit einem Zipfel seines Bettlakens die Augen und die Nase, schnäuzte beherzt hinein, murmelte »Entschuldigung« und musste gleichzeitig schluchzen und lachen.

Er strich mir die tränenfeuchten Haarsträhnen aus dem Gesicht. »Ich werde der Stewardess verbieten, je dieses Bett neu zu beziehen.«

*Moment.* Hatte er etwa gerade meinen Rotz heiliggesprochen? Viktoria hätte die Hände über dem Kopf zusammengeschlagen.

Er presste mich wieder an sich, und ich roch seinen Bruno-Geruch, der Geborgenheit verhieß, mir aber auch einen Anflug von Panik bescherte.

»Ich habe dich schon immer wahnsinnig geliebt, vom ersten Moment an, als du da so verloren auf der grünen Sitzgruppe gesessen hast …«

Ich versuchte, ihn auf Armeslänge von mir zu halten. »Wirklich? Aber du hast mich doch gar nicht beachtet!«

»Da warst du noch eine Raupe, jetzt bist du ein Schmetterling.«

Ja, derlei Metaphern hatten wir einander in trunkenen Nächten in seiner oder meiner Kemenate schon offenbart.

»Und du bist meine geliebte alte Schildkröte«, sagte ich

und schluckte. »Ich weiß, dass du nicht viele Krabbeltiere unter deinen Panzer lässt.«

Er zog mich zurück in seine Eigengeruchzone. »Mir gehen unsere Kräche genauso an die Nieren, ach, was sag ich, an die innerste Substanz, wie dir.«

»Aber warum haben wir dann überhaupt welche?«, schniefte ich hilflos.

»Ich habe nach Gründen dafür gesucht«, verkündete Bruno mit heiligem Ernst. »Und der Hauptgrund ist der, dass wir beide nie so richtig allein sind. Du weißt, dass ich mich im Gespräch oft sehr schwertue, vor allem unter Zeitdruck.«

Nicht schwertun!

»Apropos Zeitdruck ...«

»Wenn ich dich mal für mich allein habe, ist die Harmonie zwischen uns unbeschreiblich schön. Aber hinter der nächsten Ecke lauert ja immer dieser unsägliche Herold, der auch die Zimmerverteilung in seinem Sinne organisiert, und ich sterbe vor Angst, wenn ich mir vorstelle, er könnte versuchen, dich zu belästigen ...«

»Bruno, ich kann ihn nicht wegzaubern.«

»Wanda, du hast mir oft gesagt, was dich an mir stört: meine Muffeligkeit, meine Verschlossenheit, meine schlechte Laune und die ganze Heulerei.«

»Ja. Können wir jetzt ...«

»Ich habe wirklich versucht, das abzustellen, Wanda, aber es gelingt mir einfach nicht.«

So offen und redegewandt hatte ich Bruno noch nie erlebt. Mein Herz klopfte schneller. Was hatte er vor?

»Ich mag mich ja selber nicht, wenn ich so bin ...«

Das war so rührend, so bezaubernd ehrlich, so entwaffnend! Er legte mir wirklich sein Herz zu Füßen. Ich hatte ihn so lieb! Viktoria hingegen hätte natürlich erst mal gesungen:

»Ich mag mich selber nicht, tadatadatam, wenn auch mein Herz von Liebe spricht.« Und dann hätte sie gesagt: »Jugendliche in der Pubertät dürfen so gebeutelt von ihren Gefühlen sein. Erwachsene Männer dürfen das nicht.«

»Wanda, nimm bitte nicht als Vorwurf, was ich dir jetzt sage ...«

»Nein.«

»Es ist der Versuch einer Deutung, warum wir beide einfach nicht zusammenkommen können.«

Viktoria hätte sofort geschmettert: »Es waren zwei Königskinder, die hatten einander so lieb, sie konnten zusammen nicht kohommen, das Wasser war viehiel zuhu tief«, und Robert hätte wegen der potenziellen Schlüpfrigkeit bollernd gelacht.

Mir jedoch kamen schon wieder die Tränen.

»Mein Gott, siehst du lieb aus, wenn du weinst.«

Na toll. Danke. Ich und lieb. Hastig rieb ich mir mit dem Handrücken über Wangen und Kinn.

Bruno reichte mir den heiliggesprochenen Bettlakenzipfel und sagte: »Eines vorweg: Ich liebe dich, Wanda. So sehr, dass ich es nicht in Worte fassen kann.«

Er nahm mich so wunderbar beschützend in die Arme, dass ich mich fragte, warum ich ihn nicht endlich heiratete.

»Aber die wenigen kostbaren Momente, die wir miteinander haben könnten, lässt du dir von diesem größenwahnsinnigen Stalker rauben, der an Straßenecken und in Hauseingängen auf dich lauert und dich beobachtet und dir vorschreiben will, mit wem du Kontakt haben darfst und mit wem nicht.«

»Es tut mir so leid, Bruno!«

»Keine Reue, keine Schuldbekenntnisse!«, hörte ich im Geiste Viktoria rufen. »Der Mann ist erwachsen!«

»Das Erlebnis, dir zu gehören, von dir angenommen zu werden, dieses kostbarste Erlebnis meines Lebens ist mir von diesem Mann genommen worden.«

Wie sehr musste Bruno Robert hassen! Jetzt wurde mir das Ausmaß erst richtig klar, und ich begriff, dass Bruno bei der Probe in Meran seine einzige Möglichkeit zur Vergeltung genutzt hatte, indem er Robert kritisierte und allein vorsingen ließ, um ihn vor seiner Bassgruppe bloßzustellen. Wobei das für Robert ja keine Strafe gewesen war. Ebenso wenig, wie es für Viktoria eine gewesen wäre.

»Ja, natürlich nehme ich dich an, Bruno, aber du gehörst mir nicht, ebenso wenig, wie ich dir gehöre.« Mein Herz raste. Was hatte ich nur mit dieser verletzten Seele angestellt? Ein weiteres »Es tut mir so leid!« konnte ich gerade noch von meiner Zunge schubsen.

»Ja, das hast du mir unmissverständlich klargemacht. Ich war so grenzenlos allein, einsam und verzweifelt, während du mit diesem Widerling Motorrad gefahren bist und dabei noch vor Vergnügen gequietscht hast …«

»Vor Angst, Bruno, vor Angst!«

Wieder sah ich im Geiste Viktoria vor mir, die mich am Schlafittchen packte und rief: »Du kannst quietschen, so viel du willst! Du bist nicht verantwortlich für seinen Jammer. Ich hau dich gleich! Liebes, komm aus der muffigen Bude raus. Draußen scheint die Sonne. Diese *Farben*!«

Aber mir kamen trotzdem Tränen der Reue. Bruno hatte irgendwo auf Deck gestanden und unsere übermütige Abfahrt beobachtet. Gesehen, wie ich meine Arme um Robert schlang. Wie beschissen musste er sich den ganzen Tag gefühlt haben! Die Tropfen meiner Zähren benetzten sein nicht mehr ganz taufrisches Hemd.

»Bei mir zu Hause ist niemand, der mich versteht«, sprach

Bruno leise weiter. »Da ist nicht einer, der mich trösten kann … Nur der kleine Hund. Wanda. Ich darf jeden Tag den Namen ›Wanda‹ sagen und werde dafür liebkost.«

»Du hättest den Hund wirklich anders nennen sollen.«

»Ich habe nächtelang auf deinen Anruf gewartet, Wanda. Du wolltest dich um Jessica kümmern. Du hattest es *versprochen*!«

O Gott, wie mies ich mich fühlte! Mir krampfte sich der Magen zusammen.

»Die ganze Zeit über habe ich auf einen Anruf von dir gehofft, gewartet und ihn ersehnt«, schluchzte es aus Bruno heraus. Sein ganzer Körper bebte wie ein Wackelpudding.

»Oh, Bruno!«, heulte ich und umklammerte den weinenden Pudding.

»Ich wollte nur deine geliebte Stimme hören, die sagt: ›Hallo, ich bin's, leg jetzt bitte nicht auf.‹«

»Ich hätte dich nie angerufen«, stammelte ich schniefend an seiner Schulter. »Du hättest aufgelegt. So, wie du tagelang nicht mit mir sprichst, mich in der U-Bahn ignorierst und bei den Proben knapp an mir vorbeiguckst. Meinst du, das stecke ich einfach so weg? Nein, ich leide genauso wie du.« Jetzt versuchte ich den Spieß einmal umzudrehen.

»Nur die kleine Wanda, die vor Lebensfreude strotzt, die erinnert mich immer an dich …«

»Die geht aber nicht ans Telefon.«

Wir weinten und lachten und wiegten uns in den Armen, wir waren uns so unendlich nah, und doch war es zum Verzweifeln. Erstens konnte und wollte ich nicht mein Leben mit Bruno teilen, und zweitens musste ich am nächsten Abend solo singen. Ich wusste nicht, was schlimmer war.

»Ich habe erlebt, wie die Zeit stillstand für zwei Menschen, für zwei Liebende, für dich und mich«, sagte Bruno mit einer Zärtlichkeit, die mir erneut die Tränen in die Augen trieb.

»Für diese Nacht mit dir, Wanda, hätte ich wie Faust dem Mephisto meine Seele gegeben. Ich konnte zu einem einzigen Augenblick in meinem Leben sagen: ›Verweile doch, du bist so schön.‹«

Ich starrte ihn erschöpft an. Das war wirklich die wunderbarste Liebeserklärung, die ein Mann einer Frau machen konnte. Und dennoch: bedrückend verpflichtend.

Wenn das Moll war und Roberts Ausspruch »Mein Fittich platzt bald!« Dur, dann musste noch eine dritte Tonart erfunden werden. Konnte denn nicht mal ein Mann einfach nur »Ich mag dich, Mädel« zu mir sagen? Oder »Ich bin gern mit dir zusammen«? Oder »Du taugst mir«?

Doch, jemand hatte das gesagt.

Ich hatte ihn schon fast vergessen.

»Liebster Bruno«, flüsterte ich heiser. »Ich muss morgen Abend ein Solo singen. Wirst du mir beistehen?«

»Ich werde dir immer beistehen«, versprach Bruno und streichelte meine Tränen fort. »Mein Klavier wird dich stützen und deine Stimme tragen, sodass du fliegen kannst.«

❊

Kurze Zeit später stand ich, halbwegs frisch gemacht und erbärmlich schlecht eingesungen, in der Mulde des Flügels im Restaurant. Obwohl heute nur die Kellner, die klappernd die Tische für das Abendessen eindeckten, mein Publikum sein würden, brach mir der Angstschweiß aus.

Bruno hatte ein paar Lieder für mich ausgesucht, die besser auf ein Kreuzfahrtschiff passten als meine übliche Litanei von Tod, Trauer, Buße und Hölle.

Und überhaupt passten sie zum Thema.

»Kann denn Liebe Sünde sein? Darf es niemand wissen, wenn man sich küsst, wenn man einmal alles vergisst, vor Glück?«

Ja, die gute Zarah Leander brachte es auf den Punkt. Das hatte ich mich in letzter Zeit auch schon häufiger gefragt.

»Kann es wirklich Sünde sein, wenn man immerzu an einen nur denkt, wenn man einmal alles ihm schenkt, vor Glück?«

Hm, an *einen* dachte ich natürlich nicht, und schon gar nicht immerzu …

»Niemals werde ich bereuen, was ich tat und was aus Liebe geschah, das müsst ihr mir schon verzeihen, dazu ist sie ja da!«

Genau!, rief mein Es und reckte triumphierend die Faust in die Höhe.

»Liebe kann nicht Sünde sein, doch wenn sie es wär, dann wär's mir egal – lieber will ich sündigen mal, als ohne Liebe sein!«

Bruno spielte leise und pfiffig, als hätte er sich den Text eigens für mich ausgedacht.

»Schaffst du das?«, fragte er liebevoll, nachdem ich mich einmal nervös durch das Lied gehaspelt hatte.

»Ich glaube schon.« Es war ein schnelles Lied mit viel Text. Das war auf jeden Fall besser als eine langsame Arie, bei der sich die Töne endlos hinzogen, bis man elendiglich an ihnen erstickte.

»Du musst immer an das denken, *was* du singst, dann verschwindet das Lampenfieber«, riet Bruno mir väterlich. »Denk dran: Du bist eine verführerische Frau. Meinetwegen denk an die Wirtshausszene aus der *Carmina Burana*.«

Das fand ich jetzt schon sehr entgegenkommend. Er war wirklich guten Willens.

Ich fischte mir das zweite Notenblatt vom Pult und sang:

»Ich bin von Kopf bis Fuß auf Liebe eingestellt, denn das ist meine Welt und sonst gar nichts.«

Marlene Dietrich, noch so ein männermordender Vamp. Wollte Bruno mir damit etwas sagen?

»Das ist, was soll ich machen, meine Natur. Ich kann halt lieben nur und sonst gar nichts.«

Na, das stimmte aber nicht so ganz. Singen konnte ich schließlich auch noch!

»Männer umschwirr'n mich wie Motten um das Licht. Und wenn sie verbrennen, ja, dafür kann ich nicht …«

Ich schluckte. »Bruno, das ist gemein!«

Bruno spielte unbeirrt weiter. »Gar nicht. Das steht da.«

»Aber so denke ich nicht.«

»Schnauze«, sagte er grinsend. »Sing weiter, Schmetterling.«

Ich musste lachen. Vielleicht half es wirklich, an den Text zu denken. Und vielleicht sollte ich auch wie Viktoria mein Publikum umarmen und mit einem vollgefressenen Glatzkopf in der ersten Reihe flirten, während ich sang.

Ich versuchte mir einzubilden, ich sei wirklich ein männermordender Vamp und nicht der Borkenkäfer aus der Reihenhaussiedlung.

Es klappte! Zumindest in der Probe. Ich flirtete mit Bruno, dieser schmachtete mich an, und schon hatte ich das Lied ohne Zittern und Zagen sehr überzeugend hinter mich gebracht.

»Ich könnte mich in dich verlieben, wenn ich es nicht schon wäre«, sagte Bruno.

Meine Güte. Er hätte in einer Neuverfilmung von *Der blaue Engel* problemlos den Professor Rath spielen können.

Mein drittes und letztes Lied hatte Bruno mit viel selbstquälerischem Hintersinn für mich ausgesucht.

»Ich weiß nicht, zu wem ich gehöre.«

Aha, noch mal die Dietrich.

»Ich bin doch zu schade für einen allein. Wenn ich jetzt grad dir Treue schwöre, wird wieder ein and'rer ganz unglücklich sein.«

So war das eben mit den Schmetterlingen – immer fleißig von Blüte zu Blüte flattern.

»Ja, soll denn etwas so Schönes nur einem gefallen? Die Sonne, die Sterne, gehör'n doch auch allen!«

Das grenzte eindeutig an Größenwahn. Ich hätte mir nie angemaßt, mich mit einem Stern oder der Sonne zu vergleichen. Niemals!

»Ich weiß nicht, zu wem ich gehöre. Ich glaub, ich gehöre nur mir ganz allein.«

Dieses Lied gelang mir beim Konzert am darauffolgenden Abend am besten. Die Zuschauer gingen für ein Kreuzfahrtpublikum geradezu euphorisch mit, will sagen: nur wenige schliefen ein, wie das sonst bei derartigen Verdauungskonzerten nach einem Fünfgangmenü üblich ist.

Ich verbeugte mich schweißgebadet. Meine Schmetterlingsflügel zitterten unter dem Abendkleid, meine Raupenbeine konnten mich kaum noch aufrecht halten, und als ich Bruno von seinem Klavierhocker holte, damit er sich Hand in Hand mit mir verbeugte, da hatte ich plötzlich das Gefühl: Wir haben es geschafft.

## *Kapitel 25*

Die Kollegen des Ensembles empfingen uns nach unserer Rückkehr eher verhalten. Sie hatten inzwischen mit einem isländischen Gastdirigenten isländische Winterlieder aufgenommen. Es herrschte klirrende Kälte. So stellte ich mir einen Januarmorgen auf dem Rathausplatz von Reykjavík vor.

Keiner war wirklich daran interessiert, zu erfahren, wie es uns auf der Mittelmeerkreuzfahrt ergangen war.

Die pferdehaarige Änne-Christa wollte nun nicht mehr neben mir sitzen. Sie habe einen Eindruck, sagte sie.

So geriet ich neben Gabriele Grobe, das Flusspferd. Diese würdigte mich keines Blickes, war dafür aber umso freigebiger mit ihrer Duftnote »Schweißfüße in muffigen Stiefeln«, die sie winters wie sommers trug. Dörthe Feinstaub, der neben ihr sitzende Teebeutel, von dem ich sonst ein Stück weit Toleranz und Güte gewöhnt war, musterte mit zusammengezogenen Augenbrauen und geschürzten Lippen abwägend zwei Bleistifte und tat so, als müsste sie prüfen, welcher sich für die heutige Probe besser eignete.

Aus dem zweiten Sopran wurden mir Blicke wie Eispickel zugeworfen, und die Igelfrisur packte die Töne mit einem Biss, als wollte sie einen Hasen in Stücke reißen.

Nur das Brahms-Requiem mit seinem wunderbaren Text spendete mir Trost und Hoffnung.

»So seid nun geduldig, liebe Brüder, bis auf die Zukunft des Herrn. … Freude, ewige Freude, wird über ihrem Haupte sein … und Schmerz und Seufzen wird weg müssen. …

Nun Herr, wes soll ich mich trösten? … Der Gerechten Seelen sind in Gottes Hand und keine Qual rühret sie an.«

Die verstohlenen Blicke, die mir Bruno wie kleine Ich-hab-dich-ganz-doll-lieb- und Ohne-dich-ist-alles-doof-Schokolädchen vom Klavier aus quer durch den Saal schickte, wurden auch von den anderen Mitgliedern des Ensembles registriert. Giftige Bemerkungen von der Pferdehaarigen, übertriebenes Seufzen vom Flusspferd, tadelndes Kopfschütteln von der geschwollenen Halsschlagader, schrilles Gekicher aus dem Sopran, bollerndes Gelächter aus den Reihen der Bässe und verstärktes Lärmen vom Klassenkasper waren die Folge.

»Das ist *Dienst*!«, rief der Blockwart dazwischen.

Ich hätte gern gesungen: »Danke für meine Arbeitsstelle, danke für jeden neuen Tag, danke für meine Traumkollegen, die ich alle mag.« Aber ich fürchtete, mein Humor würde nicht verstanden.

Vielleicht waren meine Kollegen alle derart gelangweilt, dass sie bewusst auf eine Eskalation hinarbeiteten. Im Laufe der nächsten Tage trugen sie genüsslich zur Verschärfung der Lage bei. Robert fühlte sich ständig düpiert – schon ein flüchtiger Blick von Bruno in Richtung Alt ließ seinen Adrenalinpegel offenbar gewaltig in die Höhe schnellen. Er stellte mich nach fast jeder Probe wutschnaubend zur Rede. Der Themenkomplex »Wer schaut wann wohin, und welche private oder dienstliche Bewandtnis hat das« sorgte für wachsenden Unmut. Es gab Zehn-Minuten-Pausen, in denen Robert mich zehn Minuten lang mit Schaum vor dem Mund anschrie: »Du hast ihn angeguckt! Nicht nur bei deinem Einsatz, auch auf dem hohen E! Mit mir nicht! Das lasse ich nicht mit mir machen! Ich bin doch kein Hanswurst!«

Es gab Fünf-Minuten-Pausen, in denen ich mit 60 km/h auf die Damentoilette raste, mich verbarrikadierte, mir die Puccini-Arie aus der Nachbarkabine anhörte und erst kurz vor knapp hervorkroch, um im Eilschritt auf die allerletzte Sekunde meinen Platz wieder einzunehmen. Einmal, als ich Robert erneut keine Gelegenheit zu einem Wir-müssen-reden-Gespräch gegeben hatte, schleuderte er wütend während der Probe eine Packung Kondome auf mich, nach dem Motto: »Wofür habe ich die denn gekauft?« Daraufhin sagte die Pferdehaarige süßlich: »Hast du den notgeilen Bock in Verlegenheit gebracht?«, und der Teebeutel bemerkte, solch grobes Benehmen würde Bruno ein Stück weit in seiner Seele verletzen.

Eingedenk Viktorias fröhlicher Gleichmütigkeit versuchte ich es mit der Taktik, stoisch die Arme vor der Brust zu verschränken und mein System in einen pflanzenartigen Zustand herunterzufahren.

❋

Bruno teilte uns für das moderne A-cappella-Stück so ein, dass Robert und ich einander nicht mehr begegneten. Dafür war ich ihm unendlich dankbar.

Die Lebenden und die Toten probten vormittags und nachmittags, die Sterbenden abends. Das hatte Bruno, wie die Pferdehaarige kommentierte, »gefickt eingeschädelt«.

Erstens war sein vermeintlicher Konkurrent mitsamt seinem Fittich kaltgestellt. Zweitens konnten wir nach der Probe noch gemütlich in seiner Stammkneipe versacken. Und drittens hatte ich den lieben langen Tag Zeit, mich um die schwangere Jessica zu kümmern.

Das tat ich gern. Ich hatte es ja versprochen. Eva-Maria

war immer noch in der Klinik und ihr Mitpatient auch. Jessica hatte ausdrücklich nach mir verlangt – das behauptete jedenfalls Bruno.

Eines Morgens, während Bruno mit den Toten an deren endgültiger Totenstarre arbeitete, begleitete ich Jessica zur Vorsorgeuntersuchung in die Uniklinik.

Es war schon ein lustiger Anblick: Jessica, sechzehn Jahre alt, mit lila- und pinkfarbenen Punkerhaaren, gepierct, in Turnschuhen und Minirock über unsäglichen Glitzer-Leggins, und ich, die ich altersmäßig viel eher in diese Vorsorge-Atmosphäre gepasst hätte, gediegen in einem frühlingshaften Kleid und mit meiner üblichen, nicht ganz überzeugenden Ich-bin-eine-Dame-Frisur.

Die Ärztin hatte auch erst Mühe zu begreifen, wer von uns beiden die Schwangere war.

»Sind Sie die große Schwester?«

»Nein. Ich bin nur so mitgekommen.« Den Spruch hatte ich doch schon mal gesagt. Und wohin hatte das geführt? Leichte Panik beschlich mich.

»Die Mutter können Sie auch nicht sein, dafür sind Sie zu jung.« Die nette blonde Ärztin lachte mich an.

»Sie ist die Freundin von meinem Vater«, erklärte Jessica. »Aber fragen Sie mich bitte *nicht*, was sie an dem findet.«

Die Blicke der Ärztin zuckten verständnislos zwischen uns hin und her.

»Also, nicht *die* Freundin«, beeilte ich mich zu sagen. »Nur *eine* Freundin. Der Familie.«

»Das ist ja so was von nicht wahr«, widersprach Jessica naseweis, während sie mitsamt ihren ausgelatschten Turnschuhen auf der Liege Platz nahm. »Von meiner Mutter ist sie nicht die Freundin. Nur von meinem Papa.« Beiläufig entblößte sie ihr weißes Kugelbäuchlein. Ihr Nabel hatte sich nach außen gewölbt. Ich starrte erschrocken darauf. War das – normal?

Die Ärztin zog nur kurz die Augenbrauen hoch und fragte mich: »Wollen Sie trotzdem beim Ultraschall dabei sein?«

»Wenn ich darf.«

»Ich will das«, sagte Jessica und nahm meine Hand. Sie kniff die Augen zusammen, als erwartete sie eine schmerzhafte Spritze.

Gerührt streichelte ich ihr die Hand, während die Ärztin den Ultraschallkopf befeuchtete. »Tut nicht weh, ist nur glitschig!«

»Mach die Augen auf«, sagte ich. »Guckst du.«

Und dann zeigte uns die Ärztin alle wolkigen Einzelheiten im Bauch von Jessica, die Leber, die Milz, die nicht weiter gefährliche Nackenfalte, auf der sie lange betrachtend verharrte, die Füßchen und …

»Wollen Sie wissen, was es wird?«

»Wenn's sein muss.« Jessica verdrehte die Augen zur Decke.

»Ja, geht denn das?«, fragte ich verzückt.

»Aller Voraussicht nach ein Mädchen.«

»Wundervoll!«, rief ich begeistert. »Das wird bestimmt richtig süß. Und Bruno wird sich freuen!«

»Mir egal«, brummte Jessica und setzte sich auf. Mit leicht angewiderter Miene wischte sie sich den Bauch sauber.

Da fiel mir die Wahrsagerin auf dem Kapuzinerberg ein. »Und bald eine neue Kind. Gutte Kind. Viele Freude.« Dass sie *das* gewusst hatte! Unglaublich – und irgendwie auch merkwürdig. Aber ich hatte damit ja im Grunde nichts zu tun. Oder?

»Haben Sie schon Kinder?« Die Ärztin wusch sich die Hände und betrachtete mich nachdenklich im Spiegel.

»Nein.« Warum schaute die mich denn so an? »Warum?«

»Wann waren Sie denn das letzte Mal bei der Vorsorge?«

»Ich? Wieso?«

»Wann hatten Sie das letzte Mal Ihre Periode?«

»Ich?«

»Na ja, Ihrer Freundin muss ich die Frage ja nicht mehr stellen.« Sie lächelte.

»Weshalb fragen Sie?«

»Sie haben so etwas Schwangeres im Blick.«

»Ich …? *Was*? Im Blick? Wie … Ich meine …«

»Kann die kleine Dame mal kurz vor die Tür gehen?«, wandte sie sich an Jessica, die daraufhin wortlos verschwand.

Die Ärztin wies einladend auf die Untersuchungsliege. »Das würde mich jetzt einfach mal interessieren.«

»Aber …« Ich stieß einen hysterischen Lacher aus. »Das *kann* gar nicht … also, ich bin überhaupt nicht … ich meine, nicht dauerhaft …« Oh, mir wurde so schlecht! Mein Herz raste plötzlich schneller als der Zuch nach Erkelenz, meine Zunge schmeckte staubig wie die Sohle von Jessicas Turnschuh, und meine Eingeweide gebärdeten sich, als müsste ich ein Solo singen.

Ich sank auf die Liege wie ein gestrandeter Wal, friemelte mir das Kleid hoch und hielt den Atem an, als der kalte Ultraschallkopf suchend über meinen Bauch glitt. Ich zwang mich, nur die nette blonde Ärztin anzusehen, nicht den Bildschirm. Der Ultraschallkopf vollführte einige Pirouetten und andere kunstvolle Figuren und legte dann eine abrupte Vollbremsung hin.

»Da! Eindeutig. Eine ganz klare siebte Woche.«

Ich starrte mit blankem Entsetzen in ihre blauen Augen. »Sie machen Spaß!«

»Nein! Schauen Sie doch.« Sie zog ihren Kugelschreiber aus der Kitteltasche und tippte am Monitor auf einen Punkt wie Frau Zacharias auf eine angeblich falsch gesungene Note. Und das Gebilde dort sah auch aus wie eine Note. In diesem Fall eine winzige Achtelnote mit kleinem Fähnchen. Punktiert war sie auch noch.

Das Herz schlug mir bis zum Hals. »Sie meinen – ich bin ...«

»Ich muss einer Frau nur in die Augen blicken, dann weiß ich, ob sie schwanger ist. Das ist die jahrelange Berufserfahrung.« Sie lächelte. »Und in Ihrem Fall ist es doch viel begrüßenswerter als bei Ihrer Freundin.« Sie wies mit dem Kopf zur Tür. »Die junge Dame ist ja gerade mal sechzehn, und Sie sind ...«

»Vierundzwanzig«, versuchte mein Mund zu sagen. Allerdings kam mir nur ein unverständliches »Mömp« über die blutleeren Lippen.

»Sie sind ja völlig neben der Spur!« Die Ärztin tätschelte mir aufmunternd den Arm.

»Mömp.«

Offenbar wollte mein Magen nun auch mal etwas dazu sagen, denn ich spie ganz plötzlich mein Frühstück in die Pappschale, die die geistesgegenwärtige Frau Doktor blitzschnell hervorgezaubert hatte.

»Tja, Sie sehen, ich habe recht. Sie sind schwanger. In der siebten Woche fängt die Spuckerei an.« Hocherfreut darüber, dass sie richtig diagnostiziert hatte, hielt mir die liebe Frau Doktor die Schüssel, während ich hilfloser war als eine Dreijährige, würgte, spuckte, heulte und Unverständliches stammelte.

»Haben Sie denn jemanden, der sich um Sie kümmert?«, fragte sie, nachdem wir das Malheur und viele Papiertücher in den Treteimer entsorgt hatten.

Leichenblass saß ich vor ihr, starrte Löcher in die Luft

und hörte sonderbare, schrille Stimmen in meinem Kopf. »Schwan-ger, schwan-ger, schwan-ger … Pran-ger, Pran-ger, Pran-ger …«

»Ich … ähm … Ja.« Meine Hand hob sich und zeigte auf die Tür. Dabei zitterten meine Finger so sehr, dass ich fürchtete, sie würden abfallen. Meine andere Hand zerbröselte ein Taschentuch, das in kleinen Fetzen zu Boden segelte.

»Die Kleine?«

»Hm.« Ich nickte hölzern wie eine Marionette.

Die Ärztin rief Jessica wieder herein und erklärte ihr den Sachverhalt.

Jessicas Mund verzog sich zu einem breiten Grinsen. »Geil, ey! Dass der dicke alte Mann das noch hingekriegt hat!«

»Hmmm!« Ich schüttelte heftig den Kopf, bevor ein neuer Würgeanfall mich in die Knie und vor das Waschbecken zwang.

Die Ärztin wurde nun langsam besorgt. »Können Sie allein nach Hause gehen, oder soll ich Ihnen ein Taxi rufen lassen? Ich habe nämlich das Wartezimmer voll, Sie sind ja eigentlich gar nicht meine Patientin …«

»Taxi«, stammelte ich. »Nein – besser gleich Notarzt.«

»Quatsch!«, sagte Jessica und zerrte an meinem Arm. »Jetzt stell dich nicht so an, ey. Das ist ja voll peinlich!«

Sofort ging es mir besser. Mein Ich reagierte reflexartig auf die resolute Zurechtweisung und hörte auf zu spucken. Diesen Tonfall war ich seit Kindesbeinen gewöhnt. Stell dich nicht so an! Dir *ist* nicht schlecht. Mach dich nicht so wichtig. Andere sind auch schwanger. Also reiß dich zusammen und sei nicht immer gleich so theatralisch!

Der Blick, den Bruno mir an diesem Abend vom Klavier aus zuwarf, war wie alle vorherigen Blicke zusammengenommen und mit 100 potenziert.

Er *wusste* es.

Obwohl ich Jessica beschworen hatte, ihm nichts zu sagen, da dies nur unsere »harmlose Freundschaft« belasten würde, hatte das liebe Kind wohl nichts Eiligeres zu tun gehabt, als seinem Vater zu dessen ungeahnter Potenz zu gratulieren.

Die Probe der Sterbenden dauerte keine zwanzig Minuten. Dann waren sie gestorben. »Danke. Morgen, neunzehn Uhr.«

Erfreut verließ das Gros der Kollegen flugs den Saal. Frau Zaunknecht rannte los, um den früheren Zuch zu kriegen, nicht ohne zu schimpfen, warum sie denn überhaupt gekommen sei, sie hätte doch nun wirklisch wat Besseres zu tun. Einige wenige wussten mit dem überraschenden freien Abend offenbar nicht viel anzufangen und packten nur zögerlich zusammen. Die Letzten waren noch nicht ganz draußen, und ich wusste nicht, was ich tun, lassen, sagen oder besser nicht sagen sollte, als Bruno mich plötzlich geradezu stürmisch umarmte. »Das ist das größte Geschenk, das mir der Himmel machen konnte. Nein … du. *Du* machst es mir.«

»Bruno, ich …«

»Ich weiß, Liebste. Du wolltest es mir bestimmt lieber selber sagen. Aber Jessica konnte sich einfach nicht beherrschen. Sie freut sich so wahnsinnig, du. Sie mag dich so gern – ach was, sie liebt dich, wie eine große Schweßster, sie vergöttert dich …«

Völlig zu Unrecht, wie ich fand.

»Und nun schenkt ihr mir – alle beide …« Seine Stimme brach. »Ich wollte mich schon umbringen, ich habe keinen Sinn mehr im Leben gesehen, und jetzt gibst du mir den Sinn des Lebens zurück, ja, sogar doppelt und dreifach …«

Das verstand ich nicht so ganz, aber egal. Noch nie hatte ich Bruno derart freudig erregt gesehen, nicht einmal, als wir die kleine Wanda geholt hatten.

Bruno standen Freudentränen in den Augen. »Weißt du noch, die Wahrsagerin auf dem Kapußzinerberg?«

»Ja, doch, jetzt, wo du es sagst …«

»Jetzßt werden wir Eltern!«

»Also, ich weiß nicht …«

»Du musst sofort zu uns ziehen, Wanda. Ich kümmere mich um dich. Wir werden eine richtige Familie!« Er zog sich mit ungeahnter Wendigkeit einen Stuhl heran, setzte sich und knetete mir aufgeregt die eiskalten Hände. »Seit Eva-Maria weg ist, ist unser Haus irgendwie kalt und dunkel. Ich habe mich immer gefragt, wo auf dieser großen, weiten Welt der Mensch ist, der wieder Licht und Wärme reintut.«

O Gott. Nicht tun! Bitte! Klappe, neue Szene, andere Darsteller! In diese staubige, spießige Bude wollte ich überhaupt nichts tun. Weder mich noch mein Kind, und auch keinen Staubwedel oder Wischeimer.

»Wanda, du gibst meinem Leben wieder einen Sinn!«

»Bruno, jeder gibt seinem Leben selbst einen Sinn. Sagt jedenfalls Viktoria. Und ich habe darüber nachgedacht und finde, sie hat recht.«

»Jetzt weiß ich, wo ich als alter Mann sein werde – nämlich bei meiner Familie!«

»Bruno, du *bist* doch schon ein alter M…«, rutschte mir heraus.

»Durch dich fühle ich mich wieder jung!«

»Ja, sicher, du hast Jessica und ihr Kind und …«

»Psst, ganz ruhig. Du bist jetzt vielleicht etwas überwältigt von meinem Angebot, aber es ist nur ein Angebot, kein Antrag!«

»Oh … Ja.« Ich straffte den Rücken. »Das ist ein erfreulicher Unterschied.«

»Also: Mein Haus ist ab sofort auch dein Haus«, verkündete Bruno und unterstrich dies mit einer allumfassenden, umarmenden Geste. »Du kannst darin ganz nach deinem Geschmack schalten und walten. Da rede ich dir nicht rein.«

Wenn ich mich auf meinen Geschmack verlassen könnte, dachte ich erschüttert, dann wäre ich nicht in diese Lage geraten.

»Du wirst dich bald als Hausherrin fühlen. Du kriegst natürlich ein eigenes Zßimmer. Ich bedränge dich auch ganz bestimmt nicht.«

Häh? Und was war das, was er gerade tat? Eine Maniküre?

»Bruno, das ist wirklich lieb«, versuchte ich ihn zu bremsen, »aber ich ziehe ganz sicher nicht zu dir. Erstens bist du noch verheiratet, und zweitens bin ich …« Ein ganz mieses Stück, wollte ich sagen, würgte es aber gerade noch hinunter. Die sich obligatorisch anschließende Beichte konnte ich Bruno auf keinen Fall antun, das hatte er nicht verdient.

»Und zweitens bin ich – an meinen Mietvertrag gebunden. Auf zehn Jahre. Ja. Genau.«

»Da löse ich dich aus. Was willst du mit deinem schwangeren Bauch denn in einer Zßweißzimmerwohnung?«

»In Ruhe Schwangerschaftsgymnastik machen«, entgegnete ich.

»Aber das kannst du doch auch gemeinsam mit Jessica tun.«

»Nein. Nicht tun! – Ich meine, das macht jede am besten für sich allein.« Ich zog die Nase hoch und verschränkte die Arme vor der Brust. »Wirklich, Bruno. Außerdem tu ich in meiner Wohnung üben.«

»Ich könnte dich immer beim Üben begleiten und mit dir ganz tolle Konzerte vorbereiten …«

Nein. Nicht tun. Auf keinen Fall. Ich fing ja jetzt schon an zu sprechen wie Bruno. Außerdem wollte ich meine Schwangerschaft anders gestalten als Jessica. Und nicht zuletzt: Bruno war ja nur einer der potenziellen Väter.

Und das durfte er nie erfahren.

## *Kapitel 26*

Natürlich musste ich meinen Zustand dem Sender offiziell melden. Das tat ich auch, denn das waren meine dienstlichen Pflichten. Da brauchte ich gar nicht erst den Blockwart zu fragen.

Und wer fing mich gefühlt eine Minute später keuchend vor der Damentoilette ab? Robert.

»Sag mal, was höre ich denn da? Du kriegst ein Kind von mir?«

»Wie? Wer sagt das?«

»Na, der Computer! Deine Personalakte! Ich habe gerade mal reingesehen. War zufällig in der Personalabteilung, und zufällig war auf dem Bildschirm noch deine Akte geöffnet. Hohoho!« Robert scharrte mit den Hufen wie ein Hengst, der sich in einem Dornengestrüpp verfangen und dabei aus Versehen das schlafende Dornröschen totgetrampelt hat. Er hatte einen knallroten Kopf. Bis auf seine Lippen. Die waren weiß. Sein Lachen klang wie ein verzweifelter Versuch, seine Hilflosigkeit und Überraschung zu überspielen. »Das ist jetzt natürlich der falsche Zeitpunkt …« Er zog mich ein Stück weit den Gang hinunter und öffnete eine Tür, hinter der sich ein kleiner Raum mit einem Getränkeautomaten befand. Völlig derangiert sank er auf einen grünen Sessel, der zur gleichen zerschlissenen Polstergarnitur gehörte, auf der ich bei meinem ersten Besuch dem Ergebnis der Abstimmung geharrt hatte. »Wanda, versteh mich nicht falsch: Ich finde es toll, dass du von mir schwanger bist, das beweist mir doch zumindest mal, wie fruchtbar ich bin. Hohoho!«

Das Verlegenheitsgelächter prallte dumpf von den Wänden der Kammer ab.

»Fruchtbar sind die Frauen, Robert«, sagte ich. »Männer sind zeugungsfähig.«

»Zeugungsfähig! Das bin ich. Aber so was von!«

Robert lachte selbstgefällig, doch ich sah, dass seine Lippen zitterten. Kein Tropfen Blut schien mehr darin zu fließen.

»Meine Verlobte, die Schwester des Intendanten, behauptet immer, es läge an mir, dass sie nicht schwanger wird. Aber jetzt haben wir ja den Gegenbeweis …« Er schielte mir halb triumphierend, halb gönnerhaft auf den Bauch. »Ein Schuss! Aber der sitzt. Ins Schwarze! Wie im *Freischütz.* Samiel!«, rief er wie der böse Kaspar, der mit dem Teufel im Bunde steht, mit rabenschwarzer Stimme.

Seine ganze Selbstsicherheit war so schlecht gespielt, dass sie gleich darauf vor meinen Augen zu einem jämmerlichen Häufchen klirrender Worthülsen zusammenfiel.

»Das Problem bei dieser Sache ist, Wanda …« Er versuchte, mich an sich zu ziehen und auf seinem Schoß zu platzieren wie damals bei der Wirtshausszene aus *Carmina Burana*, aber ich ließ mich hastig auf den benachbarten Sessel fallen. »Ich *kann* dich jetzt nicht heiraten. Das musst du verstehen.«

»Oh«, sagte ich. »Schade.« Meine vor unterdrücktem Gelächter wegbrechende Stimme wertete er jedoch offensichtlich als Zeichen der Fassungslosigkeit.

»Es tut mir leid, ich weiß, wie nötig das jetzt für dich als alleinstehende Frau wäre. Und wie selbstverständlich für einen Ehrenmann wie mich. Ein Ehrenmann heiratet die Frau, die er schwängert. Ohne Wenn und Aber.«

Ich nickte betroffen. Innerlich schwankte ich zwischen drei Reaktionen: lachen, würgen, ihm eine reinhauen. Gegen Letzteres musste ich am heftigsten ankämpfen.

»Aber ich habe es einfach immer noch nicht übers Herz gebracht, die Verlobung mit Cordula zu lösen«, fuhr er entschuldigend fort und hielt mir seinen Ringfinger unter die Nase. »Ich muss zugeben, ich habe meine Gefühle gut unter Kontrolle gehabt, wenn ich mit ihr zusammen war. Da bin ich Profi. Du weißt ja, schauspielern kann ich. Hohoho.«

Auf den selbstgefälligen Lacher hatte ich schon gewartet.

»Cordula würde mir die Hölle heißmachen, wenn sie wüsste, was mein schlimmer Fittich auf Dienstreisen so alles treibt.«

»Das wollen wir ja nicht«, sagte ich.

»Nein. Das wäre total kontraproduktiv. Ich meine, wir beide können ja auch ein anderes Agreement treffen.«

»Nämlich?«

»Na ja, auf jeden Fall zahle ich Alimente.«

»Aha?«

»Natürlich. Ich bin ein Gentleman. Ein Gentleman genießt und schweigt. Hohoho!« Roberts Lider flatterten, und seine blutleeren Lippen wirkten so ausgetrocknet, als hätte er drei Wochen in der Wüste verbracht. Unter der rotfleckigen Haut seines Halses hüpfte sein Adamsapfel auf und ab wie auf einem Trampolin. Der arme Mann! Er schien seine schauspielerischen Leistungen schon selbst zum Speien zu finden. In diesem Moment hätte man ihm keinen Spiegel vorhalten dürfen, sonst hätte er sich übergeben. Auf einmal empfand ich mehr Mitleid für Robert, als ich jemals für Bruno aufzubringen imstande gewesen war. Mein Blick glitt zum Getränkeautomaten. Ich stand auf, warf einen Euro in den Schlitz und reichte Robert eine Flasche Johannisbeerschorle Marke *Ahrweiler Waldbauernbub.*

Dankbar riss er sie an sich und schüttete die Flüssigkeit in sich hinein. »Aaah!«, entrang es sich seiner Sängerkehle, und seine Lippen bekamen wieder Farbe. »Das habe ich jetzt gebraucht auf den Schreck.«

»Ja«, sagte ich. »Logo.«

Robert seufzte tief, wie jemand, der erfahren hat, dass er zwar sein Auto zu Schrott gefahren hat, dass aber der darin befindliche Erbonkel nicht zu Schaden gekommen ist.

»Wanda, Wanda, Wanda«, intonierte er in den profundesten Basstönen und klang dabei unglaublich selbstzufrieden, ja geradezu wie der Triumphchor aus *Aida.* Das süße Säftchen hatte seine Lebensgeister wiedererweckt. »Was mache ich nur mit dir?«

»Nichts«, beteuerte ich, während ich die leere Flasche in meinem Rucksack verschwinden ließ. »Ich hätte dir überhaupt nichts gesagt, wenn du es nicht in der Personalabteilung selbst gelesen hättest.«

»Ich war da nur zu Kontrollzwecken«, verriet sich Robert, ohne es zu merken. »Als Präsident des Ensembles muss ich immer ein Auge auf die Belange meiner Schäfchen haben, hohoho!«

»Mäh«, sagte ich und verdrehte die Augen. »Und jetzt lammt auch noch eines ...«

»Also, ich werde in *jeder* Hinsicht für den Schaden aufkommen«, blähte sich Robert auf. »Ich bin ein Ehrenmann.«

»Den Schaden?«

»Du weißt schon, Wanda ... Ich meine das Malheur! Hohoho, das kleine, süße, winzige, einmalige Malheur!«

Er versuchte, meinen Bauch zu tätscheln. »Und wer weiß, wie bald schon ich mich öffentlich zu dir und meiner Leibesfrucht bekennen kann!«

»Och, lass man ...« *Meine* Leibesfrucht. *Dein* Sperma. Aber das lernst du nicht mehr, dachte ich.

»Keine falsche Bescheidenheit, Wanda. Ich bin nur fair.

Ich möchte bloß einen passenden Zeitpunkt und einen passenden Ort und eine passende Gelegenheit abwarten, um das Verlöbnis mit Cordula zu lösen, ohne dass ihre Ehre gekränkt wird.«

Wie heldenhaft.

»Du würdest sie nie kränken, ich weiß.« Ich nickte mechanisch.

»Du musst dich noch gedulden.« Robert kniff mich in die Wange. »Am besten bis nach dem Probejahr. Das wollen wir ja nicht gefährden, nicht wahr? Hohoho. Aber da bist du ja schon im Mutterschutz. Das kriegen wir ganz undramatisch hin.«

Ich ging zum Getränkeautomaten, warf noch einen Euro ein und zog mir ein Wasser. Wahrscheinlich befahl mir das mein Unterbewusstsein, damit ich im Notfall bewaffnet war.

Robert erhob sich und sah auf die Uhr. »Oh! In drei Minuten beginnt die Probe! Als Präsident muss ich vorbildlich pünktlich sein. Ich bin ja bei den Toten, das ist auf jeden Fall der schwerste Part!«

»Habe ich schon gehört, ja.«

»Ich habe das Gefühl, der Bruno will bei mir etwas wiedergutmachen, weil er mir die Solopartie des Ersten Toten gegeben hat.«

»Das glaube ich auch.«

»Der Mann hat sich ja nie entschuldigt. Aber ich bin da nicht nachtragend.« Robert machte eine wegwerfende Handbewegung. »Ist schon vergessen.«

Ich schob die Unterlippe vor und nickte anerkennend.

»Wie gesagt: Ich bin ein Ehrenmann. Und wenn ich etwas angerichtet habe, dann stehe ich auch dafür gerade.«

»Ja.«

»Deine Kontonummer habe ich ja«, sagte Robert abschließend. »Die steht in der Personalakte. Ich werde ein bisschen tricksen müssen, also Verwendungszweck: ›Solovergütung‹. Stimmt ja auch, ist ja auch so … hohoho!« Er wollte sich über seinen eigenen Witz schier kaputtlachen. »Warte, lass mich allein rausgehen, dann denkt niemand was Falsches. In meiner Position steht man dauernd unter Beobachtung, du bist garantiert nicht die Einzige, die ein Auge auf mich geworfen hat … hohoho!«

Sein Gelächter verebbte, sobald er die Türklinke in der Hand hatte. »Ich lass mich nicht lumpen!«, sagte er über seine Schulter hinweg. »Ich bin Vorbeter in meiner Gemeinde und trage auf Wallfahrten das Kreuz. Du kriegst deine Alimente. Mehr, als ich von Rechts wegen zahlen müsste.«

Ich starrte ihn fassungslos an.

»Ehrensache!«, raunte er mit Verschwörerstimme. »Muss keiner wissen.«

»Nein.«

»Und wenn ich sage keiner, dann meine ich *keiner.*«

»Klar.«

»Auch *keine.*«

»Nee, ist klar.«

»Meine Leibesfrucht werde ich natürlich wohlwollend im Auge behalten.« Sein Blick wanderte zu meinem Bauch. »Und dich auch.« Er warf mir verstohlen eine Kusshand zu. »Pass auf dich auf!«

Das Letzte, was ich von ihm sah, war ein gönnerhaftes Augenzwinkern.

❁

Während der nächsten Probe steckte der Intendant seinen Kopf zur Tür herein. »Frau Zapf? Können Sie nach Dienstschluss bitte ganz kurz in mein Büro kommen?«

Wir Sterbenden wimmerten gerade kläglich vor uns hin, dieweil Bruno uns dirigierend streichelte.

»Eigentlich muss ich dich jetzt zu den Lebenden tun«, hatte Bruno zuvor gestammelt, aber ich hatte abgewinkt: »Lass mal, das sehe ich nicht so eng.«

»Natürlich!«, rief ich Ralf Kalb nun ganz sachlich zu und erklärte meinen Nachbarinnen: »Dienstbesprechung.«

»Klar«, schnaubte das Flusspferd. »Geht's wieder um eine Luxuskreuzfahrt oder gleich um die Hauptrolle in einem Film? Bei wem warst du denn noch nicht auf der Besetzungscouch?«

»Dienstbesprechung ist wichtig«, sagte Swetlana ernst. »Wenn Chef ruft, muss man immer sofort kommen.« Auf diese Steilvorlage hin tobte sich die Pferdehaarige selbstverständlich wieder verbalerotisch aus.

Dörthe Feinstaub hingegen wollte sich ein Stück weit konzentrieren und fragte ihre Stimmgabel schmallippig mehrfach nach einem A. Sie war eine von denen, die dieses Werkzeug mit dem Stiel ins Ohr einführen wie ein Wattestäbchen.

Brunos Auge zuckte, während er uns sterbende Altistinnen weiter dirigierte.

Unser Gejammer würde wahrscheinlich sowieso niemanden interessieren. Inzwischen hatte ich die goldene Regel erkannt: Je länger wir an einem unsingbaren, modernen Stück probten, desto weniger Menschen wollten es im Fernsehen sehen oder im Radio hören. Aber umso wichtiger fühlten wir uns alle. Unersetzlich und ein Stück weit auch für die Nachwelt von Bedeutung.

Nach der Probe hoppelte ich so schnell ich konnte davon und blickte panisch immer wieder über meine Schulter, aber anscheinend folgte mir niemand.

Ich sprang für meinen Zustand geradezu beherzt in den Paternoster, der ruckartig und zermürbend langsam vor sich hin tuckerte. Wenn ich Pech hatte, würde Robert mich jetzt aus dem Hinterhalt überfallen und bollernd rufen: »Na, so ein Zufall! Was machst du denn hier? Wieso fährst du in die Chefetage? Da könnte man ja fast den Eindruck bekommen, du liefest mir nach. Hohoho!«

Bruno würde es vom Flügel bis zum Aufzug nicht in unter dreißig Sekunden schaffen. Außerdem rannte Bruno mir nicht hinterher. Niemals. Erstens ging das rein sporttechnisch nicht, und zweitens war das nicht sein Stil. Sein Stil war es, sich tagelang beleidigt in seinem Schildkrötenpanzer zu verkriechen.

Ich wusste nicht, was weniger nervtötend war. Wenn ich von einem der beiden schwanger war – was Gott verhüten mochte, wenn ich es schon nicht getan hatte! –, dann musste ich mich ernsthaft fragen, welche dieser grässlichen Eigenschaften wohl mein Kind haben würde. Ich würde es die ganze Zeit hauen müssen …

Und nun: Kandidat drei.

Als ich an die offene Tür klopfte, saß der Intendant telefonierend an seinem Schreibtisch und hatte seine Füße darauf geparkt.

»Komm rein, die Sekretärin ist schon weg.«

Während er noch in sein Handy sprach, lockerte Ralf seine lachsfarbene Krawatte und winkte mich heran.

»Hallo«, sagte ich, nachdem er das Telefonat beendet hatte. »Du wolltest mich sprechen?«

»Ja – sag mal, was ist eigentlich bei deiner Freundin Viktoria Landmann los?« Er kam hinter dem Schreibtisch hervor, riss sich die Krawatte vollends vom Hals und drückte mir einen freundschaftlichen Begrüßungskuss auf die Wange.

»Ich dachte, ich frage mal dich, weil du doch quasi an der Quelle sitzt.«

Verdutzt sah ich ihn an. *Deswegen* hatte er mich in sein Büro bestellt? »Viktoria? Keine Ahnung, was soll denn mit ihr sein?«

»Setz dich doch«, sagte Ralf und wies auf den breiten Ledersessel, der einladend vor seinem Schreibtisch stand.

Ich sank hinein.

»Was darf ich dir anbieten?« Er öffnete einen kleinen Kühlschrank. »Whiskey, Scotch, Wein, Schampus?«

»Nichts, danke.«

»Hey, Wanda, das ist eine Klubversammlung! Klub der Schlimmen!« Er lächelte mich aufmunternd an.

»Heute nicht«, sagte ich spröde.

»Wie du willst.« Er goss sich irgendetwas Klares in ein dickbauchiges Glas. »Stimmt es in der Ehe der Landmanns eigentlich noch? Also, ich habe den Eindruck, dass bei denen die Kacke am Dampfen ist. Er geht mit seiner Reederei den Bach runter, und sie will ihn verlassen.«

»Davon weiß ich nichts, ehrlich.« Ich schlug mir die Hand vor den Mund. »Oje, der arme Benedikt!«

»Der Kleine? Der interessiert mich jetzt wirklich nicht!« Lachend schüttelte Ralf den Kopf und kippte dann sein Getränk hinunter. »Daran denkst du als Erstes? Typisch Frau, was?«

»Mag sein.« O lieber Gott, mach, dass er nicht der Vater ist!, betete ich inbrünstig.

»Mich interessiert nur, dass Klassisch-TV am Ende ist, wenn die Reederei pleitegeht.« Ralf knallte das leere Glas auf die Schreibtischplatte und stierte mich aus blutunterlaufenen Augen an. »Wanda, die Landmann *darf* ihren Alten nicht verlassen! Wir brauchen die! Ich meine, in einer funktionierenden Ehe mit dem Reeder. Unserem Sponsor. Der geht bestimmt pleite, wenn die ihn verlässt!«

»Äh … und was soll ich da machen?« Ich zeigte mir ratlos auf die Brust.

»Du könntest auf jeden Fall mal bei ihr nachhorchen, was da im Argen liegt. Und sie überreden, den guten Leo doch noch eine Weile zu ertragen.«

»Pling«, tönte es aus Ralfs Computer.

»Warte kurz. Da kommt gerade eine Mail rein. Könnte wichtig sein.« Ralf beugte sich vor und las. »Nee, nur eine Routinemeldung von der Personalabteilung.« Er war schon im Begriff, sich entspannt zurückzulehnen, da riss er plötzlich die Augen auf und schnellte vor. »WAS? Du bist schwanger?«

»Ähm … ja.«

»Und das sagst du erst jetzt?«

»Ich sage es doch gar nicht. Du hast ja offensichtlich andere Probleme.« Ich wies mit dem Kinn auf das Foto an der Wand, das die prunkvolle MS *Klassika* in einem Hafen in der Karibik zeigte.

»Dann fällst du ja für die schöne Weihnachtskreuzfahrt in die Südsee aus!« Ralf schien das wirklich zu bedauern. »Mensch, wir wollen einen neuen Werbespot drehen! Du hast mich letztens auf die Idee gebracht, Wanda. Wir müssen junges Publikum gewinnen, und das geht nur mit jungen Leuten!«

»Ach komm, du wirst doch sicher ein paar andere Mädels finden, mit denen du Spaß haben …« Ups! Das hatte ich nicht sagen wollen. Ehrlich. Das war mir nur so rausgerutscht.

Ralf wurde blass. »Wie – meinst du das?«

»Vergiss es. War Quatsch. Blöd.« Ich presste die Lippen aufeinander.

»Du meinst, ich … Es ist – von mir …?« Er zeigte auf meinen Bauch.

»Fühl dich jetzt bitte nicht unter Druck gesetzt, Ralf. Du hast schon genug Sorgen.« Ich nickte bekräftigend und verschränkte die Arme vor der Brust. Dabei raste mein Herz vor Angst und Aufregung. Wenn Ralf Kalb der Vater war, dann würde mein Kind womöglich seine fiesen Charaktereigenschaften erben! Und wenn ich Pech hatte und es auch noch meine fiesen Charaktereigenschaften erbte, dann würde das ein ganz mieses Kind!

»Das ist doch ... Sag mal, Mädchen, das ist aber ein gemeiner Trick, das mit der Heizdecke, oder? Damit bringst du quasi die eingefrorenen Spermien in Schwung!«

»Spermien sterben bei Hitze ab, Ralf ...«

»Ich kenne das von der Helene, ähm, meiner Frau, die hat auch so ihre Tricks, um schwanger zu werden.«

»Deiner Frau?« Ich hätte am liebsten auch noch die Beine vor der Brust verschränkt, aber so gelenkig war ich nicht.

»Na ja, es ist zwischen uns beiden nie zur Sprache gekommen, aber ich bin verheiratet und habe drei Kinder.«

»Och«, sagte ich gedehnt und betont desinteressiert. Als wüsste ich das nicht schon längst von Robert! »Junge? Mädchen?«

»Zwei Mädchen und ein Junge.«

»Okay.« Ich nickte. »Warum nicht.«

»Und jetzt kriege ich noch mal so einen Wurm?«

»Tja ...« Ich zuckte mit den Schultern. »Wer weiß?«

»Wanda, jetzt mal ohne Scheiß.« Ralf machte Anstalten, an seiner Krawatte zu zerren, aber die hatte er ja schon abgelegt. Also fummelte er stattdessen an seinem Hemdkragen. »Bin ich der Vater?«

»Hm«, murmelte ich und hob fragend die Hände, als würde ich zwei Tabletts darauf balancieren.

»Dann ist das auf jeden Fall ein Betriebsgeheimnis«, flüsterte er und sah sich hektisch nach links und rechts um, wo die Türen zu den Nebenzimmern offen standen. Obwohl dort niemand mehr war, erhob er sich hastig und schloss sie. »Kann ich mich auf dich verlassen, Wanda?«

»Natürlich«, sagte ich. Ich hielt mir den Zeigefinger an die Lippen. »Klub der Schlimmen.«

»Was … äh … verlangst du für dein Schweigen?« Er ließ sich wie entkräftet auf seinen Chefsessel fallen.

»Nichts! Ich bitte dich, Ralf. Natürlich nichts. Nur den üblichen Unterhalt …«

»Aber Wanda, ich kann mich nicht öffentlich zu dem Kind bekennen!« Ralf riss einen Zettel von seinem Notizblock und schob ihn mir herüber. »Los. Nenn mir eine Summe.«

Also bitte, das fühlte sich ja an wie Erpressung! So etwas machte ich nun wirklich nicht. Andererseits … wenn er mir wirklich einen Gefallen tun wollte – warum nicht? Mein Beliebtheitsgrad im Ensemble war schwer gesunken. Ich kannte so einige, die nichts lieber tun würden, als am Ende meines Probejahres den Daumen zu senken. Weg, weg, weg, weg.

»Hm, vielleicht könnte ich meinen Arbeitsplatz nach der Babypause – oder wie das heißt – wiederkriegen? Das wäre nett.« Ich schob den Zettel unbeschrieben zurück.

»Das ist ja wohl das Mindeste!« Der Intendant lehnte sich dermaßen erleichtert und daher schwungvoll in seinem Chefsessel zurück, dass er gleich einen Meter rückwärts davonrollte. Dann biss er sich in die Fingerknöchel. »Meine Frau darf das niemals erfahren, die lässt sich scheiden und nimmt mir die Kinder weg. Gut möglich, dass ich auch meinen Job hier verlieren würde. Gelinde gesagt, wäre ich schlichtweg am Arsch …«

»Ralf«, sagte ich befremdet. »Beruhige dich.«

Er trippelte mit seinem rollenden Sessel eilig wieder an den Schreibtisch zurück. »Du kriegst deine Stelle wieder, und ich versichere dir hoch und heilig, dass dein Probejahr hiermit bestanden ist, wenn du bloß nicht sagst, dass ich der Vater bin.«

»Das habe ich nicht vor.«

»Helene würde mich umbringen.«

»Das wollen wir ja nicht.«

»Und den Sender würde es natürlich auch in Verruf bringen. Wenn wir jetzt schon möglicherweise unseren Sponsor verlieren, dann bitte nicht auch noch unseren Ruf.«

»An mir soll es nicht liegen, ehrlich.« Ich sah Ralf mitleidig an. Wie können Männer eigentlich so doof sein, dachte ich, dem Ruf ihres Fittichs zu folgen, wenn doch dabei ihr eigener Ruf auf dem Spiel steht? Aber Männer sind da wohl alle gleich, ob frommer Vorbeter oder Intendant von Klassisch-TV.

Ralf beugte sich so weit über seinen Schreibtisch, dass er meine Hände ergreifen konnte. »Ich zahle dir, sagen wir mal – das doppelte Monatsgehalt, bis das Kind fünfundzwanzig ist, und garantiere dir einen sicheren Arbeitsplatz bis ans Ende deiner Tage.«

»Meiner Tage? Du scherzt wohl!«

»Ach!« Ralf raufte sich die Haare. »Deines Lebens, wollte ich sagen, also deines Berufslebens! Hier singen alle, bis sie tot umfallen oder mindestens fünfundsechzig sind.«

»Jrauenvoll«, entfuhr es mir Zaunknecht-mäßig. »So klingt das auch.«

»Dafür präsentierst du denen da draußen einen anderen Vater.«

»Hm«, machte ich, schob abwägend die Unterlippe vor und tat so, als müsste ich mir dieses Angebot erst einmal gründlich durch den Kopf gehen lassen. »Aber wen könnte ich als Vater präsentieren?«

»Den Herold!« Ralf schlug mit der flachen Hand auf den Tisch. »Der ist doch zeugungsunfähig. Der wird schon aus lauter Eitelkeit mitspielen.«

»Und seine Verlobte? Ich meine, deine Schwester?«

»Ach so«, sagte er tonlos und sank in seinem Sessel zusammen. »Klar. Das hatte ich vergessen. Die würde den ebenso erschießen wie meine Frau mich. – Wer käme denn sonst noch infrage?« Er kratzte sich ratlos am Kopf.

»Bruno Gutknecht?«, fragte ich schüchtern und gab dabei dem plötzlichen, unerklärlichen und unwiderstehlichen Impuls nach, das leere Scotchglas vom Schreibtisch zu nehmen, in ein Taschentuch zu wickeln und einzustecken. Was an Ralf offenbar völlig vorbeiging. Der war indessen in schallendes Gelächter ausgebrochen.

»Nee, Wanda. Alles, was recht ist, aber *das* glaubt dir wirklich keiner! Der verbitterte, dicke alte Mann? Nie im Leben. Der schafft es ja noch nicht mal, Guten Morgen zu sagen. Wie sollte der bei einer Frau wie dir jemals zum Zuge gekommen sein?« Ralf schüttelte so heftig den Kopf, dass es aussah, als würde er gleich abfallen. »Nein, vergiss es. Da wäre ja sogar der schwule Rummel noch glaubhafter. Oder der hyperaktive Clown aus dem Tenor, der ist immer für Überraschungen gut.«

»Keine gute Idee«, versetzte ich. Ich war zwar in letzter Zeit nicht wählerisch, aber der Klassenkasper wäre definitiv niemals in meine Nähe gekommen.

»Wanda …« Ralf stand auf, kam um seinen Schreibtisch herum und legte mir die Hand auf den Arm. »Hast du denn keinen Freund?«

»Nein.«

»Irgendeinen Kommilitonen von der Hochschule?«

»Nein.«

»Was ist mit dem Typ mit der Pudelmütze, der dich beim Vorsingen begleitet hat?«

»Thomas Rischmüller?« Mir stockte der Atem. »Also wirklich, ich weiß nicht …«

»Der war auf deinem Casting-Video im Hintergrund im Bild.« Ralf Kalb rieb sich begeistert die Hände. »Ehrlich, Wanda, der passt zu dir.«

*»Was?«*

»Mach ihn zum Vater, ja? Bitte sei so lieb!«

»Ich soll Thomas Rischmüller in die Sache mit reinziehen?«

»Es soll sein Schaden nicht sein …« Ralf kratzte sich wieder am Kopf, dann hellte sich seine Miene auf. »Er kriegt eine Stelle als zweiter Korrepetitor! Das tüte ich schon ein. Der Gutknecht braucht sowieso Unterstützung.«

»Echt?« Ich war mir nicht sicher, ob Bruno einen zweiten Klavierspieler neben sich dulden würde. Und erst recht keinen, den ich als meinen festen Freund und Kindsvater präsentieren würde. Andererseits könnte ich mich endlich bei meinem alten Freund und Begleiter revanchieren. Er hatte mir einen Traumjob verschafft, ein neues Leben. Und ein uneheliches, vaterloses Kind. Wenn man's genau nahm.

»Das wäre … ähm … toll«, sagte ich matt.

»Gut, so machen wir es. Du präsentierst ihn als deinen festen Freund, er fängt nach den Sommerferien hier an, und wenn man dann dein Bäuchlein sieht, gibt es keine Fragen mehr.«

Auf einmal wurde mir klar, dass ich jetzt tatsächlich im Schwebezustand war. Und zwar nicht vor musikalischer Seligkeit, wie sonst immer, sondern aus lauter Unwissenheit.

Wer war der Vater meines Kindes?

Wollte ich das wirklich wissen?

Welcher von diesen dreien?, fragte ich mich und wusch wie Pontius Pilatus meine Hände in Unschuld. Ich wusste nicht, wer von den drei Übeltätern das kleinste Übel war. Ich wusste nur, dass ich sie alle drei zur Kasse bitten würde.

## *Kapitel* 27

Wir probten Ravels *Daphnis et Chloé*, eine Ballettmusik, in der wir ohne Text nur auf dem Vokal »A« zu singen hatten. Eigentlich ein wunderschönes Stück, es klang wie Sommerwind, der über eine südfranzösische Küstenlandschaft streicht. Bruno streichelte das Klavier und mit der freien Hand bei den Einsätzen auch die Luft. Wenn man die Augen schloss und sich die Kollegen alle weit weg dachte, konnte man wieder in einen Schwebezustand der Seligkeit geraten. Mein Ungeborenes kam in den Genuss pränataler klassischer Musik, das war doch schon mal sehr schön. Doch der Embryo und ich konnten diese Seligkeit nicht lange genießen: Swetlana stieß ein gutturales Stöhnen aus, das mich an Presswehen denken ließ. Sofort wurde mir schlecht. Das musste doch nicht sein! Kaum gab es mal keine Konsonanten, vor die man ein N schieben konnte, da fing sie mit so etwas an! Die Pferdehaarige äffte sie natürlich sofort wieder übertrieben nach. Ihre jammernden Schwellseufzer hörten sich schon nach Gallenkoliken an. Och Kinder, das war doch jetzt alles nicht mehr lustig! Manche lachten trotzdem, andere wurden richtig sauer. Immer öfter herrschte nackte Aggression im Probensaal. Die Langeweile war offenbar wie eine Glut, die bei passendem Wind in ein verheerendes Feuer ausarten konnte. Hallo? Waren wir noch Profis? Oder ein unkontrollierbarer Sauhaufen?

Mir wurde nun regelmäßig schwindelig. Wenn ich mich setzen wollte, zog mir der Klassenclown ebenso regelmäßig den Stuhl weg, sodass ich ein paar Mal fast auf dem Hosenboden gelandet wäre. Dann beendete Bruno die Probe abrupt und taumelte davon. Das Ganze wurde immer unerträglicher. In den Pausen nahm ich Reißaus – mit gutem Grund: Robert verfolgte mich auf Schritt und Tritt. Er lauerte hinter jeder Säule, am Aufzug, vor der Damentoilette, in jeder Nische, hinter den Vorhängen, am Eingang, am Ausgang, am Getränkeautomaten und im Foyer. Er stand da wie eine Hyäne, mit zitternden Lefzen. Wenn er wirklich zeugungsunfähig war, wie Ralf gesagt hatte, dann musste er das doch wissen. Oder verdrängten selbstherrliche Männer grundsätzlich derart nichtige Details? Vielleicht hatte ich ja ungewollt seinen Minderwertigkeitskomplex reaktiviert? Ach je. Die ich rief, die Geister …

»Wo kommst du her? Wo gehst du hin? Mit wem triffst du dich? Wen hast du eingeweiht? Wer weiß von deinem Zustand? Warst du schon beim Arzt?«

Ich fand inzwischen Verstecke, von denen ich nicht geglaubt hätte, dass ich sie je benutzen würde. Ich kam mir vor wie eine Ratte auf der Flucht vor dem Kammerjäger. Hatte Robert mir schon vorher krankhaft nachspioniert, dann war er jetzt völlig durchgedreht. Was wollte er nur von mir? Heiraten wollte er mich doch nicht. Zum Glück. *Was* also?

»Bitte, Robert, mein Kreislauf spielt verrückt. Ich schaffe es nicht, während des ganzen Ravels zu stehen. Kann ich irgendwie in die letzte Reihe, wo mich niemand sieht?«

»Nein. Ganz klare Anweisung vom Intendanten: die Jüngeren stehen vorn. Wir müssen an die Optik des Ensembles denken. Außerdem will ich dich im Auge behalten. Du schaust mir viel zu oft zu Bruno.« Robert wies mit dem ausgestreckten Zeige- und Mittelfinger einer Hand erst auf seine Augen und dann auf meine. Glaubte er etwa, er könnte mich einschüchtern wie ein Mafioso?

»Ich schaue zu Bruno, weil er der Dirigent ist.«

»Ist er nicht. Er studiert das Stück nur ein. Die Aufnahmen leitet Riccardo Muti.«

»Vor dem will ich erst recht nicht umkippen!«

Robert ordnete an, dass ich für die Stehproben mit Orchester einen hohen Hocker bekam, wie ihn Kontrabassisten benutzen. Dankbar sank ich zwischendurch mit einer halben Pobacke darauf. Prompt ging ein missgünstiges Raunen durch den Saal.

»Wieso bekommt die einen Schemel und wir nicht?«

»Weil sie ein Kreislaufproblem hat«, sagte Robert mit sonorer Stimme.

»Vielleicht kriegt sie ihre Tage«, warf der Klassenkasper ein.

»Oder sie kriegt sie *nicht*«, mutmaßte die geschwollene Halsschlagader.

Die war ja nicht auf der Nudelsuppe dahergeschwommen. Gar nicht dumm, die Frau Zacharias.

»Ihr *Lieben*! Wer wird denn hier gleich persönlich werden?«, rief Viktoria lachend.

Brunos Auge zuckte.

»Wenn sie ein Problem hat, soll sie sich krankschreiben lassen«, fauchte das Flusspferd. »Ich stehe auch, und das mit meinen hundert Kilo!«

Der Teebeutel streichelte seiner Lebensgefährtin begütigend über den Rücken und regte sie an, ein Stück weit Toleranz zu zeigen.

»Wenn dat jeder machen wollte!«, keifte Frau Zaunknecht mit bebender Stimme. »Isch hatte dreissisch Jahre lang meine Tage un hap misch nisch hinjesätz!«

»Wir stehen immer bei Fernsehaufnahmen«, schnarrte der Blockwart. »Das ist im Grundgesetz verankert. Des Menschen Hintern ist unantastbar. Wir sind Profis, das ist *Dienst*!«

Mir brach der Schweiß aus, und ich sah Sterne vor meinen

Augen tanzen. Als ich kurz auf mein Stühlchen sinken wollte, hockte jedoch breit grinsend der Klassenkasper darauf.

»Los, runter da!«, herrschte Robert ihn aus der Bassreihe an. »Das ist ein dienstlicher Befehl!«

»Ich denke gar nicht daran«, feixte Vormerz. »Vor der Gewerkschaft sind alle Chorsänger gleich. Wenn sie ein Recht auf einen Stuhl hat, habe ich das auch.«

Frau Piesnelke-Poppen schließlich rannte kurz darauf mit verbissenem Gesichtsausdruck in den Orchestergraben und holte sich auch einen Kontrabasshocker.

Bruno brach die Probe ab, alle stoben auseinander, diskutierten lauthals über die unerträgliche Situation und drohten erneut mit Singverweigerung, Schweigestreik und Schlimmerem.

Die Atmosphäre wurde immer ätzender, dabei saß Riccardo Muti bereits im Flieger, um unser Ravel-Konzert mit den Berliner Philharmonikern zu dirigieren.

Auf die Panikrufe des Blockwarts hin erschien Ralf Kalb zur nächsten Probe und schaute sich das Spektakel an. Dann wurden Chorversammlungen einberufen, in denen man sich gegenseitig der Unprofessionalität bezichtigte. Immer wieder kam zur Sprache, dass manche Ensemblemitglieder bevorzugt behandelt würden, sei es bei Dienstreisen oder bei Soloauftritten vor der Kamera. Auch sei völlig unverständlich, wieso »immer dieselben« an den Kreuzfahrten teilnehmen dürften.

Viktoria Landmann lachte fröhlich und rief mit ihrem hellen Sopran, dass dieses Problem sich demnächst von selbst erledigen würde. Die MS *Klassika* wäre pleite und würde sinken, also kein Grund zur Aufregung!

Der Intendant verkündete mit ernster Miene, dass Klassisch-TV sich möglicherweise neue Sponsoren würde suchen müssen, und wenn man sich weiter wie im Kindergarten benehme, werde man bald in der Stadthalle von Gütersloh auftreten. Vor einem Publikum aus Anverwandten. Oder der Sender müsste gleich ganz schließen. Auf dass noch ein viel größer Getümmel ward.

Ich fragte mich immer öfter, ob womöglich ich an der gegenwärtigen Situation schuld war. Die Antwort lautete *ja.*

Vorher war das Ensemble vielleicht intrigant, unterfordert, gelangweilt und übersättigt gewesen. Aber doch lange nicht so hasszerfressen und neidverseucht wie jetzt.

Ich bin's, ich sollte büßen … Und ging hinaus und weinete bitterlich. Sollte ich kündigen und die Mörsenbroicher Schüler beglücken?

Dazu kam noch, dass ich endlich wissen musste, wer der Vater war. Ich musste! Doch alle drei Möglichkeiten erschienen mir zum Losheulen grauenvoll.

Während meines nächsten Besuchs bei Frau Dr. Graf, der reizenden Gynäkologin, fasste ich den Mut der Verzweiflung und beichtete ihr mein Lotterleben. Zu meiner Erleichterung rief sie nicht etwa: »Sie dumme Nuss!«, wie es das gesamte Klassisch-TV-Ensemble bestimmt im Chor getan hätte, sondern lächelte nur breit und sagte: »Das haben wir hier nicht selten, dass eine junge Frau nicht weiß, wer der Vater ihres Kindes ist.«

Mir kullerte eine Träne aus dem Augenwinkel. »Und was mache ich nun?«

»Es gibt heute sehr gute Möglichkeiten«, tröstete mich die nette Frau Doktor und reichte mir ein Papiertuch aus dem bereitstehenden Spender. »Die Pränatalmedizin ist da schon sehr weit. Wir untersuchen in der siebzehnten Woche Ihr Fruchtwasser, das nennt man Amniozentese. Dann wissen wir schon mal, ob das Kind gesund ist und ob es ein Mädchen oder ein Junge wird. Außerdem können wir auf diese Weise eine Vaterschaftsanalyse machen.«

»Wirklich?« Ich schöpfte Hoffnung. Gleichzeitig machte sich neue Panik in mir breit. »Muss ich die – Herrschaften dann hierherschleppen?« Ich stellte mir vor, wie Bruno, Robert und Ralf in drei verschiedenen Ecken des Wartezimmers sitzen und in Zeitschriften blättern würden. Da würde Freud und Wonne sein …

»Nein«, sagte Frau Dr. Graf freundlich. »Was wir für das Labor brauchen, sind lediglich Spuren von Speichel oder ein Haar von der Bürste, eine Pfeife oder das Mundstück einer Flöte, vielleicht eine Zahnbürste oder ein Glas, aus dem der infrage kommende Kandidat getrunken hat.«

»Das kann ich leicht beschaffen.« Ich seufzte erleichtert.

»Wollen sich die möglichen Väter denn vor Unterhaltszahlungen drücken? Brauchen Sie den Vaterschaftstest für das Gericht?«

»Nein, nein«, beeilte ich mich zu beteuern. »Zahlen würden die alle drei.«

»Ups«, stieß Frau Dr. Graf schmunzelnd hervor. »Gleich drei?«

»Einer von ihnen würde mich auch auf der Stelle heiraten.«

»Und der kommt für Sie nicht infrage?« Die Ärztin lächelte milde.

»Nein«, erklärte ich mit Bestimmtheit. »Leider.«

»Ist es der Vater von Jessica?« Frau Dr. Graf reichte mir ein weiteres Papiertuch, weil mir schon wieder die Tränen kamen.

Ich nickte schweigend.

»Keine weiteren Fragen.«

❁

Vor den Sommerferien verabschiedeten wir noch den asthmatischen bergischen Bass Klaus Hermann Pröll, der immer »Joachim« rief, um sich frei zu husten. Er ging in Frühpension, was mir persönlich leidtat. Er war ein gutmütiger, stets bollernd lachender Kollege gewesen, einer der beiden Bässe, die auf der ersten Dienstreise nach Amsterdam im Flieger neben mir gesessen hatten. Zwar waren ab und zu derbe Zoten aus seinem Munde gekommen, dafür aber auch rabenschwarze Basstöne, die viel zum unverwechselbaren Timbre unseres Ensembles beigetragen hatten. Der Kollege Pröll war ein netter, harmloser Zeitgenosse gewesen, der sich nie an den Hasstiraden und Bösartigkeiten manch anderer Kollegen beteiligt hatte.

Das von Konflikten gebeutelte Ensemble erwies dem Scheidenden eine besondere Ehre. Nach der letzten Aufnahme von Ravels *Daphnis et Chloé* blieben wir noch in der Aufstellung stehen, und auch das Orchester packte nicht wie sonst seinen Kram zusammen und verließ fluchtartig die Stätte unseres Wirkens. Riccardo Muti gab den Einsatz. Die Berliner Philharmoniker spielten die Einleitung eines bekannten Liedes von Trude Herr, und dann sang das ganze Ensemble für den völlig überraschten Kollegen Pröll mehrstimmig, wunderschön und wirklich von Herzen:

»Niemals geht man so ganz, irgendwas von mir bleibt hier.
Es hat seinen Platz immer bei dir.«

Eine derartige Liebenswürdigkeit hatte es im Chor schon lange nicht mehr gegeben. Klaus Hermann Pröll war platt. Wie eine preisgekrönte Flunder hing er auf seinem Stuhl, den mächtigen Abschiedsblumenstrauß auf seinem Bauch drapiert. Tränen der Rührung kullerten ihm über die Altherrenwangen.

Mein Blick glitt zu Bruno, der entgegen seiner Gewohnheit nicht in die Kneipe getaumelt war, sondern am Flügel saß und mitspielte. Seine Lippen bewegten sich, auch er sang.

Ich kämpfte mit den Tränen und tastete schon wieder rückwärts nach meinem Hocker.

Robert Herold sang ganz besonders laut und sonor und schaute mir dabei auf den Bauch. »Irgendwas von mir bleibt hier. Es hat seinen Platz immer bei dir.« Na, hoffentlich nicht.

Die anderen Bässe konzentrierten sich ganz auf ihren beliebten Kollegen Pröll. Wie viele Liter Bier er sich wohl im Laufe seiner Dienstjahre zusammen mit ihnen durch seine Sängerkehle hatte laufen lassen? Das, was sich unter dem Blumenstrauß wölbte, war jedenfalls ein beachtliches Fass. Den Rest hatte er natürlich irgendwann ausgepinkelt und ausgeschwitzt. Ja, das waren meine Gedanken beim Absingen dieses Pensionistenliedes.

Ralf Kalb war ebenfalls anwesend. Als ich kurz zu ihm sah, rieb er unauffällig Daumen und Zeigefinger gegeneinander und schaute mich fragend an. Das sollte bestimmt bedeuten: »Ist die Kohle schon bei dir angekommen?«

Ich nickte kaum merklich und grinste unter Tränen. Auf meinem Konto hatten sich Solohonorare in erfreulicher Höhe angesammelt.

*Das* war nicht mein Problem.

*Das* zum Glück nicht.

# *Kapitel 28*

Bruno trug mich auf Händen. Er hatte meine Proteste ignoriert und darauf bestanden, dass ich die Sommerferien in seinem Haus verbrachte – in Gesellschaft der ebenfalls schwangeren Jessica, da könne man doch das Nützliche mit dem Angenehmen verbinden. Schließlich könne er mich in diesem Zustand unmöglich in meiner Zweizimmerwohnung unterm Dach allein lassen. Ab sofort würde er sich um mich kümmern, und zu seinem Grund und Boden hätte auch ein wild gewordener Stalker wie Robert Herold keinen Zutritt.

In Brunos Klinkerbungalow mit dem verwahrlosten kleinen Garten musste ich die Beine hochlegen und Honigmilch trinken. Am liebsten hätte Bruno mir noch das Handy weggenommen, auf dem minütlich bis stündlich leidenschaftliche SMS von Robert eingingen.

*Wir müssen uns sehen!*

*Ich kann mich heute Nachmittag frei machen* (Hohoho!)

*Mein Fittich möchte seinem Sohn Gesellschaft leisten.*

*Wo bist du? Ich stehe schon seit einer Woche vor deiner Wohnung!*

Angewidert stopfte ich das Telefon unter eines von Brunos Sofakissen.

Jessica hockte auf der Couch, schaute üblen Schrott im Fernsehen und schenkte ihrem kleinen Hündchen keinerlei Beachtung. Meine Namensvetterin tat mir so leid! Wenn Jessica ihr Kind genauso vergammeln ließ wie den Hund, würde ich persönlich das Jugendamt alarmieren. Huch, jetzt hatte ich auch schon Blockwartfantasien. Arme kleine Wanda. Ihr Fell war verfilzt, ihr Näschen glänzte nicht mehr, sie kratzte sich unentwegt und schubberte mit dem Rücken am Rand des Sofas entlang, um sich Linderung zu verschaffen. Ich konnte es nicht mit ansehen. Vielleicht war es ja schon der viel besungene Mutterinstinkt, der mich in Brunos Bude bleiben ließ, obwohl ich viel lieber das Weite gesucht hätte.

Meine Wohnung war allerdings aus naheliegenden Gründen (hohoho!) keine Lösung, und zu Mutter und Frau Heideprecht in den Borkenkäferweg trieb es mich auch nicht. Also harrte ich im Klinkerbungalow in Bocklemünd aus.

Bruno turnte ungeschickt, aber mit stolzgeschwellter Brust wie ein aufgedrehter Teddybär um uns herum und verbreitete dabei Chaos. Irgendwann machte ich ihm klar, dass ich zwar schwanger, nicht aber krank war, und dasselbe auch für Jessica galt. Die nutzte ihren Zustand nämlich schamlos aus, lümmelte nur noch in Joggingklamotten herum und rauchte sogar heimlich, wenn ich mit der armen kleinen Wanda um die Ecken ging. Das Tierchen war so ausgehungert nach Bewegung an der frischen Luft, dass es wie närrisch auf zwei Beinen rückwärts vor mir her sprang, in die Leine biss und mit zitterndem Näslein an allem roch, was die trostlose Siedlung hergab. In der Nähe entdeckte ich eine kleine Schrebergartenanlage, in der ich Wanda frei laufen ließ. Sie raste stets begeistert davon, mit fliegenden Ohren, schnupperte an Busch und Strauch, legte ihre hellbraunen Bleistiftstummel an Hecken und Zäune und kam auf Zuruf sofort wieder zu mir, um mir die Hand zu lecken. Nach kurzer Zeit hörte sie auf »Sitz!« und »Platz!« und lief absolut brav bei Fuß. Die Schrebergärtner lachten bei ihrem Anblick und freuten sich. Es gab niemanden, dem Wanda mit ihrer ungestümen Lebensfreude und Dankbarkeit nicht ein Lächeln ins Gesicht zaubern konnte. Ich liebte die Kleine und fühlte mich für sie verantwortlich, und sie spürte wohl, dass ich die Frau der ersten Stunde war. Wahrscheinlich hielt sie mich für ihre Mutter. Ich ging mit ihr zum Tierarzt, kaufte ihr ein Floh- und Zeckenhalsband, badete sie und ließ ihr Fell beim Hundefriseur in Form schneiden. Mit ihrem pfiffigen Sommerschnitt sah sie noch viel süßer aus.

Bruno rief gerührt und begeistert: »Du bist eben eine richtige Mutti!«

Na toll. Was für ein erfrischendes Kompliment. Das war es dann wohl mit meiner Jugend und Unabhängigkeit. Oh sel'ge Jugendtage, oh wonnevolle Zeit. Nun schleppte ich mich also nur noch durch die Schrebergärten wie eine alte Frau. Das konnte es doch noch nicht gewesen sein! Für kein Geld der Welt wollte ich in dieser jämmerlichen Spießigkeit enden.

Ich verbrachte einige Wochen auf dem Gutknecht'schen Anwesen und trieb dort mein Unwesen, ohne mich richtig wohlzufühlen. Ich versuchte aufzuräumen und ertappte mich dabei, wie ich putzte, staubsaugte, wischte und hartnäckigen Schmutz im Badezimmer beseitigte.

»Das sollst du in deinem Zustand doch nicht!«, rief dann Bruno bestürzt, eilte herbei und versuchte, mir den Staubsauger oder die Scheuermittel wegzunehmen.

»Lass mich!«, hörte ich mich ganz aggressiv keifen und sah mir dabei zu, wie ich mit Bruno um den Wischmopp rang und ihm den Kloreiniger aus der Hand riss. »Isch habe ein *Räscht* darauf, diese Klobrille zu putzen!«, schrie ich mit sich überschlagender Stimme und geschwollener Halsschlagader. »Solange isch hier meinen Hintern hinsetze, putze isch, wat isch will!«

Ich war schon genauso ätzend wie der Kloreiniger und auf dem besten Wege, eine hysterische, zeternde Alte zu werden.

Na bitte. Dann passte ich ja endlich in das Ensemble.

❋

Als Jessica das nächste Mal zur Frauenärztin ging, begleitete ich sie. Bruno freute sich wahnsinnig darüber. Was für eine fürsorgliche, liebevolle Mutti und große Schwester ich doch war! Er hatte natürlich keine Ahnung, dass ich nicht nur zum Händchenhalten mitging. In meinem Rucksack befanden sich drei sehr interessante Dinge: das Scotchglas aus Ralfs Büro, die von Robert ausgetrunkene Flasche *Ahrweiler Waldbauernbub* und Brunos Zahnbürste, die zu entwenden ein Leichtes gewesen war.

Nachdem Jessica durchgecheckt und für in Ordnung befunden worden war, überreichte ich der lieben Frau Dr. Graf die drei Gegenstände, die sie ganz selbstverständlich in ihrem Ordinationsschränkchen verschwinden ließ. Ich fand es stark von ihr, dass sie sich jedwede Bemerkung dazu verkniff.

»Drei mögliche Väter«, stellte sie stattdessen freundlich fest. »Da sind Sie ja wirklich in einem Schwebezustand.«

Dann führte sie die Amniozentese durch. Ich lag mit klopfendem Herzen vor ihr und versuchte, in ihren Augen zu lesen, während mein Über-Ich schimpfte: Kind, *musste* das alles sein? Jetzt wirst du bald die grässliche Gewissheit haben, wer von den dreien der Vater ist, und eine Möglichkeit ist grässlicher als die andere!

Kandidat eins: Robert Herold. Du wirst ihm ein Leben lang ausgeliefert sein, seinem Verfolgungswahn ebenso wie seinen Angebereien, und dein Kind wird immer das beste, schnellste, klügste und musikalisch begabteste auf der ganzen Welt sein müssen. Wenn Roberts Gene durchschlagen, wirst du einen furchtbaren Aufschneider zur Welt bringen, der schon den anderen Säuglingen auf der Station nach dem Stillen mit einem profunden Bäuerchen beweisen wird, dass er es am lautesten kann.

Kandidat zwei: Bruno Gutknecht. Du wirst den Rest deiner Tage im Bocklemünder Klinkerbungalow verbringen, mit Jessica, ihrem Balg, dem Hund und dem stets entweder eingeschnappten oder an dir klebenden Bruno. Von Eva-Maria und ihrem Mitpatienten ganz zu schweigen. Für sie alle darfst du dann den Dreck wegmachen, die Kinder samt Hund erziehen und Brunos seelische Wunden lecken. Wenn Brunos Gene durchschlagen, wirst du einen weinerlichen Bengel gebären, der beleidigt wegfliegt, sobald er sein Spielzeug nicht kriegt, und sich stets mit der Flasche tröstet – gluck, gluck, gluck.

In beiden Fällen wirst du die Kindsväter auch und gerade im Dienst ständig an der Backe haben, sie werden dich beaufsichtigen, bewachen, bevormunden und dich für Dienste einteilen, wie es ihnen gerade passt. Da kannst du auch gleich in den Iran auswandern.

Kandidat drei: Ralf Kalb. Das ist von allen schlechten noch die beste Variante, denn der wird dich weitgehend in Ruhe lassen. Wahrscheinlich wird er einmal im Monat bei dir vorbeischauen und prüfen, ob das Kind charakterlich in den Klub der Schlimmen passt. Wenn seine Gene durchschlagen, wird das auch mit Sicherheit der Fall sein. Du wirst also einen moralisch bedenklichen Hallodri am Hals haben, der schon früh mit der Vielweiberei anfängt und sich bereits im Sandkasten an anderer Mütter Brust wirft.

»Wollen Sie wissen, was es ist?«, fragte Frau Dr. Graf mich strahlend.

»Ja!« Natürlich. Und auch, von wem!

»Mit ziemlicher Sicherheit ein Mädchen.«

»Oh. Wahnsinn! Ich meine, toll! Oh Freude über Freude! Und? Ist es gesund?«

»Das kann ich Ihnen leider erst in knapp drei Wochen sagen, wenn die endgültigen Ergebnisse aus dem Labor kommen. Das gilt auch für die Vaterschaftsanalyse. Ich rufe Sie dann an.«

»Ach je … Ich bin ja fast nie allein … Wissen Sie, der Mann, bei dem ich zurzeit wohne, geht davon aus, dass er hundertprozentig der Vater ist.«

»Dann schicke ich Ihnen eine SMS.«

»Nein, das geht nicht.« Ich raufte mir die Haare. »Mein Handy ist unter ständiger Beobachtung.« Das stimmte. Erst neulich, als ich es nach einer wüsten SMS-Schimpftirade von Robert wieder unter einem Kissen begraben hatte, fand ich es Stunden später beim Aufräumen in einer ganz anderen Sofaecke. Bruno las natürlich gründlich alle Nachrichten, die Robert mir zukommen ließ. Dann war er entweder stundenlang beleidigt oder klebte an mir wie Tesafilm an einem Kinderhändchen. »Du Arme. Dass der Arsch dich aber auch so bedrängt! Der tut ja gerade so, als hättet ihr was miteinander gehabt. Was bildet der bescheuerte Großkotz sich eigentlich ein?«

Das war alles so entsetzlich anstrengend!

»Ich schicke Ihnen eine verschlüsselte SMS«, schlug Frau Dr. Graf nun vor. »Glas, Flasche oder Zahnbürste!« Die Sache schien ihr inzwischen richtig Spaß zu machen.

Ich fand die Idee super, kehrte aber trotzdem mit sehr gemischten Gefühlen in die Klinkerbausiedlung zurück.

❋

Bruno war überglücklich, als er erfuhr, dass auch mein Kind ein Mädchen werden würde. Also unser Kind. Seine Augen blickten weich und zärtlich und glänzten hinter seiner Brille.

»Wie sollen wir sie nennen?«

»Ich weiß nicht … Frauke? Dörthe? Wiebke?« Mir fielen nur staubtrockene, altjüngferliche Namen ein. Mir war nach Streiten. »Los, sag! Armgard? Gabriele? Bärbel – das ist sowieso das Geräusch, das ein Kleinkind macht, wenn es seiner Mutter ein geriebenes Äpfelchen über die Schulter kotzt! Oder was hältst du von Schantall?« So wollte Jessica ihre Tochter nennen – oder Denieß. Flör stand auch noch zur Debatte.

»Das überlasse ich dir«, sagte Bruno strahlend und streichelte meine wirren Haare. Etwas anderes ließ ich ihn schon lange nicht mehr streicheln. Ich hatte mich zu einer widerborstigen Xanthippe entwickelt.

»*Rühr* mich nicht an und *lass* mich in Ruhe und *geh* mir aus dem Weg! Isch habe ein *Räscht* auf meine schläschte Laune!«

Das alles lag natürlich, wie Bruno aus schwerer Erfahrung mit Eva-Maria wusste, an den Hormonen. Bei ihr waren es die Wechseljahre, bei mir eine Art postpubertär-pränatale Depression. Er hatte vollstes Verständnis und war in solchen Fällen auch nie beleidigt. Eigentlich sehr interessant. Wenn ich die ätzende Hormonhexe rauskehrte, machte er gar nicht mehr auf Karlsson vom Dach. Man musste ihn eben nur zu nehmen wissen.

»Wanda?«, fragte er schließlich mit dünner Stimme.

»Ja?«

»Ich meine, als Name?«

»Für wen?«

»Für unser Kind.«

»Schon *wieder*?«, kreischte ich los. »Hast du denn gar keine

Fantasie?« Ich war so zänkisch, dass ich mir schon selbst vorkam wie eine Karikatur von Loriot. Am liebsten hätte ich mit einem Putzlappen auf Bruno eingeschlagen.

»Ich meine ja nur …«

»Was meinst du?«

»Der Name ist wirklich selten und etwas ganz Besonderes.«

»Aber nicht, wenn du jeden Hund und jedes Kind so nennst!«

Ich benahm mich wirklich giftig, aber im Grunde meines Herzens tat mir Bruno in seinen verfilzten, zerbissenen Puschen und Vorkriegspyjamas einfach nur leid. Mit welcher Vehemenz er Vanillepudding kochte, um seinen zwei schwangeren Mädchen etwas Gutes zu tun!

»Kotzwürg!«, rief jedoch Jessica und fraß lieber Chips aus der Tüte vor dem Fernseher. Und ich holte den Staubsauger, den Wanda anbellte und Bruno mir gleich wieder aus der Hand reißen wollte.

Ich war so genervt! Ich wollte nach Hause! Aber das ging nicht, denn vor dem grauen Mietshaus mit meiner Zweizimmerwohnung lauerte ein Zinnsoldat mit Schaum vor dem Mund. *Habe deine Mutter angerufen. Da bist du auch nicht!*, lautete seine jüngste SMS.

Nein, wie schlau er doch war, der Herold! Und so dreist! Einfach meine Mutter anzurufen – die wusste ja noch nicht mal, dass ich schwanger war! Erst wollte ich wissen, von wem. Der Gang nach Canossa würde noch schwer genug sein. Mir graute vor dem Borkenkäferweg. Und vor Frau Heideprecht. Jetzt war ihr Sohn doch wieder der Spross mit den besseren Karten.

Mir graute aber auch vor der trostlosen Klinkerbausiedlung und dieser Schrebergartenatmosphäre mit einem Johannisbeeren erntenden Bruno in Pantoffeln. Mir graute vor Jessica, die jeden Moment platzen konnte. Am wenigsten graute mir vor Wanda, dem kleinen Hund. Der war lieb und anhänglich und immer gut drauf und sprach kein einziges Wort.

## *Kapitel 29*

An einem glühend heißen Augusttag setzten bei Jessica die Wehen ein.

Wir ließen uns vom leichenblassen Bruno zur Uniklinik fahren, wo wir ihm das Versprechen abnahmen, sich auf keinen Fall im Kreißsaal blicken zu lassen. Glücklicherweise musste er sich ja um die kleine Wanda kümmern, sodass er ziemlich widerstandslos wieder abzog.

Es war für das Krankenhauspersonal wahrscheinlich ein ungewohnter Anblick: eine hochschwangere Sechzehnjährige und eine nicht ganz so schwangere Vierundzwanzigjährige, die weder ihre Mutter noch ihre Schwester war. Jessica krallte sich an mich und wollte keine Sekunde von mir lassen. So durfte ich schon mal alle Untersuchungen aus der Nähe erleben. Man hängte die vor Schmerzen stöhnende und äußerst interessante Flüche ausstoßende Jessica ans CTG, den Wehenschreiber, um die Herztöne von Flör zu überwachen. Diesen Namen favorisierte Jessica inzwischen. Da Brunos Familie ursprünglich aus Hagen stammte, sprach sie ihn jedoch aus wie »Flöah«. Für mich klang das ein bisschen nach Zahnpasta, aber egal.

Jessica biss sich vor Schmerzen in ihr Zungenpiercing und schrie immer wieder »Fuck!« und »Dreck!« und »Patrick, du Arsch!«, während ich ihr die Schläfen mit einem feuchten Lappen abtupfte und ansonsten versuchte, sie zum konzentrierten Atmen zu bewegen.

»Bald haben Sie es geschafft«, sagte die diensthabende Hebamme, die zwischendurch immer mal wieder vorbeischaute. »Ein heißes Bad wäre zu empfehlen.«

»Spinnen Sie?«, schrie Jessica, der der Schweiß in Bächen herunterrann. »Ham Sie 'ne Meise?«

Ich entschuldigte mich bei der netten Hebamme für Jessicas verbale Ausrutscher, aber diese erwiderte stoisch, sie sei ganz anderes gewöhnt. Gemeinsam wuchteten wir die schockstarre, zitternde Jessica und ihren prallen weißen Bauch in die Wanne, wo sie kurzfristig Erleichterung verspürte. Sie fing sogar schon wieder an zu scherzen und verlangte nach ihrem Lieblingsshampoo und der dazu passenden Spülung für feines Haar. Dann wurden die Wehen heftiger – sie droschen regelrecht auf das zarte Mädchen ein, und ich verzog das Gesicht. Blühte mir das etwa auch? Mein Kind sollte in fünf Monaten zur Welt kommen, mitten im kalten Winter – wohl zu der halben Nacht. Das Einzige, worauf ich mich jetzt schon freute, war das heiße Bad.

Als wir der fluchenden und schwitzenden Jessica aus der Wanne halfen, platzte ihre Fruchtblase.

»Scheiße!«, schrie sie ein übers andere Mal. »Guckt mal die Schweinerei hier an!«

»Schon gut«, tröstete die Hebamme sie routiniert. »Das wischen wir nachher auf, ist überhaupt kein Problem.«

»Boah, fuck, ist das *peinlich*!«, brüllte Jessica, und ich trocknete sie, so gut ich konnte, mit einem rauen Linnen ab. Ach je, ach je, musste ich dabei ständig denken. Und das werde ich demnächst auch alles erleben? Demnächst in diesem Theater ... Wer wird wohl meine Schläfen betupfen und meine Hand halten und sich mein Gezeter anhören? Bruno? Ralf? Robert?

Nein! Keinen von denen wollte ich bei derart peinlichen Verrichtungen in meiner Nähe haben. Niemals! Auch nicht meine Mutter. Und wenn ich das ganz allein durchstehen musste! Mir wurde schwarz vor Augen. Was hatte ich bloß angerichtet? Was hatte ich mir nur angetan? Doch weiteres Waten im Selbstmitleid war nicht angesagt, denn jetzt schrie Jessica sich die Seele aus dem Leib.

»Macht mir 'ne Peridurale oder wie die Kacke heißt! Los! Scheiße! Seid ihr taub?«

»Dafür ist es nun zu spät«, sang die Hebamme geduldig auf sie ein. »Wir haben schon die Frau Doktor gerufen. Sie müsste jeden Moment hier sein.«

Jessica hing inzwischen halb tot auf einem grünen Hüpfball mit Ohren. Die freundliche Hebamme hatte den Vorschlag geäußert, hier ganz entspannt die Wehen zu veratmen und sich an den Ohren festzuhalten. Jessica hieb mit den Fäusten auf den Hüpfball ein und versuchte, ihn kaputtzubeißen.

»*Die* Frau Doktor? Frau Dr. Graf?«, fragte ich hoffnungsvoll.

»Ja, sie ist doch die behandelnde Ärztin in diesem Fall. Sie wird die Geburt auf jeden Fall selbst leiten, hat sie gesagt. Wegen des Alters der Patientin besteht sie darauf.«

»Hast du gehört, Jessica? Frau Dr. Graf kümmert sich selbst um dich!«

»*Na und*? Ich will einen *Kaiserschnitt*!«

Ich versuchte, die wild um sich schlagende Jessica zu beruhigen, aber sie hatte, wie sie schrie, »jetzt echt keinen Bock mehr auf diese Scheiße! Ich will 'ne Vollnarkose! Meinetwegen gebt mir Gift! Ich will sterben!«

Sie forderte noch andere Dinge mehr, zum Beispiel die Todesstrafe für Patrick, den ohnehin schon in Haft weilenden Kindsvater. Angesichts ihrer Qualen konnte ich diese Verwünschungen gut nachvollziehen. Ich schwor mir, nicht einen Laut von mir zu geben, wenn ich selbst in fünf Monaten auf dem wehenfördernden Hüpfball hockte. Und keinen der möglichen Kindsväter dabei zuschauen zu lassen. Bruno würde sowieso nur nervös mit den Augen zucken. Robert würde laut lachen und behaupten, damals bei der Kreismeisterschaft im Hüpfballwettspringen der katholischen Jugend von Löhne/Bünde Erster geworden zu sein, und Ralf Kalb würde blass an seiner Krawatte zerren und sich einen Scotch nach dem anderen hinter die Binde gießen. Die konnte ich alle nicht gebrauchen.

Tja, Kind, moserte mein Über-Ich im Tonfall meiner Mutter. Wer sich in Gefahr begibt, kommt darin um. Und wer A sagt, muss auch B sagen.

»Aaah! Scheiße, tut das weh! Ihr Wichser! Macht doch was!«, jaulte Jessica, als wären wir schuld an ihrem Elend.

In diesem Moment stürmte eine lächelnde Frau Dr. Graf im grünen Kittel in den Kreißsaal und befahl, das arme Kind sofort von dem Hüpfball herunterzuholen.

»Los, aufs Kreißbett! Zu-gleich!«

Wir packten alle mit an, und schon fluchte Jessica weiter: »Spinnt ihr? Ich muss aufs Klo! Ich glaube, es … Es *kommt*! Oh, scheiße, ich muss 'n Ei legen, boah … Kacke! Ich reiße durch!«

»Na bitte«, sagte die nette Ärztin und betrachtete interessiert Jessicas Unterleib. »Frau Zapf, wollen Sie mal schauen?«

»Nein, danke«, hauchte ich blutleer. »Lieber nicht.«

»Jetzt dehnen wir …« – Frau Dr. Graf packte mit beherztem Griff zu – »… den Damm, damit wir einen Riss vermeiden, aber bei der jugendlichen Konstitution … Und jetzt drehen wir …«

»Scheiße! Fuck! Aufhören! Spinnen Sie?«

»… das Köpfchen noch ein bisschen … Ja, gut, Jessica, hecheln, hecheln … Nicht fluchen … Wenn Sie noch so viel Energie haben, dass Sie fluchen können, dann geht es Ihnen gut. Drehen … Atmen … Luft anhalten …«

»Toll machst du das!«, log ich, um Jessica Mut zuzusprechen. »Ganz toll, du bist so tapfer, gleich hast du es geschafft!«

»Halt die Fresse! Ich muss kotzen!«

»Auch kein Problem«, zwitscherte Frau Dr. Graf und zauberte mit geübtem Griff eine Pappschale herbei, die sie mir reichte, damit ich sie Jessica darbieten konnte.

Jessica würgte und spie, ich starrte krampfhaft auf die gekachelten Wände, die Hebamme rief: »Pressen!«, und Frau Dr. Graf drehte und zog ganz routiniert und sachlich. Ich musste mich schwer beherrschen, um nicht auch dem Brechreiz nachzugeben, aber ich zwang mich, mir die ganze Bescherung anzusehen, denn eines war mir klar: Wenn ich erst mal selbst auf diesem Kreißbett lag, würde ich von der eigentlichen Vorstellung bestimmt nichts mitkriegen.

Und da flutschte das rot-weiß-grün verschmierte, glitschige Baby auch schon raus. Nach nur sechs Stunden! Das war für eine Erstgeburt doch nix!

Sagte jedenfalls die Hebamme, die so tat, als wäre das alles ein Spaziergang gewesen.

Frau Dr. Graf pulte dem Baby sofort den Schleim aus dem Mund, so wie ich damals der kleinen Wanda den Wurm, und das Baby kniff die Augen zusammen und schrie. Es zitterte vor Empörung am ganzen Leibe und ballte die Fäustchen.

Rasch band die Hebamme die Nabelschnur ab, und Frau Dr. Graf reichte mir eine Schere. »Wollen Sie?«

»Wie? Ich jetzt? Die Nabelschnur durchschneiden?«

»Normalerweise macht das der Kindsvater, aber der ist ja nicht da.«

»Der soll im Knast verrecken«, stöhnte Jessica. »Bitte, Wanda, mach du's, aber wehe, du zwickst mich!«

Ich hielt den Atem an, die Schere am ausgestreckten Arm weit von mir und drückte ein bisschen. Das Geräusch wollte ich gar nicht hören. Die Ärztin half nach, und dann war die kleine Flör abgenabelt.

Kurz darauf lag sie in Jessicas Armen. Und wie durch ein Wunder war aus deren schmerz- und wutverzerrtem Gesicht aller Zorn gewichen. Jessicas Züge wirkten so weich und zärtlich, wie ich sie noch nie gesehen hatte. Es war eine ganz neue Jessica! Gereift, erwachsen geworden, von einer Minute auf die andere. Mit gespitzten Lippen küsste sie auf Flörs klebrigem Köpfchen herum, benetzte sie mit Tränen und bedachte sie mit liebevollen Worten und Kosenamen. Sie lächelte mich an, streckte ihre freie Hand nach mir aus und bedankte sich bei mir, als hätte ich das Kind auf die Welt gebracht und nicht sie.

Selbst als die nette Frau Dr. Graf an Jessicas Unterseite herumnähte, entschlüpften der frischgebackenen Mutter keine Flüche mehr, und sie tat, als spürte sie den Schmerz nicht.

»Schau mal, Flöah, das ist Tante Wanda!«

Flör kniff aber nach wie vor brüllend die Augen zusammen und wollte nicht meine Bekanntschaft machen.

»Wanda, ich will, dass du die Patentante wirst.«

»Oh. Oje, ich meine … O ja! Welche Ehre! Natürlich!«

»Dann kann ja Jessica die Patentante von Ihrem Kleinen werden«, ließ sich die nähende Frau Doktor von der Kehrseite aus vernehmen. »Nicht wahr, Frau Zapf?«

Ich warf ihr einen panischen Blick zu.

»Und der Herr Gutknecht wird Patenonkel«, schob sie hinterher.

»Wieso? Der ist doch der Vater«, wandte Jessica ein.

»Schauen wir mal«, murmelte ich vage.

Jessica wollte meine Hand gar nicht mehr loslassen. »Wir sind alle eine glückliche Familie«, sagte sie völlig verklärt. »Ich find's echt geil, dass du in unser Leben getreten bist.«

Ja, das war sicherlich einer meiner größten Fehltritte. Der Container in Mörsenbroich erschien mir im Moment wie das reinste Paradies. Wie kam ich nur aus dieser Nummer wieder heraus? Mir wurde ganz schwindelig.

»Draußen steht der Herr Gutknecht«, informierte uns die Hebamme, die mit einem Badewännchen aus dem Nebenraum kam. »Sollen wir ihn reinlassen?«

»Klar«, sagte ich. »Ich geh so lange raus.«

Aber davon konnte keine Rede sein. Bruno umarmte mich inniger, als mir zustand, und tat auch so, als wäre Flör mein Verdienst und nicht Jessicas.

Also durfte ich wenig später zusammen mit dem vor Stolz platzenden Bruno Jessicas Baby baden, wie das sonst frischgebackene Väter tun.

Es war ja auch ganz entzückend, das nun nicht mehr schreiende, sondern staunende Kind, in dessen großen blauen Augen sich die Kreißsaallampen spiegelten.

Nach dem Bad zogen wir Flör mit vor Aufregung zitternden Händen ihren ersten rosa Strampler an, und sie begann, an ihrem Fäustchen herumzusaugen.

»Sie möchte die Brust«, sagte Bruno.

»Ja, aber nicht meine!«

Wir legten Flör Jessica an – vielmehr, die Hebamme tat es, wir guckten nur zu –, und alle lächelten mir aufmunternd zu und sagten, hier könne ich ja schon mal etwas lernen.

»Au, das ziept!« Jessica verzog kurz das Gesicht. Dann genossen wir den wunderschönen Anblick der friedlich gestimmten Jessica, des friedlich saugenden Kindes und der geschäftig aufräumenden und den Boden wischenden Hebamme. Maria mit dem Kinde lieb, uns allen deinen Segen gib.

Frau Dr. Graf verabschiedete sich, warf einen interessierten

Blick auf Bruno und danach einen verständnisvollen Blick auf mich. »Wir sehen uns dann ja bald, Frau Zapf. Ich bin gespannt, wie es bei Ihnen wird.«

»Ja«, sagte ich. »Ich auch.«

❋

Den Rest der Sommerferien verbrachte ich wohl oder übel im Hause Gutknecht und half der jungen Mutter und dem mitteljungen Großvater, so gut ich konnte. Jessica war natürlich müde, bekam erst einmal postnatale Depressionen und lag entweder heulend oder fernsehend auf dem Sofa, und ich kam nicht umhin, dreimal täglich mit Kinderwagen und der kleinen Wanda um die Schrebergärten zu ziehen. Anhand der mitleidigen oder verächtlichen Blicke, die mir zugeworfen wurden, konnte ich ermessen, wofür mich manche Leute hielten: für eine junge, schwangere Asoziale, die nichts Besseres zu tun hatte, als ein Kind nach dem anderen in die Welt zu setzen und auch noch einen verhaltensgestörten Hund mitzuschleppen.

Ich sehnte den Dienstbeginn regelrecht herbei. Und ich wollte unbedingt in meine Zweizimmerwohnung zurück, um in Ruhe nachzudenken.

Also machte ich Bruno klar, dass ich jetzt mal wieder an mich selbst denken musste. »Schließlich bin ich auch schwanger, und ich möchte mal wieder durchschlafen und die Beine hochlegen.«

Das verstand er und brachte mich Anfang September zurück in meine ungelüftete, eingestaubte Wohnung.

Täuschte ich mich, oder drückte sich da hinter den Mülltonnen ein Schatten herum? Sollte der hehre Wächter Herold etwa die ganze Zeit hier auf mich gewartet haben? Und wenn ja – wie fand er es wohl, dass ausgerechnet Bruno mich begleitete?

Na ja, egal. Was gehet uns das an? Da siehe du zu! Ich ließ mir von Bruno noch meinen Koffer hochschleppen, bat ihn jedoch nicht hinein. »Lass mich erst einmal ankommen, Bruno. Bitte gib mir ein bisschen Zeit.«

Bruno stand auf meiner Fußmatte und guckte so lieb.

»Geh zu deiner Tochter.« Ich strich ihm über den Oberarm. »Sie braucht dich. Und bring das mit Eva-Maria in Ordnung.«

»Die ist für mich toter als tot.«

»Jessica braucht ihre Mutter. Gerade jetzt. Sei doch vernünftig …«

»Jessica braucht dich!«

»Nein, Bruno, das stimmt nicht.«

Mein Gott, wie konnte ich diesem sturen Menschen nur erklären, dass ich mich aus seiner Familie zurückziehen wollte? Ich hatte doch meine Pflicht und Schuldigkeit getan. Ich hatte mein Versprechen eingelöst, mich um Jessica zu kümmern. Mehr konnte und wollte ich nicht zum Gutknecht'schen Familienglück beitragen.

Denn eines wusste ich inzwischen sicher: Zahnbürste war nicht der Vater.

Scotchglas allerdings auch nicht.

Und, was mich in Dankbarkeitstränen ausbrechen ließ: die Flasche *Ahrweiler Waldbauernbub* erst recht nicht!

Es gab noch einen vierten Kandidaten.

Den hatte ich schon fast vergessen.

## *Kapitel 30*

»Ach du Scheiße!«, entfuhr es dem Klassenkasper, als ich zum ersten Dienst nach den Ferien in den Probensaal kam. »Die Zapf hat 'nen Braten in der Röhre!«

Alle Köpfe fuhren zu mir herum. Ja, mein Bauch war nun nicht mehr zu übersehen.

»Na und?«, erwiderte ich. »Hast du was dagegen?«

Seriösen Blickes setzte ich mich hinter mein Notenpult, atmete tief durch und schlug das Verdi-Requiem auf. Was für ein Traum – wieder durfte ich dieses Meisterwerk singen! Es passte wunderbar noch vor meinen Mutterschutz im Dezember.

Bruno kritzelte am Klavier in seinem Kreuzworträtsel herum und tat so, als ginge ihn das allgemeine Tohuwabohu gar nichts an.

Robert zeigte gerade Urlaubsfotos per Handy und bollerte laut »Hohoho!«, um seine Verlegenheit zu überspielen. Er und seine Verlobte waren in Venedig gewesen und dort mit einem Gondoliere durch den Canal Grande gefahren. Und Robert hatte den Gondoliere natürlich übertönt, hatte ihn in Grund und Boden gesungen, da war der aber platt gewesen, der Gondoliere! Hohoho! Roberts Blick zuckte kurz zu mir, während er seine Show abzog, aber er gab vor, sich nicht die Bohne für mich zu interessieren.

Die anderen interessierten sich umso mehr.

Ich hatte es gewagt, ihnen meine Schwangerschaft zu verheimlichen! Das Raunen und Rätselraten unter den Kollegen wollte gar kein Ende nehmen, aber Kleinehellefort klatschte in die Hände und rief: »Kollegen, das ist *Dienst*!«

In diesem Moment ging die Tür auf, und Ralf Kalb schob einen übernervösen, aber glückstrunkenen Thomas Rischmüller in den Saal.

»Liebe Kollegen, ich möchte euch euren neuen Korrepetitor vorstellen: Thomas Rischmüller.«

Auch Ralf konnte es sich nicht verkneifen, einen Blick auf meinen Bauch zu werfen. Dass der in den neun Wochen Ferien aber auch derart gewachsen war! Der nackte Schreck saß ihm im Gesicht. Der Intendant schien sein Missgeschick während der großen Ferien komplett verdrängt und mit seiner Familie eine schöne Zeit gehabt zu haben.

Thomas Rischmüller winkte mir verstohlen zu. Er freute sich wie Bolle. Nicht über meine Schwangerschaft, von der wusste er ja gar nichts, sondern über sein plötzliches Engagement. Er war ganz versessen darauf, hier als zweiter Korrepetitor zu arbeiten. Das Verdi-Requiem einzustudieren. Mit einem Profichor. Das war wie Sahnequark mit Himbeeren! Er hatte mich natürlich schon angerufen und sich jubelnd für die »Jobvermittlung« bedankt.

»Pah!«, stieß Frau Zaunknecht hervor. »Als wenn wir den brauchen würden. Dat Verdi-Requiem können wir in- und auswendisch!«

»Da steckt doch schon wieder *die* dahinter!«, maulte der Klassenkasper und zeigte anklagend auf mich.

Kaum zu glauben! Ich saß doch nur stumm und arbeitswillig auf meinem Stuhl und hatte seit neun Wochen keinem was getan. Ich war eingesungen und pünktlich, meine Schuhe stanken nicht, ich hatte keine Alkoholfahne und hampelte nicht über Tische und Bänke, ich belästigte niemanden mit meinen Urlaubsfotos oder bot selbst geerntete Kartoffeln aus meinem Schrebergarten feil – nein, ich saß einfach nur da und war schwanger.

»Dat is doch ein abgekartetes Spiel, is dat doch!«

»Wat soll die Witzfigur denn jetzt auch noch hier?«

»Nää, dat lassen wir uns nicht bieten!«

»Da hat die Gewerkschaft auch noch ein Wörtchen mitzureden!«

»Ich habe ein *Recht* auf meinen Korrepetitor«, kam es aus der Piesnelke-Poppen-Ecke.

»Wir wollen Bruno und sonst keinen!«

»Ach! Wat sind dat denn auf einmal für Töne! Vor den Ferien wolltet ihr den Bruno noch in Frühpension schicken!«

Bruno, der sich bis jetzt demonstrativ mit seinem Kreuzworträtsel beschäftigt hatte, stand schwerfällig auf und wollte davonlatschen. Ralf Kalbs Schachzug hatte ihn offensichtlich überrascht. Ich hatte ihm natürlich nichts davon verraten. Warum auch? Ich war im Probejahr, und Besetzungspläne des Intendanten auszuplaudern stand mir dienstgradmäßig gar nicht zu.

Außerdem war ich immer noch ein bisschen sauer auf Bruno. Man musste sich das mal vorstellen – den ganzen öden, heißen Sommer lang hatte ich in seinem heruntergewirtschafteten Klinkerbungalow Sozialdienst geleistet, weil ich mich ihm gegenüber so schuldig fühlte. Jetzt reichte es aber wirklich.

Abwartend saß ich auf meinem Stuhl, die Arme schützend über meinem Bauch verschränkt.

»Halt, Herr Gutknecht!«, rief Ralf und hob die Hand. »Sie werden hier noch gebraucht.«

Bruno wollte ihn anscheinend einfach ignorieren, aber da schnarrte der Blockwart: »Das ist *Dienst.* Das gilt auch für dich, Bruno, also setz dich hin!«

Thomas Rischmüller schaute verstört vom einen zum

anderen. »Also, ich kann auch wieder gehen, wenn es gerade nicht passt …«

»Nein, Sie bleiben schön hier. Schließlich habe ich Sie eingestellt.« Ralf wollte ihn an den Flügel schieben, aber dort stand schon breit und bräsig Bruno und verteidigte seinen Hocker wie ein Bär seine Höhle.

»Der Neue hat überhaupt nicht vorgespielt«, ereiferte sich Swetlana. »Hier muss jeder Butter bei die Fische geben. Das ist Vorschrift.«

»Der hat wohl vorgespielt! Als er die da begleitet hat!« Wieder wurde der anklagende Zeigefinger gezückt.

»Hatter doch schön gemacht«, brummte der gutmütige Bass Jürgen Klose.

»Hast *du* das zu beurteilen?«, keifte die Igelfrisur ihn an. »Oder wird hier immer noch demokratisch abgestimmt?«

»Wirklich, ich kann auch ein andermal wiederkommen …«, warf der arme Thomas Rischmüller ganz verlegen ein. Er hatte sich den Empfang im Klassisch-TV-Ensemble bestimmt etwas herzlicher vorgestellt.

»Kinder, das wirft kein gutes Licht auf uns.« Armgard Liebscher plinkerte begütigend mit den Augen.

Gabriele Grobe schnaubte verächtlich, Dörthe Feinstaub wrang ihren Teebeutel aus, und Frau Zaunknecht schob sich wütend ein Teilchen rein. Frau Kesselbrink genehmigte sich einen Schluck aus ihrer braunen Papiertüte, während Frau Kürten-Knappsack ihr Handy mit vermutlich 600 Urlaubsfotos aus Grönland wieder einsteckte.

»Wir sollten uns nicht vor dem Herrn versündigen«, fistelte Fräulein Knäpperchen, die heilige zwölfte Säule von Ephesus, und zupfte an ihrer Perücke.

»Kinder, was soll das denn?«, dröhnte es aus dem Bass. »Wir sind doch ein Profi-Ensemble!«

»Genau!«, bellte die geschwollene Halsschlagader. »Ich beantrage einen Mediator, einen Berufspsychologen! Der steht uns rechtmäßig zu. Das Klima hier ist ja total kaputt!«

»Dat haben wir alles der Zapf zu verdanken«, giftete Frau Zaunknecht und zeigte mit ihrem Teilchenrest auf mich. Sie hatte mir wohl immer noch nicht verziehen, dass sie wegen mir damals ihren Zuch verpasst hatte.

Tja, da konnte ich machen, was ich wollte – der Chor fühlte sich von mir persönlich bedroht.

»Ich habe euch doch nichts getan«, verteidigte ich mich.

»Nee, nur, dass du schwanger bist«, zischte das Flusspferd.

Dörthe Feinstaub strich ihm ein Stück weit beruhigend über den Rücken und bat es, nicht unsachlich zu werden.

»Und wir wüssten gern, von wem«, quäkte die aufbrausende Jolanthe Kapinski.

»Das geht euch gar nichts an!«, schleuderte ich ihnen allen entgegen. Ich sah sie schon ein Hexenfeuer entzünden.

Eigentlich war ja abgemacht, dass ich von Rischmüller schwanger sein sollte, aber ich sah es überhaupt nicht ein, mich vom Regen in die Traufe zu begeben, und deshalb hatte ich ihn nicht eingeweiht.

Tini Roth versuchte, die Wogen zu glätten, indem sie jedem Chorkollegen einen Schokoladenmarienkäfer mit der Aufschrift »Ohne dich ist alles doof« aufs Pult legte, aber das interessierte jetzt keinen.

»Wanda, nenne den Vater deines Kindes!«

Bruno kroch quasi in sein Kreuzworträtsel. Ralf Kalb murmelte etwas von »Wahrung der Privatsphäre«, und Robert bollerte »Hohoho« und las seinen Sitznachbarn eine SMS von seiner Verlobten vor.

»Kinder, das *ist* doch jetzt nicht wahr!«, rief Viktoria Landmann und sprang mir somit hilfreich zur Seite. Sie sei gerade erst angekommen, ihr Chauffeur habe auf der A57 im Stau gestanden, berichtete sie lachend. Ihre glänzenden Haare wippten vor Spannkraft, während sie sich strahlend, braun gebrannt und in einem nagelneuen Designerkleid zu ihrem Platz begab. »Liebe Grüße von Leo«, zwitscherte sie augenzwinkernd in die Runde. »Er wünscht uns ein frohes Beginnen!«

Viktoria kam eigentlich immer zu spät, aber ihr Auftritt gehörte einfach dazu. Da die Reederei ihres Mannes ungeachtet der Pleitegerüchte immer noch unser Hauptsponsor war, wagte niemand, ihr diese Show zu versagen. Fröhlich hängte sie ihre Chanel-Tasche über die Stuhllehne. »Jetzt lasst aber mal die Wanda in Ruhe. Die darf doch schwanger sein, von wem sie will!«

»Aber nicht im Probejahr«, murmelte kopfschüttelnd Lutz Rummel, der verhinderte Siegfried.

»Doch, natürlich, du Schwachkopf.«

»Los, Wanda! Ross und Reiter nennen!«

»Keine Namen«, sagte ich würdig und gelassen.

Augenblicklich war es ruhig im Saal. Alle starrten mich an.

»Hohoho!«, beendete Roberts selbstgefälliges Gelächter die kurze Stille. »Da wird sie sich schon den Richtigen ausgesucht haben.«

Auf dass ein viel größer Getümmel ward.

»Das musst du gerade sagen, du Arsch!«

»Wieso bist du überhaupt noch Präsident?«

»Ich beantrage die sofortige Abwahl unseres Vorstandes!«

»Ich beantrage die Einstellung eines Chorpsychologen!«

»Ich beantrage, dass Wanda Zapf das Probejahr nicht bestanden hat!«

»Ich beantrage, dass wir jetzt endlich mit der Probe anfangen!«

»Ich beantrage einen Maulkorb und eine Zwangsjacke für den Kollegen Vormerz!«

Man verstand sein eigenes Wort nicht mehr.

Wenn vierzig Profisänger mal so richtig in Rage sind, können sie ganz schön durcheinanderschreien und -keifen. Da braucht es gar keinen modernen Komponisten, bei dem man ein teures zeitgenössisches Werk in Auftrag gibt. Das kriegen die aus dem Stegreif hin.

❋

Komisch. Eigentlich hätte alles so schön sein können.

Ein hoch dotierter Profichor studiert mit zwei Korrepetitoren ganz entspannt das Verdi-Requiem ein, um es im Salzburger Festspielhaus zu Gehör zu bringen – gemeinsam mit den Wiener Philharmonikern und vier Weltklasse-Solisten, darunter Anna Netrebko, Elīna Garanča und Jonas Kaufmann. Der Bass war noch NN. Für ein solches Ereignis zahlte man als Normalsterblicher um die 600 Euro pro Karte, und wir würden das umsonst erleben dürfen. Gleich an drei Abenden hintereinander! Und wir bekamen sogar noch Geld dafür. Das Ganze würde von Klassisch-TV in die deutschen und österreichischen Haushalte übertragen werden. Das war doch wieder eine große Nummer. Doch kein Ensemblemitglied freute sich über diese schöne Aufgabe.

Aber auch nicht eines.

Selbst ich nicht. Und das war wirklich schlimm.

Selbst ich hatte meine Begeisterung verloren. Ich sang, weil es Dienst war, und nicht wie früher vor Seligkeit. Ich schwebte nicht mehr im siebten Himmel, ich bekam keine

Gänsehaut mehr, und ich konnte auch nicht mehr über die Wortverdrehungen der Pferdehaarigen lachen. Ich fand alle um mich herum einfach nur noch ätzend und konnte sie im wahrsten Sinne des Wortes nicht mehr riechen. Das galt insbesondere für das Flusspferd und seine bei Herbstwetter besonders muffigen Männerstiefel, die mir einen ständigen Brechreiz bescherten. Alle gingen sie mir auf den Geist, die ich bis zu den Sommerferien lediglich eigentümlich oder originell gefunden hatte oder sogar liebenswert in ihrer Schrulligkeit. Jetzt wollte ich sie alle ständig schlagen.

Wie schnell das doch gegangen war! Wo war der Zauber des Anfangs hin? Oder lag es nur an meiner Schwangerschaft? An meinem Gehaltskonto konnte es nämlich nicht liegen; Ralf, Robert und sogar Bruno zahlten regelmäßig Schweigegeld alias Alimente alias Solovergütungen.

Wie ein düsterer Wolkenberg lastete die miese Stimmung auf unserem Ensemble. Weit und breit kein fröhliches Halleluja …

Bruno hatte die Proben so eingeteilt, dass der Alt und der Bass mit Rischmüller studierten. Er selbst ließ die Soprane und Tenöre im Nebenraum quietschen.

Keine Harmonie mehr, kein brausendes Getön, kein vierstimmiger Gesang. Kein sattes Gelächter. Auch keine feurigen Blicke mehr.

Nach den Proben ging ich manchmal mit Rischmüller in die Hochschule, um dort mit ihm allein zu üben. Wenigstens mit ihm kam noch ein Funken Freude auf.

»Gib bloß dein Konzertexamen nicht auf!«, stachelte er mich an. »Mach es, um jeden Preis. Dann hast du etwas Eigenes.«

»Aber ich bin doch schon im besten Profichor der Welt«, entgegnete ich träge. »Was soll ich mich da noch anstrengen?«

»Du bist schon genauso satt, fett und faul wie die Chorknüppel«, spottete er. »So kenne ich dich ja gar nicht!«

Na ja, das lag bestimmt an der Schwangerschaft. Ich war ja jetzt auch schon im siebten Monat. Kurz nach den Konzerten in Salzburg würde ich in Mutterschutz gehen, und mithilfe der dreifachen Finanzspritze der vermeintlichen Kindsväter konnte ich dann auch in eine größere Wohnung mit Balkon umziehen. Vielleicht sogar in ein kleines Haus mit Garten.

Letzten Endes ließ ich mich von Rischmüllers Begeisterung doch wieder anstecken, und wir studierten die *Vier ernsten Gesänge* von Brahms, die *Vier letzten Lieder* von Strauss, die *Biblischen Lieder* von Dvořák, die *Wesendonck-Lieder* von Wagner und mindestens zehn fette Opernarien ein. Alles, was tief, schwer und traurig war und nichts mit Jugend, Liebe oder Schönheit zu tun hatte.

Wenn wir in Raum 313 übten, bis das Kondenswasser von den Wänden rann, fühlte ich mich fast wieder so unbeschwert wie damals im Januar.

Auch meine hochverehrte Professorin Hella Glanz, ihres Zeichens weltberühmte Königin der Nacht, redete nun wieder mit mir. Sie hatte ein halbes Jahr gebraucht, um mir zu verzeihen, dass ich »Perlen von die Säue geworfen« hatte, indem ich »in den Chor gegangen« war. Sie wollte mir einfach nicht glauben, dass das bei meinem Lampenfieberproblem das Beste für mich war.

Eines Tages teilte sie mir ganz aufgeregt den Termin für mein großes Konzertexamen mit. Es war der 18. Dezember.

»Da ist die Aula noch frei und das Hochschulorchester kann Sie begleiten.«

»Toll«, sagte ich und spürte zugleich, wie die Panik nach meinen Innereien griff. »Hoffentlich schadet das nicht meinem Kind.«

»Aber ganz im Gegenteil!«, behauptete meine Professorin enthusiastisch. »Der Embryo wird dann einmal hochmusikalisch und ein ganz aufgewecktes Kind.«

Erstens befürchtete ich eher, dass ich dem armen Kind mit meinem lampenfieberbedingten Durchfall und Erbrechen keinen Gefallen tun würde, und zweitens war ich gar nicht so scharf darauf, einen hochbegabten Benedikt in weiblich zu bekommen. Ich hatte keine Lust auf ein Instrumente quälendes Kleinkind, das ich dauernd zur musikalischen Früherziehung chauffieren musste. Denn einen Chauffeur hatte ich ja nicht, und daran würde sich auch trotz der finanziellen Zuwendungen der drei Kindsväter nichts ändern.

Drittens war mein Kind natürlich kein Embryo mehr, sondern ein ziemlicher Brocken von Fötus, der bereits alles inwendig mitdirigierte, und zwar meistens mit dem Fuß.

Aber das konzentrierte Üben und das Auswendiglernen der vielen Texte lenkten mich von der trüben Stimmung im Ensemble ab, und so freute ich mich sogar ein bisschen auf mein Konzertexamen. Mutter und Frau Heideprecht würden kommen. Na, die würden aber Augen machen! Sie wussten ja noch nichts von meinem Mutterglück.

»Du musst den Termin deines Konzertexamens dem Sender bekannt geben«, informierte mich Thomas Rischmüller bei unserer nächsten Einzelprobe.

»Du liebe Zeit, ich will doch gar nicht, dass die dabei sind!« Nachher warfen meine geschätzten Kollegen noch Stimmgabeln auf die Bühne oder falteten die Programmhefte zu Schiffchen. Gewissen Individuen war das zuzutrauen.

»Nee, darum geht's nicht. Das ist eine Nebentätigkeit, und die musst du einreichen.«

»Wie, einreichen?«

»Schriftlich um Genehmigung dafür ersuchen.«

»Dass ich mein Konzertexamen machen darf? Als Sängerin?«

»Ja. Sonst könnten sie dir eine Abmahnung schicken.«

Wow. Rischmüller war ja schon bestens unterrichtet.

»Aber es ist doch auch für das Ensemble ein Gütesiegel, wenn die Neuzugänge ein Jodeldiplom haben«, wandte ich ein. »Das kann doch nur in deren Interesse sein! Die Uniklinik freut sich doch auch, wenn die Ärzte einen Doktor in der Tasche haben.«

»Wanda, ich sage dir: Hol dir eine Genehmigung, sonst haben wir Stress an der Backe.«

Mit einem ziemlich unguten Gefühl überreichte ich also wenige Tage vor unserer Abfahrt nach Salzburg meinen Antrag dem zuständigen Sachbearbeiter. Dieser war leider Robert Herold, unser Präsident.

Der glaubte nun bestimmt, ich wäre an einer Juniorsuite mit Durchgangstür interessiert. Wochenlang war ich ihm aus dem Weg gegangen, und nun rannte ich mit so einem blöden Antrag hinter ihm her!

Robert nahm das Papier jovial lachend in Empfang und bemerkte: »*Ich* habe mein Konzertexamen mit Auszeichnung gemacht! Das haben tausend Studenten vor mir und tausend Studenten nach mir nicht geschafft. Hohoho! Das Prüfungskomitee hat Beifall geklatscht, was völlig unüblich ist. Die Konzertagenturen standen danach bei mir Schlange. Covent Garden wollte mich für den Sarastro haben und die Metropolitan Opera für den Hunding.«

»Und dann gehst du in den Chor? Was für ein Unding!«, kalauerte ich, aber Robert nahm das ganz ernst.

»Ja, denn ich weiß um meine soziale Verantwortung. Einer muss diesen Sauhaufen ja mit Weisheit und Intelligenz beschenken. Hohoho! Wenn ich Solokarriere machte, was würde dann aus all den Kollegen hier, die auf dem freien Arbeitsmarkt keine Chance hätten?«

Ich starrte ihn mit einer Mischung aus Fassungslosigkeit und Ekel an. Der meinte das wirklich ernst! Der machte sich nicht über sich selbst lustig wie so viele Verlierer, die eingesehen haben, dass sie Verlierer sind. Dieser bigotte Rosenkranzvorbeter glaubte immer noch, die Met wartete auf ihn!

»Wenn *ich* nicht wäre, mit meinen internen Verbindungen zum Haus« – er meinte wohl sein Verlöbnis mit der kühlen Cordula –, »dann hätten hier viele Ensemblemitglieder gar keine Chance mehr. Ich halte meine schützende Hand über sie, das hänge ich nur nicht an die große Glocke.«

Nein, aber an die kleine, dachte ich. Große Glocken hast du ja nicht.

Da ihm offenbar auffiel, dass ich ihn eher angewidert als bewundernd ansah, fügte er mit Nachdruck hinzu: »Auch über dich halte ich meine schützende Hand. Das sollte dir klar sein.«

»Aber das hängst du auch nicht an die große Glocke«, sagte ich und nickte dankbar.

»Du hast hier eine Menge Feinde, aber ich decke dich.«

»Äh … Wie?«

»Ich habe versprochen, dass ich dich unter meine Fittiche nehme, und ich halte mein Wort. Ein Mann, ein Wort. Hohoho.«

»Danke, aber ich will gar nichts von deinem Fittich …«

»Ich bin ein verschwiegener und diskreter Ehrenmann«, verkündete Robert im Brustton der Überzeugung. »Tue Gutes, aber tue es im Verborgenen.«

»Klar«, sagte ich und scharrte betreten mit dem Fuß. Wenn ich Feinde hatte – und die hatte ich, da machte ich mir nichts vor –, dann doch deswegen, weil Robert mich damals bei der Wirtshausszene aus den *Carmina Burana* auf seinen Schoß gezogen hatte. Und mich in den Hotels in seinem Nachbarzimmer eingebucht hatte, obwohl mir dienstgradmäßig nur eine Dachkammer zustand. Damit war doch der ganze Ärger losgegangen!

»Kann ich jetzt gehen?«, fragte ich. »Ich meine, ist das mit dem Antrag so in Ordnung?«

Robert fasste mich am Arm und schaute sich verstohlen um, ob uns auch niemand sah oder belauschte. »Wir müssen uns in Salzburg endlich wieder lieben. Oder geht das nicht, wenn man schwanger ist? Hohoho.«

»Nein, das geht nicht«, behauptete ich, »dann fällt das Kind raus. Aber das weißt du doch!«

»Lass uns dort wenigstens mal in Ruhe reden! Wenn du dir schon eine neue Wohnung suchst, dann möchte ich der Erste sein, der sie stilvoll mit dir einweiht, hohoho!«

Ich schüttelte ihn ab wie ein lästiges Insekt. Natürlich schlurfte in diesem Moment der traurige Bruno vorbei, aber das konnte ich nun auch nicht mehr ändern.

Überhaupt war es mir inzwischen egal, wer mich mit wem reden, stehen, lachen oder einen Kaffee trinken sah.

Es war mir einfach egal.

## *Kapitel 31*

Schon bei der ersten Probe im Festspielhaus in Salzburg gab es den nächsten Ärger.

Unser Notenwart warf mir einen braunen Umschlag mit der Aufschrift »Hauspost« aufs Pult.

Während das Orchester seine Instrumente stimmte und die letzten Stühle auf die Chorbänke gequetscht wurden, riss ich ihn auf. Aha. Mein Antrag.

Abgelehnt.

Wie, abgelehnt? Mir rutschte das Herz in die Hose, und ich blickte mich irritiert um, ob die Chorkollegen mir diese Schmach und Panik wohl ansähen.

Wir mussten aufstehen und das *Kyrie* und *Christe eleison* singen – ganz großes Kino, ich wollte es genießen, das hatte ich mir geschworen. Das Requiem war ein unvergleichliches Meisterwerk, und es war ein Geschenk des Himmels, es in dieser Starbesetzung und in diesem geschichtsträchtigen Festspielhaus singen zu dürfen.

Ich zwang mein Zwerchfell zur Ruhe und gab mich den wunderschönen Phrasen und Klängen hin. *»Kyrie eleison. Christe eleison.«* Das Ensemble klang so gut, so rein, so wundervoll, als würden vierzig Kehlen und reine Seelen wirklich nur beten: Herr, erbarme dich, Christus, erbarme dich. Christian Thielemann schwang den Dirigentenstab und zauberte Ehrfurcht und Frömmigkeit in diese heil'gen Hallen.

Wenn man uns so singen hörte, konnte man glauben, dass hier tatsächlich vierzig arme Sünder fromm und demütig darum baten, nicht in die Hölle zu kommen. Und ich war einer von ihnen. Schließlich hatte ich ziemlich ausgiebig gesündigt, und obwohl es Spaß gemacht hatte, gereuete es mich sehr. Beim dreifachen Pianissimo am Ende des ersten Satzes streichelte Thielemann die Luft, und ich sah schon Gottes Barmherzigkeit auf uns alle niederschweben.

Dann donnerte das *Dies irae* los, die hinter mir stehenden Bässe dröhnten mir in den Nacken wie Tiefflieger, und leider schlug auch wieder das messerscharfe Timbre des zweiten Soprans durch, aus dem Triolen wie Scheuerpulverkügelchen kullerten.

Da packte auch mich der gerechte Zorn. Abgelehnt! Der Antrag auf mein Konzertexamen! Ich hatte doch nicht vor, am Bielefelder Stadttheater die Hexe in *Hänsel und Gretel* zu singen oder sonst eine Partie, mit der man sich die Stimme ruinieren kann. Ich wollte mich doch bloß auf höchstem Niveau für dieses Ensemble qualifizieren, mit Diplom und staatlichem Stempel!

*»Spargens sonum.«* Ich bin ein ehrlicher Spargel! *»Regionem.«* In dieser Region! *»Coget omnes ante thronum.«* Ich werfe doch keinen vom Thron!

*»Mors stupebit«*, röhrte der Solobass, *»mors stupebit et natura, cum resurget creatura.«*

Wir sanken auf unsere Chorstühle, und ich übersetzte schmollend vor mich hin: Dumme sterben eben, das liegt in ihrer Natur, wohin man auch schaut, so schnell steht hier keine Kreatur wieder auf.

Ich war richtig sauer.

Und obwohl ich mir eigentlich ungestört die Arie der genialen Elīna Garanča anhören wollte, die ich selbst oft genug vergeblich geübt hatte, klaubte ich doch den Schrieb vom Notenpult und las die Begründung für die Ablehnung. Der 18. Dezember fiel bereits in meinen Mutterschutz! Ich durfte also von Amts wegen nicht mehr singen, denn das verstieß gegen die Arbeitsvorschriften im öffentlichen Dienst. In meinem eigenen Interesse. Diese Regelung diene ja nur meinem Schutz. Mit freundlichen Grüßen, Stempel und Unterschrift, Ralf Kalb und Robert Herold.

Ja, aber am 16. Dezember gaben wir das letzte Konzert in Salzburg. Bis zum 16. durfte ich noch singen. Und am 18. würde das eine Fehlgeburt auslösen, oder was?

*»Judex ergo cum sedebit, quidquid latet apparebit.«* Dem Gesetz zum Trotz stellen wir uns jetzt hier absichtlich blöde an, wie mir scheint.

*»Liber scriptus proferetur.«* Darüber schreibe ich ein Buch, das schwöre ich euch!

Hastig stand ich wieder auf, denn Hunderte von Chorsängerhintern schossen in die Höhe. Wir sangen nämlich zusammen mit der Konzertvereinigung Wiener Staatsopernchor und dem Chor des Bayerischen Rundfunks, unterstützt vom Salzburger Bachchor. Wir waren um die 250 Sängerinnen und Sänger. Ein Saus und ein Braus! Ein Fest der Sinne, ein Ohrenschmaus!

Eigentlich klasse, einzigartig und grandios. Früher hätte ich mich in die überirdischen Klänge fallen lassen, in das Brausen und Orgeln aus so vielen ausgebildeten Kehlen, und Gott für die Gnade gedankt, dabei sein zu dürfen. Tränen der Ergriffenheit wären mir über die Wangen gelaufen.

Heute weinte ich aus nackter Wut. Und Frust.

Die machten das mit Absicht. Sie verboten es mir einfach. Sie zerstörten meinen letzten Rest Ehrgeiz, Fleiß und Würde. Verdarben mir die selbst gewählte Herausforderung, die mich in meinem Zustand einiges an Überwindung kostete. All meine Mühe, die vielen Übungsstunden mit Rischmüller, sollten für die Katz gewesen sein? All die schlaflosen Nächte, in denen ich versucht hatte, mir die Texte meiner Lieder und Arien ins Gehirn zu meißeln? Und nicht zuletzt das große Engagement meiner Professorin Hella Glanz? All das wurde einfach mit einem Stempel und zynischen freundlichen Grüßen vom Tisch gewischt?

Weil der Termin zwei Tage nach dem Beginn meines Mutterschutzes lag?

Das ist Dienst, hörte ich im Geiste den Blockwart schnarren. Vorschrift ist Vorschrift, und du hättest ja nicht schwanger zu werden brauchen.

❋

Wir werden ja sehen, dachte ich, als ich, die Hände in den Manteltaschen vergraben und eine leere Konservenbüchse vor mir her kickend, nach der Probe zum Hotel stapfte.

Ich hatte noch die Klänge der dramatischen letzten Sopranarie im Kopf, die Anna Netrebko mit unvergleichlicher Eleganz und Schönheit gesungen hatte.

*»Dum veneris judicare saeculum per ignem.«*

Wir werden ja sehen! Gerechtigkeit! Ihr Scheinheiligen!

Früher war ich nach solchen Proben wie auf Wolken geschwebt, selbst wenn ich noch einen langen Spaziergang unternommen hatte, um nur ja keinem Kollegen zu begegnen, der mir mit seinem Geplapper oder Gelächter die wunderschönen Töne aus dem Ohr hätte stehlen können.

Heute war es dumpfe Wut, die mich weitertrieb.

Wir werden ja sehen, dachte ich. Was ihr könnt, kann ich auch. Ich gehe einfach zu meiner Frau Dr. Graf und lass den Geburtstermin zwei Tage nach hinten verschieben. Es war bis jetzt der 29. Januar, aber hallo, dann würde es eben der 31. Januar werden!

Dann fing mein Mutterschutz zwei Tage später an, und ich konnte mein Konzertexamen singen. So!

Im Hotel stolzierte ich an der Bar vorbei, aus der man die Kollegen laut lachen hörte, und vergrub mich in meinem Zimmer. Schließlich brauchte mein Fötus Ruhe.

❋

Die drei Konzerte verliefen ohne Zwischenfälle und waren ein voller Erfolg. Die traumhafte Musik und besonders die Solisten versöhnten mich ein wenig mit dem Dezemberwetter und der miesen Stimmung im Chor.

Tagsüber strich ich melancholisch durch die Gassen der Altstadt und versuchte, mich an Salzburg im Frühling zu erinnern – damals, als mit *Carmina Burana* in den Messehallen alles begann. Keuchend stieg ich den kahlen Kapuzinerberg hinauf und klaubte wehmütig Erinnerungsfetzen an dieses köstliche Gefühl zusammen, ein Schmetterling zu sein und von Blüte zu Blüte zu fliegen.

Gänsehaut überkam mich, als ich die Stelle erreichte, an der die junge Wahrsagerin Bruno und mich angesprochen hatte. Ja, sie hatte uns eine Menge Glück vorhergesagt und Kindersegen. Aber ich wollte mein Dasein nicht in Brunos Klinkerbau fristen. Er war nicht der Vater meines Kindes, und die beiden anderen waren es auch nicht.

Ich verbot mir, an die letzte Möglichkeit zu denken: Ingo, den Jogger aus Meran.

Den armen Mann konnte ich nun wirklich nicht behelligen. Ich bekam genug Unterhalt, brauchte also kein Geld von ihm. Und ich glaubte nicht, dass dieser attraktive Arzt mich jemals würde wiedersehen wollen. Erst recht nicht hochschwanger.

Immerhin tröstete mich der Gedanke, dass meine Tochter, die ich heimlich Pauline nannte, schön und intelligent sein würde. Paulinchen war allein zu Haus, die Eltern waren beide aus. Sie war die Frucht meines unglaublichen Übermutes, meines Spiels mit dem Feuer.

Und das war jetzt erloschen. Alle drei Flammen hatten nichts als kalte Asche in meinem Herzen zurückgelassen. Ich musste und würde es also allein schaffen. Nur eines machte mir Sorgen: Würde ich nach der Mutterschutzzeit wirklich in das Ensemble zurückkehren wollen? Wollte ich diese Menschen noch jahrelang um mich haben? Wollte ich Brunos beleidigtes Gesicht sehen und mich von Robert stalken lassen? Wollte ich die neidischen und hämischen Blicke und Bemerkungen der Kollegen ertragen, bis ich in vierzig Jahren pensioniert wurde?

Auch meine Sangesfreude glomm nur noch als winziges Fünkchen inmitten eines Aschehaufens. Das war das Schrecklichste. Sie hatten es fast geschafft, aus mir eine unzufriedene, missmutige und zynische Sängerin zu machen.

Als ich nach dem dritten und letzten Konzert das Festspielhaus wie gewohnt durch den Künstlereingang verließ und vor Robert Reißaus nehmen wollte, indem ich mit tief heruntergezogener Kapuze blindlings in den Sprühregen hinausrannte, stieß ich mit einem Radfahrer zusammen. Ich hatte mir gerade noch zusätzlich meinen Schal umgeworfen und mir auf diese Weise kurz selbst die Sicht verdeckt, insofern war ich nicht ganz unschuldig an dem Unfall.

Der Radler war aber auch mit vollem Tempo auf seinem Mountainbike am Festspielhaus vorbeigerast, mitten durch die Menschenmenge, die sich daraus ergoss, also war es nur eine Frage der Zeit, bis er einen der ergriffenen Konzertbesucher oder erschöpften Musiker umnietete, und so traf es eben mich.

Durch den Schreck verlor ich kurzzeitig die Orientierung, landete wie ein Walross auf dem Hintern und bot wahrscheinlich einen sehr unschönen Anblick – schwanger und behäbig in einer Pfütze liegend.

Der Mountainbiker stieß einen österreichischen Fluch aus, sprang von seinem Gefährt und sprintete zu mir.

»Oh, scheiße, haben Sie sich was getan?«

»Keine Ahnung … Oh, ich glaube, ich krieg Wehen …« Das stimmte wirklich. Es zog wie ein Messer durch meine Eingeweide! Noch nie hatte ich mich derart unsanft auf den Allerwertesten gesetzt.

Der Mann beugte sich zu mir hinunter und versuchte mich hochzuziehen, aber ich war schwer und plump wie ein Sack Kartoffeln, und genauso fühlte ich mich auch.

Inzwischen hatten sich einige Chor- und Orchesterkollegen um meine Pfütze versammelt und sparten nicht mit guten Ratschlägen.

»Sie muss sofort in ein Krankenhaus, sie ist hochschwanger, wer weiß, ob das Kind noch lebt.«

Einer reichte dem Radfahrer ein Handy und sagte: »Wollen Sie die Rettung anrufen?«

»Und auch die Polizei!«

»Und nehmen Sie sich mal besser gleich einen Anwalt!«

»Ist sie noch über den Sender versichert? War das ein Arbeitsunfall, oder fällt das in ihre eigene Zuständigkeit?« Das kam vom Blockwart. »Sie war immerhin schon drei Meter aus dem Festspielhaus raus.«

»Das muss die Gewerkschaft klären.«

Robert Herold ließ sein sonores Organ ertönen. »Ich kann Erste Hilfe! In Erste Hilfe bin ich gut, hohoho!«

Mir war die Sache entsetzlich peinlich, und bestimmt würde man mir auf der nächsten Chorversammlung vorwerfen, ich hätte mich wieder mal nur wichtiggemacht.

Mein Probejahr konnte ich jetzt endgültig vergessen.

»Ich brauche keine Rettung«, beteuerte ich. »Aua ... Mist.«

Ich konnte wirklich nicht aufstehen.

Der Radfahrer, der Helm und Brille trug, ging nicht auf das allgemeine Geschwätz ein, zog mich nun doch unter einiger Kraftanstrengung hoch, legte sich meinen Arm um die Schultern und schleifte mich zu einem nahe gelegenen Restaurant. Dort ließ er mich vorsichtig auf eine Sitzbank gleiten und riss sich erst einmal Helm und Brille ab, die ganz beschlagen war.

Da war ich aber platt! Hatte die wehenhemmende Flankenatmung etwa eine Fata Morgana ausgelöst?

»Ingo? Mein Gott, das glaube ich jetzt nicht!«

»Ach, du bist das!« Er grinste und setzte sich neben mich. »Du sollst mich doch nicht Gott nennen! Das hatten wir doch schon besprochen.«

»Ingo ...« Ich heulte los. »Ingo, dass du es wirklich bist ...«

»Na ja, wenn dich ein anderer zusammengefahren hätte, wäre es aufs Gleiche rausgekommen.«

Hatte der eine Ahnung! Kann es sein, dass, wenn man ganz doll an jemanden denkt, dieser Jemand plötzlich wie ein Pfeil aus der Dunkelheit auf einen zuschießt und einen umnietet?

Ingo tastete an meinem Puls und an meiner Halsschlagader herum.

»Wanda, Wanda, Wanda«, murmelte er, und ich freute mich wie Bolle, dass er sich an meinen Namen erinnerte.

Dann starrte er auf meinen Bauch. »Bist du etwa wirklich schwanger?«

»Das kommt erschwerend hinzu«, stöhnte ich, um Flachatmung bemüht. »Pauline, das ist Ingo. Ingo, das ist Pauline.« *Die Frucht deiner Lenden* ließ ich lieber weg.

»Ach du liebe Zeit!«, rief Ingo ein übers andere Mal, und dann sprach er auch schon in sein Handy.

»Rettung, bitte kommen, ich hab hier eine Schwangere zusammengefahren, Blutdruck stabil, keine äußeren Verletzungen … Nee, mit dem Radl, aber schaut's euch die Frau amoi an … Ja, ich bin Arzt, ich komm mit, ihr kennt mich eh, ich bin der Ingo.«

Er war nämlich gerade, wie er mir erklärte, auf dem Weg zum Nachtdienst ins Landeskrankenhaus und schon spät dran, deshalb war er auch so gerast. Und er würde mich ja auf dem Radl mitnehmen, wenn ich nicht so schwer wäre. Aber er hätte sowieso keinen Gepäckträger, und die Rettung wäre gleich da.

»Ach, lass doch«, sagte ich und winkte ab. »Ich brauche keine Rettung.«

Doch Ingo ließ sich nicht aus dem Konzept bringen.

»Du hoitst jetzt amoi dei Pappn.«

Dieser Ton war mir neu. Aber sehr charmant. Sofort dachte ich an unseren herrlichen Nachmittag in Meran, im Parkhotel Mignon, als die Spitze des Hirzers in der Sonne leuchtete und sich die kleine Wanda auf dem Bettvorleger zusammenrollte.

»Du wolltest damals auch keine Rettung«, warf ich ein und merkte, dass es mir eigentlich schon viel besser ging.

»Ich war ja auch nicht schwanger«, entgegnete er, »und außerdem warst *du* ja meine Rettung.« Er grinste. »Schön war's. Ich hab noch oft an dich gedacht.«

»Ich auch an dich«, sagte ich und strich mir über den Bauch. Dabei sah ich ihn bedeutungsschwanger an.

»Sag mal, wann genau war das …?«

Ich tat so, als müsste ich darüber nachdenken. »Am neunten April, meine ich.«

Als kurz darauf Robert Herold und andere Kollegen keuchend das Etablissement stürmten, Robert dröhnend verkündete, er hätte bei den Bundeswehr-Sanis einen Erste-Hilfe-Kurs absolviert, und zwar mit Auszeichnung, und Rainer Kleinehellefort mir ein Antragsformular für die Versicherung überreichen wollte, machte ich einfach die Augen zu.

❋

Im Landeskrankenhaus in Salzburg stellte ein äußerst netter Gynäkologe fest, dass alles in Ordnung war. »Ein ganz normaler achter Monat.«

»Uff.« Ingo fuhr sich durch die Haare. Er trug inzwischen einen weißen Kittel über seinen Jeans, und das machte ihn noch attraktiver.

Ich hatte nur ein paar Prellungen am Hintern und ein paar blaue Flecke am Oberschenkel, und meine rechte Hand blutete ein bisschen.

Bevor Ingo sie fachmännisch verband, pinselte er Jod darauf.

»Au! Das brennt!«

»Na, stell dich mal nicht so an. Indianer kennen keinen Schmerz.«

»Stimmt. Du hast dich damals auch nicht angestellt. Also tu ich mal so, als wäre ich tapfer.«

»Kannst ja schon mal üben«, sagte Ingo und strich mir über den Bauch. »Das da wird noch viel schlimmer.«

»Ich habe vor Kurzem eine Geburt gesehen«, berichtete ich. »Da kam Freude auf.«

Ich erzählte ihm von der abenteuerlichen Geburt meines

Patenkinds Flör, deren Vater im Knast weilte, von dem Blasensprung nach dem heißen Bad und der fluchenden Jessica auf dem Hüpfball mit Ohren. Ich schmückte das Ganze ziemlich aus und freute mich, dass er über meine Witze lachte. Eigentlich wollte ich nur, dass er noch ein bisschen bei mir blieb. Mein Über-Ich ließ mich jedoch sagen: »Ich will dich nicht aufhalten, du hast ja Dienst.«

»Das *ist* Dienst«, antwortete Ingo.

Ich musste laut lachen. »Das ist *Dienst*«, verbesserte ich, hielt belehrend den Zeigefinger hoch und erzählte Ingo dann von meinen Kollegen im Chor.

Und so lachten wir beide ziemlich lange und freuten uns sehr, dass wir einander auf diese Weise wiedersahen.

Ingo erklärte, er hätte versucht, mich zu finden, aber ich hätte ihm meinen Nachnamen ja nicht verraten.

»Zapf«, sagte ich. Und das da« – ich zeigte auf meinen Bauch – »ist das Zäpfchen.«

Er saß auf meiner Bettkante und lachte und guckte so lieb.

»Und wer ist der Vater?«

»Du«, sagte ich schelmisch.

Er lachte immer noch. Offensichtlich fand er alles lustig, was ich sagte.

»Nee, wirklich. Fühl dich aber nicht bedrängt. Ich will kein Geld von dir.«

Da wurde er schlagartig ernst und blickte mich aus seinen großen braunen Augen erschrocken an.

Ich erzählte dem völlig verblüfften Ingo, dass sich schon drei andere Mannsbilder völlig zu Unrecht für den Vater meines ungeborenen Kindes hielten und ich von ihnen zur Strafe für ihre Selbstüberschätzung und als Preis für mein Schweigen gegenüber ihren Ehefrauen/Verlobten/Arbeitgebern ordentlich Unterhalt kassierte.

Da wich aller Schreck aus seinem Gesicht, und Ingo prustete schon wieder los. »Jetzt hättest du es aber fast geschafft, mich auf den Arm zu nehmen! Du bist wirklich a ganz a Putzige, mit deinen herzigen G'schichterln!«

Er wollte mir die nackte Wahrheit einfach nicht glauben! Er hielt das alles für schwarzen Humor.

Und so beließ ich es dabei.

## *Kapitel 32*

Ingo hatte nichts gegen einen Gentest – natürlich nur so zum Spaß, weil wir eh schon herumalberten und er mit seinem Nachtdienst sonst nicht viel anzufangen wusste. So bekamen wir auch bald das eindeutige Ergebnis, und ich muss sagen, selten ist eine schwangere Diva so erleichtert in ihre Kissen zurückgesunken. Ingo *war* der Vater!

Ingo *ist* der Vater. Immer noch! Denn die ganze Geschichte ist jetzt schon ein paar Jahre her, und ich muss mich kurzfassen, denn gleich fahre ich zum Klassisch-TV-Sender zum Dienst.

Ingo und ich, wir haben eine wunderschöne Tochter namens Pauline. Sie ist inzwischen fünf Jahre alt, immer zu Streichen aufgelegt, hat eine blühende Fantasie und Ingos dunkle Augen und dunkle Locken geerbt.

Da ich eine gute Mutter bin, habe ich sie schon zeitig zur musikalischen Früherziehung geschickt, und da traf sie den hochbegabten Benedikt, der heute neun Jahre alt ist und bereits mit den Berliner Philharmonikern spielt. Er ist ein echtes Wunderkind und kann perfekt Französisch. (Er ist inzwischen auch stubenrein, aber das nur am Rande.)

Viktoria Landmann und ich sind allerbeste Freundinnen geworden.

Ich habe mein Probejahr nicht bestanden, darüber wurde einstimmig abgestimmt. Einstimmig? Nein, Viktoria war für mich, aber sie wurde überstimmt.

Auch Viktoria hat das Ensemble verlassen – sie sagte, sie hielte es mit all den kleingeistigen Spießern und besserwisserischen Bürokraten keinen Tag länger aus. Sie hätte so viel Freude am Singen, aber die würde ihr mit der Zeit im Berufschor verloren gehen.

Aus finanziellen Gründen müssen wir beide nicht arbeiten. Unsere Männer verdienen gut, und ich habe ja noch drei anonyme Kindsväter in der Hinterhand, die bis zu Paulines 25. Geburtstag Alimente zahlen. Also noch zwanzig Jahre. Daher kann ich mich entspannt zurücklehnen. Das ist aber mein Geheimnis.

Viktoria beglückt mit ihrem Gesang die Kreuzfahrtpassagiere der Reederei ihres Mannes und reist mit ihrem hochbegabten Benedikt durch die Welt.

Ich selbst bin immer noch viel zu feige, öffentlich solo zu singen, das habe ich Viktoria in einer schwachen Stunde mal gebeichtet. Ich mache mir buchstäblich in die Hose vor Angst. Duette mit ihr funktionieren, Solos nicht. Kein Ton. Eher sterbe ich.

Viktoria konnte das gar nicht glauben und hat sich kaputtgelacht. Aber kurz darauf erlebte sie mit, wie ich versuchte, ein Solo zu singen. Ich bekam den Mund nur auf, weil Ingo mir vorher eine Beruhigungsspritze gegeben hatte, wegen der ich dann aber leider meinen Text vergaß.

Daraufhin sprach sie mit ihrem Mann Leo, dem Sponsor von Klassisch-TV, und dieser dann wohl mit Ralf Kalb, dem Intendanten von Klassisch-TV, der mir im Rahmen unseres Deals versprochen hatte, mein Probejahr sei bestanden, wenn ich nur die Klappe hielte. Tja, und wenig später bot mir Ralf die Moderation eines neuen Sendeformats auf Klassisch-TV an: *Klassik für Kinder*. Alle hochbegabten Benedikts und Benediktas dieser Welt dürfen jetzt immer samstags um vier vor den Kaffee trinkenden Frau Heideprechts dieser Welt ihre Instrumente zersägen, und ich stelle Kinderchöre,

Kinderorchester, Kinderballetts und kleine Solisten aller Sparten vor. Da fließen zu Hause im Borkenkäferweg immer die Tränen. Mutter ist so gerührt und so stolz! Mein Maskottchen in der Sendung ist nämlich Pauline mit ihrer Babygeige. Sie wackelt über die Bühne wie ein Mainzelmännchen und hat kein bisschen Lampenfieber. Benedikt ist natürlich regelmäßiger Stargast.

Viktoria und ich haben schon einige schöne Duette zum Besten gegeben, zum Beispiel *Schöne Nacht, du Liebesnacht*, und wenn ich allein singen muss, dann geht das ja per Playback. Ich nehme das Stück vorher ganz allein mit Kopfhörer in einer fensterlosen Studiozelle auf und bewege dann nur noch die Lippen zu meinem eigenen Gesang. Ich habe mir sagen lassen, das machen in der Fernsehbranche sowieso alle.

Jedenfalls ist meine Sendung *Klassik für Kinder* der absolute Quotenrenner und hat den Sender wieder aus seinem Tief geholt. Im Grunde verdanken mir die Kollegen aus dem Ensemble ihre gesicherten Arbeitsplätze. Bestimmt überreichen sie mir heute Abend Blumen, und ich werde den Strauß an eine Aushilfe weiterreichen, damit mal wieder ein bisschen Leben in die Bude kommt. Nein, das war natürlich nur Spaß.

So, und nun muss ich wirklich los zur Kostümprobe, denn in drei Stunden ist die Aufzeichnung, und das ist Dienst.

Heute ist übrigens das Klassisch-TV-Ensemble im Hintergrund dabei, wenn ich die Carmen singe. Meine Mutter sagte früher ja immer, ich könnte das nicht, aber ich werd's ihr beweisen! Ich werde mit einem Offizier aus dem Chor flirten, ihn umgarnen und mit einem Seil fesseln und dabei *Ja, die Liebe hat bunte Flügel* singen. Hohoho. Natürlich Playback. Sonst würde ich mir ja in die Hose machen vor Angst.